La Bestia

Novela

Carmen Mola
La Bestia

Planeta

Obra editada en colaboración con Editorial Planeta – España

© Carmen Mola, 2021
Esta edición se ha publicado gracias al acuerdo con Hanska Literary &
Film Agency, Barcelona, España

Adaptación de la portada: Booket / Área Editorial Grupo Planeta a partir
de la idea original de LookatCia
Imagen de la portada: © The Picture Art Collection / Alamy

© 2021, Editorial Planeta, S. A. – Barcelona, España

Derechos reservados

© 2024, Editorial Planeta Mexicana, S.A. de C.V.
Bajo el sello editorial BOOKET M.R.
Avenida Presidente Masarik núm. 111,
Piso 2, Polanco V Sección, Miguel Hidalgo
C.P. 11560, Ciudad de México
www.planetadelibros.com.mx

Primera edición impresa en España en esta presentación: septiembre de
2023
ISBN: 978-84-08-27702-6

Primera edición impresa en México en Booket: noviembre de 2024
ISBN: 978-607-39-2028-5

Impreso en los talleres de Litográfica Ingramex, S.A. de C.V.
Centeno núm. 162-1, colonia Granjas Esmeralda, Ciudad de México
Impreso en México – *Printed in Mexico*

Biografía

Carmen Mola® nació en la primavera de 2017, en Madrid, cuando los autores Jorge Díaz, Agustín Martínez y Antonio Mercero decidieron lanzarse a una aventura de creación colectiva que cristalizó en una primera novela, *La novia gitana*, a la que seguirían *La red púrpura*, *La nena* y *Las madres*. A lo largo de estos años, los tres autores han continuado con sus proyectos personales, tanto novelas como guiones. Jorge Díaz (Alicante, 1962) es autor de las novelas *Cartas a Palacio* y *La justicia de los errantes*, entre otras, así como de series de televisión como *Hospital Central*. Agustín Martínez (Lorca, 1975) es creador de series como *Feria*, *La luz más oscura* o *La Caza* (Monteperdido y Tramuntana), y autor de las novelas *Monteperdido* y *La mala hierba*. Antonio Mercero (Madrid, 1969) ha llevado en paralelo la escritura de guiones de cine y televisión (*Felices 140*, *Hospital Central*, *Hache*) con la publicación de novelas, entre cuyos títulos se encuentran *Pleamar* o *El final del hombre*.

A mi madre

PRIMERA PARTE

1

Madrid, 23 de junio de 1834

Bajo el aguacero, que ha transformado el suelo arcilloso en un fangal, un perro famélico juega con la cabeza de una niña. La lluvia cae inclemente sobre las casucas, las barracas y los tejares miserables que parecen a punto de derrumbarse con cada ráfaga de viento. El Cerrillo del Rastro, no lejos del Matadero de Madrid, se inunda siempre que llueve.

Para llegar a este barrio pobre y olvidado, hay que bajar una rampa abrupta y salvar continuas cortaduras de terreno que forman barrancos aquí y allá. El agua golpea con fuerza en los tejados de hojalata, de paja, de ramas, penetra en las viviendas, crea charcos en la arena y cascadas en los taludes. No es extraño que nadie repare en el perro, en el gruñido juguetón con el que zarandea la cabeza que mantiene sujeta con los colmillos clavados en la mejilla.

Entre el estruendo de la lluvia, el gorjeo histérico de una vieja arrodillada junto a un cadáver cubierto de barro en el fondo de un pequeño barranco.

—La Bestia... vendrá a por todos. La Bestia nos matará...

Donoso no logra hacerla callar: «La Bestia está aquí»,

masculla sin cesar la anciana. Él ha bajado despacio por el desnivel del terreno y ahora tiene a sus pies los restos de un cuerpo que evocan los despojos de un carnicero: un torso con un brazo descoyuntado, pero aún unido a él por un hilo de músculos y carne desgarrada. La pierna derecha no parece haber sufrido daño. Donde debería estar la izquierda, hay un muñón, un agujero que deja a la vista la blancura del hueso de la pelvis. Las partes que faltan las han arrancado de manera violenta, no hay ningún corte limpio. Ni siquiera en el cuello, donde entre el amasijo de carne se adivinan las cervicales partidas. Sólo los incipientes pechos permiten imaginar que se trata de una niña de no más de doce o trece años. La lluvia ha lavado los restos y apenas hay sangre; se podría pensar que es una muñeca rota y abandonada, manchada de barro.

—La Bestia está aquí.

La anciana se repite como una rueca que gira sin cesar. Donoso la separa del cadáver con un empujón.

—¿Por qué no se va a su covacha y deja de alarmar a la gente?

Le duele la cabeza; la tormenta sigue retumbando contra la chapa de los tejados y siente que la humedad se le ha filtrado en el cerebro. Le gustaría estar muy lejos de allí. Nadie quiere estar en el Cerrillo del Rastro más tiempo del necesario, sólo los más pobres, los desharrapados, los que no tienen ningún otro lugar en el mundo. Los que han levantado las barracas de ese poblado con sus propias manos, con el orgullo y la desesperación del que carece de un techo.

Hoy, esta noche, será la Noche de San Juan. Otros años los vecinos, llegados de todas partes de España y fieles a las costumbres de sus pueblos, habrían encendido hogueras y saltado o bailado alrededor del fuego. No es lo habitual en Madrid, aquí se celebra San Antonio de la Florida unos días antes, con la verbena y la tradición de los alfileres de las modistillas. Pero hoy, la lluvia impide cualquier fiesta. La lluvia y las medidas sanitarias que prohíben las reuniones tumultuosas. Este maldito año de 1834 todo parece salir mal: el cólera, la guerra de los carlistas, la Noche de San Juan y la Bestia, también la Bestia.

Donoso Gual fue celador real, pero perdió un ojo en un duelo por amor y le dieron de baja. Ahora ha sido reclutado como refuerzo policial mientras dure el cólera para vigilar las puertas de la ciudad y ayudar en lo que haga falta. Viste el uniforme del cuerpo: casaca roja corta con cuello, pantalón azul con barras encarnadas, charreteras de algodón blanco que, con la lluvia, parecen dos mofetas empapadas y chorreantes. Debería llevar carabina, dos pistolas de arzón y sable curvado, pero las armas las tuvo que devolver cuando le dieron la baja y no se las repusieron al reclutarle como refuerzo. Si los vecinos se le echaran encima, no sabría cómo defenderse. Lo mejor es mantenerlos a raya haciéndoles creer que es más fuerte, que tiene más poder y más arrestos que ellos.

—Es sólo una niña, ¿qué estáis haciendo? Salid a por la Bestia. Id a cazarla antes de que nos cace a todas.

La vieja no deja de gritar bajo el aguacero y pronto otros vecinos se unen a sus imprecaciones; embarrados y sucios, son como cuervos histéricos en esta tarde que la tormenta ha convertido en noche.

Donoso se pregunta cuándo vendrán a recoger el cadáver. Duda mucho que una carreta se adentre por estos pagos con la que está cayendo. El que sí llega es Diego Ruiz, a él le pagan en el periódico por las noticias que le publican y no puede desaprovechar una tan golosa como esta. Se ha puesto en marcha en cuanto le ha llegado el mensaje de su amigo Donoso, compañero de francachelas nocturnas. Diego cruza el barrizal, en el que se mezclan charcos de lodo y escorrentías de aguas fecales de un grupo de casucas cercanas. No es la primera vez que visita la zona: escribió un artículo sobre el Cerrillo del Rastro hace unos meses en el que denunciaba la falta de atención de las autoridades hacia los necesitados, una de las pocas veces que el director de su periódico le ha permitido tocar temas sociales. Es posible que el poblado dure poco tiempo, porque el ayuntamiento quiere derribarlo y mandar a sus habitantes más allá de la Cerca de Felipe IV, la muralla que rodea Madrid. Culpan a los pobres de la epidemia de cólera que ha llegado hasta ahí tras arrasar otras zonas de España y Europa. Es su falta de higiene la que está matando a la ciudad, dicen en los salones madrileños.

Diego ya puede distinguir a Donoso a un par de decenas de metros, tras la cortina de lluvia. Intenta acelerar el paso, pero no es barrio para andar con prisas: resbala en el fango y da con los huesos en el suelo. Dos chicos de siete u ocho años se ríen, dejando ver las bocas melladas. Muy pocos allí conservan todas las piezas de la dentadura.

—De mojino, se ha caído de mojino —se burla uno de ellos.

—¡Todos atrás!

Donoso aleja a los niños con aspavientos mientras Diego se sacude en vano el calzón, el chaleco, los faldones. Las manchas no se van a quitar tan fácilmente.

—¿Otro cuerpo? —pregunta.

—Con este ya van cuatro, o eso dicen.

Diego no llegó a ver los anteriores; los enterraron antes de que ningún gacetillero pudiera ser testigo. A pesar de eso, escribió una nota en el periódico sobre esa Bestia que despedaza a sus víctimas. Tuvo buena acogida y, de camino al Cerrillo, pensaba que esta sería una buena oportunidad para ganar lustre en los ambientes periodísticos. Podría contar de primera mano lo que hace la Bestia, pero, ahora que tiene ante sus ojos el cuerpo desmembrado y embadurnado en barro, sabe que nunca encontrará las palabras justas para describir este horror. Su talento no llega tan lejos.

—¡Aquí! ¡Vengan aquí!

Una moza grita desesperada desde un bancal.

—¡Es la cabeza! ¡Se la va a comer el perro!

Diego sale corriendo. Entre las patas del perro escuálido, que chorrea empapado como un espantajo, está la cabeza de la niña. El chucho, muerto de hambre, desgaja la carne de la mejilla. Uno de los chavales lanza una piedra al animal y le acierta en el costado. El perro deja escapar un gemido de dolor y huye del aluvión de piedras que los niños siguen tirando.

—Es Berta, la hija de Genaro.

Un anciano enjuto es quien ha dicho su nombre: Berta. Diego siente una punzada al mirar esa cabeza con los párpados abiertos en mitad del bancal, con la huella del mordisco del perro en la mejilla y la melena negra y rizada extendida sobre el barro. Durante un instante recuerda a una de esas vírgenes de las iglesias, con la mirada extasiada y perdida en el cielo. En este cielo negro que no deja de vomitar agua. ¿Es posible imaginar el dolor de Berta? Los vecinos se han enredado en una conversación desordenada que va aplicando pinceladas sobre la vida de la niña: tenía doce años y hace unos tres o cuatro se fue a vivir a esas barracas con su padre, Genaro. Hace más de un mes que no sabían de ella. Sin embargo, la carne está intacta: si llevara muerta más de un día, los animales, como el perro que la mordisqueaba, se habrían dado un festín. No habrían hallado más que unos huesos.

—Ha sido la Bestia, la Bestia le dio caza.

Un lamento que se repite entre los vecinos. Diego no quiere creer el cuento de la Bestia; alrededor de ese nombre se enmaraña un galimatías de descripciones de supuestos testigos. Algunos han hablado de un oso, otros de un lagarto de proporciones imposibles, hay quienes creen que se trata de algo parecido a un jabalí. ¿Qué animal mata sólo por placer? Hasta donde él sabe, todas sus víctimas habían sido violentamente desmembradas, pero ninguna tenía signos de haber servido de alimento para esta especie de animal quimérico que habita en los poblados de Madrid. Lo único que se esconde tras el nombre de la Bestia es una sensación pegajosa, tan ausente de forma y tan inquietante como esas descripciones demenciales: el miedo.

Otro vecino llama a gritos: ha encontrado la pierna que faltaba. Del cuerpo van a la cabeza, de la cabeza a la pierna... En algún sitio tiene que haber otro brazo, quizá aparezca. Los niños mellados corretean de un rincón a otro buscándolo, como si se tratara de un juego.

Las ruedas de un carro tirado por una mula se hunden en el barro y el conductor grita a Donoso que hay que llevar el cuerpo hasta allí. No puede arrimarse más. Se oye llorar a tres plañideras que se han dado cita cerca de las casucas. Una madre intenta que los niños vuelvan a la covacha, pero el atractivo de ver un cadáver desmembrado es superior a cualquier castigo que pueda imponer la mujer, y los niños se niegan a cumplir sus órdenes. La búsqueda del tesoro continúa: ¿dónde está el brazo que falta? El primero que lo descubra puede dar pescozones a los demás.

Diego ve y escucha todo como si estuviera dentro de

una pesadilla absurda: las premoniciones agoreras de las ancianas y la falta de empatía de los más pequeños. La indiferencia de algunos hombres, que rodean el cuerpo sin mirarlo, ocupados en sus quehaceres. ¿Acaso él es mejor? De camino al Cerrillo sólo pensaba en cuántos reales podría sacarse por esta noticia. Hasta había fantaseado con un titular: «La Bestia vuelve a matar», en la primera página de *El Eco del Comercio*, mientras todo el mundo en Madrid se estaría preguntando quién era El Gato Irreverente, seudónimo con el que siempre firma sus artículos. Se siente un reflejo del perro famélico, alimentándose de la muerte.

Como si ya hubiera cumplido su propósito de dar dramatismo al momento, la lluvia cesa, el cielo escampa y deja a la vista el horror de la zona, los pedazos del cuerpo de la muchacha.

Donoso carga con el torso de Berta y, ayudado por el conductor, lo deja caer en el carro.

2

A Lucía le parece que la Carrera de San Jerónimo debe de ser el lugar con más curas, monjas y frailes del mundo. Desde la Puerta del Sol hasta el paseo de Recoletos se alinean el monasterio de la Victoria, la iglesia del Buen Suceso, el convento de las Monjas de Pinto, la ermita de los Italianos y el convento del Espíritu Santo. También hay edificios de viviendas, casi todos pertenecen a la Iglesia, y dicen que en muchos de ellos viven curas. El lujo de los templos no oculta la mugre de la ciudad: el alcantarillado es malo y en el suelo se forman ríos de agua que arrastran basura arrojada por los vecinos en cualquier parte. La tormenta de verano ha recluido a todos los habitantes en sus casas y la calle ha dejado de ser, durante un rato, el tradicional ir y venir de sotanas.

Se ha cobijado de la lluvia bajo el toldo de un almacén de vino embotellado. Un chorro de agua cae desde arriba como una cola de caballo y a Lucía se le figura que está escondida en una cueva tras una cascada cristalina, el refugio perfecto para una niña de catorce años que desafía los peligros y vive en comunión con la naturaleza. Se escurre la melena roja como si acabara de darse un baño y surge un charquito a sus pies. Puede que, en cualquier instante, un niño hambriento acuda en su busca para rogarle que sane a sus padres enfermos de cólera. Ella conoce todos los remedios, las pociones mágicas que se pueden fabricar con la savia de los árboles de esta selva y el veneno de las arañas.

Lucía se pierde en sus fantasías como en un laberinto, pero siempre la realidad acaba derrumbando el decorado que imagina; en este caso, es el dueño del almacén de vinos, que clava sus ojos lascivos en ella. Siente como si esa mirada espesa estuviera acariciando sus pechos; su vestido de tela basta se ha pegado a sus formas por la lluvia y dibuja una silueta infantil, tentadora para el vinatero. Pero Lucía no va a esconderse: le devuelve la mirada al tendero con desprecio, sus ojos negros, enmarcados por los rizos de la melena roja como el fuego, le retan: «Atrévete. Ven a por mí». En sus correrías por la ciudad ha aprendido que lo último que debe mostrar es miedo. Las gentes de Madrid saben detectarlo y, como hienas, se lanzan a por su presa.

El vendedor de vinos es el primero en apartar la mirada y ella respira con alivio: ocultar el pánico se ha convertido en todo un don. Por dentro, Lucía bulle de ansiedad como la niña que es; por lo que ese hombre pudiera hacerle y porque tendría que irse de allí, algo que no desea. No está bajo el toldo del almacén de vinos por casualidad. Desde ese punto, tiene una vista privilegiada del primer piso de la casa que hay enfrente. Ha tenido el balcón abierto durante la tormenta, con el agua colándose dentro. Lleva así varios días, sin que nadie proteja el interior. Un detalle que quizá a otros les haya pasado desapercibido. No a Lucía.

Hace casi una semana, vio por la calle al hombre que vive en ese piso, un anciano que ya debía de rebasar los cincuenta años. Se fijó en su andar titubeante y su ligero tono azulado; sus maneras dadivosas, limosnero con los pobres, le hizo llegar a la conclusión de que era un religioso con ropas de civil. Uno de los muchos que viven en la Carrera de San Jerónimo. Iba acompañado de un joven en cuyo brazo se apoyaba, aunque este no luciera mucho mejor aspecto: los huesos del rostro ensombrecían sus facciones hasta convertirlo en un cadáver andante. Siguió a los dos hasta el edificio que ahora vigila, convencida de que ambos habían enfermado de cólera. El balcón abierto de par en par pese a la tormenta le dice algo más: tras las cortinas que se baten por el viento, mojadas y sucias, yacen sus cuerpos sin vida. Dentro, la esperan muchos objetos de valor que ni el religioso ni el joven van a reclamar. Los curas viven en la opulencia y, ahora que están muertos, nadie necesita más esas riquezas que ella: podrá venderlas y comprar comida y medicinas para su madre: Cándida también ha caído en las redes de un cólera que la está consumiendo ante la impotencia de Clara, su hermana pequeña, incapaz de entender a sus once años que su madre se esté desvaneciendo como un atardecer, que no haya nada que puedan hacer para retenerla un poco más.

Ve pasar el carro de la funeraria, un cajón sobre cuatro ruedas, tirado por dos caballos y conducido por hombres con uniforme. Ha debido de morir alguien importante, piensa Lucía; si no, lo llevarían en una parihuela. Ya no tañen las campanas a muerto porque, según el gobierno, el tañido fúnebre inunda a la gente de melancolía. La norma ahora es el silencio, que las campanas no señalen cada nueva víctima. Demasiados muertos con esta epidemia de cólera que asola la ciudad desde hace un mes. La primera medida, confinar a la gente sana, ha sido sustituida por el confinamiento de los enfermos.

Lucía cruza la calle a la carrera cuando ve abrirse la puerta del edificio y aprovecha la salida de una anciana para colarse dentro. Mientras sube al primer piso, el corazón le late tan fuerte que cree que todo el mundo va a salir al descansillo para ver qué ocurre, pero ningún vecino se asoma. La puerta no supone un problema, tarda pocos segundos en abrirla con unas finas pinzas de hierro: los juegos de las Peñuelas, el barrio donde ha crecido, cuando competían a ver quién era más rápida abriendo viejos cerrojos oxidados, le pueden llenar la barriga hoy.

Se lleva una decepción al entrar: la vivienda es modesta; aunque el edificio fuera lujoso en su exterior, quizá no encuentre allí los bienes que esperaba. Montones de libros se acumulan aquí y allá. Sobre una consola hay una caja de cristal con pequeñas plantas dentro. Se queda unos instantes quieta, esperando a ver si se produce algún ruido antes de pasar más allá del vestíbulo, aunque no parece que haya nadie. La lluvia ha mojado el suelo de la estancia principal, pero no va a cerrar el balcón, no quiere arriesgarse a que alguien esté mirando, así que se mueve asegurándose de que no se la pueda ver desde la calle. Debe darse prisa, a las ocho cierran la Puerta de Toledo, la que tiene que atravesar para volver a su casa.

Apenas hay cosas de valor: un candelabro, unos cubiertos que tal vez sean de plata, unas monedas... Lo mete todo en una bolsa de tela que encuentra en la cocina. Nota cómo, debajo del olor a humedad que la tormenta ha dejado en la casa, se esconde otro olor: ácido, penetrante. Olor a muerte.

Abre la puerta de la primera habitación y ve un bulto en la cama. Es el cadáver del hombre joven, vestido y rígido sobre las sábanas. Dicen que los cadáveres pueden contagiar la enfermedad, pero a ella le da igual; busca en los bolsillos del muerto y rescata algunas monedas. No lleva reloj ni colgantes, sólo un crucifijo que no parece de valor y que prefiere dejarle por si le sirviera de salvoconducto al cielo, el pago para Caronte. En el cuarto tampoco hay nada atractivo con lo que seguir llenando la bolsa, excepto libros y más libros, pero a Lucía no le interesan, apenas conoce las letras.

En el siguiente dormitorio yace el religioso. No está en la cama como el otro, sino tirado en el suelo, en una postura grotesca, con el tono azulado propio de los muertos por el cólera. Registra primero el cadáver y no tropieza con nada. Ve una chaqueta en un colgador: un redingote marrón de paño de lana. Pensando en su madre, se lo pone, aunque le viene muy grande, las manos se le pierden en las mangas, y arrastra la capa por el suelo mientras sigue registrando la habitación en busca de algo que realmente valga la pena. Al fin lo halla en una caja de madera labrada: dentro hay un anillo de oro, como un sello. Tiene el dibujo de algo que parecen dos mazas cruzadas.

Se oye un portazo y, acto seguido, una voz varonil.

—¡Padre Ignacio!

Alguien ha entrado y Lucía se siente acorralada: es imposible salir sin que la vean. Se desliza bajo la cama un segundo antes de que el intruso irrumpa en la habitación. Se abraza a la bolsa de tela, que contiene su exiguo botín: las monedas, el anillo, la plata y poco más. Desde su posición, puede ver el cuerpo del religioso, de una rigidez espantosa. Entonces, el cadáver se gira hacia ella, como el que se da la vuelta en la cama para buscar una postura más cómoda. El *rigor mortis* dibuja en su rostro una sonrisa de payaso triste. Lucía ahoga un grito hasta comprender que el recién llegado está registrando al muerto en busca de algo, ha debido de darle la vuelta para inspeccionar los bolsillos.

No se atreve a respirar. Se aparta todo lo que puede

y, al hacerlo, su mano topa con algo que identifica como el palo de un cepillo. ¿Ha arrastrado el palo al tocarlo con la mano? ¿Ha hecho ruido? No lo sabe. Oye una respiración pesada, jadeante, que aplasta la suya, apenas un soplido de animalillo asustado. Nota un contacto en el pie derecho y espera con todas sus fuerzas que sea pura sugestión o que el pie del difunto, en uno de los meneos que está sufriendo su cuerpo, haya terminado rozando el suyo. Pero no es así: la mano se cierra sobre su tobillo y tira con fuerza. El intruso la ha descubierto.

Lucía agarra el palo del cepillo y bate con fuerza hacia abajo, en busca de la mano, de la cara que asoma por debajo de la cama. Un aullido de dolor le indica que, a pesar de defenderse a ciegas, ha conseguido hacerle daño. Dispone ahora de pocos segundos, lo sabe bien; sale de la cama por el otro lado, deslizándose tan rápido como puede y armada con el cepillo en una mano.

Al incorporarse, descubre frente a ella a un hombre enorme: mide más de siete pies, y tiene media cara en carne viva, quemada, más rosa que roja. Se duele de la boca, donde debió de acertar con el cepillo, y la mira con rabia. Lucía no se lo piensa dos veces. Golpea con la punta del palo el estómago del gigante y mientras este se encorva por el dolor, huye a la carrera hasta la puerta, con la bolsa de tela bien aferrada, arrastrando por el suelo la capa del abrigo como una cola de novia a la fuga. Baja los dos tramos de escalera y sale a la calle sin mirar atrás. Sabe que el hombre la está persiguiendo, sus gritos retumban en la oquedad de la escalera y lo hacen ahora en la calle.

—¡A ella! ¡A la ladrona!

Algunos curiosos miran, pero ninguno parece dispuesto a ayudar a su perseguidor. Lucía sigue corriendo.

—Por aquí...

Un chico un poco más joven que ella, de unos trece años, la ha llamado desde la entrada de una carbonería. Puede ser una trampa de la que ya no logrará salir, pero no le queda otra opción que confiar en él. Pasa por medio de las montañas de carbón y sale a un patio trasero. Y desde allí, saltando una valla, a lo que bien podría ser el jardín de un convento. De repente está en un lugar tranquilo, bello, limpio y silencioso, con caminitos de grava y una fuente de piedra en el centro. El agua impregna el aire de frescor y flota un aroma a tierra mojada por la tormenta.

—Será mejor que nos esperemos aquí un rato antes de salir. Por lo menos hasta que se despeje la calle. No pasa nada si dices «muchas gracias, Eloy».

Lucía se fija en su inesperado ayudante. Es un chico con el pelo ralo, pantaloncito raído y mirada muy viva.

—Me van a cerrar la Puerta de Toledo.

—Puedes quedarte a dormir en Madrid, dentro de la Cerca. Conozco muchos sitios, hay hasta palacios vacíos.

—No puedo, tengo que volver con mi madre...

Eloy deja escapar una sonrisa burlona.

—Robas a los muertos, pero no quieres enfadar a tu madre, colibrí.

Eloy le revuelve la melena roja, pícaro. Ella tiene que contener las ganas de soltarle un bofetón. De gritarle que su madre se está muriendo; que si no lleva a casa algo de dinero con el que alimentarla, tal vez no pase de esta noche. Prefiere apretar los dientes y murmurar:

—Me llamo Lucía, no sé qué es eso de «colibrí». Y no te he pedido ninguna ayuda, así que tampoco tengo que darte las gracias...

—Yo los distraeré, colibrí —sigue hablando Eloy como si no la hubiera oído. Saca una gorra de un bolsillo y se la cala—. Quítate ese redingote o te acabarás tropezando y te pillarán. Toma... —Le entrega un reloj con leontina—. No quiero perderlo, se lo acabo de robar a un estudiante y mis dos horas dando vueltas por la Puerta del Sol me ha costado. Devuélvemelo mañana, a las doce en la plazuela de la Leña. Haré que me persigan, vete para el otro lado.

Antes de que Lucía pueda decir nada, Eloy se encarama a la valla del convento, salta a la calle y echa a correr hacia el almacén de vino en el que ella se había refugiado antes. Tira un montón de botellas que están expuestas en la puerta y atrae así la atención del gigante, que ahora está con dos guardias.

—¡Allí!

Lucía mete el abrigo en la bolsa y, encaramada a la tapia, huele el vino derramado. Ve escapar a Eloy con agilidad, ha creado la confusión suficiente para que ella pueda saltar y huir por la misma Carrera de San Jerónimo, hacia el lado contrario. En una mano lleva, bien agarrada, la bolsa con lo que robó en la casa de los muertos de cólera; en la otra, el reloj que le ha dado Eloy. Mañana a mediodía estará en la plazuela de la Leña para devolvérselo.

3

El cuerpo de Berta, o lo que queda de él, ya está en el carro tirado por una mula: el tronco, un brazo, una pierna unida y la otra cruzada como un leño sobre su estómago, allí la dejó el conductor, la cabeza cercenada rebotando por el traqueteo de las ruedas en el suelo inestable, los ojos todavía abiertos y sus pupilas enteladas mirando a un sol radiante sobre el lodazal. Los vecinos de las casuchas del Cerrillo se apartan a su paso, hay quien se santigua, algunas mujeres lloran, otras vuelven a sus quehaceres, unos pocos hombres se reúnen en círculo clamando venganza, quieren salir en busca de la Bestia como si fuera una montería. Bravuconadas.

—Aquí ya está todo hecho. ¿Nos vamos? —propone Donoso.

—¿Dónde se la llevan?

—Al Hospital General, luego no sé. En algún sitio enterrarán los restos.

Donoso está deseando abandonar el Cerrillo del Rastro y ponerse ropa seca, beber unos vinos —o mejor unas copas de aguardiente, que tiene que sacarse el frío de los huesos— y terminar su jornada de trabajo, un trabajo que ni le gusta ni le interesa. Pero Diego se ha empeñado en quedarse a hablar con alguien que haya conocido a la niña; a Berta, la hija de Genaro.

—Vete tú. Con un policía al lado, nadie va a querer hablar conmigo.

Aunque sea un policía tan poco marcial como Donoso, alguien que cumple con desgana sus funciones, lleva uniforme, y en las zonas menos pudientes de Madrid nadie se fía de quien lo viste.

—Estás avisado, no es la primera vez que paseas por este barrio. Sabes que las lágrimas de esta gente sólo sirven para entretenerte mientras te roban la cartera.

—Márchate tranquilo. Luego pasaré por el hospital, por si surge algún dato más para completar la crónica.

Donoso se aleja hundiendo los pies en el barro, cansado como siempre. Diego nota las miradas de los vecinos del Cerrillo; fiel a las modas, el periodista lleva patilla ancha, rizos en el pelo, faja roja, capa negra y calzón de pana. Está claro que no es uno más en ese barrio, poblado por harapientos, pero tampoco es un señorito de los de tupé y redingote, sino alguien que puede llevar un cuchillo escondido en la faja, un hombre capaz de defenderse si llega el caso. Usa modales decididos, incluso pendencieros, pero tiene a la vez la mirada melancólica de un poeta francés, una combinación irresistible para las mujeres que ronda más a menudo de lo que sería recomendable.

Preguntando a unos y a otros, desplegando su simpatía y su atractivo —quizá su ropa sucia de barro hace que confíen más en él—, llega hasta un niño que jura haber visto a la Bestia.

—Medía tanto como dos hombres juntos y tenía los ojos rojos como la sangre... La vi una noche fuera de la Cerca. Hacía un ruido como el de los cerdos, pero tenía la piel de los lagartos.

—Otros me han dicho que estaba cubierta de pelo como un oso.

—Sí, eso es. Pelo de oso y dientes de jabalí.

Sabe que el chico se está dejando llevar por la fantasía o, tal vez, por el afán de protagonismo. Más retratos absurdos de esa Bestia. Como aquel que le hizo el ropavejero que había descubierto otro de los cadáveres. Según este, era un cuadrúpedo con cabeza humana y cornamenta, una suerte de ciervo humanizado. Cuando Diego se esfuerza en buscar elementos comunes entre los diferentes testimonios, no encuentra ninguno. Pero, aunque esos extraños atributos humanos no sean verdad, ¿por qué un animal vaga extramuros de la ciudad y elige tan concienzudamente a sus víctimas? En ese extremo, sí existe un patrón: todas las víctimas eran niñas que apenas rozaban la pubertad. Si esa Bestia es tan fuerte como dicen, ¿por qué selecciona a las más indefensas? Preguntas que, según parece, sólo le importan a él: ha sido el único periodista que ha informado sobre estos sucesos y no porque hubiera tenido ninguna exclusiva, sino porque, en realidad, los lectores de periódicos no quieren saber nada de ellos. ¿A quién le importan esas niñas como Berta, que viven en los barrios más miserables? Un lugar donde la muerte es una visita constante, ya sea invitada por el hambre, por el cólera o por una Bestia.

Diego se detiene junto a los hombres que planificaban una batida.

—¿Alguno de vosotros conocía a Genaro?

—También desapareció, al poco que la niña.

Un hombre de ojos vidriosos, que se tambalea como si ya llevara demasiado aguardiente en el cuerpo, le habla de Genaro, el padre de Berta. Se sacaba unos reales vendiendo guano. De eso vivían —malvivían— él y su hija.

—Vaya al Corral de la Sangre, es donde le dan el guano. Lo mismo allí le encuentra, aunque no sé si querrá saber cómo ha dejado la Bestia a su cría. Desde luego, yo no quiero ser el que se lo cuente.

Diego Ruiz prefiere ir al hospital; tampoco le tienta la idea de dar la noticia de la muerte de su hija a Genaro, y menos en las condiciones en las que se ha producido. Como la infección de cólera, la muerte de Berta llegará a oídos de su padre. Tal vez entonces, cuando él sepa qué preguntarle, cuando esté convencido de que remover en la memoria valdrá la pena, vaya a visitarle.

El Hospital General está junto a la calle Atocha, muy cerca de su propia casa, construido sobre lo que fue el antiguo Hospital de los Pobres. Es el más grande de Madrid, tiene capacidad para mil quinientos pacientes —novecientos hombres y seiscientas mujeres— en veinticuatro grandes salas. Allí es donde han acabado los restos de Berta, pero también es el lugar donde se está derivando a los pacientes con cólera. Ni con sus descomunales proporciones logra acoger a tantos enfermos como van llegando; en cualquier rincón, desde los pasillos hasta el vestíbulo, hay pacientes hacinados, muchos de ellos moribundos.

—No debería haber venido, aquí se cogen todos los números de la lotería del cólera. Están construyendo un hospital nuevo sólo para la epidemia en el antiguo edificio del saladero de tocino, en la plaza de Santa Bárbara, donde la cárcel, pero no va a estar listo hasta el mes que viene. De momento, poco podemos hacer aquí. Y, por si no teníamos suficiente, nos llegan más pacientes de la Casa de Socorro de San Cayetano. Allí no pueden acoger a más y los médicos están enfermando por docenas.

La insistencia de Diego ha servido para que el cuerpo

de Berta no vaya directo a una fosa —como sucedió con los anteriores cadáveres— sin que lo analice un doctor, aunque este sea el doctor Albán, un joven médico en prácticas, todavía barbilampiño y a quien los doctores de años de carrera le encargan las tareas que ninguno quiere hacer. La sala donde está Berta se mantiene fresca, en comparación con el resto del hospital en el inicio del verano madrileño. Pero la fuente de agua que está en constante funcionamiento para lograrlo no es capaz de ocultar el hedor que agrede nada más entrar, el que descompone de inmediato a Diego.

—Aguántese, nadie se acostumbra a este olor.

El único depósito de cadáveres del que Diego había oído hablar es el del Grand Châtelet, en París. Allí, en un edificio mezcla de tribunal, cárcel y cuartel de policía, se exponían en una sala los cadáveres que aparecían en la calle para que todo el mundo los viera y así identificarlos. Aunque parezca mentira, hasta hace pocos años era un lugar de encuentro, casi un espectáculo público para los parisinos. Esta sala madrileña es muy distinta. Hay dos mesas de mármol, con una manguera unida a un grifo para limpiar los restos que se vayan produciendo. El cadáver de Berta está sobre una de ellas.

—Todavía no he podido estudiarlo en profundidad. Su caso corre menos prisa que el de otros pacientes que siguen con vida. Sólo puedo mostrarle una cosa.

El doctor deposita una pieza de oro en la mano de Diego, como una insignia que se prende en la solapa. Tiene forma de aspa, un aspa formada por dos herramientas: dos martillos, o más bien dos mazas.

—¿Qué es?

—No lo sé, estaba clavada dentro de la boca de la niña, tras la úvula.

—¿Qué es eso?

—Es lo que se suele llamar «campanilla». Cómo llegó allí es algo que ya no le puedo responder.

Diego mira en detalle el pequeño emblema, de apenas dos centímetros. En el alfiler todavía queda una sombra oscura, un resto de la sangre de Berta. ¿Qué mano pudo clavar esa insignia ahí? ¿Se trata de algún tipo de mensaje? Albán ha debido de notar la turbación de Diego ante el descubrimiento que ha hecho, porque sonríe y le ofrece una silla donde sentarse.

—No será necesario. Es sólo que... no esperaba algo así. Hasta ahora, todo lo que había oído sobre asesinatos como el de esta chica apuntaba a una Bestia, un ser que más bien parecía sacado de las fábulas que de la realidad, pero esta... insignia... Es un hombre quien está matando.

—No sé si le he entendido mal. ¿Ha dicho «asesinatos como el de esta chica»? ¿Ha habido más?

—Los he hecho públicos en *El Eco del Comercio*, supongo que no lee ese periódico o no se detiene en los breves de la cuarta página... Al menos, otras tres niñas aparecieron muertas y en un estado similar. Madrid debería saber qué está pasando fuera de la Cerca.

La mirada de Albán se desplaza ahora a los restos de Berta, que yacen sobre la mesa de mármol. Se acerca con parsimonia y vuelve a analizarlos con una mirada nueva. Detiene las manos en el brazo cercenado. Recorre con el dedo una rozadura que dibuja un círculo en la muñeca inerte.

—No sé cómo se llevó a cabo esta carnicería, pero ¿puede ver la laceración de la muñeca? Esta niña estuvo atada.

—Sé cuál es la situación del hospital y la cantidad de casos que tienen que atender, pero... ¿podría usted hacer un examen más exhaustivo de las heridas? Tal vez pueda revelar alguna pista más sobre quién cometió esta barbarie.

—Espero encontrar el tiempo —promete el doctor Albán—. Como espero que sea verdad lo que dicen los curas: que Dios elige a quién padece el cólera. Más le vale al Altísimo infectar al demonio que ha hecho esta monstruosidad.

4

El barrio de las Peñuelas, del otro lado de la Cerca, es apenas mejor que el del Cerrillo del Rastro. No dista más de cien metros del paseo de las Acacias o de la ronda de Embajadores, pero parece otro mundo. Lucía, su hermana Clara y Cándida, su madre, viven en una casa con zaguán y portillo de medio punto que da a un patio trapezoidal. De alrededor del patio parten galerías llenas de cubículos de cuatro metros cuadrados en los que, aunque parezca mentira, llegan a convivir quince o veinte personas. Ellas tienen suerte, son sólo las tres en el suyo. Hasta ahora, su madre ha podido pagar el alquiler lavando ropa en el río, pero ella también ha caído enferma, como tantos en un inmueble con ese grado de hacinamiento, en un barrio en el que no tienen agua corriente —deben usar la fuente de cuatro caños que está en la plaza, surtida con agua del Lozoya—, donde las calles no están empedradas, la escasa iluminación es la que dan unos cuantos faroles de gas destartalados, y algunas viviendas tienen letrinas al aire libre con su vertedero al pie del edificio. La única alcantarilla que recorre el barrio va de las calles Labrador a Laurel y por todas partes hay arroyos de aguas fecales. Es un barrio de chabolas, pero destacan tres edificaciones sólidas: la fábrica de camas del señor Duthú, la casa de la familia Laorga y la fábrica de harinas Lorenzale.

Cuando Lucía empuja la puerta todavía no ha anochecido —es la Noche de San Juan, la más corta del año— y una mujer de edad avanzada, la señora de Villafranca, de la Junta de Beneficencia, está atendiendo a su madre, haciéndole beber agua de nieve que ha llevado en una botella. Su vestido elegante de cuadros y corsé, los guantes de cabritilla, rubrican que la señora de Villafranca es una forastera en las Peñuelas, una de esas mujeres que cumplen con el diezmo de las buenas obras para congraciarse con su Dios; a veces se acerca a llevarles comida y ropa usada. Clara, asustada, sostiene la cabeza de su madre para que pueda beber. Mechones rubios, sucios, casi blanquecinos, enmarcan el rostro de Cándida, que saluda a Lucía con una sonrisa muy débil.

—Necesito agua limpia y fresca y también trapos. Hay que bajarle la fiebre.

—No hay trapos, se los han llevado los guardias —informa Clara.

Ha sido una de las decisiones de las autoridades que nadie entiende: han pasado por los barrios de las afueras y han confiscado los trapos, casa por casa, bajo el pretexto de que son la causa de transmisión del cólera.

La señora de Villafranca saca su pañuelo perfumado y frota el cuerpo de la enferma con agua y vinagre, que es lo que se suele hacer, aunque en realidad, como sucede con los tragos de nieve, no se sabe si sirve para algo.

—Mañana volveré con polvos de aristoloquia.

—¿Eso es lo que llaman «viborera»? Dicen que son imposibles de conseguir.

—Yo sé dónde encontrarlos.

Normal, piensa Lucía; ese remedio para el cólera es inalcanzable para los pobres, pero no para alguien como la señora de Villafranca. Con orgullo, saca un puñado de monedas de su bolsa de tela.

—Lo puedo pagar.

—Guárdatelas, las vais a necesitar. No sé cuánto tiempo os queda en esta casa, dicen que las van a tirar.

El rumor lleva varios días circulando. Se arroja la culpa del cólera a los pobres como paladas de tierra, quieren acabar con sus barrios y exiliarlos de Madrid. No les basta con cerrar las puertas de la Cerca y controlar el paso, los quieren lejos. Lucía está convencida de que los quieren muertos.

—Os dejo un poco de vinagre. Diluid un chorrito en un cazo de agua caliente y se lo dais a beber para forzarle el vómito. Mañana estará mejor.

Cándida se incorpora penosamente y abraza a la señora. Parece un gesto de gratitud, pero en realidad es una súplica desesperada lo que está poniendo en marcha. Desliza con voz jadeante por el esfuerzo unas palabras en su oído.

—No deje solas a mis hijas.

—Te vas a recuperar, Cándida, ten fe.

—Son muy pequeñas. Ocúpese de ellas, por el amor de Dios. No tienen a nadie.

La señora de Villafranca peina con los dedos el cabello pajizo de la enferma. Antes de irse, le da un beso en la frente. Clara mira a su madre con los ojos húmedos por la emoción. Es una niña de once años que sabe reconocer las trazas de una despedida, pero que no está dispuesta a asumirla.

—Yo no quiero que me cuide esa señora, quiero que me cuide usted.

Cándida intenta sonreír a Clara, pero el gesto se convierte en una extraña mueca marcada por el dolor. Se tumba en el colchón, agotada. Lucía saca de la bolsa la

chaqueta que robó en el piso de la Carrera de San Jerónimo y la arropa.

—Madre, tengo dinero para que comamos unos días.

Cándida entorna los ojos, encogida bajo el abrigo,
refugiándose en el calor que le da. A Clara se le ilumina
la expresión.

—¿De dónde lo has sacado?

Lucía le sonríe.

—He descubierto una fuente en Madrid que es mágica. Metes piedras pequeñas, como chinitas, y se convierten en reales.

—Entonces todo el mundo sería rico.

—No, porque hay que meterlas sólo cuando ha llovi-
do y están brillantes del agua de la lluvia. Y justo cuando
ha salido el sol y los rayos apuntan a la fuente. Y eso no
lo sabe nadie más que yo.

—Me tienes que enseñar a hacerlo.

—No me gusta que robes, hija —murmura Cándida
desde su duermevela, rompiendo el hechizo.

Lucía tuerce el gesto. No es la primera vez que sale
este tema de conversación. Su madre le insiste en que la
sustituya en el lavadero de Paletín, en la orilla del Manzanares. «Sé una mujer decente», le ha dicho siempre.
«No vayas con los rateros de la ciudad, quédate a este
lado de la Cerca, en Madrid no hay nada bueno para
nosotras.» Son las cantinelas que Cándida le ha repetido
día tras día. Pero ¿de qué sirve ser decente? Aunque consiguiera el puesto de su madre en el río, no ganaría suficiente para alimentar a las tres. ¿Para qué deslomarse
limpiando la mierda de los ricos? Para, además de morir
de hambre, morir agotada, como su madre siempre ha
estado. A sus catorce años, Lucía rara vez ha incumplido
sus órdenes. Las historias de vecinas de las Peñuelas que
intentaban ganarse la vida en la ciudad y acababan con-

vertidas en prostitutas, violadas y apaleadas, enfermas y con mil hijos, han servido para disuadirla. Sin embargo, ahora las cosas son diferentes: el cólera se está llevando a Cándida y cae sobre Lucía la responsabilidad de traer comida. Por eso se decidió a explorar la ciudad. A buscar ese dinero que no brota de una fuente mágica, sino de las casas de los muertos. Ese es el secreto que ha descubierto. Ahí está el oro, como el de ese anillo que ha encontrado hoy, esperándola.

Cuando su madre se ha dormido de nuevo, un sueño inquieto por culpa de la fiebre, Clara y Lucía comen un pedazo de pan. Hoy ha habido suerte y la señora de Villafranca les ha llevado también unas cebollas.

—Pan con cebolla, nunca pensé que fuera un manjar —se ríe Clara.

—Mañana compramos carne.

—¿Carne? ¿Tantas monedas has sacado de la fuente?

—Suficiente para un cabrito entero. Vamos a comer carne hasta que no podamos más. Mira... —Lucía le enseña a su hermana el anillo con las dos mazas cruzadas—. Es de oro.

—Qué bonito. Cómo brilla. ¿También lo has sacado de la fuente?

—Eso te lo cuento otro día.

Las dos se duermen, comparten la única estancia de la casa con su madre enferma, con su respirar pesado y sus lamentos ocasionales. Un tictac espeso que va meciendo como las olas a las hermanas hasta el sueño, pero el amanecer revienta con llantos, ruidos y gritos.

—¡Fuera! ¡Fuera todo el mundo!

Más de cien soldados de la Milicia Urbana han irrumpido en el barrio pisando los charcos con sus botas militares, y con esas botas derriban puertas a base de patadones innecesarios, pues son tan precarias que en realidad ceden a un leve empujón.

Lucía se asoma por el ventanuco. Hay vecinos gritando, mujeres de rodillas implorando clemencia, aferradas a las puertas de sus casas. Un grupo de mozos de cuerda, más de diez, que comparten la habitación de la esquina, se enfrenta a los militares y uno de ellos descarga golpes con su porra a diestro y siniestro. La sangre salpica las paredes de la corrala. Mariana, que vive en el cuarto número 7 con sus cinco hijos, sale al patio con un bebé en brazos. Tal vez piensa que así puede ablandar a los guardias. Uno de ellos le grita que se vaya antes de que prendan fuego al patio entero.

—¿Nos tenemos que ir? —pregunta Clara, que se ha despertado con los gritos.

Lucía se aparta de la ventana y empieza a preparar el hatillo. Recoge el puchero de barro, un cazo, tres cuencos de estaño y el puñadito de cubiertos que tienen. Introduce también en el fardo las patatas, las cebollas, un trozo de queso y un mendrugo de pan.

—Coge lo que puedas, Clara. ¡Deprisa!

En una cesta de paja, la niña mete las escasas prendas que constituyen el ajuar: dos vestidos, una toquilla, una falda larga, un par de zuecos, una sábana y dos mantas apolilladas. No han acabado de recoger sus pertenencias cuando aporrean su puerta con violencia. Las dos hermanas cruzan una mirada de pánico. Cándida se revuelve en medio de su fiebre. Un fuerte embate precede a la entrada de dos guardias.

—El barrio está precintado hasta nuevo aviso, fuera de aquí.

—Mi madre está enferma, un poco de compasión —ruega Lucía.

El guardia, despectivo, evita mirarla. Se fija en el bulto patético que forma Cándida en el suelo, envuelta en el redingote. La zarandea.

—¡Arriba! Tienen un minuto para dejar la casa vacía.

Lucía se lanza contra el guardia y le muerde en la mano. El aullido del hombre termina de despertar del todo a Cándida, que se incorpora asustada, perpleja, incapaz de comprender lo que sucede. Lucía cae al suelo al recibir una bofetada del guardia.

—Perra sarnosa, te voy a matar.

—¡No la toques! —grita Clara.

—Hijas, por favor... —implora Cándida con lágrimas en los ojos. Lágrimas de miedo, de rabia, de impotencia.

El segundo de los guardias pone paz en la trifulca. Sofoca el deseo de su compañero de apalear a Lucía y es el que da las órdenes finales.

—Vamos a prender fuego a las casas. Podéis quedaros dentro, si es lo que queréis.

Los guardias abandonan el cuarto. Clara ayuda a su madre a levantarse, calzarse, cubrirse con la chaqueta y hacer acopio de fuerzas. Lucía mira a su alrededor; lo que ha sido siempre su hogar: el taburete de madera en el que Cándida se sentaba a pelar patatas o a lavar guisantes, el barreño que usaban para el aseo, el colchón lleno de pulgas en el que dormían las tres abrazadas. Recorre la habitación con la vista para no dejarse nada esencial. El botín de esa tarde, el anillo de oro, el reloj con leontina de Eloy. Eso lo puede guardar en el bolsillo. Coge la vela, las cerillas, el cubo para ir a buscar agua cada mañana, la esponja de alambre para frotar los sabañones. Puede cargar con todo eso, pero no con el colchón ni con la mesa pequeñita, formada por un tablero de hojalata que Lucía encontró en un vertedero y cuatro palos desiguales pegados con resina. Todas sus fuerzas las va a destinar a su madre enferma, que apenas se tiene en pie. Hay que huir con lo mínimo imprescindible. El hatillo, la cesta de paja. El cubo para el agua. Y su madre.

Cuando salen a la calle, Lucía comprende que ha hecho bien en desprenderse de varios objetos. Ve a hombres que tropiezan a cada paso porque no pueden arrastrar el equipaje. Una madre lleva a un niño en brazos, tira de una maleta, carga un bolsón en bandolera y dos cazuelas en la mano libre. Lucía la ve desplomarse en un charco, aplastada por tanto peso. Las llamas empiezan a elevarse hacia el cielo en varias chozas. No era una amenaza baladí la de los guardias: las Peñuelas va a arder. Un joven da vueltas como un derviche, gritando en mitad de la calle, enloquecido, como si en el barrio se estuviera celebrando la Noche de San Juan. Los perros ladran y corren de un lado a otro, sin orden ni concierto, cruzándose por el camino que ha tomado la comitiva. Porque en medio del caos, de las peleas, los porrazos y las casas incendiadas, hay un reguero de miserables que avanzan en fila india, con aire penoso y desahuciado, con sus pertenencias e hijos a cuestas, en un silencio resignado y somnoliento, un reguero de pobres diablos que camina hacia ninguna parte. Entre ellos están Lucía, Clara y Cándida, esta última apoyada en los hombros de sus hijas, llevada casi en volandas, boquiabierta, jadeante. Atrás, el fuego consume el barrio, se derrumba en un estallido de llamas y muros escuálidos que se hunden provocando una explosión, como si fuera el mayor espectáculo de hogueras de la noche más corta del año.

Van siguiendo a los demás —atraviesan Yeserías, Palos de Moguer...—, pero su paso es más lento y pronto se quedan solas. Cerca de allí hay unas cuevas que antes se usaban para vivir y en las que Lucía, a veces, se ha escondido jugando, pero llegar hasta donde están exige atravesar un barranco y trepar por el talud. Las lluvias del día anterior han dejado el terreno resbaladizo y no es fácil salvar los desniveles con una mujer casi moribunda a cuestas. Clara quiere rendirse, pero Lucía sigue adelante porque es lo único que ha aprendido a hacer en la vida. Descienden al barranco resbalando varias veces por la ladera fangosa. De cuando en cuando, Lucía mira a su madre de reojo para verificar que todavía respira. Ahora falta subir el talud y dar con una cueva libre. Un alarido de Clara obliga a la mayor a detenerse. Se ha clavado una ramita en el pie.

—Aguanta, Clara. Ya estamos llegando.

Clara contiene las lágrimas y sigue caminando. En la primera cueva, un hombre resuella por el cansancio; sus pertenencias se esparcen por el suelo y una rata las está husmeando. La segunda cueva parece vacía, pero Lucía distingue al fondo el brillo de varios ojos, como bolitas de nácar. Subiendo unos metros más encuentra lo que busca: la cueva es muy pequeña, apenas una hornacina excavada hace quizá miles de años por una tribu nómada, pero ese será su hogar. Descargan las pertenencias y dejan a la enferma tumbada junto a la pared arcillosa.

—Ya está, madre. Ya hemos llegado. Ahora tiene que descansar.

Cándida contesta con un hálito aliviado, agradecido, y cierra los ojos, rendida. Clara se acerca con la chaqueta y arropa a su madre.

—A ver esa herida —dice Lucía.

La niña se sienta en el suelo. Tiene una astilla, una ramita de pino, clavada entre dos dedos del pie. Lucía la saca de un tirón y sonríe con orgullo a su hermana. Le ha tenido que doler, pero ella no se queja. Hay un punto de sangre en el orificio, que la mayor embadurna de barro.

—Esto mañana está curado.

—¿Dónde vas?

—No tardo mucho. Quédate aquí con madre.

Lucía sale al terraplén, una bajada de piedra arcillosa salpicada de matas y arbustos. Quiere hojas, ramas, un follaje con el que fabricar una cama mullida para su madre. Arranca matojos, hierbas, abraza la hojarasca que el viento arrastra del bosque de pinos y castaños que corona esa depresión.

—Has tardado mucho —la recibe Clara.

—Ayúdame a hacer una cama.

Entre las dos preparan el lecho y acomodan a Cándida sobre él. Después extienden una sábana en el suelo para tumbarse ellas.

—¿Vamos a vivir aquí?

—De momento sí. Ya buscaremos otro sitio.

—¿Tú crees que madre se va a morir?

Lucía juega con el pelo de su hermana. Le hace trenzas, luego las deshace, y mientras tanto se esfuerza en parecer calmada y segura.

—Madre está enferma, se ha contagiado del cólera. Y está muy grave.

—Y si se muere, ¿qué hacemos?

—Me tienes a mí y yo te tengo a ti. Y nadie nos va a separar nunca.

—Pero no tenemos dinero.

—Sí que tenemos. Y conseguiré más.

—Me dejarás sola.

—Pero estarás protegida.

—¿Cómo?

Es ahora Clara la que alarga la mano para agarrar el cabello de Lucía. Lo hace siempre que está nerviosa. Le tira del pelo, a veces con fuerza, como si necesitara aferrarse a ella.

—¿Te acuerdas de la tormenta de hace dos años que hundió nuestra casa?

—Sí. Hundió todas las casas del barrio.

—Todas no. Se salvaron dos, que tenían en la puerta un escudo con dos palos cruzados. Y todo el mundo sabe que ese escudo es lo que las protegió.

—¿Tú crees en esas cosas?

—Claro que creo, los amuletos existen de toda la vida. Hay un montón de historias que hablan de amuletos; sirven para salvar vidas y para proteger a la gente.

Clara tira del pelo de Lucía.

—¿Vas a poner dos palos cruzados en la entrada de la cueva?

—No. Voy a hacer algo mucho mejor.

Hurga en su bolsillo hasta encontrar el anillo de oro. En el sello, las dos mazas formando un aspa. Se lo muestra a su hermana.

—¡Un amuleto!

—Sí. Y es para ti. Para que te proteja.

—¿De verdad?

—Claro que sí. Guárdalo bien, con este anillo estarás a salvo. Su magia te va a envolver, como una coraza, y nada ni nadie podrá hacerte daño. Es muy especial, sólo existen unos pocos en el mundo, y los demás los tienen esos bandoleros que hay en la sierra a los que nadie puede cazar nunca.

Clara coge el anillo y le da un beso. Se arrulla en su regazo mientras se lo pone. Lucía la abraza y aspira el olor del pelo de su hermana, que siempre le parece que huele a bosque, a leña quemada. Clara cierra los ojos, en calma, como si realmente nada pudiera hacerle daño. Desde la boca de la cueva, Lucía puede distinguir en el cielo el humo de las barracas incendiadas en las Peñuelas. Se va deshaciendo, tal y como se ha deshecho su vida, hasta desaparecer.

5

Como la mayor parte de los periódicos, *El Eco del Comercio* se compone de cuatro páginas de cinco columnas con las noticias amontonadas, como si se dieran codazos para ocupar su espacio. Las de la primera página tratan de política nacional e internacional; en las siguientes aparecen las noticias locales y los folletines; la cuarta está dedicada a los sucesos y a la crónica social y de espectáculos. No es de extrañar que, entre todos esos breves, las crónicas de Diego Ruiz, El Gato Irreverente, no hayan tenido la repercusión que él soñaba. La redacción ocupa una estancia de la casa de su editor y director, Augusto Morentín. Está en la calle de Jacometrezo, encima de la imprenta en la que se elabora el periódico, propiedad también de Morentín.

—¿Sabes quién ha muerto del cólera? El padre Ignacio García —le recibe su director.

—No sé quién es.

—Un teólogo y especialista en botánica medieval. Una eminencia. Han entrado a robar en su casa, en la Carrera de San Jerónimo. Deberías escribir contra la rapiña en las casas de los muertos de la epidemia.

—¿Y le parece raro que roben en casa de un cura? La gente está soliviantada con el clero, no deja de echar la culpa a los pobres de la propagación del cólera.

—Y lo más probable es que tenga razón.

—¿Está de acuerdo con la Iglesia? Desde los púlpitos no se cansan de repetir que el cólera es el castigo de Dios porque el pueblo le ha dado la espalda. ¿Va a confesarme ahora que es carlista?

—Escribe lo que te digo.

—Lo haré, se lo prometo, pero hoy traigo otra noticia más importante: la Bestia ha vuelto a actuar y, esta vez, ha dejado indicios de su identidad.

Augusto Morentín es un buen periodista y un buen jefe, un entusiasta de su profesión con la mayor virtud que puede tener un empleador para sus subordinados: paga bien y sin retrasos. Está empeñado en convertir su periódico en un medio con tanto éxito y prestigio como *El Observador*, donde escribe Mariano José de Larra, el periodista más famoso de Madrid. Su único defecto, en opinión de Diego Ruiz, es que no le interesan las noticias de los bajos fondos.

—Creo que no tenemos ni un solo lector fuera de la Cerca. Céntrate, Diego, ¿o es que no quieres salir nunca de la cuarta página? ¿No ves que a nadie le importan los detalles de esa historia de folclore truculento?

—Lea esto, verá como le interesa.

Diego se ha esforzado en usar su mejor prosa, todos sus conocimientos del oficio —que sabe que su director aprecia—, para redactar la noticia de la muerte de Berta.

—¿Una insignia de oro clavada detrás de la campanilla?

—Un aspa formada por dos mazas cruzadas. Hay que enterarse de si las otras muertas también la tenían. Si no la han encontrado, podemos pedir que se exhumen los cadáveres. Es la prueba que echa por tierra todas esas suposiciones de que es obra de algún animal fantástico. La Bestia es un hombre.

Morentín no contesta. Sigue leyendo, de cuando en cuando niega con la cabeza.

—¿Un asesino que despedaza niñas?

El director se levanta de su butacón, se acerca a la caja de puros y coge uno. Lo enciende y lo chupa varias veces seguidas, con ferocidad. Al soltar la primera bocanada, su rostro se oculta tras el humo denso.

—El último artículo que escribiste sobre el tema de la Bestia...

—El de la niña que hallaron cerca de la Puerta de los Pozos.

—Ese tenía su interés. Recuerdo la descripción que hacía del animal un testigo: un ciervo con rostro humano que aullaba.

—Ambos sabíamos que eso no podía ser verdad.

—Mira, Diego, una cosa es una bestia mitológica, un animal salvaje, que la gente piense que es un oso o un ciervo o yo qué sé, o que no se lo termine de creer, que crean que es un folletín que se nos ha escapado hasta la última página. Otra muy distinta es que digamos que un asesino brutal está desmembrando a niñas y cortándoles la cabeza en pleno Madrid. Todo sobre la base de un indicio tan nimio como esa insignia en el cuerpo.

—¿Acaso no es suficiente para demostrar que la mano del hombre está detrás de ese crimen?

—En tiempos difíciles, nadie quiere rumores que alarmen aún más al pueblo.

—No es un rumor. Es lo que está pasando; ayer mismo lo vi con mis propios ojos, don Augusto. La niña, Berta... Tal vez si usted hubiera estado a su lado...

—No es lo que quieren leer nuestros lectores. Nosotros les damos lo que quieren.

—¿Y qué es lo que quieren?

—Un poco de comprensión. Hay una epidemia de

cólera, se desvalijan las casas de los muertos, los carlistas siguen avanzando sobre Madrid y la reina regente se ha confinado en La Granja. Muchos están perdiendo a sus familiares y tienen miedo de que la muerte llame a su puerta. Desde el periódico tenemos la obligación de hacerles ver que no están solos. Que sabemos lo que están sufriendo los madrileños.

—¿Y quién les dice a las familias de esas niñas asesinadas que no están solas?

—Si quieres escribir sobre un oso que ronda la Cerca, perfecto. Incluso podrías apuntar a que se trata de una gárgola que cobra vida con la luna llena; es pura leyenda, me gusta. Sobre un asesino de niñas, no. Lo siento, pero eso no tiene cabida en mi periódico.

—Porque le preocupa más no asustar a las buenas familias de la ciudad que cumplir un deber moral con la gente que vive en los poblados —concluye Diego con amargura, regada con unas gotas de sarcasmo.

—Si quieres seguir trabajando para mí, no te pases de listo. —Le señala con el puro—. Olvídate de esa Bestia y escribe una semblanza ejemplar del padre Ignacio García. En este país no andamos sobrados de personas insignes y acabamos de perder a una.

Diego sale enfadado, pero de nada le vale discutir con Morentín; es su periódico y decide qué publica. Además, no le interesa una confrontación, tiene deudas, necesita dinero para pagar la habitación donde vive, ya lleva semanas de retraso. Este trabajo en *El Eco del Comercio* es su última oportunidad de encontrar un hueco en la profesión y cierta estabilidad en su vida, demasiado azarosa hasta el momento. Donoso se lo ha dicho más de una noche: los principios morales son perfectos para una tertulia, pero no calientan cuando hace frío.

Mientras pasea por Jacometrezo, Diego piensa que

hay algo raro en la resistencia de Morentín a publicar su artículo. Si Diego se vanagloria de algo es de su capacidad para calar a las personas. Sabe si una mujer está abierta a recibir sus atenciones tras cruzar una sola mirada fugaz. Intuye qué vecinos le pueden delatar cuando recibe mujeres en su alcoba, y en unos pasos firmes que entran en su portal reconoce al marido cornudo que viene preguntando por él para exigir una satisfacción por sus andanzas. Siempre ha sido perspicaz a la hora de pintar el primer esbozo de la gente. Y cuando conoció a Augusto Morentín, su pincel dibujó a un hombre honesto y a un periodista vocacional. No es posible que ese hombre rechace su artículo sobre la Bestia. Por mucho que no quiera alarmar sin pruebas suficientes, resulta incomprensible que deje pasar un filón informativo como ese con tanta ligereza.

Eso es lo que decide a Diego a seguir investigando el caso de la Bestia. Encontrará las pruebas suficientes para que a Morentín no le quede otro remedio que llevar a imprenta su crónica. Si tuviera el lado práctico de la vida más afinado, se encerraría en su cuarto a escribir una necrológica sobre el teólogo, pero la gran maldición de su carácter es el componente irreflexivo, romántico. Una maldición que le acompaña desde la adolescencia y que ahora empuja sus pasos hasta el Corral de la Sangre, en el inicio del Camino Real de Andalucía, un local inmundo, pestilente, que contamina el barrio desde varios centenares de metros antes de llegar. Lo regenta un francés que compra los excedentes de sangre de las reses sacrificadas en el matadero. Allí mezcla la sangre putrefacta con otros compuestos para fabricar guano, un abono muy apreciado en jardinería.

El olor, las moscas rondando el hedor de la sangre, una mula atada a una viga, un caldero donde la sangre borbotea... Todo eso hace que Diego apenas pueda respirar y sufra arcadas. El francés se ríe, disfrutando de su inmunidad a ese aire insoportable y nocivo.

—¿Genaro? Sí, era un buen comprador de guano. No era tonto el hombre, un día me enteré de dónde hacía el negocio.

—¿Dónde lo hacía?

—En los conventos. A los frailes y a las monjas les encanta cuidar su huerto. Y Madrid está lleno de golfos y de conventos. Así que iba de santo en santo vendiendo el guano.

—¿Por qué habla en pasado? ¿Qué ha sido de él?

—Estamos en Madrid, *mon ami*: cólera... Enfermó y se lo llevaron al lazareto de Valverde. Aunque ya sabe que los que van allí duran poco. No sé si lo encontrará con vida.

6

Cada día es más difícil entrar en Madrid, la ciudad se ha blindado a cal y canto, como si la enfermedad pensara usar las puertas de la Cerca para penetrar en cada calle, en cada plazuela, en cada zaguán. El Portillo de Gilimón, el lugar por el que Lucía había entrado el día anterior, hoy está cerrado; la Puerta de Toledo también; permanece abierta la Puerta de San Vicente, pero sólo están autorizados a cruzarla los sirvientes de la Casa Real y las lavanderas que se acercan al río. Nadie más puede entrar o salir de la ciudad. Las homilías de los curas han surtido efecto: muchos creen a pies juntillas que el cólera es como una de las plagas bíblicas, un asesino invisible en lugar de langostas, lanzado por Dios a modo de castigo porque los más miserables han dejado de mirar a la Iglesia como a la única madre. Una madre que nunca se ha preocupado por darles alimento. Pero ¿a quién le importa lo que pase fuera de la Cerca? El clero ha señalado a un culpable, los pobres, y las autoridades han preferido apartarlos. Impedir su acceso a la ciudad. Que mueran, pero que lo hagan fuera de la villa y Corte.

Un antiguo vecino de Peñuelas que conoce a Lucía y la ve buscando la forma de saltarse la vigilancia sale en su ayuda.

—Ven conmigo, hay gente que ha cavado un túnel.

Es un joven desdentado, corpulento, con un ligero retraso. A Lucía le sorprende la resolución con que la conduce hasta las inmediaciones de la Puerta de Toledo. Allí, en un lugar oculto, se disimula una madriguera junto a la Cerca.

—Yo no quepo —sonríe el vecino antes de dejar escapar una risa gutural—, pero tú sí puedes pasar.

Lucía se queda esperando el giro penoso, el pan nuestro de cada día, el pago que el hombre le va a exigir por su intervención, porque en su vida perra no existe la ayuda desinteresada. Pero no es así, el vecino sólo le desea suerte.

—Y cuidad de vuestra madre, es una buena mujer. Más de una vez no me he muerto de hambre gracias a Cándida.

La longitud del pasadizo entre uno y otro lado no llega a dos metros, pero es angosto y el barro que todavía queda de la tormenta del día anterior lo vuelve todavía más tortuoso. Lucía debe reptar sin apenas valerse de las manos, con miedo a quedar atrapada y no poder respirar; lleva, además, la bolsa con los pocos objetos que robó de la casa del cura el día anterior: los cubiertos, un candelabro... Cuando llega al otro lado está completamente cubierta de barro, no se distingue ni el rojo de su pelo. Comprueba entre pingajos de lodo que ningún guardia se está fijando en ella. Ahora debe buscar un lugar donde lavarse antes de adentrarse en la ciudad. Tiene dos horas para llegar a la plazuela de la Leña, muy cerca de la plaza Mayor, el lugar en el que pactó encontrarse con Eloy.

En sus vagabundeos, Lucía ha aprendido algunas cosas, entre ellas a qué tipo de gente acercarse y de cuál huir. Ha descubierto que los curas, las monjas y los frailes son sus enemigos, y también que hay mujeres que recorren la calle buscando clientes que quieran gozar con sus cuerpos; las llaman «carreristas» y suelen apostarse en los rincones más recoletos de toda la ciudad, muchas veces en la parte trasera de las iglesias. Acostumbran a ser generosas con una chica como ella y huyen de la policía tanto como ella misma. Si le pide ayuda a alguna, probablemente la recibirá.

—¿Dónde vas así, muchacha? Te van a meter en el calabozo en cuanto te vean.

Lucía reconoce al primer vistazo las trazas de una carrerista. Se deja guiar hasta una plazuela casi escondida, junto a la valla de un convento, donde hay una fuentecita.

—Desnúdate y aséate bien, que aquí nadie te ve. Si lo sabré yo, que traigo clientes.

Mientras Lucía se lava, la mujer trata de adecentar un poco su ropa.

—Tienes un cuerpo bonito y el pelo rojo. Los hombres piensan que están pecando el doble con una pelirroja, podrías hacer carrera. A lo mejor, hasta te admitirían en una casa de postín, como la de la Leona. ¿Por qué no te acercas a la calle del Clavel? ¿También tienes de ese color lo de abajo?

—No voy a ser prostituta.

—Ese orgullo se pasa pronto, guapa. Si vas por ahí robando y te cogen, te darás cuenta de que acostarse con un hombre no es tan malo como las noches de calabozo.

—Nadie me va a pillar.

La carrerista se sienta en la fuente y sonríe ante la ingenuidad de Lucía.

—Guárdate este consejo: lo único que tenemos las pobres es nuestro cuerpo. Y si fueras lista, el tuyo, que es precioso, lo podrías vender caro. A mis años y con estas tetas, bastante si gano para unas gachas. Aprovecha ahora que eres joven.

Las campanas de las iglesias avisan de que falta un cuarto de hora para las doce. «¿Cómo será yacer con un hombre?», piensa Lucía tras despedirse de la mujer. Algunas en las Peñuelas le dijeron que dolía; otras, que no se sentía nada. A Lucía todavía le cuesta entender qué hay en su cuerpo para atraer el deseo de los hombres. Ha sentido muchas veces las miradas, cuando no las manos buscando su piel. ¿Será verdad, como le dice la carrerista, que el único poder real que tiene está en su cuerpo? Se sacude esas ideas de la cabeza, como si sintiera que su madre pudiera estar espiando sus pensamientos.

Aunque la llamen «plazuela», la de la Leña es un callejón irregular que desemboca en la plaza de la Aduana Vieja, al lado de la calle de Carretas. No necesita andar mucho para ver a Eloy, acompañado de tres o cuatro raterillos como él. Lo reconoce por la gorra, por la piel morena y el aire vivaz. Y no entiende por qué no se había fijado en el color de sus ojos, de un azul intenso. Muy agitada debía de haber estado el día anterior para no darse cuenta.

En cuanto él la ve, se separa de sus compañeros.

—Sabía que ibas a venir, colibrí.

—Aquí tienes tu reloj. ¿Te pillaron?

—Logré escapar. Menos mal, me habrían dado una buena tunda.

—No llevabas nada robado.

—Me la habrían dado igual, por las botellas del almacén de vino. Rompí un montón.

—El tendero lo tenía merecido, no sabes cómo me miraba... Tengo algunas cosas que robé ayer, ¿sabes dónde las puedo vender?

—Donde el Manco. Te llevo, yo también tengo que vender el reloj.

El local del Manco está a pocos metros de la calle Ancha de San Bernardo, en la calle del Pozo, donde, según contaba la leyenda, vivían encerrados dos basiliscos. Mientras avanza con Eloy hacia la tienda, Lucía recuerda cómo su madre le contaba que un día una joven llamada Justa se asomó al pozo y, por curiosa, acabó hecha cenizas. A Cándida le gustaba contarle historias para avivar su prudencia, aunque, visto dónde está ahora, de poco le han servido.

La parte del local abierta al público es desmañada, una especie de almacén donde los ropavejeros de las Injurias van a vender la ropa, la chatarra y la lana de los viejos colchones, que se usa para hacer papel de periódico. A Lucía le sorprende ver allí de todo, desde grandes montones de ropa sucia y mil veces zurcida hasta algún mueble desvencijado. Eloy habla con suficiencia al chico que sale a recibirlos.

—Venimos a ver al Manco.

—¿Qué le traéis?

—Lo que traemos se lo vamos a enseñar a él, no a ti, lagartija.

Una puerta pequeña en el fondo del local da a un patio, de allí se llega a otro almacén mucho más ordenado, lleno de objetos que aparentan tener valor, entre ellos una enorme campana que hasta hace poco adornaba la torre de una iglesia. Tras una mesa hay un hombre viejo, calvo y encorvado que viste una camisa que alguna vez fue blanca. Lucía ve inmediatamente por qué le llaman el Manco: donde debería estar su mano izquierda hay una especie de funda de cuero que tapa el muñón.

—¿Qué tienes, Eloy?, ¿basura como siempre?

—Me pagas como si fuera basura, pero es bueno.

Usando sólo la mano derecha, el Manco mira el reloj con leontina que le ofrece el chico.

—Seis reales.

—Sabes que vale más, Manco.

El Manco se lo tiende de vuelta sin pesar.

—Llévalo donde te paguen más, entonces.

—Está bien, seis reales.

—¿Tú qué traes?

Lucía consigue quince reales por lo que robó en la casa del padre Ignacio: la cubertería de plata y el candelabro. Supone que por el anillo de oro que se ha quedado su hermana le habría dado el doble por lo menos. No se queja, con los quince reales podrá comprar medicinas para su madre y comida para al menos una semana.

Salen de nuevo a la calle y caminan de regreso a la plazuela de la Leña.

—Todos los días estoy aquí por la mañana, colibrí. Si quieres, ya sabes dónde encontrarme.

—¿Por qué te empeñas en llamarme «colibrí»? Da igual, tengo que irme.

—¿Cómo vas a salir de Madrid?

—Hay un túnel en la Cerca por la Puerta de Toledo y, si lo han cerrado, también se puede cruzar por una alcantarilla que usan los matuteros.

—Ve con cuidado y no dejes que te pillen: ahora hay patrullas vecinales vigilando para que la gente de los arrabales no entre aquí.

Lucía se despide con un mohín de chulería, como si supiera de sobra cómo esquivar a esas patrullas, pero, cuando ha dado unos pasos, vuelve a oír la voz de Eloy.

—Una vez hice recados para un ministro de la reina y entré en su palacio. En el patio tenía un montón de pájaros exóticos que habían traído de Asia y de América. En una jaula había uno muy pequeño que tenía la cabeza de color rojo fuego. La doncella me dijo que era un colibrí. Te habría gustado; movía muy rápido las alas, tanto que se quedaba quieto flotando en el aire y, de repente, se iba a otro sitio. Casi no daba tiempo a verlo.

Lucía escucha la historia con curiosidad. Es la primera vez que percibe el temblor de la timidez en Eloy.

Dos horas después, cuando ha logrado atravesar la Cerca y se aproxima a la que fue hasta ayer mismo su antigua casa en las Peñuelas, todavía piensa en el pájaro que le ha descrito su amigo. Imagina que sube a un barco y cruza los mares para llegar a la selva donde vive esa pequeña criatura roja. Que lo ve aletear alrededor de una preciosa flor violeta y recolectar el polen que Lucía guarda en un tarro para fabricar el elixir que sane a su madre.

Al levantar la vista de sus zapatos, se da cuenta de que está ante su casa: ahora una ruina ennegrecida por el fuego, como muchas otras de las Peñuelas. Cascotes de edificios derribados, brasas que todavía arden porque nadie ha intentado apagarlas. Se esforzaron por dejar el lugar inhabitable. Prefiere apretar el paso, salir de allí cuanto antes. Se dirige al poblado del Niño Ramón, un gitano de más de treinta años al que siguen llamando así, como si se hubiera quedado varado en la infancia. El gitano vende carne de cabra y un queso rancio que hace él mismo. Le compra un trozo de carne y otro de queso. Tiene dinero y quiere prepararle a su madre una sopa con carne, patatas y cebolla. Baja el barranco y sube la ladera contraria, el pedregal salpicado de matojos y de bocas negras, las cuevas. El barro se ha ido endureciendo y no le cuesta tanto trepar hasta la hornacina que ahora es su hogar.

Nada más entrar comprende que su madre está aferrándose a la vida, como si sólo esperara a que ella regresase para no dejar sola a Clara. La cabeza está apoyada en el regazo de su hermana, que llora suavemente mientras hurga en el cabello de la moribunda como el que escarba en la tierra para destripar terrones. Los labios blancos de la mujer, el color azulado de las mejillas, la falta de expresión en la mirada, todo apunta a un adiós inminente. Pero Lucía no está dispuesta a rendirse. En los ojos de Clara hay miedo y desolación, así que en los suyos toca poner firmeza y valentía.

—Coge el cubo y ve a la fuente a por agua. Voy a preparar el fuego.

—Pero, Lucía, yo creo que se está muriendo.

—Haz lo que te he dicho.

Sabe que Clara agradecerá el aire fresco, desentumecer las piernas y, sobre todo, emprender una tarea que le alivie el dolor en el que se había instalado. Mientras, ella busca ramas, hojas, piñas, piedras para acotar el espacio de la hoguera. Cuando llega su hermana, cojeando hacia un lado por el peso del cubo, llena el puchero de agua y lo coloca en el fuego. Introduce la cebolla, dos patatas y el trozo de carne. Un olor penetrante y gustoso se va imponiendo en la cueva, el olor de los guisos que tantas veces les ha cocinado Cándida.

—Yo creo que madre está muerta. —Clara ha pegado una oreja al pecho de su madre, le ha tocado las mejillas, ha buscado con su boca la de ella por ver si encontraba el aliento y ha cogido después sus manos.

—El olor de la comida la va a reanimar. Confía en mí.

Lucía remueve el guiso y aspira su olor. El vapor de agua deshace el cristal de sus lágrimas y resbalan dos regueros por su rostro. Se los limpia con el dorso de la mano. No quiere que su hermana la vea llorar, tiene que ser fuerte. Pero Clara no puede verla: ha apoyado la cabeza en el hombro de su madre y se ha acurrucado en su cuerpo para despedirse de ella.

—Dicen que el olor de un buen guiso ayuda a los muertos a subir al cielo. —Lucía ha logrado contener las lágrimas y su voz suena segura.

—¿Quién dice eso?

—El Niño Ramón.

—¿Y ese qué sabe?

—Mucho. Los gitanos saben mucho de la muerte. El alma no sale del cuerpo si huele a mierda y a rata. Pero con un buen olor sí que sale.

Clara se queda en silencio unos segundos y sólo se oye el crepitar del fuego y el borboteo del agua. Parece estar considerando el sentido de esa historia. Por fin, se incorpora y mira a su hermana a través del humo. Le parece distinguir un brillo húmedo en sus ojos.

—Entonces vamos a arrimarla al fuego.

Tiran del cuerpo de su madre agarrándola por los sobacos y la acercan al puchero. Manipulan el cuerpo de Cándida como si fuera una muñeca de trapo. Termina sentada y recostada sobre sus dos hijas. Lucía le levanta la barbilla para que aspire mejor el aroma de la comida. Busca de reojo la expresión de su hermana.

—¿Adónde va el alma cuando sale del cuerpo, Lucía?

—Asciende al cielo y se transforma en un pájaro. Madre será un pájaro de mil colores, pequeñito, pero tan hermoso que todo el que lo vea volar caerá al suelo desmayado. Siempre estará sobre nuestras cabezas; ni tú ni yo lo podremos ver, porque el sol nos ciega, pero allí estará ella. Volando con sus pequeñas alas.

Clara sonríe y mira al cielo desde la cueva. A las nubes que lo motean y hacia donde asciende el olor del guiso y el alma de Cándida para convertirse en ese pájaro de colores. Lucía sabe que ha conseguido que el dolor de Clara sea más llevadero, pero también es consciente de que, después de hoy, habrá un mañana. La muerte se convertirá en un dolor soportable, pero no así el hambre. Los quince reales que había conseguido se perderán en pagar un trocito de arena en el cementerio de San Nicolás, el más cercano a las Peñuelas. Y ¿de qué vivirán luego?

7

La fantasmagoría era, en un principio, el arte de contactar con los muertos. Con el paso de los años, fue derivando en espectáculos de terror en los que se empleaban linternas mágicas y sombras chinescas para proyectar esqueletos, demonios y almas en pena que aterraban al público, pero el verdadero éxito llegó cuando las representaciones alcanzaron un tono mucho más ligero, al gusto de las damas. Se hicieron populares en Madrid en la época de los franceses, hubo teatros que las acogieron en la calle Victoria y en la calle Fuencarral. Después cayeron en desuso, pues una de las condiciones para que funcionaran era la oscuridad, lo que provocaba el recelo de la Iglesia. El desmantelamiento del Tribunal de la Inquisición ha relajado las costumbres y vuelven a representarse con éxito en la calle del Caballero de Gracia, quién sabe si pronto lo cerrarán como tantas otras cosas por culpa del cólera.

Como contribución madrileña al espectáculo, en el Teatro de la Fantasmagoría hay un perro que se ha ganado la admiración de los espectadores. Contesta moviendo la cabeza para decir sí o la cola para decir no a preguntas sencillas, de cultura general. ¿Descubrió Colón América? ¿Es redonda la Tierra? El plato fuerte llega con los voluntarios que aceptan someterse a los vaticinios del perro en cuestiones de carácter personal: ¿me casaré este año?, ¿me irá bien el negocio? Desde que abrió el teatro, Donoso Gual se ha convertido en un fanático y rara es la noche que no aparece por allí. Esta vez se ha hecho acompañar de su amigo Diego Ruiz, que aprovecha la ocasión para interrogar al antiguo celador real.

—¿Una insignia de oro tras la campanilla de los cadáveres?

—Dos mazas entrecruzadas formando un aspa.

—Me parece descabellado, Diego. Tu mente es todavía más fantasmagórica que este teatro.

—¿No has oído nada de esto en los ambientes policiales?

—Mi trabajo es cuidar las puertas de Madrid, ¿por qué iba a oír nada?

—Quizá otro celador real se vaya de la lengua un día. Tenme informado.

—El que encuentre una insignia de oro en un cadáver se la quedará para venderla, no te quepa duda. Es lo que yo haría.

Diego le ha dado muchas vueltas al caso. Las cuatro niñas que hasta el momento han hallado asesinadas y desmembradas llevaban un tiempo desaparecidas antes de que alguien abandonara sus cadáveres, siempre con trazas de haber muerto recientemente. Eso, sumado a las laceraciones que el doctor Albán y él mismo vieron en la muñeca de Berta, quiere decir que alguien las tiene presas unas semanas antes de matarlas. ¿Por qué?

—No sé, Diego, es una bestia, un oso... ¿Tú sabes por qué los osos hacen las cosas? Porque yo, desde luego, no.

—Deja de repetir esa cantinela: el que las mata es un hombre, como tú y como yo.

—Entonces, no hace falta ser un genio para imaginar qué les hace esas semanas... ¿No te das cuenta de que es mejor creer que es un oso? ¿Qué clase de ser humano despedaza así a una criatura?

—Una Bestia...

Niñas secuestradas durante semanas. Niñas que a nadie importan, sólo a esa fiera que abusa de ellas hasta que se harta y las reduce a trozos, piezas de un rompecabezas, como si quisiera borrar eso de lo que han sido testigos. Por muy terrible que parezca, es lo único que hasta ahora tiene sentido.

La risa de una mujer distrae a Diego de sus divagaciones. Está delante del perro, con un acompañante masculino, un hombre extravagante, vestido con levita, botas de charol y un pañuelo blanco anudado al cuello. Diego ha visto antes en la Fantasmagoría a este dandi —como los llaman en Londres— de pelo rubio y rizado; Ambrose, cree que se llama. El dandi le ha preguntado al animal si la mujer había sido alguna vez infiel a su esposo y el perro está moviendo la cabeza —su forma de decir que sí— arriba y abajo como si se hubiera vuelto loco. Diego se abstrae de las sonoras carcajadas de Ambrose y de los aplausos del público, como si de repente se hubiera creado un vacío en el teatro y en ese silencio sus oídos sólo pudieran escucharla a ella, su risa cristalina.

—¿Quién es esa mujer?

—Ana Castelar, esposa de un ministro, el duque de Altollano.

Diego parece hechizado por el encanto de la mujer, y su amigo lo nota.

—No te metas en líos. ¿Me oyes? —subraya Donoso su advertencia.

—Por lo que dice el perro, ese ministro ya ha sido coronado muchas veces. ¿Qué le importa una más?

Esa tal Ana Castelar es de una belleza difícilmente igualable. No ha cumplido todavía los treinta, pero debe de andar cerca: pelo negro, ojos oscuros, boca de labios rojos que contrasta con la blancura de sus dientes, alta, de cuerpo esbelto y con un vestido elegante.

—Va acompañada. Si piensa serle infiel a su esposo, no será contigo.

—Discrepo: apuesto a que ese dandi que la acompaña está más interesado en ti que en ella, Donoso.

Cogiéndola del brazo, Ambrose aparta a Ana Castelar del perro mientras le murmura algo al oído. Otros voluntarios ocupan su lugar para interrogar al animal. En ese baile de espectadores, las miradas de Ana y Diego se encuentran. Ella la aparta de inmediato, pero después vuelve a mirarle a hurtadillas, es evidente que ha dejado de escuchar los murmullos de su acompañante. El pájaro romántico y temerario que Diego lleva dentro empieza a aletear con fuerza. Se acerca a la mujer con decisión cuando Ambrose la deja por fin libre.

—¿Ana Castelar?

—¿Con quién tengo el gusto de hablar?

—Diego Ruiz, periodista de *El Eco del Comercio*. Me gustaría hacerle una entrevista sobre diversos asuntos de la Corte que preocupan a mis lectores.

—Para asuntos de la Corte debería hablar con mi marido.

—No me interesa su marido, me interesa usted.

Ana le mira con desdén, fingiéndose ofendida por su descaro. Pero Diego no se engaña con estos subterfugios, sabe que la red está echada.

—Lo lamento, pero he de marcharme. Me esperan en una tertulia —le dice.

—En tal caso...

Él se despide describiendo una inclinación exagerada, de caballero cortés y antiguo. Regresa junto a su amigo, sonriente y satisfecho, como si el resultado de su aproximación le hubiera deparado un triunfo glorioso. Con disimulo, echa una mirada atrás para comprobar cómo Ana se reúne con Ambrose, que no tarda en asirse de nuevo a su brazo para cotorrear Dios sabe qué maldades y poner rumbo a la salida. La sonrisa forzada de ella le hace suponer que aún piensa en su breve conversación.

—Te vas a meter en problemas, Diego —le advierte Donoso.

—Tranquilo, compañero. Si no he hecho nada.

—He escuchado demasiadas veces eso y ninguna era cierta.

A diferencia de Diego, desde que su esposa abandonó a Donoso, después de que él matara a su amante en un duelo, el policía no ha querido meterse en ningún tipo de romance. Acompaña a su amigo al teatro, a beber en las tabernas, a los cafés cantantes y, á veces, cuando la naturaleza pide paso, le ruega al periodista que sea él quien ejerza de acompañante en una casa de la calle Barquillo en la que dicen que están las mujeres más bellas de Madrid, mujeres criollas que vienen de Cuba, o en la casa de Josefa *la Leona*, en la calle del Clavel, cuando anda bien de dinero. Pero de amoríos no quiere saber nada. Diego, sin embargo, no es cliente de estas casas: disfruta tanto de los juegos del cortejo, aunque estos le pongan en situaciones comprometidas, que se niega a pagar por estar con una mujer.

Los dos hombres salen del teatro de Caballero de Gracia y pasean hacia la Puerta del Sol. Caminan en silencio, Diego ausente y sorprendiéndose al reparar en que, por primera vez desde que pisó el barro del Cerrillo, no está pensando en la Bestia, sino en la sonrisa de esa mujer que ha conocido en la Fantasmagoría. En los rumores que corren por la ciudad, habladurías que la señalan como adúltera, y que, de pronto, a Diego le gustaría que fueran ciertos y falsos al mismo tiempo. Ciertos porque le brindarían una oportunidad con Ana Castelar. Falsos porque no quiere pensar que es una mujer tan frívola como la frecuente infidelidad y la compañía de Ambrose parecen señalar.

Donoso llama la atención sobre el silencio de su amigo, se barrunta con acierto que ya anda construyendo un romance en su cabeza. En lugar de contestarle, Diego prefiere conducirle hasta una pequeña taberna de la calle Angosta de Majaderitos para beber un último aguardiente y apartar de sus pensamientos a Ana Castelar.

—Necesito entrar en el lazareto de Valverde —dice Diego.

—¿Para qué? ¿Es que quieres contagiarte del cólera?

—Allí está Genaro, el padre de Berta.

—Olvídate de esa niña, compañero...

—Tú eres policía, Donoso. No entiendo que no quieras tirar del hilo, investigar este caso.

—Era policía hasta que me quedé tuerto. Ahora soy un refuerzo en las puertas de Madrid y, cada día que pasa sin meterme en problemas, soy un poco más feliz.

—¿No te importa que esa Bestia esté matando niñas?

—A mí me importa tener la bolsa medio llena para pagarte un aguardiente. Eso y un plato de comida en la mesa cada día.

Diego le mira con sorna, por ocultar la compasión que le inspira su amigo. ¿Se sentiría él tan amargado si le faltara un ojo? Puede ser. Hay que tratar de entender a la gente.

—Está bien, no me ayudes, no te pido que vengas conmigo. Pero consígueme una forma de entrar en el lazareto.

Donoso fija su ojo sano en la insistencia de su amigo.

Vacía el vaso de aguardiente y le pide al tabernero que escancie otros dos.

—Acaba de morir un médico forense, de eso sí se ha hablado en la Puerta de San Vicente. Te puedo conseguir su carné de médico. Pero si te pillan suplantándole, te puedes meter en un buen lío.

—Gracias, amigo.

8

Lucía puede ver los centenares de sábanas, camisas y ropas de todo tipo tendidas a secar a la orilla del Manzanares. El lavadero de Paletín, donde trabajaba su madre, sólo tiene cincuenta o sesenta puestos, no es de los más grandes; hasta cuatro mil mujeres se ganan la vida en el río lavando los trapos sucios de la ciudad en un trabajo durísimo y mal pagado, que les destroza las manos y les provoca enfermedades. Cada mañana, los esportilleros recorren Madrid, recogen la ropa y la llevan hasta allí para que las mujeres la laven y devolverla a última hora de la tarde. No hay jornadas libres ni descanso —si no se trabaja, no se cobra— aparte del domingo. En invierno el agua del río baja helada y les produce sabañones, bronquitis y reuma. Pasan el día arrodilladas, cada una en su caja de madera, frotando la ropa con sus tablas hasta que desaparece la suciedad. Muchas —las que trabajan por su cuenta— tienen que hacerse su propio jabón hirviendo en barreños la ceniza de las cocinas. El Paletín se lo proporciona a sus empleadas; también dirige su propio equipo de esportilleros. Se podría decir que esas condiciones de trabajo son más cómodas, si no fuera porque allí se acepta todo tipo de ropa, también la de los enfermos de cólera. Hay mujeres que se han contagiado por lavar esas prendas, como fue el caso de Cándida.

—Tu madre lleva una semana sin venir.

—Ha muerto. Quiero su puesto.

—Ya hay otra mujer. Fuera, que tenemos trabajo.

Ni siquiera unas palabras de condolencia o un gesto de compasión. A Lucía la invade la rabia, siente ganas de arañarle la cara a ese gordo seboso, pero sabe que para sobrevivir en Madrid hay que mantener las pasiones a raya. Además, en el fondo se alegra, porque no quiere bajar todos los días de su vida al río, como hizo su madre. ¿Adónde ha llevado a Cándida la decencia que tanto pedía a su hija? Al cementerio de San Nicolás. Lucía no se puede permitir desaparecer así; Clara depende de ella. Antes de marcharse, aprovecha para lavarse en los baños públicos, unas hoyas poco profundas abiertas en la arena. Todo el Manzanares transita por un cauce de arena que sorbe las aguas y las divide en ramalillos que forman islas bordeadas de zarzales y junqueras.

Al alejarse, vuelve por los cobertizos de estera ennegrecidos por el tiempo y los tendederos de palitroques entrelazados donde apañan la colada las lavanderas. Los domingos, en esa misma ribera se montan ventorrillos con guisos de callos y caracoles, fábricas de buñuelos al aire libre, merenderos. Allí se juntan los esportilleros, asturianos en su mayoría, con las mujeres que lavan en el río, entre las que abundan las gallegas. Lucía y Clara no han conocido a su padre, pero fue uno de esos hombres, el más guapo de todos ellos, como les contaba Cándida cuando estaba de buen humor, con el mismo cabello rojo que Lucía. Murió por la coz de un burro hace muchos años, ellas no le recuerdan. Esa ausencia es una grieta en el alma de Lucía, pero no quiere pensar demasiado en él. Hay que tener la piel muy dura, dejar la nostalgia encerrada bajo cuatro llaves.

Vuelve a cruzar la Cerca, esta vez por una de las alcantarillas que usan los matuteros para pasar contrabando sin pagar los derechos reales, un modo mucho más limpio que el túnel por el que tuvo que entrar días atrás. En la plazuela de la Leña se encuentra con Eloy.

—Necesito dinero, quiero aprender a robar —le espeta Lucía a modo de saludo y, conforme lo dice, nota que dentro de ella aún siente el juicio de su madre, la decepción que supondría para Cándida que su hija se convirtiera en una ratera. «¿Y de qué quieres que vivamos, madre?», le responde en silencio.

—Ven conmigo y fíjate bien. Pero no te pegues mucho.

Se dirigen a la Puerta del Sol y Lucía se separa un poco para ver a Eloy en acción sin despertar sospechas. El chico es capaz de sacar una cartera del bolsillo de un hombre sin que se dé cuenta, sólo necesita acercarse a él mientras está en un grupo que distraiga su atención. Hay muchos descuideros como Eloy ejerciendo su oficio en las salidas de los espectáculos o en el mentidero de las gradas del convento de San Felipe el Real, al inicio de Mayor. Allí se reúnen los hombres de negocios a comentar las noticias del día y son una presa codiciada por los rateros.

Después de su exhibición, Eloy le hace un gesto a Lucía para que le siga por la calle Preciados. Le muestra la cartera.

—Mala suerte, no está muy cargada. Ahora lo intentas tú, colibrí.

—Yo no sé hacerlo, me van a pillar.

Eloy está en un tris de burlarse de ella, de azuzarla para que lo intente a pesar de su inexperiencia, siempre hay que debutar en algún momento. Pero la mira con aire caviloso y cambia de estrategia.

—No sé si te aceptarán. El Soriano no quiere mujeres, dice que vosotras sólo dais problemas y que tenéis otras formas de ganar dinero.

Eloy la lleva a la calle Tudescos. Muy cerca, en la calle de los Leones, hay una taberna que se llama Traganiños, lugar de encuentro de prostitutas y maleantes y famosa porque la frecuenta Luis Candelas, el bandolero más famoso de la ciudad o incluso de España. Tal como hizo en el local del Manco, Eloy atraviesa la taberna sin parar hasta la trastienda. Allí hay un hombre flaco, malencarado, con un ojo en blanco. Junto a él, dos chicos que aprenden a birlar las carteras ensayando con un maniquí vestido con ropas elegantes.

—¿Qué buscas, Eloy? ¿Quién es ella?

—Es mi amiga, se llama Lucía.

—Pues ya estáis cogiendo el portante y saliendo de aquí.

Lucía se adelanta.

—Señor, tengo que aprender a robar, necesito dinero. Le pagaré con lo que robe, mitad para usted y mitad para mí.

—¿Señor? Aquí no hay ningún señor. ¡Fuera!

—Por favor.

—Si quieres dinero, hazte carrerista. O vete a un burdel, las pelirrojas como tú están muy cotizadas. ¡Fuera!

Resignados, pasean por las calles del centro, inusualmente despobladas. La mitad de la población está confinada en casa —los enfermos— y muchos de los que están sanos y pueden salir —la otra mitad de la población— no se arriesgan a hacerlo por miedo al cólera. Malos tiempos para un carterista.

Eloy le va mostrando los sitios que debe conocer de Madrid, dónde hay más guardias y no debe acercarse, en qué iglesias se puede pedir y cuáles tienen sus mendigos fijos —las mejores—, dónde se puede conseguir un plato de caldo claro o un mendrugo de pan cuando hay mucha hambre.

—Llévame a la calle del Clavel. Quiero ver a una mujer que llaman la Leona.

—¿Josefa *la Leona*?

—¿La conoces?

—Todo el mundo la conoce, colibrí.

Un guiño cómplice de Eloy da a entender que comprende a Lucía; no será él quien la juzgue por vender su cuerpo. Cuando caminan por Leganitos, oyen una voz que retumba como un trueno.

—¡Es ella!

Lucía se gira y se lleva un susto mayor que el que ya tenía: es el gigante, el hombre de más de dos metros con la cara quemada. Eloy y ella corren hacia la plaza de Santo Domingo y allí se separan. Él se lanza a una carroza, sube de un brinco al escalón de la puerta lateral justo cuando está girando hacia la calle Ancha de San Bernardo. Lucía se oculta en un carro lleno de naranjas que está detenido delante del mercado. No sabe si su perseguidor la ha visto. Aunque se ha cubierto con una lona mugrienta, teme no estar bien escondida. Cree oír los pasos del gigante abollando el suelo, pero es su corazón desbocado. El carro se pone en marcha y ella se deja mecer por el traqueteo de las ruedas sobre las calles empedradas. Se imagina que no la descubren nunca, que el carro viaja hasta Valencia y allí suben el cargamento de naranjas a un barco que la llevará muy lejos, hacia una vida nueva en un país exótico. Pero la fantasía se rompe en mil pedazos porque en ella no sale Clara.

Hace dos días que enterraron a su madre y, desde entonces, su hermana no hace otra cosa que llorar. Se queda en el fondo de la cueva, como un animal asustado. Así la deja por las mañanas y así la encuentra por las noches, cuando vuelve de sus correrías por la ciudad. Tiene que sacar a Clara del abismo en el que ha caído. Tiene que darle un futuro, una vida mejor que la que llevan ahora.

El carro se detiene y Lucía decide saltar y seguir a pie. Baja por la calle de la Bola y tuerce a la derecha por un callejón angosto. Le parece un buen modo de pasar desapercibida, pero ha cometido un error. El callejón no tiene salida, muere en una tapia de la que cuelgan lánguidamente unas blusas blancas y unos calzones azules, el tendedero improvisado que ha montado alguien. Y cuando vuelve sobre sus pasos para salir de nuevo a la calle, el gigante le cierra el paso. No hay escapatoria. Lucía retrocede, busca una ventana por la que colarse, la puerta de una carbonera o una alcantarilla salvadora. No hay nada.

—¿Dónde están las cosas que robaste? El anillo...

La voz es grave y lleva adherida una resonancia extraña, como si saliera de un abismo.

—No lo tengo. —Lucía no logra aplacar el temblor de su voz.

El hombre saca un cuchillo de la bota. Es enorme. La hoja brilla como si la hubiera lavado esa misma mañana.

—Dímelo o te mato.

Lucía sabe que no es una amenaza baladí. La va a matar en ese callejón.

—No llevo nada encima, está en mi casa.

—¿Dónde vives?

Eso sí que no puede revelarlo. No va a llevar al gigante hasta la cueva donde está refugiada Clara.

—En la calle Peñuelas. En el número 4.

Esa es la solución que se le ha ocurrido, darle una dirección verdadera, aunque no actualizada. La calle Peñuelas, de hecho, ya no existe: las casucas han sido quemadas y lo que era una arteria importante en el barrio ahora es una cicatriz enorme en la tierra.

—Mientes.

El gigante avanza hacia Lucía y ella sabe que es el final. Su último pensamiento es para Clara, consciente de que su hermana no será capaz de valerse sola. La hoja del cuchillo la deslumbra al pasar junto a su cara y ella cierra los ojos y levanta la garganta para ponérselo más fácil al asesino. Abre los ojos al oír un gemido ahogado. El gigante tiene una cuerda de cáñamo en el cuello y trata de liberarse de la opresión que le está ahogando. El callejón lo recorren cuerdas como esa de lado a lado, cuerdas para tender la ropa. Eloy ha echado mano a una de ellas y la usa como dogal.

—¡Corre!

Ella no reconoce la voz del chico, porque también él percibe el peligro de la situación y el miedo le da a su tono habitual de golfillo arrogante una cualidad nueva, una vibración cantarina y aterrada. Lucía encuentra un palo tras una jaula oxidada, con los barrotes rotos y llena de plumas. Golpea al gigante con el palo justo cuando Eloy empezaba a verse en apuros.

—¡Ahora sí que tenemos que correr! —grita el ratero—. ¡Corre todo lo que puedas!

Los dos lo hacen, aprovechando los cinco segundos que el gigante se toma para recomponerse de las agresiones y salir de su estupor. Eloy es más rápido y Lucía no tarda en perderle de vista. Ella corre sin mirar atrás hasta el límite de sus fuerzas, lo hace durante veinte minutos y sólo se detiene cuando está a punto de vomitar, agotada por el esfuerzo. No hay ni rastro del gigante, aunque no se siente a salvo. ¿Esta va a ser su vida? ¿Correr, huir constantemente de ese hombre? Sabe que su sentencia está escrita: de nada servirá devolverle el anillo. En las calles de Madrid hay un gigante que no parará hasta darle muerte. Lo único que puede hacer es coger a su hermana y dejar atrás esta ciudad maldita, pero no puede lanzarse a esa aventura con los bolsillos vacíos. Necesita dinero. Tal vez, si gana suficiente, también gane un futuro para Clara y ella. Un futuro en el que volver a dormir tranquila algún día.

Una niña pecosa y de pelo rizado está sentada en el escalón de la puerta de la casa en la calle del Clavel, jugando con una muñeca de trapo. Se llama Juana, averigua Lucía después de presentarse.

—¿Es la casa de la Leona?

—A esta hora está durmiendo —dice la niña mientras sienta a su muñeca al lado como si fueran a tomar el té.

—Ya es mediodía.

—La Leona, mi madre y las otras mujeres trabajan de noche. ¿Vas a trabajar con ellas?

—No lo sé.

—A mí me han dicho que no puedo trabajar antes de los catorce años. Cuando los cumpla, yo también pasaré la noche con ellas y con los clientes...

—¿Cuántos años tienes ahora?

—Once.

—Igual que mi hermana Clara. ¿A qué hora se despiertan?

—Tienes que esperar todavía un par de horas. Si las levantas antes de tiempo, se enfadan... ¿Quieres jugar? Se llama Celeste. —Juana mueve las manos de la muñeca de trapo y finge su voz—: Eres una niña preciosa, Lucía; me gusta tu pelo rojo. ¿Puedo tocarlo?

—Claro que sí, Celeste.

Juana hace volar a la muñeca hasta la melena de Lucía. Su mano de trapo recorre el pelo hasta los hombros y, luego, desciende a su escote. Juana sigue hablando con el tono impostado de Celeste:

—Para que los hombres quieran estar contigo, hay que enseñar más, cariño, que monjas ya ven todos los días.

La muñeca hunde su cabeza entre los pechos de Lucía mientras Juana se ríe. Lucía esconde su turbación; si quiere trabajar en ese burdel, el miedo no puede delatarla.

9

Antes de llegar al lazareto del convento de Nuestra Señora de Valverde, casi en el pueblo de Fuencarral, Diego debe apartarse del camino; así lo exigen los soldados que escoltan un carro en el que viajan ocho hombres, los contagiados por el cólera detectados por las patrullas vecinales que recorren Madrid cada noche. Uno de los enfermos grita desde dentro.

—¡Nos llevan a matarnos!

Todos miran hacia otro lado, nadie va a enfrentarse, nadie va a jugarse la vida ayudando a los apestados. La obligación de los guardias es que no tengan contacto con los ciudadanos sanos y llevarlos por caminos alejados de las zonas más pobladas. Se dice que entran en el lazareto para ser tratados e impedir que contagien a nadie, pero todo el mundo sabe que es difícil salir de allí, casi nadie lo consigue. Tal vez lo que el hombre dice sea verdad; tal vez, más que curarlos, se acelere su muerte. Los médicos que atienden en el lazareto tienen un buen sueldo, cuarenta reales al día, pero se exponen al mayor de los peligros: ser contagiados por los enfermos. Además, de vez en cuando, la Junta Sanitaria decreta una cuarentena y deben quedarse horas o incluso días encerrados. Es lo que más teme Diego Ruiz: no poder salir tras entrar en el convento.

Llama a la puerta y, mientras espera a que le abran, está a punto de arrepentirse, de dar la vuelta y desandar el camino de Francia, volver al periódico, a la calle de Jacometrezo, a su mundo, y olvidarse de la Bestia, de Berta y de Genaro. Debería escribir el artículo sobre la rapiña en los hogares de los muertos que le encargó Morentín la última vez que se vieron.

—¿Quién vive?

Un celador abre la puerta. Lleva la boca y la nariz cubiertas por un pañuelo sucio. Diego muestra los documentos que le ha conseguido Donoso Gual esa misma mañana, los del médico fallecido pocos días atrás. El celador los examina y se va a consultar algo, Diego no sabe qué, a lo que debe de ser la garita de guardia. Vuelve al cabo de unos minutos.

—Puede pasar. Tenga, lo mejor es que se cubra la boca.

Le entrega un paño blanco igual al que lleva él mismo y le enseña cómo ponérselo, tapando la boca y la nariz.

—No se sabe si sirve de algo, pero uno de los médicos dice que se evitan los contagios y ha mandado que los llevemos todos. Si descubren a alguien sin él, le descuentan el salario del día.

—¿Y funciona?

—Yo diría que no, de aquí siguen saliendo muertos a diario: pacientes, médicos, enfermeros... ¿Qué busca?

—A un paciente. Se llama Genaro y vivía en el Cerrillo del Rastro, no sé si sigue con vida.

—Muy importante debe de ser el tal Genaro para que usted venga hasta aquí, pero me temo que no tenemos listas fiables. Tendrá que buscarle usted mismo.

Diego se adentra en el lazareto. Aunque se haya convertido en un apeadero de apestados, no deja de ser un convento con algunos detalles impresionantes: techos abovedados, columnas con capiteles, vitrales, ventanas con parteluz... Se cruza con personal sanitario, todos embozados, y va preguntando a unos y a otros hasta que alguien le da una indicación.

—¿Genaro? ¿Uno que vendía guano?

—Ese mismo. ¿Vive aún?

—Vive, aunque no creo que dure mucho. Está en el antiguo refectorio.

El refectorio es una sala amplia y sobria. En tiempos debió de albergar largas mesas para que los frailes dominicos se sentaran a comer. Todavía se puede ver el púlpito donde uno de ellos leería textos sagrados mientras los demás almorzaban o cenaban. Ahora el espacio está ocupado por una veintena de catres con enfermos moribundos. Genaro ocupa una cama en uno de los laterales, cerca de un ventanal que da al atrio del convento. Por lo menos recibe luz y aire fresco.

—¿Genaro?

El hombre tiene el rostro cadavérico y está exhausto, pero vivo.

—Hemos encontrado a su hija Berta.

—¿Está bien?

Lo ha preguntado tan esperanzado que Diego siente pudor, y todo lo que había planeado decirle se desvanece. ¿Qué sentido tiene contarle a un hombre a las puertas de la muerte que su hija ha sido despedazada? ¿Para qué darle los detalles del martirio que supone que ha sufrido durante esas semanas de cautiverio? La curiosidad, la ambición de relevancia periodística que le ha llevado a suplantar una identidad para entrar en el lazareto y hablar con el padre de Berta se ha transformado en un caldo hediondo que Diego apenas puede soportar.

—Está bien.

El cólera ha castigado el cuerpo de Genaro de tal manera que es un milagro que su corazón siga bombeando sangre, que sus facciones puedan esbozar una leve sonrisa al pensar en su pequeña Berta.

—Gracias a Dios, creí que la había cazado la Bestia.

Las historias de la Bestia son tan desconocidas dentro de la ciudad como populares extramuros, donde su existencia se ha convertido en el primer miedo de un padre cuando echa en falta a su hija. Diego se sienta al lado de Genaro, que le coge la mano; es tan liviana que el periodista apenas siente una caricia. Empapa un paño en una bacía y moja la frente del enfermo mientras él recuerda el don que tiene su hija para cantar.

—A veces, cierro los ojos y siento que la oigo.

Berta se juntaba con guitarristas y bailaoras de los arrabales, le cuenta. A veces esas fiestas se alargaban hasta tarde. Y cobraron cierta fama incluso en la ciudad, porque al menos en una ocasión vino gente de Madrid a buscar a esos músicos para que fueran a actuar a una casa de postín. Cantaron hasta la madrugada. De regreso, antes de llegar al barrio, la niña le contó que perdió de vista a sus compañeros y se quedó sola. Alguien, o más bien algo, la seguía. Se asustó y no paró de correr hasta llegar al Cerrillo, a su casa.

—Sé que era la Bestia quien iba detrás de ella. Ese animal se había quedado con su olor. Yo no quería que siguiera yendo a esas fiestas de cante y baile y volviendo de noche cerrada, pero... ¿quién la retenía? Berta vive para cantar... Hasta que un día, ya no volvió.

—Puede estar tranquilo; ha regresado. No fue más que una chiquillada. Estuvo unos días con esos músicos...

Genaro entorna los ojos, como mecido por una nana tranquilizadora. Parece que ya no sintiera necesidad de seguir agarrándose a la vida al imaginar a su hija a salvo.

—¿Le dijo Berta cómo era esa Bestia que la siguió aquella noche?

—Apenas pudo verlo. Era de noche y estaba asustada, pero me dijo que tenía la piel de un lagarto. Que sus pisadas retumbaban como si pesara más de cien kilos.

Lagartos, osos, ciervos o jabalíes. El miedo distorsiona la realidad y parece imposible sacar de todas esas descripciones algún dato real. Tal vez el tamaño; el hombre que se esconde bajo la Bestia debe de ser corpulento para, con su mera sombra, generar tanto pánico.

—¿Sabe mi hija que estoy en el lazareto?

—Lo sabe y le gustaría venir a abrazarle.

—No deje que venga aquí, no quiero que la contagien. Yo ya no saldré, no podré ver su sonrisa, como no volveré a probar el vino. —Genaro hace una mueca que pretende ser una sonrisa—. Uno no se da cuenta de las cosas que realmente se disfrutan hasta que las pierde.

—No es seguro para Berta venir al lazareto, pero yo sí puedo traerle una frasca de vino.

—Usted tampoco debería pasar mucho tiempo en este cementerio. —Los ojos de Genaro se han empañado de emoción—. Dígale a mi niña que la bendigo y que siento no poder cuidar más de ella.

—No se preocupe, se lo diré.

—Y que no deje de cantar. Su voz es un don que le ha dado Dios. Hace que este mundo merezca la pena.

Diego nota un nudo en la garganta y sólo tiene fuerzas para asentir a Genaro. Se levanta y sale cabizbajo del refectorio. Lo que está haciendo ya no es por su propio éxito, sino por la memoria de Berta. Por que en esta ciudad enferma todavía se pueda aspirar a la justicia. Ha conseguido un cabo del que tirar: esa fiesta en una casa de postín, los gitanos que acompañaban a la niña. Tal vez la Bestia eligió allí a Berta como víctima, aunque no lograra darle caza.

Todavía está buscando la salida del lazareto cuando oye una voz femenina a su espalda.

—Señor Ruiz... Nunca me imaginé encontrarle aquí.

Ella lleva la boca tapada, igual que él, pero sus ojos son inolvidables, Diego los vio hace muy poco en el Teatro de la Fantasmagoría. Es Ana Castelar.

—Yo sí que no esperaba encontrarla aquí.

—Colaboro con la Junta de Beneficencia. Vengo dos veces a la semana. Pero un periodista entre estos muros es más difícil de justificar.

Le gustaría retomar el juego de seducción que inició en el teatro, pero el dolor de Genaro es como una resaca turbia en su corazón. Ni siquiera la sonrisa que adivina en Ana bajo el pañuelo que tapa su boca puede limpiar esa sensación.

—He venido de visita —intenta zanjar Diego.

—No se permiten visitas, ha tenido que entrar de algún modo.

—Está bien, veo que no es fácil engañarla. He tomado prestado un carné de médico para poder hablar con un enfermo.

—¿Es capaz de llegar hasta aquí por una noticia? Espero que le paguen el riesgo como merece.

—En realidad, sólo soy un buen samaritano. Me encantaría charlar con usted, tal vez en otro momento tengamos oportunidad, ahora debo marcharme.

—Acaban de cerrar las puertas del lazareto. Un enfermo ha intentado escapar, y eso es algo que no se puede permitir; podría propagar aún más la enfermedad. Aquí se sabe cuándo se entra, pero no cuándo se sale.
—La voz de Ana ha cobrado un matiz que hasta ese momento Diego desconocía; tristeza o quizá sea más apro-

piado llamarlo «derrota». Al decir «Se sabe cuándo se entra, pero no cuándo se sale» cada palabra ha caído grave, honesta, con un temblor que recoge la resignación a la muerte que se respira entre los muros del lazareto. Luego, como si se sintiera descubierta, desnuda de alguna forma, Ana ha vuelto a sonreír—. ¿Le ha estropeado algún plan? Pensaba que no le desagradaba mi compañía. O esa impresión me dio la pasada noche en la Fantasmagoría.

—Su compañía compensa cualquier percance.

—Me alegra oír eso. Además, hacen falta manos doctas.

—Yo no soy médico, ya lo sabe.

—Claro que lo es, tiene un carné que así lo dice. Me toca hacer la ronda con varios enfermos. Y usted va a ser mi médico. ¿O prefiere que le denuncie por suplantación de identidad?

Diego la mira, indeciso, sin saber si la amenaza es real o un mero pretexto para pasar el encierro a su lado. La mujer frívola que conoció en la Fantasmagoría ya no le parece tal: ¿quién es la auténtica Ana Castelar? ¿Aquella que reía junto al dandi o la que ha creído entrever ahora?

10

Delfina, la madre de Juana, es una mujer morena, entrada en carnes, con un escote poco común en las calles de Madrid. Su aspecto agresivo contrasta con una voz y unas maneras dulces.

—Me ha dicho mi hija que quieres ver a la Leona. ¿Estás segura de lo que vas a hacer?

—Necesito dinero para mí y para mi hermana.

Lucía sabe que debe esconder sus dudas. Delfina la mira, valorando si decirle algo más o no, pero desiste. No será ella quien aconseje a esa joven marcharse, es un trabajo que hasta ha asumido para el futuro de su hija Juana.

—Es mejor que ser criada y que te viole el señor, que ser lavandera y que te salgan sabañones, que ser pordiosera y todos te desprecien, o que ser la esposa de alguien que te da palizas y te llena de hijos. Hay vidas mucho peores que esta. Aunque ahora con el cólera no tengamos tantos clientes como antes... Espera aquí hasta que Josefa te mande llamar.

La ha dejado en la cocina, un lugar mucho más limpio y mejor equipado que cualquiera que Lucía haya visto nunca. En su casa de las Peñuelas apenas tenían un rincón donde hacer fuego para poner encima una olla. Aquí hay lo que llaman una «cocina económica», que

Lucía no deja de mirar sin atreverse a tocar. Es un mueble de hierro, pintado de negro y lleno de cajones con herrajes dorados; el más grande es el horno; en otro de ellos se pone el combustible —carbón o leña—; en otro caen las cenizas que después se usan para fabricar jabón; en la parte superior están los anillos sobre los que se sitúan las cacerolas o sartenes. Ahora está apagada, aunque supone que en invierno permanece encendida todo el día y sirve para tener agua caliente y convertir la cocina en el lugar más cálido de la casa.

Aun así, lo que más envidia Lucía es una gran fuente en la que hay cebollas, tomates, pimientos, calabaza... Si ella tuviera eso para darle de comer a su hermana, no estaría allí, esperando para hablar con la Leona. Piensa en robar toda esa comida, pero la conciencia le dice que sería un error, porque sólo le duraría un par de días. Tiene el presentimiento de que, si se queda, podrá conseguir el dinero que necesita para huir de Madrid.

La cocina es una habitación de paso: entran y salen mujeres, algunas la saludan, ninguna con demasiada curiosidad, otras la ignoran. Va ganando presencia un ruido sordo, un toc-toc regular como de anciano que marca con su bastón la cadencia de sus pasos. Lucía se figura a la Leona avanzando con sus tacones por el suelo entablado, caminando despacio a su encuentro, quizá fumando un cigarro con boquilla. No obstante, quien entra es un tullido al que le falta la pierna derecha y viste ropas mugrientas. El muñón, por encima de la rodilla, es visible bajo la pernera remangada del pantalón. Para andar, emplea unas muletas que parecen incapaces de soportar su peso. Se llama Mauricio y, un día más, se ha escapado del asilo de mendicidad de la calle San Bernardino. Josefa le deja dormir allí de vez en cuando a cambio de que haga algunos trabajos en la casa, arreglando todo tipo de desperfectos. Mauricio tiene buenas manos, quizá lo único que tiene bueno.

—¿Qué haces aquí?

—Espero a la Leona.

—¿Vas a trabajar para ella?

—No lo sé.

—Si trabajas, quiero ser tu primer cliente.

Dedica a Lucía una mirada lasciva que ella recibe con asco. Está sopesando la opción de salir corriendo cuando vuelve Delfina.

—Josefa te espera en el salón verde.

El salón verde tiene las paredes forradas de seda de ese color y butacas tapizadas también en verde, aunque en otro tono, con las patas doradas. Hay una mesa pequeña en la que Josefa *la Leona* acaba de almorzar. Todavía queda sobre ella un tazón, un pedazo de pan y un platillo con mantequilla.

—¿Quién eres?

—Me llamo Lucía.

—¿Qué buscas en mi casa?

Lucía se queda mirándola, indecisa. Josefa frisa los cuarenta años, aunque todavía se conserva bien. Tiene el pelo recogido en una especie de moño, negro, probablemente teñido, la cara lavada. Sólo lleva puesta una bata ligera y se adivina que está desnuda bajo ella.

—¿Cuántos años tienes?

—Dieciséis.

—Mentira. ¿Eres virgen?

—Catorce años. Nunca he estado con un hombre.

—A ver, desnúdate.

Lucía se quita la ropa, la falda y una camisa, debajo lleva una especie de enagua, sucia.

—¿Del todo?

—Sí, del todo.

Siente vergüenza cuando la madama la mira en detalle y le hace darse la vuelta. Tiene que sacudirse de la cabeza el fantasma de Cándida, lo que su madre diría si viera lo que está haciendo.

—Tienes un bonito cuerpo. Y el pelo rojo natural; no hay muchas como tú.

—¿Me puedo vestir?

—No, ahora te llevan a ponerte ropa limpia, que esa que llevas está para echarla al fuego. Pareces una pordiosera. ¿Por qué quieres trabajar aquí?

—Me hace falta dinero. Mi madre ha muerto y han derribado nuestra casa. Mi hermana y yo no tenemos donde ir y ella sólo tiene once años.

—La vida entre estas paredes no es fácil.

—Será mejor que la que llevo ahora. Sólo le pido una cosa: no deje que el tullido me haga nada.

Josefa se ríe mientras hace sonar una campanilla.

—¿Mauricio? Ni juntando todo el dinero que ha ganado en su vida tendría para pagar el precio por el que voy a vender tu virginidad. Hoy puedes irte, mañana te quiero aquí a esta misma hora.

La que entra es Delfina.

—Delfina, dale ropa a esta niña. Ropa decente y limpia. Mañana empieza a trabajar con nosotras. Y dale un par de reales, que coma, que está en los huesos. —Josefa coge de la barbilla a Lucía y le levanta la cabeza. Clava sus ojos negros, maternales de repente, en ella—. Si no vuelves, no te buscaré. Todavía puedes arrepentirte, pero si mañana entras por esa puerta, no quiero oír lamentos. No soporto las lágrimas.

La ronda de enfermos dura tres horas y obliga a Diego a mirar de frente una realidad que hasta entonces estaba esquivando. La epidemia de cólera se ceba con los más desfavorecidos, con los que no tienen un médico que los atienda ni dinero para pagar un medicamento o, simplemente, ropa limpia y algo que echarse al estómago. La obsesión por la Bestia y por publicar noticias que le den prestigio en las tertulias de los cafetines han pasado a un segundo plano. Ahora su cruzada es otra: demostrarle a esta gente olvidada que alguien lucha por ellos, como lo está haciendo Ana Castelar al jugarse la vida al lado de los enfermos. Ella milita en la nobleza más distinguida, es la mujer de un ministro de la reina regente, podría pasar las tardes arrellanada entre cojines mullidos, comiendo galletas inglesas y bromeando con compañías triviales como la de Ambrose; sin embargo, está en el lazareto sin esperar más recompensa que la sonrisa de un moribundo.

La Ana Castelar real es esa que, primero, atiende a los terminales, ancianos desahuciados a los que apenas hay que ayudar a beber un poco de agua y refrescar sus cuerpos ardientes con una esponja, y, luego, empuja a Diego a ocuparse de casos más fronterizos; los que penden de un hilo, de una noche mala de fiebre para ingresar en la zona irreversible. Ella conoce bien los protocolos sanitarios y se los explica: a estos pacientes hay que provocarles el vómito por medio de inhalaciones de vinagre y de sorbos de agua muy caliente.

Diego la acompaña en esta ronda entre los desahuciados; despeinada, sucia de salpicaduras de vómito, ella nunca pierde la sonrisa. Acaricia con verdadero afecto a cada enfermo después de lavarle el estómago. Los recuesta como una madre lo haría con su hijo febril y les limpia los labios con un paño. Nunca se detiene; lava la bacía en una pila para acto seguido atender al siguiente enfermo. Una leve sombra de tristeza enturbia sus ojos entre paciente y paciente, esa derrota que antes vislumbró Diego en sus palabras. Cree que nadie puede verla, pero Diego ha notado cómo se pausaba un instante, cómo hacía una inspiración profunda, tal vez para contener las lágrimas que empañan su mirada, antes de retomar su tarea sin rastro de ese dolor que el periodista ahora sabe que encierra. ¿Quién es capaz de acompañar a la muerte a tantos hombres y mujeres sin romperse por dentro? Nadie, pero muy pocos están dispuestos a sufrir tanto por ellos.

Mientras Diego ejerce de ayudante de Ana, empieza a notar que la fascinación que siente por ella no es la misma atracción que sintió en la Fantasmagoría ni la que otras mujeres le han provocado. Sus aventuras románticas han estado marcadas por la obsesión, por la agitación de conseguir un trofeo, como quien se hace con una preciada joya. El mismo deseo que le empujó a hablar con Ana en el teatro, esa belleza poderosa que le atrajo como un imán. Sentimientos que nada tienen que ver con lo que empieza a arder en su interior cuando camina por el pabellón de los niños al lado de esta Ana despojada de toda superficialidad. Intenta no pensar demasiado en ello ni ponerle nombre a esa nueva manera de mirarla, no está preparado para hacerlo, aunque no puede negar la certeza de que algo se está transformando en él. Ana se sienta junto a un niño rubio, se llama Timoteo y parece su favorito.

—Está muy mal, hay que hacerle una sangría.

—¿Cómo? —Diego no disimula su temor.

—Hay que hacerle un corte en la arteria temporal, que pierda sangre. ¿Tiene usted buen pulso?

—Pero si es sólo un niño.

—Un niño que no sobrevivirá si no lo hacemos. Voy al botiquín a por desinfectante.

Se aleja con paso firme, mientras Diego contempla el rostro sudoroso de Timoteo, sus labios resecos, sus ojos pálidos, que de pronto escarban en los suyos como implorando ayuda. Ana regresa con un frasco casi vacío.

—Coja la navaja.

Diego esperaba un utensilio de precisión, un estilete o algo así, pero tendrá que apañarse con una navaja. Le tiembla en la mano cuando Ana se la entrega.

—Espere —dice ella.

Ana toma la palmatoria, con la vela casi derretida, y él comprende y calienta la hoja en la llama. Ella le señala una arteria del cuello, bajo la oreja izquierda. Diego acerca el filo de la navaja a la piel del niño. Está a punto de arrojarla al suelo y salir huyendo del lazareto cuando siente la mano de Ana sobre la suya. Luego, encuentra su mirada y entiende que confía en él. Que está segura de que podrá hacerlo. No hacen falta palabras, las pupilas negras de esa mujer bastan para infundirle un valor que él pensaba que no tenía. Diego practica una incisión pequeña. Mana la sangre en un reguero limpio, inmediato, y acto seguido brota de un salto, como si estuviera pasando la corriente por encima de una piedra.

—Un poco más —pide ella.

Diego amplía el corte. Timoteo se estremece de dolor. Ella le sostiene la cabeza con las dos manos. Deja que brote la sangre durante un minuto que a Diego se le hace eterno. Después aplica el desinfectante sobre la herida y aprieta en el corte con una toalla.

—Compruebe el pulso.

Diego busca el pulso en la muñeca del niño.

—Acelerado. Como el mío.

Ana sigue haciendo compresión con la toalla para detener la hemorragia.

—Y como el mío.

Un poco más tarde, toman el aire en el claustro del convento, apoyados en sendas columnas renacentistas. A Ana se le ha descolocado el moño y varios mechones invaden su rostro.

—Está usted manchada. —Diego le señala la mejilla, cerca de la comisura del labio.

Ana se lleva los dedos a las gotas de sangre que motean su piel. Las limpia y se sonríe.

—Le aseguro que suelo estar más elegante.

—Y yo suelo ser más desenvuelto.

—No le engaño: como médico no tiene futuro. —Ana deja escapar una risa cristalina.

—¿Me permite demostrarle que puedo ser más hábil en otras facetas?

La señora Castelar se retira un mechón de la cara y contempla el rostro de Diego. Le sienta bien el cansancio, el miedo que ha pasado limpia su mirada, y, con la luz del crepúsculo, su expresión parece apaciguarse, como si se sumergiera en el agua. Luego, regresa la máscara de vivacidad, apresurándose a cubrir las partes más íntimas de su personalidad, aquellas que Diego empieza a creer que le avergüenza mostrar.

—¿Qué le parece la próxima semana, el viernes por la noche en mi casa?

—¿Dónde es?

—No tengo la menor duda de que sabrá usted llegar sin que yo se lo diga.

Ana da unos pasos alejándose por el claustro cuando se detiene y se gira hacia Diego.

—Es posible que usted no sea médico, pero se ha quedado al lado de esta gente que ya no tiene nada. Y eso es lo que más necesitan. Alguien que esté a su lado. Hay pocos hombres y mujeres dispuestos a acompañarlos en su sufrimiento.

Diego siente la sinceridad de sus palabras como una invitación mayor que la de ir a su casa; le está abriendo las puertas para conocer a la verdadera Ana. Después, ella se pierde entre las columnas del claustro. El sol acaba de ponerse y, por fin, reabren las puertas del lazareto. Mientras Diego camina de regreso a su casa, rememorando ausente todo lo que ha vivido, una convicción se hace fuerte en lo más hondo de su ser: Ana tiene el extraño don de hacerle un hombre mejor.

12

La noche ha caído cuando Lucía atraviesa otra vez Peñuelas para volver a la cueva. Siempre ha sido su barrio, un lugar donde ha sabido moverse, pero hoy, quizá por llevar una ropa distinta, la que le ha dado Delfina en el burdel, le parece que ha cambiado, que todo es más sórdido que de costumbre. Ha encargado a Clara que compre unos entresijos de cordero para cenar por la noche, pero no sabe si habrá cumplido con su parte o volverán a acostarse con el estómago vacío.

Deja atrás la tapia que protege el almacén de maderas de la fábrica de camas, donde hay un conjunto de casuchas miserables que por algún motivo ha escapado a la piqueta. Más allá está el corral del Jorobado, un criadero de cerdos que viven entre montañas de basura. Llega por último a la zona del barranco, donde está la Casa del Tío Rilo, un lugar inmundo hasta para los criterios del barrio. Allí malviven, hacinadas, unas trescientas personas en una única sala. Cándida, su madre, siempre les advertía sobre el lugar y les insistía en que anduvieran con mucho ojo si tenían que pasar cerca. Es entonces cuando empieza a sospechar que algo va mal: una mujer aparta la mirada al verla; unos chicos, por el contrario, la observan con descaro. De repente, el aire se ha hecho más espeso, le cuesta respirar.

Ya está llegando a la cueva cuando ve, debajo de un árbol, uno de los cuencos mugrientos que utilizan para comer. Lo recoge y comienza a trepar por el talud.

—¡Clara! ¡Clara!

Nada más entrar, tropieza con el puchero, que rueda por el suelo. Ve las mantas hechas un ovillo; los cubiertos viejos y casi inservibles todavía desprenden un brillo débil en la oscuridad. No hay rastro de su hermana.

—¡Clara!

Ahora sí, oye un ligero gemido al fondo de la cueva y corre hacia allá, a ciegas porque apenas entra algo de claridad de la luna.

—Fui a comprar los entresijos, te juro que fui —le dice Clara en medio del llanto.

—No te preocupes ahora por los entresijos, dime qué ha pasado.

Tiene que esperar a que se tranquilice un poco, abrazarla para que su respiración entrecortada le permita hablar. Clara no es como ella; la culpa, en parte, es de su madre, que temía lo violento que podía ser el mundo con sus hijas. Las historias que les contaba, de asesinatos por un trozo de pan, de violaciones a las mujeres que andan solas, han convertido a Clara en una niña atemorizada, siempre dependiente de la protección de Cándida y, ahora que ella no está, de la de Lucía.

—Vinieron a por el amuleto. Me engañaste, ¡no te protege de nada!

A pesar del enfado de Clara, Lucía empieza a entender poco a poco lo ocurrido. Su hermana fue a comprar los entresijos de cordero, tal como ella le encargó. El vendedor ambulante suele comerciar en la zona de la fábrica de harinas, pero le dijeron a Clara que se había ido hacia la Casa del Tío Rilo.

—No deberías haber ido allí. ¿Llevabas puesto el anillo?

—Sí. Tenía miedo, tú me dijiste que era como un escudo.

Lucía toma aire. Le gustaría acunar a su hermana con ternura, contarle otra historia que preserve el poder del anillo, aunque a veces su poder se desactive. Pero quiere conocer todos los detalles.

—¿Qué más pasó?

—Ellos lo vieron y alguien me siguió.

—¿Sabes quién?

—No, gente del barrio.

Cuando Clara estaba de vuelta en la cueva, aparecieron varios hombres.

—Me han pegado, me han pateado, me han tirado del pelo. Me decían que les diera el anillo, mientras registraban por todos los sitios. Se llevaron la chaqueta de madre y las mantas.

—¿Se lo has dado? Clara, por favor, es importante: ¿les has dado el anillo?

—No, cuando los oí llegar me lo quité. Está ahí.

El anillo está enterrado entre las cenizas del fuego que Lucía encendió el día antes para cocer unas patatas.

—¿Ha perdido el poder?

—¿No te das cuenta de que estás bien? Si no llega a ser por él, quién sabe qué te habrían hecho esos hombres.

Lucía pone el anillo en el dedo índice de Clara. Su hermana lo acaricia, como si toda su vida dependiera de él. Apenas deja que Lucía le lave la cara y una pequeña herida que le han hecho en la frente, justo en el nacimiento del cuero cabelludo.

No deben seguir allí: con toda seguridad, los mismos maleantes volverán a por el anillo y Lucía no puede quedarse para protegerla. Obliga a su hermana a recoger sus escasas pertenencias y las dos caminan, en medio de una noche oscura, hacia Madrid. Van a ocultarse en un lugar que le mostró Eloy cuando paseaban, una vieja fábrica de cerillas que ha sido precintada por el cólera. Es un lugar al que nadie se acercaría, pero Lucía cree que si no se contagiaron cuando murió su madre, ya nunca se van a contagiar.

Ella misma ha entrado y salido tantas veces de Madrid a través de las alcantarillas que hay bajo la Cerca, que la única dificultad es conseguir que Clara avance tras ella.

13

Las niñas no saben su nombre, pero le llaman la Bestia, como hacen en los barrios de más allá de la Cerca donde actúa. Fernanda, una morena con la melena hasta la cintura que ya no está con ellas, había oído hablar de ese animal en el poblado donde vivía, aunque entonces nadie sabía qué pasaba con las niñas que desaparecían: «La Bestia os arrastra a su guarida», «No te portes mal o la Bestia te arrancará la carne con sus dientes de jabalí», le llegaron a decir a Fernanda, como si se tratara de una criatura imposible que acecha en la noche.

Aparte de que no se trata de ningún animal, poco más saben de él: que viste siempre de negro; que es un gigante que mide más de dos metros; que su cara está quemada y su piel rosácea refulge encarnada a la luz de los candiles que cuelgan de las paredes; que todas las tardes se desnuda y se golpea a sí mismo con un látigo hasta que cae rendido sobre el charco de su propia sangre. Después saca a una de las niñas de su celda y la obliga a curarle las heridas. Ya no temen una violación o que les pegue, como les pasaba al principio; se han acostumbrado al ritual.

Elige a una niña sin un criterio definido, señala el barreño con el agua jabonosa y la esponja, y ella ya sabe lo que debe hacer. No la toca, ni siquiera le habla, aunque a veces deja escapar un gruñido si la timidez de la niña entorpece el ritmo de la cura. Sólo le exige que le alivie la espalda lacerada. El resto de las niñas miran la escena, hipnotizadas por el claroscuro de la mazmorra y por el rumor del agua cuando un chorrito cae de la esponja al barreño. Es un momento de paz y de dulzura en el que no tienen nada que temer, un momento extraño que no engaña a ninguna de ellas. Todas saben de qué es capaz la Bestia.

Cristina intentó escapar cuando la Bestia parecía haberse adormilado después de lavarle las cicatrices. El hombre —la Bestia— la alcanzó en los peldaños de piedra que dan salida a la mazmorra. Con fuerza, asida del pelo, puso la boca abierta de Cristina en el filo de uno de los escalones. No hubo discursos ni advertencias para las demás. Sólo una patada seca en la cabeza y el crujido de la mandíbula de la niña al romperse contra la piedra. Su sangre se derramó en un fino riachuelo hasta encontrarse con la que la Bestia había dejado en su flagelo. Se vistió y desapareció, arrastrando tras de sí el cuerpo de Cristina escaleras arriba. A la mañana siguiente, su celda estaba de nuevo ocupada. La niña, temblorosa como todas cuando llegaron allí, dijo que se llamaba Berta.

De vez en cuando, la Bestia saca a una de ellas de su celda, se la lleva y no vuelven a verla nunca más. Algunas creen que las suelta y pueden volver a sus casas; otras sostienen todo lo contrario, que las mata, como vieron que hacía con Cristina. La última elegida fue Berta. Todas la echan de menos porque, en el mes que pasó allí, Berta les hacía más llevadero el encierro con sus canciones, casi nunca tristes. Se olvidaban unos minutos de su realidad, de esas celdas y, a veces, se animaban a llevarle el ritmo con las palmas. Su celda es una de las dos que están vacías ahora, pronto vendrán otras niñas a ocuparlas.

Todas creen que cometieron un error, que salieron una noche por donde no debían, a solas, sin la compañía de nadie de su familia, que eligieron los caminos equivocados. Vivían en los lugares más miserables de Madrid, en las Injurias, en las Peñuelas, en las Ventas del Espíritu Santo, junto al arroyo del Abroñigal... Dos de ellas hasta se conocían antes de acabar allí, aunque llegaron en fechas distintas.

No saben dónde están, sólo que hay ocho celdas. Forman un octógono, de manera que todas ellas pueden ver el centro, que es donde la Bestia se flagela. Enfrentadas, se ven las unas a las otras con dificultad; la Bestia únicamente prende los candiles cuando baja. Viven en la penumbra, aunque, poco a poco, se han ido acostumbrando a la escasez de luz.

Pasan el día solas, consumiendo las horas entre pesadillas intermitentes, llantos, juegos infantiles y brotes de desesperación que han hecho que más de una intente abrir los barrotes hasta hacerse heridas en las manos. La Bestia las visita todas las tardes, les acerca comida y agua, se lleva sus orinales llenos y les da otros no siempre limpios. Después, mientras ellas comen, se desnuda y saca su látigo, lo coloca con precisión ante sus rodillas. Nunca lo coge antes de darse placer a sí mismo. Las niñas observan en silencio cómo se golpea con rabia el miembro hasta la eyaculación. Ninguna había visto antes a un hombre hacer eso. Acto seguido, reza en latín como si las estuviera insultando y coge el látigo. Se castiga y, extenuado, cae al suelo. Sólo entonces elige a una de ellas para que le lave las heridas. El mismo ritual, cada tarde.

Cuando la Bestia se ha marchado, las niñas reanudan sus conversaciones. La que más tiempo lleva allí, Fátima, se pregunta por qué nunca la elige, por qué desfilan niñas y más niñas en un relevo continuo y ella permanece en su celda, viéndolas llegar y marchar. Al principio pensaba que tenía suerte, ahora empieza a creer que esta espera tan larga es una especie de condena.

Le gustaría que la Bestia se fijara en ella, que la escogiese para sacarla a la calle y volver a ver el sol, correr al reencuentro con su familia, a la libertad. Aunque el deseo se empaña con el miedo: ¿qué habrá sido de Berta? ¿Estará con su familia o estará muerta como Cristina? Los peldaños de piedra ascienden en una espiral que se pierde en la oscuridad. Ninguna sabe qué sucede una vez que la Bestia saca a las niñas fuera. Ni tampoco qué es lo que tienen las elegidas. A eso dedica las horas Fátima. A pensar qué es lo que la hace a ella diferente de las demás. Por qué es siempre la niña descartada.

14

—¿Habías estado aquí alguna vez?

Donoso lanza una mirada a su alrededor.

—Nunca, sólo lo conocía de nombre.

—Menos mal que he venido contigo, no sabes dónde te estás metiendo.

El parador de Santa Casilda, cerca de la Puerta de Toledo, es uno de los lugares con peor fama de Madrid, pero a Diego no parece importarle. Se trata de un grupo de casucas unidas por un patio en el que se hacinan, en algunas épocas del año, cerca de quinientas personas; gentes que nada saben de los problemas con los carlistas, de los cambios de gobierno, de que las elecciones del 30 de junio acaban de aupar al Partido Moderado de Martínez de la Rosa. Viven ajenos al reloj que marca los días de aquellos que pueden preocuparse por otra cosa que no sea comer. En Santa Casilda acaban los temporeros que vienen del norte a trabajar en las labores agrarias en la zona centro, pero también gran parte de los mendigos de la capital, de los pordioseros, de los vividores de lo ajeno. Y los gitanos con los que Berta acudió a una fiesta la última noche que pasó en libertad. A Diego le han dicho que son todos miembros de un mismo clan al que llaman «los Cabreros».

Todo el mundo los observa con una mezcla de recelo

y hostilidad a medida que pasean por las instalaciones miserables del parador. Alguno se preguntará qué los ha llevado hasta allí, cuánto dinero tintinea en sus bolsillos y si no sería un buen golpe matarlos y robar lo que lleven encima. Donoso otea a los vecinos que, como carroñeros, los rodean manteniendo las distancias. Quiere pensar que, aunque no vaya armado, el uniforme impone respeto. Además, está convencido de que el ojo que perdió en el duelo con el amante de su esposa provoca un temor supersticioso. Como él siempre dice, nadie quiere que le mire un tuerto.

Un hombre se decide, por fin, a acercarse a ellos.

—¿Qué quieren por estos andurriales?

—Buscamos a los Cabreros.

El apodo familiar hace que el hombre se tranquilice y los trate con brusca amabilidad.

—La casa encalada.

La casa encalada se aparta unos metros de las demás. Llama la atención porque no es tan miserable como las otras, hasta parece bonita y cuidada, como las casas de los pueblos andaluces. No sólo está encalada, también tiene macetas con geranios en las ventanas.

—Los ricos del barrio —resume Diego.

Delante de la puerta juegan unos niños de tres o cuatro años. Son cinco, dos de ellos están desnudos. Donoso clava su ojo sano con desprecio en ellos.

—Los ricos visten a los hijos.

Una mujer muy mayor sale de la casa con un balde de agua para regar las plantas.

—Busco a los Cabreros —le dice el periodista—. Me han dicho que viven en esta casa.

—Aquí todos somos Cabreros. Dígame qué quiere y le diré a quién busca.

—A unos a los que contrataron hace cerca de un mes

para tocar y cantar en una fiesta. Llevaron a una niña que se llamaba Berta.

—¿La que mató la Bestia? Mi nieto Baltasar la conocía; decía que cantaba como si fuera gitana.

La mujer entra en la casa sin invitarlos a acompañarla ni aclarar qué se dispone a hacer. Ellos se obligan a esperar, por si la anciana es de esas personas que esconden su amabilidad en una capa de sequedad. A los diez minutos sale Baltasar, un gitano joven, de poco más de veinte años, alto, espigado y con una oreja a la que le falta un pedazo. A pesar de eso, es un hombre atractivo, seguro que muy cotizado en las fiestas y algunos cafés cantantes.

—¿Quién me busca?

—Me llamo Diego Ruiz. Soy periodista, trabajo en *El Eco del Comercio*.

—¿Y su amigo el policía?

—Yo no soy nadie, como si no existiera, es él quien quiere hablar con usted.

Baltasar les cuenta que Berta empezó a acercarse a las fiestas flamencas que a veces montaban. Se animó a cantar y a todos les sorprendió que una paya pudiera hacerlo tan bien. Era guapa y desenvuelta, por eso los acompañó en más de una ocasión.

—Sabía cómo animar a los señoritingos a dar buenas propinas. Me cago en los muertos del que se la llevó.

—Dicen que fue la Bestia.

—Pues me cago en los muertos de la Bestia. Se cuenta que le arrancaron la cabeza como un lobo a una oveja.

—Los animales no hacen daño de esa manera. Matan por hambre, no por diversión. Y eso es lo que le hicieron a la pobre Berta y a las otras niñas. —Diego está harto de que se siga identificando a ese asesino con un animal y responde en exceso cortante. No es el mejor tono si quiere ganarse la confianza de Baltasar—. Disculpe; es una imagen que duele sólo con recordarla. Pude conocer al padre de la niña, Genaro. Su hija le contó que alguien la siguió la noche de una fiesta en Madrid, en una casa de postín.

—Siempre la acompañábamos al Cerrillo del Rastro y la dejábamos con su gente, para que no anduviera sola por ahí de noche. Después de esa fiesta, no sé qué pasó, se despistó y... Nos preocupó, pero a la mañana siguiente estaba con su padre en el Cerrillo. A mí también me contó que se asustó y pensó que algo iba tras sus pasos.

—Es posible que la Bestia la eligiera esa noche. ¿Dónde fue la fiesta?

—En la calle del Turco, pero después de la fiesta nos invitaron a seguir cantando en una casa de la Carrera de San Jerónimo, cerca de un almacén de vinos. Me acuerdo porque compramos un par de garrafas antes de subir. No era el tipo de casa al que solemos ir: estaba llena de libros y vivían allí dos hombres, uno joven y otro mayor, parecían curas, pero pagaron lo que les pedimos. No creo que les divirtiera la música, daba la impresión de que sólo querían tenernos allí un tiempo.

—Además de esos dos hombres, ¿había alguien más en la casa?

De repente, la actitud colaboradora de Baltasar se volatiliza; el gitano mira a Donoso y Diego con desprecio, como si hubiera descubierto el verdadero fondo de su visita.

—¿Van a echarles la culpa de lo que le pasó a Berta a los gitanos? ¿Es eso? ¿Para eso han venido al culo del mundo un periodista y un policía?

—Nada más lejos de mi intención.

Diego intenta que Baltasar no se cierre en banda. Intuye que puede darle todavía información de valor, pero el hombre ya no está dispuesto a hablar más y se marcha mientras les espeta:

—¿Qué más me queda por escuchar? Ya he oído que somos los gitanos los que envenenamos el agua con el cólera. ¿Por qué en cuanto sale a la palestra un cura se le supone un santo? Son los más hideputas de esta ciudad. Ellos tienen la culpa de la enfermedad y no me extrañaría que también estuvieran detrás de la muerte de Berta.

Es un rumor que lleva corriendo varios días: los curas y los frailes, partidarios de Carlos María Isidro de Borbón y en contra de Isabel II y la regente María Cristina, enfrentados desde hace un año en lo que llaman la guerra carlista, están empeñados en socavar la resistencia de Madrid y han decidido hacerlo envenenando las aguas que se consumen en la ciudad para contagiar el cólera a la población. Un rumor absurdo que sólo puede prender en sociedades incultas. De nada vale la pedagogía al respecto, explicar mil veces que el cólera viene de otros países y que ha estado años matando a gente en todo el mundo antes de llegar a la ciudad. El pueblo de Madrid está dispuesto a creerse todas las noticias anticlericales, quizá como resultado de un rechazo que viene labrándose desde hace muchos siglos.

Diego arrastra a Donoso hasta la Carrera de San Jerónimo para husmear en la casa de los curas. Quiere hablar con ellos, preguntarles por algo que le resulta estrafalario. Él se siente tolerante y moderno, pero no le encaja una fiesta de palmeros gitanos en una casa santa. En la puerta de un inmueble hay una carroza, el conductor dormita en el pescante. Diego silba y el hombre despierta de un respingo.

—¿Es aquí la casa de los curas?

—En esta calle todo son curas —contesta con indolencia.

Donoso cruza la calle hasta el almacén de vino que les señaló el gitano. El dueño le cuenta que son muchos los religiosos que le compran vino, que no se le ocurre mejor emplazamiento para su negocio que una calle repleta de conventos.

—Esa pareja de curas, joven y mayor, me suena. Eran de los pocos que no me hacían gasto. Creo que vivían en ese inmueble. El dueño tiene su casa en el bajo, pregúntenle a él.

Cuando golpean la aldaba del bajo, oyen una voz que grita: «¡Voooy!».

Abre la puerta un hombre encorvado, calvo, con restos de pelo en las sienes. Los escudriña a través de unas lentes que se mantienen en equilibrio sobre la nariz. Pese a que es un barrio de religiosos, el casero es laico.

—No viven aquí, vivían —matiza levantando el índice de la mano derecha—. Los dos murieron hace cosa de un par de semanas, tanto el viejo como el joven. El cólera se ceba con todos y no hace distinciones. Ni al padre Ignacio García le ha perdonado, fíjese.

El nombre llama la atención de Diego.

—¿Ignacio García, el botánico?

—Y teólogo. Todos los días llegaba algún volumen de plantas, hasta escritos en latín. Un auténtico erudito. Pero últimamente tenía hábitos poco comunes. Organizaron una fiesta con gitanos y palmeros. Si había dos personas que jamás pensé que fueran a montar ese alboroto, eran don Ignacio y su compañero, el padre Adolfo. Quizá es que el cólera vuelve locas a las personas.

Diego intenta colocar las piezas, pero le cuesta. El piso en el que cantó el grupo de gitanos pertenecía a Ignacio García, el teólogo especializado en botánica que le mencionó Morentín, el morador del piso que sufrió rapiña tras la muerte de sus ocupantes. Pero no entiende cómo la muerte del cura y su ayudante, el padre Adolfo, podría guardar relación con la historia de Berta.

—¿Le importa si echamos un vistazo a la casa?

Diego no esconde la sorpresa ante la iniciativa de Donoso. Valiéndose de su uniforme policial, el dueño no pone pegas y les entrega las llaves de la casa del padre Ignacio. Según les confiesa, está deseando que pase un tiempo y los mozos se atrevan a entrar sin miedo al contagio para vaciarlo y poder alquilarlo de nuevo.

—Pensaba que estabas a mi lado como mero comparsa —bromea Diego mientras Donoso mete la llave en la cerradura.

—No creas que lo hago porque esta investigación tenga algún sentido. Cuanto antes acabemos, antes podremos aparcar nuestros huesos en alguna taberna. Me tendrás que pagar un par de rondas por los servicios prestados.

El piso está lleno de libros, casi todos religiosos o de botánica medieval. Sobre una consola hay un pequeño herbolario. Es un piso de dos habitaciones: en la más cercana al salón vivía el cura joven, el padre Adolfo; en la segunda, más grande, el padre Ignacio. El desorden por la rapiña —un cepillo tirado en el suelo, una silla volcada, cajones abiertos— todavía es evidente.

—¿Qué pudieron llevarse? ¿Fue un ratero o alguien que venía a buscar algo concreto? —Donoso coge un viejo volumen de botánica encuadernado en cuero—. Supongo que estos libros deben de tener valor si se sabe encontrar comprador.

—Sería un ratero inculto. Esta biblioteca no es barata. A lo mejor, la rapiña ha sido una mera coincidencia. Son muchos los pisos de muertos del cólera que se desvalijan.

Donoso y Diego miran por todas partes sin encontrar nada —es difícil hacerlo sin saber lo que buscan— hasta que el policía se fija en un frasco de cristal con una sustancia roja dentro.

—¿Qué es esto? ¿Algún tipo de abono para las plantas?

Diego abre el recipiente y moja el dedo en él. Al acercárselo a la nariz le deja un aroma a hierro.

—Huele como a sangre coagulada.

—¿Estás seguro? —Donoso se hace con el frasco para aspirar el olor y comprobar lo que dice su amigo—. ¿De qué animal será? ¿Por qué iba a tener un cura un frasco de sangre?

Diego se queda en silencio, rumiando una posibilidad: ¿y si existiera alguna prueba científica que le permitiera dictaminar el origen de esa sangre? Guarda el frasco en su chaqueta y piensa que debería visitar al joven doctor Albán para preguntarle, pero pronto descarta la idea. Lo más probable es que esté viendo indicios donde no hay nada: el teólogo Ignacio García era un experto en botánica. Puede que lo de ese frasco no sea sangre y sí algún ungüento para sus trabajos con las plantas, tal vez algún experto en jardinería se lo confirme. Aunque le duela reconocerlo, tiene la sensación de que ha llegado a un callejón sin salida. Tal vez debería reconducir sus pesquisas y tirar del hilo de la insignia que hallaron tras la campanilla de Berta. Ese extraño símbolo de mazas cruzadas. De cualquier forma, será algo que empiece a plantearse a la mañana siguiente, hoy ya no tiene tiempo. Es viernes, debe acudir a una cita que apenas le ha dejado dormir la última semana.

15

A Lucía le parece ridícula la ropa que le han puesto, pero no se atreve a protestar, ha sido la Leona quien la ha elegido. Se trata de un corsé de seda burdeos con adornos en negro, y una especie de sostén que no cubre sus pechos, más parece un balcón para ofrecerlos que una prenda de ropa. En la parte de atrás tiene una especie de cola ancha, de la misma seda que el resto. Está así, casi desnuda, tumbada en una otomana. Frente a ella está Mauricio, el tullido, dibujándola. Le ha ordenado que se esté quieta, que no mueva ni un músculo y no le resulta difícil; es como un animalillo paralizado ante un fogonazo de luz. Aterrada por lo que pueda suceder.

—Leona, a cambio de dibujarla, podía dejarme que yo fuera el primero que yaciera con ella.

—Ni aunque fueras Velázquez valdría tanto tu retrato. Si no estás de acuerdo, te vas y ya está.

Hace ya una semana que Lucía regresó a casa de la Leona cumpliendo con su palabra y esta puso en marcha la subasta, que hoy dará al fin sus frutos. La madama le ha dicho que hay al menos tres hombres interesados en su virginidad y que pagarán muy bien por ella. Llegarán a las tres de la tarde y la verán, pujarán entre ellos y el ganador la llevará a una de las alcobas.

—Vas a estar en la habitación chinesca, la mejor de la

casa. Y te voy a pagar la mitad de lo que me den por ti, descontando los gastos, claro.

—¿Será mucho dinero?

—Más del que has tenido nunca en tu vida. Aunque por la ropa que traías, eso no debe de ser difícil.

Mientras el tullido la pinta, la imaginación de Lucía huye de lo que pueda pasar dentro de unas horas en la habitación chinesca. Se refugia en el dinero que va a ganar: comprará comida para Clara, carne y también fruta, algo de ropa. En la zona de los lavaderos venden prendas que no están en mal estado. Sus dueñas las han rechazado por tener alguna mancha que no se quita. Habrá de negociar con habilidad y reservar una parte para comprar dos billetes en un carruaje que las aleje de Madrid, tal vez hacia el sur, donde dicen que hay mar. Allí, lejos de Madrid y el cólera, del gigante que la persigue, empezarán una nueva vida.

El tullido le muestra el retrato terminado y ella no puede menos que admirarlo. De las manos de ese hombre deforme ha salido una lámina de gran belleza. Es ella, aunque mucho más bonita que en la vida real, mucho menos asustada de como se siente por dentro.

Al final son cinco los hombres que van a pujar por ser los primeros en la vida de Lucía. Los cinco tienen aspecto adinerado. La Leona y Delfina, la madre de Juana, le han ordenado que se pasee entre las mesas y que les sonría, que no proteste si alguno tiene la mano muy larga y quiere probar el material antes de ofrecer su dinero.

—Déjate tocar, pero sólo eso. Si quieren algo más, tienen que pagar.

Lleva la misma ropa con la que el tullido le hizo el dibujo; prácticamente desnuda pasea alrededor de los cinco hombres y, como le ha aconsejado la Leona, no les rehúye la mirada. Hay deseo y ansiedad en esos ojos, también vergüenza y culpa. Hay una súplica por ser los afortunados, por poder tocar la piel de Lucía, por entrar dentro de ella. A cada paso, siente cómo el temor que la quemaba se disipa. Ella es el objeto de deseo. Su cuerpo es, ahora, lo que más anhelan esos cinco ricachones. Tienen todo, menos a ella. Cada zancada por el salón se vuelve más segura, más poderosa. Recuerda el consejo de la carrerista que la ayudó a asearse en la plaza: «Lo único que tenemos las pobres es nuestro cuerpo». Y quizá esta noche uno de esos hombres disfrute de él, pero, después, seguirá siendo de ella. Nadie podrá arrebatarle jamás ese poder.

Es absurdo, es sólo dinero, se irá con el que más pague, pero todos tratan de seducirla, de pedirle que se siente con ellos, de hacer que pruebe una copa de champán en su compañía y, mientras estos hombres se vuelven ridículos, Lucía se crece, segura de sí misma, convencida de que está haciendo lo correcto; ya no llega a sus oídos la voz de ultratumba de su madre, riñéndola por tomar esta decisión.

Por fin, la Leona salta a un pequeño escenario y le pide a Lucía que suba con ella.

—Pocas veces se puede encontrar a una virgen de tanta belleza. Con el pelo de fuego, tanto arriba como abajo. Le he prometido que aquí están los hombres más generosos de Madrid, los que mejor pagarán para que ella nunca los olvide, por muchos años que llegue a vivir.

Pronto se ve que dos de los cinco hombres están realmente interesados en ella, que siguen en la puja cuando los otros tres han abandonado. Uno de ellos viste levita oscura, camisa blanca sin adornos y corbatín negro. Lucía le puso un mote de inmediato en su cabeza: el Sepulturero. Es alto, delgado y pálido, ha perdido la mayor parte del pelo, se diría que está enfermo. Parece mentira que con un aspecto tan poco sano esté dispuesto a pagar tanto por una diversión. El otro es joven y, en cierta manera, atractivo. Puede tener unos treinta años y viste como un petimetre, con un chaleco estampado en rojo y negro, pantalones marrones, frac negro y una amplia corbata. Le recuerda a uno de esos estudiantes que suelen ser presa de Eloy.

Para calentar la puja, la Leona ordena a Lucía que se siente sobre las piernas de los dos para que vean el material más de cerca. Ha olido la sangre, sabe cuándo una subasta se puede desmadrar del todo. Al final es el Sepulturero quien se lleva el gato al agua. Pagará la increíble cantidad de quinientos reales por llevar a Lucía a la habitación chinesca.

Antes de entrar, Delfina va a hablar con ella.

—No te preocupes, va a pasar deprisa. Es sólo un hombre, habrá muchos más y no siempre pagarán tanto ni estarán tan escogidos.

—¿Quién es, le conoces?

—Es un cliente habitual. Dicen que es abad de un convento, pero no lo sé seguro. No hablan mal de él, has tenido suerte.

La habitación chinesca tiene las paredes forradas en seda pintada con paisajes montañosos y pagodas. En una esquina destaca una pequeña fuente de la que no deja de manar agua sobre unas piedras. Patas doradas con forma de dragón sostienen la cama y, frente a ella, reluce un jarrón blanco de porcelana, decorado con florecitas azules, casi de la misma estatura que Lucía. Dos jarrones de menor tamaño lo flanquean, como centinelas de cuento.

Lucía espera tranquila al Sepulturero. Cuando llega, se sienta en una amplia butaca verde y dorada.

—Espero que seas virgen, que no me hayan engañado.

—Lo soy, señor.

—He estado con muchas vírgenes, más de cincuenta,
y tú has sido de las más caras. Si me mientes, lo voy a
descubrir y voy a hacer que la madama me devuelva el
dinero.

—No tema, señor.

El Sepulturero se desnuda; una piel macilenta y arrugada, como un campo arado. Le pide a Lucía que se
desvista también y que se recueste. Ella sigue sus instrucciones. El Sepulturero se queda a los pies de la cama,
observándola unos instantes. Se está excitando. Lucía
cierra los ojos: no quiere perder la entereza que ha ganado sólo unos minutos antes, no quiere llorar cuando
ese hombre la penetre. Qué estúpida se siente al recordar lo que pensó cuando paseaba entre esos hombres:
que ella tenía algún tipo de poder. En realidad, no tiene
ninguno.

El Sepulturero la coge de los tobillos y le separa las
piernas. Luego, como una serpiente, se desliza sobre ella
hasta lamerle el cuello. El peso de su cuerpo sobre el de
Lucía resulta opriment. El instante de la penetración es
doloroso, pero ella ahoga un gemido. Piensa en el pájaro de colores que es su madre, sobrevolando su cabeza,
en la fuente mágica que transforma las piedras en monedas, en los miles de viajes que ha hecho por todo el mundo...

El trance pasa rápido, Lucía sangra lo suficiente para
que su primer cliente se vaya satisfecho. Mientras se viste, la Leona entra en la habitación. Desde el quicio de la
puerta, brazos en jarras, le regala una media sonrisa.

—Has estado muy bien. El cliente me ha dicho que
quizá vuelva. Aquí tienes el dinero.

Lucía lo cuenta ávida.

—¿Cien reales?

—Estarás contenta. Te dije que hoy ganarías más dinero que en toda tu vida junta.

—La puja subió hasta quinientos.

—¿Te crees que las cosas se pagan solas? El champán que se sirvió, la habitación chinesca, la ropa... De lo que ha quedado, te llevas la mitad: cien reales.

No puede discutir. Siente que la ha estafado, pero la madama tiene razón: cien reales es más dinero del que nunca ha tenido. Esta noche Clara cenará todo lo que quiera, hasta que reviente. Y, después de algunas noches más, Lucía reunirá el dinero suficiente para escapar de Madrid.

Una familia de pobres se ha instalado en el patio de la fábrica de cerillas abandonada donde encontraron refugio Clara y Lucía hace ya días. La componen Pedro y María, una pareja muy humilde con un hijo pequeño, Luis. Como les ha sucedido a ellas, han derribado su casuca, en el Cristo de las Injurias. También ellos son náufragos en busca de un techo.

Cuando Clara ve entrar a Lucía, cargada de viandas para la cena, se acerca dando saltitos y le cuenta las novedades sobre sus compañeros de vivienda.

—El niño está enfermo. Están los tres muertos de hambre. Bueno, y yo. No he comido nada en todo el día.

—Pues estáis todos de suerte. Traigo comida.

—¿De dónde la has sacado?

Lucía le cuenta que ha empezado a trabajar sirviendo en una casa y que esa carne, esa fruta, ese pan tierno que abulta su morral se lo han regalado allí sus señores.

—¿Podemos compartir la cena con ellos?

Lucía sonríe a su hermana con cansancio. Ha descendido al infierno para conseguir esa comida, pero eso no puede contárselo. Además, le gusta que su hermana sea tan generosa. No son tiempos propicios para esa clase de virtudes.

Cuando se acerca a la familia, que se ha guarecido bajo los soportales de la fábrica, la madre está dándole al niño sorbos de agua caliente para que vomite. Lucía ha visto suficientes enfermos de cólera como para saber que él es uno más.

—Habría que hacerle sangrías, pero no quedan sanguijuelas, están agotadas en todo Madrid y cada vez son más caras.

Todos han oído hablar de la solución extrema a falta de sanguijuelas: provocar la sangría abriendo la yugular. Debería hacerlo un médico, pero no es fácil encontrar a uno dispuesto, si no se tiene dinero. En las Peñuelas, Lucía fue testigo de una sangría salvaje: el padre de una vecina le abrió la yugular a su hija, pero no supo detenerla. Impotentes, mudos, vieron cómo se desangraba entre sus brazos. Si la gente sigue confiando en la labor de las sanguijuelas no es por su eficacia, que no está probada, sino por ser la única esperanza de salvar la vida a la que se pueden aferrar.

Esa noche, después de una cena más copiosa de lo habitual, Lucía repasa todo lo que ha ocurrido ese día. Las imágenes titilan en su mente como si una linterna mágica las fuera iluminando: el tullido, el corsé, la subasta, la habitación chinesca y el Sepulturero, la familia de pobres en la fábrica de cerillas, la avidez con la que comían el pan, la carne, la fruta. La gratitud en sus ojos, la pena por el niño moribundo que apenas logró tragar unas migas de pan y ya no puede ni llevarse un trozo de membrillo a la boca.

Lucía le ha dado unas monedas a la mujer, para que intenten comprar las sanguijuelas que chuparán la sangre del pequeño.

—¿De dónde has sacado tanto dinero? —se extraña Clara.

—Ya te he dicho que sirvo en una casa.

—¿Tanto te pagan?

—¿Se te ha olvidado que convierto las piedras en monedas?

Clara la mira poco convencida.

Se tumba junta a su hermana y duermen abrazadas, aunque le da la espalda porque no quiere que la vea llorar. Ella es dura, pero los acontecimientos del día traspasan la corteza y la membrana hasta llegar al núcleo, su corazón. Su alma, su conciencia. Intentó huir de la habitación chinesca a través de sus fantasías; en la hora del sueño, como si hubieran estado esperando agazapadas el momento para hacerle más daño, reaparecen las imágenes del Sepulturero, sudoroso y desencajado, sacudiéndola contra la cama, gruñendo de placer y vertiendo en su entrepierna ese líquido espeso. Un olor que ella no conocía.

Lucía hace un esfuerzo por que su llanto quede en silencio, pide perdón a su madre por lo que ha hecho, maldice la vida que le ha tocado vivir y aprieta los dientes al tiempo que se jura que saldrán adelante, que tendrá el valor suficiente para alcanzar su objetivo. Cuatrocientos reales: esa es la cifra que se ha propuesto.

A su espalda, la pequeña Clara no duerme; nota la respiración entrecortada de su hermana, oye su llanto y se pregunta por qué se desmorona ahora, precisamente el día que ha encontrado un buen trabajo y ha traído a casa dinero y comida.

Como Ana Castelar predijo, no le costó mucho averiguar dónde vivía: un palacete en Hortaleza frente al que ha pasado decenas de veces. El palacio del duque de Altollano impresiona por sus formas armoniosas y por el aire recoleto del edificio, un remanso en medio de la ciudad devastada por el cólera. Diego está delante del amplio portón de entrada, compuesto por sillares de granito, y observa los ventanales con balcón de forja de la planta noble. No sabe si llamar o salir corriendo, es ridículo pensar que una mujer joven y rica como ella, esposa de un ministro de la reina, de una belleza inigualable, pueda sentirse atraída por él. Pero también sabe que sería un necio si dejara pasar la oportunidad.

Sale a abrir la puerta una doncella que no tiene más de dieciocho años. Le recibe con modales sumisos, sin mirarle a los ojos directamente.

—La señora me ha pedido que le lleve al jardín.

Muy pocas veces Diego tiene acceso a una casa señorial como esa. Parece mentira que, dentro de la Cerca de Madrid, un palacete pueda albergar un jardín tan cuidado. Hay una mesa preparada para dos personas, junto a una fuente que aporta un frescor muy agradable, tras un viernes caluroso de primeros de julio. En el porticado plateresco que enmarca el patio hay grandes pajareras donde revolotean extrañas aves de llamativos colores; desde loros y guacamayos hasta verderones, jilgueros o calandrias. Un pavo real pasea flemático por el lugar, ajeno a los mil cantos que enredan los pájaros enjaulados. Frente al acceso por el que ha llegado Diego, un faisán de la especie asiática le mira con la suspicacia de quien identifica a un intruso. No cabe ni imaginar, en este sucedáneo de paraíso, que a unos pocos metros, más allá de los muros de ladrillo, se amontonan los cadáveres a causa de la epidemia.

—¿Le sirvo un jerez o prefiere pasar al champán?

—Champán, por favor.

La doncella entra en la casa, solícita y discreta. Regresa a los pocos minutos con una botella del mejor champán francés inusualmente fría.

—La señora le pide disculpas. Tardará todavía unos minutos en reunirse con usted.

Pasa casi media hora antes de que la vea aparecer, más bella de lo que recordaba. Podría considerarse que no viste a la moda, pero Diego sospecha que Ana Castelar va por delante de ella y que pronto las mujeres imitarán ese estilo. Lleva un vestido de baile de seda rosa, muy ligero y con un profundo escote —pocas se atreverían a llevarlo en España y, en caso de hacerlo, lo cubrirían con un chal—, manga corta y falda con amplio vuelo. El único adorno es una lazada de chantillí blanco en la espalda.

—Perdone que le haya hecho esperar, he tenido que resolver unos asuntos de la Junta de Beneficencia que requerían mi intervención.

—Entiendo que es usted una mujer muy ocupada.

—Esta noche la he guardado para usted. Incluso se la he dado libre al servicio, sólo está Blanca, y ella es de plena confianza; no es que me preocupe lo que llegue a oídos de mi esposo, pero odiaría tener que darle explicaciones. Está en La Granja, con la reina regente. No sé si sabe que han sido confinados, dicen que se ha producido un contagio por la nieve que baja de la sierra.

Diego da un último sorbo a su copa de champán. Reconoce en el tono de Ana la misma ligereza que detectó en la Fantasmagoría; no sería razón para desanimarle en otras circunstancias, pero no puede evitar añorar de alguna forma a esa otra Ana, aquella que trabajaba en el lazareto, libre de toda impostura.

—La situación es muy mala en toda la ciudad. —Diego teme que en sus palabras se haya deslizado un matiz de decepción. Ana se toma un tiempo antes de responder, quizá porque lo ha notado.

—Me alegra que la enfermedad no entienda de nobleza, ni de ricos y pobres. No me hace feliz que haya enfermos en la Corte, pero tampoco me gusta lo que usted y yo vimos en el lazareto de Valverde, Diego.

Es un juego extraño; como si dos personalidades se dieran la alternativa en un mismo cuerpo: Ana se desenvuelve en la trivialidad para luego mostrarse directa y honesta, completamente ajena a las convenciones que se le suponen a su estatus en la sociedad. Pero, como si tuviera miedo a pasar demasiado tiempo al descubierto, Ana no se decide a desprenderse por completo de esa artificialidad.

—Vamos a cenar. He pensado que lo mejor era pedir que nos sirvieran una cena frugal y que el servicio fuera a la rusa. ¿Le parece bien?

Por suerte hace sólo una semana salió en *El Eco del Comercio* un artículo que explicaba qué era eso del «servicio a la rusa», así que Diego sabe de qué está hablando. Tradicionalmente en España se ha servido a la francesa, es decir, colocando las fuentes con todos los alimentos sobre la mesa para que los comensales se sirvieran; en los años recientes ha empezado a ponerse de moda hacerlo a la rusa: llevando desde la cocina los platos con las raciones servidas y trinchadas si es necesario. La cena frugal —que sería un banquete fuera de esos muros— consiste en una sopa fría —una *vichyssoise*— acompañada por vino de jerez; un pescado —Diego cree que es salmón, pero no está seguro, puesto que nunca lo había probado— con un Burdeos blanco, y unas perdices con vino de Borgoña. De postre, dos tartaletas con fresas y crema chantilly, con vinos generosos.

Poco a poco, como una lluvia que cesa, Diego nota que los cantos de las aves se apagan. Blanca ha ido tapando las jaulas con bayetas de colores, aunque él no alcanza a entender si existe un tono apropiado para cada pájaro. Ahora duermen a resguardo del relente de la noche. Con el mismo sigilo con el que ha tapado las jaulas, la doncella desaparece del patio para que su señora y él puedan continuar su conversación en privado. Ana sigue intrigada por los motivos que le empujaron a hacerse pasar por médico en el lazareto de Valverde y Diego le cuenta el verdadero interés que le llevó a hablar con Genaro.

—¿Una Bestia que asesina niñas y las descuartiza? Me parece una historia muy rocambolesca. Digna del Teatro de la Fantasmagoría donde nos vimos por primera vez.

—Preferimos llamar Bestia a lo que no entendemos. De la misma manera que culpamos al demonio y sus subterfugios de las crueldades humanas. Pero, si le quitamos los ropajes de la mitología, nos encontramos con la realidad. Esa Bestia no es más que un hombre.

—Un hombre que desmiembra niñas. Me entran escalofríos sólo de pensarlo. El cólera, la guerra carlista y ahora estos asesinatos... Es como si el fin del mundo hubiera empezado y fuera distinto a lo que habíamos pensado, ni carros de fuego ni ángeles. Sólo hombres, haciéndose daño los unos a los otros.

—Es posible que contra el cólera estemos atados de pies y manos, pero no sucede lo mismo con la guerra carlista ni con el caso de la Bestia. Podemos detenerlo.

—Ojalá hubiera más hombres como usted.

—No sea cínica conmigo, por favor.

—No lo soy. Estoy demasiado acostumbrada a vestirme con los ropajes del cinismo, de la frivolidad, Diego; es lo que se espera de mí. Pero creo que no hay nada que odie más que esa frivolidad. Es la manera más ridícula de apartar la mirada de lo que está pasando en esta ciudad.

—Sabe que no tiene que fingir ante mí.

Ana se moja los labios en la copa de vino, deja sus ojos oscuros flotando sobre el cristal, como si estuviera valorando la sinceridad de las palabras de Diego.

—No es habitual que alguien quiera escuchar las opiniones de una mujer.

—Me sorprende que tenga miedo a expresarlas.

—Las opiniones femeninas son como nuestros deseos: algo de lo que no se habla, que es mejor dejar a oscuras en la alcoba.

—¿Eso es lo que le aconsejan amigos como Ambrose?

—Nunca he tenido en cuenta sus consejos. ¿Sabe que se ha marchado a Londres? Según me dijo, se le hacía imposible vivir en una ciudad tan insalubre como Madrid. Supongo que no todos estamos preparados para mirar cara a cara a lo que está pasando en nuestras calles.

—Algunos prefieren abandonar el barco antes de que se hunda, que es lo que da la impresión de que va a suceder.

—Madrid y este país serán un lugar mejor cuando

nos demos cuenta de que la vida de un ropavejero o de una prostituta vale tanto como la del ministro de la reina. Y ese cambio tiene que llegar de la mano de personas como usted, Diego.

La convicción de Ana provoca un rubor en él, la misma punzada que experimentó en el lazareto; esa extraña cualidad de Ana de hacerle sentir mejor de lo que es.

La cena transcurre en una intimidad sorprendente para dos personas que apenas se conocen. Como un mecanismo que, por cuestiones del azar, gira sin la más mínima fricción, la conversación fluye, ni siquiera la presencia de Blanca para traer los platos rompe la conexión entre ellos. Han creado una burbuja en ese patio donde a Diego no le golpea el recuerdo de Berta ni la abulia de unas autoridades que dan menos valor a la vida de los miserables de los poblados que a las buenas familias de Madrid. Una burbuja de paz y belleza en el corazón de una ciudad que se devora a sí misma, como si viviera el festín de los últimos días, ese Apocalipsis que la propia Ana evocaba. Y Diego, egoísta, sintiéndose ahora él culpable al olvidar la realidad, no quiere salir de esta burbuja. Preferiría sacudirse para siempre el olor a miseria y tristeza que empapa cada rincón de una villa y Corte a la que cada vez le cuesta más mirar con cariño. Como si en Madrid hubiera quedado abolida la hermosura y se hubiera transformado en una enorme pintura negra de Goya, esas que dicen que pintó en los muros de la Quinta del Sordo y que los pocos que las han visto han llegado a recomendar que nunca se hagan públicas. ¿Qué cuadro puede ser más horrible que este Madrid?

—No podemos abandonarlo a su suerte —responde Ana cuando Diego se atreve a exponer lo liberado que se siente en ese patio, al lado de ella.

—Pero deberíamos encontrar el momento para la belleza. Para recordarnos lo bueno que tiene la vida, por qué estamos luchando.

Es el primer silencio que ha surgido en la noche. No hay cantos de pájaros ni palabras entre ellos, sólo una mirada cargada de deseo.

—¿Le importa quedarse solo? Puede servirse una copa. Blanca tiene que acompañarme a mi alcoba para ayudarme a quitarme el vestido. Cuando esté lista, le recibiré allí. Creo que entre nosotros ya no tiene sentido seguir interpretando un juego de seducción, cuando ambos sabemos lo que queremos.

Diego está a punto de atragantarse antes de decir que le parece una idea maravillosa. Sueña con sentir la piel de Ana rozándose con la suya. Besarla y escuchar al oído el hálito del deseo.

Los quince minutos que preveía de espera se convierten en casi treinta —Diego llega a pensar que su anfitriona se ha arrepentido—, pero acude por fin la doncella a buscarle y a pedirle que la acompañe.

La escalera que sube a la planta noble tiene doble rampa y balaustrada de mármol. Diego la subiría corriendo, saltando los escalones de dos en dos, pero se mantiene al ritmo de la doncella. Es Blanca quien le abre la puerta, antes de darse la vuelta, regresar escaleras abajo y dejarle solo ante la alcoba de su señora. Allí, desnuda, le espera Ana Castelar.

Con el pelo suelto, sin el artificio del vestido que llevaba, Ana vuelve a estar tan hermosa como en el lazareto. Le da acceso a una intimidad que cohíbe al propio Diego y por un instante piensa que es una mujer tal vez algo triste encerrada en este palacio de Hortaleza, en las convenciones de una sociedad como la de Madrid. Una mujer como ninguna otra que haya conocido; libre, desinhibida y orgullosa, tanto de sus convicciones como de sus flaquezas.

Tímido, da unos pasos hasta sentarse a su lado, en la cama. Abre los labios y toma aire, mientras busca las palabras que puedan describir la belleza de su cuerpo, pero el índice de Ana se posa sobre ellos, murmura un «chist», y después su boca apaga todo deseo de hablar. La humedad de sus labios moja los de Diego, que siente como si su cuerpo perdiera la gravidez y se desvaneciera el suelo bajo sus pies. De repente, se descubre envuelto en la piel de Ana, también él se ha desnudado, y al ritmo de sus respiraciones, graves, excitadas, encuentra sus ojos, que ahora le parecen sorprendidos, incluso asustados, como si la desnudez con la que le recibió no fuera nada en comparación con lo que está sucediendo en ese momento, donde ya no hay máscaras, y mientras hacen el amor se entregan el uno al otro sin artificio alguno. Los dedos de Ana se clavan en su espalda al tiempo que él acerca su boca a la de ella y respira su aliento, acelerado, y su calor entra dentro de él.

El canto de los pájaros exóticos despierta a Diego. Soñoliento, entreabre los ojos. La seda de las sábanas de la cama, una suavidad a la que no está acostumbrado, acaba por ubicarle. Sentada junto a la ventana, Ana, envuelta en una fina bata, le observa. La claridad del amanecer dibuja un contraluz y ensombrece su rostro.

—¿Llevas mucho tiempo despierta?

—En realidad, apenas he podido dormir.

El tono de su voz, ligeramente ronco, le hace temer que ha podido disgustarla; habría sido más lógico abandonar el palacio en mitad de la noche, no a esta hora de la mañana en la que algún vecino podría verle y prender rumores sobre la vida licenciosa de Ana.

—No es eso lo que me preocupa —le responde ella cuando él inicia la disculpa.

—Entonces ¿por qué no has podido dormir?

Ana es un misterio guarecido en las sombras; a Diego le gustaría ver sus ojos para adivinar qué le angustia, pero, cuando se incorpora de la cama para acercarse a ella, Ana se levanta de la butaca y, con paso rápido, le da la espalda para caminar hasta el tocador. Juega al tuntún con los frascos de perfume, como si hubiera sentido la irrefrenable necesidad de ordenarlos.

—Si he dicho o he hecho algo que te haya molestado, por favor, discúlpame —murmura Diego mientras empieza a vestirse. Por nada del mundo quiere que la historia que empezó anoche encuentre su final tan pronto.

—Blanca te indicará dónde está la puerta de servicio; como dices, es mejor no alentar los rumores.

Diego entiende que es una despedida. Habrá tiempo de recomponer lo que esta mañana ha descubierto roto. Una carta describiendo todo lo que le ha hecho sentir, unas flores, unos días para que Ana pierda el temor a que su esposo descubra su acercamiento. Debe tratar esta relación como una construcción frágil que, bien por urgencia o por tomar una decisión equivocada, se pueda desmoronar.

—Ha sido la noche más especial de mi vida —se atreve Diego a decirle antes de abandonar el cuarto, pero sus palabras sólo las recoge el silencio de Ana.

Al corredor del primer piso llega el canto de los pájaros amplificado por el eco del vano de la escalera. Abajo, puede ver a la doncella; Blanca le espera, ahora se impone abandonar la casa con sigilo. Está a punto de pisar el primer peldaño de la escalera cuando oye la puerta del dormitorio de Ana. Descalza, ella se acerca hasta él y cuando la tiene al lado, Diego siente de nuevo su respiración, la misma que antes de que saliera el sol le volvió loco. Ana levanta la barbilla y puede ver sus ojos. Están húmedos, como si hubiera llorado, pero sus labios dibujan una sonrisa.

—Perdóname —acierta a decir Ana—. Supongo que no esperaba algo así. Estoy acostumbrada a llevar los ropajes de la frivolidad, ¿recuerdas? Me da miedo lo que sentí anoche.

Ana se pone de puntillas para besarle. Diego la coge de la cintura y, después, le susurra al oído:

—A veces, la vida te guarda un regalo donde no imaginas. Yo también tengo miedo, pero tú misma me dijiste que era un «hombre valiente». Acertaste: tal vez no sea de los que van al frente por una bandera, pero no me acobarda lo que nos pueda pasar. Ni siquiera quiero pensar en eso. Ahora mismo, sólo me importa volverte a ver.

—Esto puede que sea un gran error. Estamos a tiempo...

—Soy un experto en tomar decisiones equivocadas, Ana. Pero nunca he deseado tanto cometer un error como este.

Con delicadeza, Diego hunde su mano en la nuca de Ana, enreda los dedos en su pelo y la atrae para besarla. Con los ojos cerrados guarda su sabor como un elixir del que alimentarse durante el tiempo que deba pasar hasta volver a tenerla a su lado.

17

Josefa *la Leona* es cordobesa, pero llegó a Madrid cuando
tenía quince años. Huía de una infancia de miseria y de
un padre que la violaba cada vez que aparecía borracho
por casa, lo que sucedía varios días cada semana desde
que murió su madre y ella se convirtió en su único entre-
tenimiento. Llevaba así desde que tenía memoria y una
noche no aguantó más. Se subió a un carro que trans-
portaba aceite a la capital, a cambio de prestar sus favo-
res al carretero. Nunca ha vuelto a su tierra, ni siquiera
ahora que es una mujer rica. Al principio no tuvo la misma suerte que su nueva pupila: antes de entrar a trabajar
en un burdel de lujo, tuvo que ser carrerista y ejercer en
la calle por una perra chica, siempre con miedo de que
alguien le hiciera daño. Tampoco pudo vender su virginidad —robada por su padre—, como ha hecho con la
de Lucía. Los cien reales que le ha pagado a la pelirroja
no los podía reunir ella a menos que complaciera a cincuenta hombres.

Su suerte cambió cuando conoció a Sabrina, a la que
también llamaban la Leona y de la que heredó el apodo:
la anterior propietaria de este prostíbulo del Clavel. La
sacó de la calle, le permitió trabajar entre cojines mullidos, perfumes orientales y luces de fantasía, la hizo su
amante y cuando murió —pronto hará una década— se

lo dejó en herencia. Josefa ya no trabaja, pero conserva a un cliente: un juez que la visita cada semana desde hace ya quince años. Se llama Julio Gamoneda. Con frecuencia ni la demanda sexualmente, se limitan a desayunar juntos un chocolate y unos picatostes —él siempre acude por la mañana, cuando su esposa cree que está en el juzgado—, mientras hablan y se ríen. Y mientras él le declara su amor una vez más.

—Si tanto me quisieras, te habrías separado de tu esposa.

—No digas eso. Sabes que ella es la dueña de todo lo que tenemos. Si la dejara, me quedaría en la calle. ¿Es que querrías tú mantenerme?

—No sé por qué te sigo recibiendo. Ganaría más dinero siendo amante de cualquier comerciante de vinos.

—Pero no disfrutarías ni la mitad.

Más allá de sus juegos de reproches, hay un afecto real entre Gamoneda y Josefa, más del que pueda haber en el matrimonio del magistrado; son muchos años de relación estable de esta peculiar pareja. Sin embargo, hoy la Leona no está tan pendiente de su amante como de la chica nueva, de Lucía.

Ha dejado a Delfina encargada de que no la exponga demasiado y de que limite su jornada a dos o tres clientes bien escogidos, hombres de confianza de la casa. Va a ganar menos dinero, pero no quiere que la muchacha abandone nada más empezar. Mejor que se adapte poco a poco y se acostumbre a esta vida y a ganar buenos reales, que después los eche de menos y no quiera renunciar a ellos. Se dice a sí misma que no es simpatía, es pura visión comercial. Lucía es hermosa, una pelirroja siempre está más cotizada, y desprende algo que es difícil de encontrar: a veces parece rabia, a veces orgullo. Aunque se haya criado en la peor de las barriadas, hay un aire regio en su porte, en su mirada. Sin embargo, la verdad es que la Leona siente un extraño lazo con Lucía; ve en ella una fuerza que le recuerda a sí misma en su juventud, cuando creía que por mucho que la vejaran los hombres, siempre resurgiría como un ave fénix, más poderosa.

—He oído que hay una chica nueva en la casa.

A veces, Julio Gamoneda le da sorpresas como esa. Sabe tanto como ella de lo que ocurre puertas adentro.

—¿Quién te lo ha contado?

—Uno de los que no pudieron seguir la subasta. Me ha dicho que cobraste mil reales.

—¿Mil reales? Ni por la virginidad de la reina regente se podría haber cobrado tanto. La mitad y gracias.

—¿Vas a dejar que yo la pruebe?

—Si la pruebas a ella, o a cualquier otra de las mujeres que trabajan aquí, se te acabó el privilegio de venir a verme a mí. Tú verás qué prefieres.

Es poco habitual que la interrumpan cuando está con Julio, pero hoy Delfina se atreve a llamar a su puerta. Está tan nerviosa que ni siquiera saluda al juez.

—Leona, ¿has visto a Juana?

Josefa contesta con un rictus de impaciencia.

—Como te puedes imaginar, tu hija no está en mis aposentos.

—La mandé a por un cántaro de leche y no ha vuelto. Su muñeca de trapo estaba tirada en las escaleras. Nunca va a ningún sitio sin ella. Tiene que haberle pasado algo.

—No te pongas en lo peor. Luego preguntas a las chicas, que seguro que la han visto. ¿Lucía ha terminado ya?

—Está con don Venancio —responde Delfina tratando de serenarse.

Don Venancio, a quien todos llaman así sin desvelar que en realidad se trata del padre Venancio, es un hombre casi octogenario. No tiene ya vigor para hacerles nada a las chicas, pero se encierra con ellas varias horas, las hace disfrazarse, les cuenta historias, las acuna...

—No deberías haber dejado que entrara con él. Ese hombre es muy turbio, la puede espantar.

—A ese hombre le confiaría a mi Juana...

—Anda, déjame sola. Y no te preocupes por tu hija, seguro que aparece.

No son palabras que puedan sofocar la preocupación de una madre. Delfina recorre el burdel agarrada a la muñeca de trapo de su hija como si fuera un talismán, se asoma a todas las habitaciones aun sabiendo que está prohibido, sale a la calle y mira a un lado y a otro. Repara en una niña que está escondida detrás de una carreta. Junto a ella, un hombre está descargando sacos de alfalfa.

—Busco a mi hija, una niña de tu edad —le suelta Delfina antes de llegar hasta ella—. ¿La has visto?

—¿Trabajas en esa casa? —La niña señala la puerta por la que acaba de salir Delfina.

—¿Has visto a mi hija o no la has visto? Es pecosa, tiene el pelo moreno, largo con algún rizo. Se llama Juana.

—Te lo digo, si me dices qué se hace ahí dentro.

Delfina mira a la mocosa con asombro. Se baja el corsé hasta dejar a la vista sus pechos.

—Esto se hace en esa casa.

El gesto es tan expresivo que la niña comprende de inmediato. Delfina la agarra del brazo.

—Ahora dime si has visto a mi Juana.

—He visto a una niña con un cántaro de leche. Un hombre se ha acercado a ayudarla y se la ha llevado de la mano.

—¿Un hombre? ¿Cómo era?

—Muy alto. Iba vestido de negro.

—¿Por dónde se la ha llevado?

La niña señala una bocacalle. Delfina corre hacia ese lugar, desesperada, sin saber que esa pequeña a la que deja atrás es Clara, la hermana de Lucía.

Esa tarde, Clara ha seguido a su hermana. Se había propuesto averiguar dónde trabaja, porque no se cree que esté contratada como chica de servicio doméstico. La ha visto llorar varias noches, desgarrada, sabe que Lucía no está bien y ella se olía algo malo, que ahora ha visto confirmado.

¿Debería entrar en esa casa y sacar a Lucía de allí? Su madre lo haría, seguro. Entre gritos y tirones de pelo, insultándola por perderse en una casa de lenocinio. Por dejar que los hombres usen su cuerpo. Pero ella no va a conseguir nada irrumpiendo por sorpresa. Hay otra opción: puede esperar a que Lucía vuelva a la fábrica de cerillas por la noche para pedirle que no se prostituya más, porque ella va a conseguir dinero para que no tenga que venderse. Tiene un anillo de oro y sabe dónde puede venderlo. Pedro, su vecino en la fábrica de cerillas, se lo ha dicho.

Y hacia allí se encamina, tras un último vistazo a la casa.

A Clara la han advertido de que no puede ir al Monte de Piedad que hay enfrente del monasterio de las Descalzas. Allí fue muchas veces con su madre. Cuando no tenía dinero para darles de comer, Cándida empeñaba un pequeño colgante, regalo de su padre antes de morir. Tan pronto las cosas iban mejor, lo desempeñaba, hasta comenzar de nuevo. No han visto el colgante tras la muerte de su madre, así que supone que se quedó empeñado y nunca lo recuperarán. En el Monte de Piedad se interesan por la procedencia de las joyas de valor, por no coger objetos robados, por dar un precio justo. El anillo de oro con las mazas cruzadas en aspa no encaja en esos criterios.

Muy cerca de allí, en la calle del Arenal, hay otro lugar donde acuden los que no pueden aclarar el origen de las joyas. El portal del edificio es sórdido y Clara siente una punzada de temor. Aun así, sube al primer piso y entra en una sala grande donde aguardan varias personas. Rostros sucios, desaliñados, con la tristeza arraigada que ella conoce tan bien. No le impresionan las caras demacradas por la desesperación y la pobreza porque forman parte de su paisanaje habitual. Espera a que la llamen y se acerca a una especie de ventanilla.

—Quiero vender esto.

El hombre que está al otro lado es el propietario del local, Isidoro Santamaría. Regenta varios negocios, entre ellos una joyería en la calle Mayor. Examina el anillo con interés, ayudándose de una lupa.

—¿De dónde lo has sacado?

—Me lo he encontrado.

—Es muy valioso, y tú muy pequeña para ser una ladrona.

—No lo he robado, lo he encontrado por la calle, en el suelo.

Isidoro la mira de forma viscosa.

—Te doy cincuenta reales por él. Y da gracias que no llamo a los guardias.

Clara no sabe qué hacer. Es consciente de que la está timando, pero la única manera de convencer a Lucía de que abandone la casa en la que ha entrado es mostrarle algo de dinero. Está a punto de aceptar cuando a su espalda oye la voz de una mujer.

—La niña no va a venderlo por esa miseria.

Cuando se da la vuelta se topa con la señora de Villafranca, la mujer de la Junta de Beneficencia que visitaba a veces a su madre.

—Clara, ese anillo vale mucho más. No te voy a preguntar de dónde lo has sacado, pero te conseguiré más dinero por él. Vamos.

Los ojos de la mujer brillan de ternura y determinación. Clara se marcha con ella, segura de que un ángel de la guarda ha acudido en su ayuda. Ninguna de las dos se da cuenta de que Santamaría, después de mascullar un par de maldiciones por el negocio perdido, ha encargado a uno de sus hombres que las siga.

18

En los seis años que lleva en Madrid, Diego ha tenido que ir postergando muchos de sus sueños: ni es un periodista famoso, ni ha estrenado una obra teatral en una de las grandes salas de la ciudad ni ha ganado dinero suficiente como para vivir con holgura y pensar que su decisión de probar suerte en la capital fue la correcta. Esta noche, mientras camina de regreso a casa, todos esos sueños truncados no le parecen tan importantes. Tampoco el miedo a reconocer ante la familia su fracaso. Es inusualmente feliz desde que amaneció con Ana Castelar, una euforia que también es un escudo contra esas lanzas que antes tanto le herían. Ni siquiera el nuevo rechazo de Morentín a publicar una crónica sobre la Bestia es capaz de minar su ánimo. No ha dejado de investigar en el caso, aunque sin éxito. La insignia de las dos mazas parece una pieza única, no responde a ningún emblema conocido. Los últimos movimientos de Berta o los testimonios de familiares de niñas que aparecieron en idénticas circunstancias —como unos matuteros que perdieron a su hija, Fernanda— siguen sin arrojar luz sobre la difusa forma de la Bestia. Otro abandonaría el caso, ya fuera por la falta de avances o porque necesitara el dinero, pero a Diego no le importa tener los bolsillos vacíos.

Tal vez porque anda pensando en estos asuntos, olvida la precaución cotidiana de esquivar a Basilia, su casera, que esta vez le intercepta.

—Señor Ruiz, ya me debe tres meses.

—No se preocupe, que en menos de una semana le pago los retrasos.

—Eso mismo me dijo la semana pasada.

—Lo sé, pero me ha surgido un imprevisto. Le pagaré, ya sabe que al final siempre lo hago.

—Es el último aviso: o abona su deuda o tendrá que dejar la habitación, que esto no es una casa de misericordia.

Ha perdido ya la cuenta de las veces que su casera le ha hecho la misma amenaza desde que lleva viviendo allí. En esta ocasión debe tres meses, pero hace dos años llegó a deber cinco y estuvo a punto de regresar a su ciudad, a Salamanca, y de renunciar a sus sueños de periodista para entrar a trabajar en el negocio familiar de tejidos que ahora regenta su hermano Rodrigo.

La vivienda de Diego es modesta, pero él se siente cómodo en ella y no le gustaría nada tener que buscarse otra. Está en la calle de los Fúcares, junto al corralón de la Costanilla de los Desamparados, donde algunos días se monta un mercadillo informal. En su primera visita a la que más tarde fue su casa supo que a muy pocos metros de allí se imprimió por vez primera el *Quijote* y soñó en vano con contagiarse de su éxito. Es una casa de vecindad con habitaciones de alquiler. Se accede a ella por un portalón ancho, pero no muy alto. El dintel es una viga horizontal algo combada por los años, por las inclemencias del tiempo y por las termitas. Traspasada esa puerta, un largo callejón desemboca en un patio destartalado, alrededor del cual hay corredores de madera con puertas numeradas. Dentro de su habitación hay un baúl de cuero corroído y una mesa con útiles de escritura: pluma, tintero, secante, papel; también una jofaina con agua y una bacía para el aseo, un espejo de sobremesa, vetusto, con manchas en el cristal que parecen perdigonazos, algunos objetos de tocador: avíos de afeitar, peine, lociones... El único detalle decorativo es un ramillete de hojas secas dentro de un paragüero.

Se tumba en el catre sin desvestirse, está demasiado cansado para eso. Las sombras del primer sueño caen a plomo sobre él, pero se disipan con unos golpes en la puerta, insistentes, más de lo que permite el decoro. No puede ser doña Basilia, con ella ya ha hablado, así que sale a abrir con curiosidad. En el umbral aguarda una mujer de unos cuarenta años, todavía hermosa, aunque su piel tenga un tono macilento. Sus grandes ojos oscuros, cercados por las ojeras del que ha sufrido más de lo soportable, le buscan con ansiedad.

—¿Es usted Diego Ruiz? El Gato Irreverente. Así es como firma sus artículos, ¿verdad?

—¿Quién es usted?

—Perdone que haya venido a verle a su casa, es por esto que escribió. ¿Puedo pasar?

La mujer no espera permiso y entra. Extiende un viejo recorte de *El Eco del Comercio* encima de la mesa. Se trata del último artículo que publicó sobre la Bestia, cuando todavía, llevado por los testimonios, la trataba como un monstruo mitológico.

—Mire, estaba durmiendo, ¿qué le parece si viene a verme mañana?

—A mi hija la mató la Bestia.

Hay un matiz de aguardiente en su aliento y un punto de extravío en su mirada, pero la frase es rotunda y Diego cierra la puerta de su casa. Ella se deja caer en el catre y toma aire antes de contar su historia.

Dice llamarse Grisi. Es actriz, afirma que va a estrenar una obra en el Teatro de la Cruz, aunque a Diego no le suena y las actrices que estrenan allí o en el Teatro del Príncipe son las más famosas de España.

—No es la primera vez que actúa la Bestia. Mató a mi hija, pero no fue en Madrid, fue en París.

—Creo que me lo va a tener que explicar con calma...

La mujer habla de una manera errática, como si estuviera borracha. Tal vez sea una simple madre enloquecida por la muerte de su hija. Poco a poco, Diego consigue desenmarañar su discurso: Grisi viajó a París hace un año para actuar en el papel de una española en un teatro de esa ciudad y lo hizo acompañada de su hija de doce años.

—Iban a ser sólo dos meses. Me pareció que era una buena oportunidad para que estuviera conmigo y no con sus abuelos, con quienes había vivido siempre, desde que nació. Yo era su madre...

Las cosas, cuenta Grisi, les iban bien; ella se empezaba a hacer un hueco en los teatros parisinos, había llamado la atención de gente importante, le habían prometido un papel protagonista en una obra de campanillas. Pero una noche, cuando volvió después de la función al pequeño cuchitril donde se habían instalado, su hija Leonor había desaparecido.

—Los gendarmes no me hicieron caso, para ellos sólo era una española desquiciada que denunciaba la desaparición de una niña que ni siquiera sabían si existía en realidad. Durante un mes no se supo nada. Entonces apareció el cuerpo, destrozado...

—¿Pasó un mes desde que desapareció hasta que hallaron el cuerpo?

—Cinco semanas. Sólo pude identificarla por una mancha de nacimiento que mi hija tenía en la cadera. La habían decapitado. La cabeza no se encontró hasta una semana después, en la orilla del Sena. En la boca tenía clavada una pieza de oro.

—¿Qué? ¿La vio?

—Dos martillos cruzados.

Diego pasea por la habitación. Si tuviera una botella de aguardiente, sería el momento de servirse un trago y ofrecerle otro a esa mujer, que parece necesitarlo tanto o más que él. Le gustaría haberse quedado la insignia que descubrió el doctor Albán para mostrársela a Grisi, pero, al no tenerla, dibuja en el papel las mazas cruzadas y se los enseña a Grisi.

—¿Eran así?

La actriz bambolea la cabeza en un signo de afirmación.

—¿Puede venir conmigo a la redacción del periódico y contarle esto mismo al director?

El miedo encoge a Grisi. Se pone en pie y se acerca tambaleante a la ventana de la habitación de Diego. Fuera, la noche.

—Quiero que atrapen a la Bestia, pero... No me fío, si nadie me escuchó en París, ¿por qué lo iban a hacer en Madrid?

—Porque vamos a conseguir que sea portada de todos los periódicos. Las autoridades no podrán seguir diciendo que se trata de un animal que anda perdido fuera de la Cerca. Es un hombre: un asesino que, antes de matar en Madrid a cuatro niñas, lo hizo en París y quién sabe si en más sitios. No dejaremos de insistir hasta que le detengan.

La cabeza de Diego bulle de excitación y de vértigo: Augusto Morentín estará despierto, suele quedarse leyendo hasta altas horas de la madrugada. Ahora no encontrará excusas para no publicar una historia que no puede seguir oculta.

19

A Marcial le gusta observar a las niñas sin que ellas sepan que lo hace; estudiar cómo se comportan cuando creen que están a solas. Le gusta escuchar sus conversaciones, sus sospechas, sus enfados. Nunca interviene, ni siquiera cuando trazan absurdos planes de fuga: no tienen escapatoria posible. Arriba, él disfruta atendiendo con esmero el jardín. Su parterre favorito es el de las dalias: han empezado a florecer, de un amarillo azafranado en forma de pompón. Demandan mucha agua, como las niñas de la mazmorra, pero las dalias son más inocentes. Su olor, tenue y ligeramente dulce, nada tiene que ver con el hedor que flota en las celdas. Los cuerpos de ninfa de las niñas no pueden ocultar la podredumbre de su interior, que se eleva emponzoñando el aire de la mazmorra.

Duerme a intervalos en un cuartucho junto a la escalera que baja en espiral al sótano. Deja la portezuela abierta y, así, puede escuchar sus conversaciones. Ahora están agitadas: sucede siempre que lleva a una nueva.

Se llama Juana y es la hija de una prostituta, una tal Delfina. Ha desaparecido el desparpajo que exhibía cuando se acercó a ella —«¿Cómo se ve el mundo desde tan alto?», le preguntó— y ahora el pánico la mantiene en silencio. No responde a las preguntas del resto de las compañeras, como si al hablar rompiera la última posibilidad de estar viviendo una pesadilla. Fátima, que lleva tanto tiempo encerrada, se lo advierte: no es un sueño. No te vas a despertar de pronto en casa al lado de tu madre. Otras intentan animar a Juana con fantasías: las van a enviar a un harén para casarlas con un jeque, con un rey, con un mendigo que, en realidad, es un príncipe... Fátima las manda callar: de nada sirve crear falsas esperanzas. Estas celdas son su única realidad y no saben qué pasa con las niñas que, a veces, la Bestia se lleva. ¿Están las milicias vecinales detrás de él?, preguntan otras ansiosas por tener noticias del exterior. ¿Qué es lo que está ocurriendo fuera?

—Fuera, sólo importa el cólera —acaba por confesarles Juana.

—¿Nadie está buscando a la Bestia?

La voz de Fátima no ha podido ocultar su decepción. ¿Es que no le importan a nadie? Aunque siguen presionando a Juana con preguntas, ella prefiere volver al silencio.

A Marcial le llama la atención que se hagan alianzas entre las niñas, que se creen grupos, que haya amistades y enemistades de celda a celda. Las observa como se hace con las hormigas de un hormiguero, con curiosidad y deseo. Ese es su demonio interior, el mismo que lleva agitándole desde que tiene conciencia: la piel pura, las formas infantiles, la sexualidad incipiente de las niñas prende un fuego en él que no sabe contener. Empujado por ese fuego, asaltó a la hija de apenas doce años de unos viajantes. Eyaculó dentro de ella y, después, sintió asco y furia. La golpeó hasta matarla. Nunca pudieron relacionarle con su muerte y él se juró no volver a dejarse vencer por ese impulso. Entró en el convento y buscó ayuda en Dios, hasta que comprendió que era inútil: era el mismo Dios quien había plantado esa semilla enferma en su interior. La pulsión no se apagaba, al contrario, quemaba tan pronto veía a una niña. Le llevaba a pesadillas febriles que le despertaban en un estado de enajenación, fuera de todo control, convertido en un animal ávido de sexo infantil. Maldito Dios, que le había inoculado esa enfermedad. El ejército le sirvió para calmar su deseo de venganza contra ese ente inaprensible. Cada hombre que mataba era una estocada en el vientre del Altísimo. Durante tanto tiempo se sintió miserable, hasta pensó en su propia muerte, cuando la única culpa era del Padre. Es a Él a quien debe odiar, no a sí mismo.

Ha aprendido a sofocar al animal que lleva dentro. Le pareció hasta divertido cuando en los arrabales de Madrid empezaron a llamarle la Bestia. Así se siente cuando la erección es tan intensa que duele. Entonces, baja al octógono de la mazmorra y se masturba con rabia. Escupe al Padre Celestial y se flagela para que el dolor aplaque ese deseo enfermo. Cada vez que lo hace siente que es una victoria ante Dios.

Marcial cierra la portezuela del sótano. Sabe que ahora no puede bajar. En su mente, como un insecto incómodo, revolotea la ladrona del anillo. Dos veces ha estado a punto de pillarla y las dos veces se le ha escapado. Cuando la aprese, podría meterla en la celda que queda vacía, aunque esa niña es demasiado mayor. La encontrará, pero cuando lo haga no le dará opción, no habrá ninguna prórroga en su vida.

Aunque Madrid ya tiene doscientos mil habitantes, la Cerca que mandó construir Felipe IV hace dos siglos la constriñe en un espacio pequeño. Dicen que la van a tirar, como se tiraron las sucesivas murallas que han limitado la ciudad. Quizá entonces crezca en población y, sobre todo, en tamaño. De momento no es necesario un servicio de transporte público como en otras capitales europeas. Los madrileños —con excepción de los muy ricos, que van en diligencias propias o contratadas— se mueven a pie de un lado a otro. Así es como tiene que llegar Marcial hasta la calle del Arenal, donde está la casa de empeños de Isidoro Santamaría. Él ha sido el primero en avisarle después de la petición que hizo a los más conocidos peristas.

Pese a su inmensa estatura y su peculiar aspecto físico, o quizá a causa de ello, ha aprendido a pasar desapercibido, a escuchar, en el mercado, en el café, en alguna plaza... Todas las conversaciones que percibe apuntan a lo mismo: los frailes están envenenando el agua de Madrid para matar a los ciudadanos. Algunos vecinos hasta dicen cómo lo hacen sin que nadie los haya visto: utilizan a los niños de las inclusas. La ciudad está llena de chicos y chicas de doce y trece años envenenando pozos, fuentes, odres de aguadores... Marcial no lo ve descabellado, él mismo ha vivido rodeado de frailes y sabe de la mezquindad de aquellos que siguen alabando a Dios. Si les conviene por política, y para ayudar a los carlistas, lo harán sin dudarlo.

Cuando llega a la casa de empeños no le hacen esperar, como a todos los menesterosos y los rateros que han ido a vender joyas y baratijas. Isidoro le recibe en su despacho, vacío a esas horas de la noche.

—He visto el anillo de las mazas cruzadas en forma de aspa.

—¿Está seguro?

—El mismo del dibujo que me enseñó.

Sólo puede ser uno, el que esa niña del pelo rojo robó en la casa del padre Ignacio García.

—¿Lo tiene?

—No, pero sé dónde encontrarlo.

—¿Dónde?

—No, esto no se hace así. Usted me dijo que me pagaría a cambio de la información y todavía no hemos hablado de dinero.

Marcial tardaría pocos minutos en enterarse de todo lo que quiere sin necesidad de pagar, pero es más fácil darle un duro al perista.

—Mandé seguir a la niña que vino a traerlo. Vive en una fábrica de cerillas abandonada junto a la Cerca, por debajo de la calle de las Huertas.

—La conozco.

—Pero el anillo no lo tiene ella, se lo quedó una dama que había venido a desempeñar una baratija de una presa, la señora de Villafranca.

—¿Intentó empeñar también un redingote que robaron? Es un abrigo marrón...

—No, sólo el anillo.

Marcial sabía que encontrar la pista de un anillo de oro robado por una vulgar ratera sería más fácil que encontrar una chaqueta. Pero él está interesado tanto en una cosa como en la otra. Tendrá que hacer una visita a la vieja fábrica de cerillas.

20

Hay médicos que dicen que el cólera se transmite a través del agua; otros, que por el aire; no faltan los que dicen que es un castigo divino... Lo único que se sabe con seguridad es que el enfermo sufre una diarrea aguda y fuertes vómitos, que la fiebre le sube y que muere a los pocos días del contagio; no llegan a tres de cada diez los que sobreviven. Ante la falta de un protocolo, el tratamiento consiste en poco más que darle una muerte digna e indolora al desdichado. Se han probado cataplasmas de todo tipo. Algunos aconsejan beber agua de nieve para mejorar; otros proponen como remedio los polvos de aristoloquia, la llamada «viborera», una planta común en los Pirineos, cara y difícil de encontrar en Madrid.

También hay médicos que aseguran que el cólera es una enfermedad de la sangre y que hay que sacarla del cuerpo; que extrayendo sangre del paciente se reduce el veneno que tiene dentro. En los últimos tiempos se habían ido dejando de lado las sangrías, el tradicional modo de cura desde la antigüedad, pero ahora, por culpa de la epidemia, han vuelto con fuerza. El método más seguro es el que se hace a través de las sanguijuelas. El problema es que esos bichos escasean. Un frasco de sanguijuelas ha alcanzado un precio prohibitivo y su comercio ya no se efectúa en las boticas, sino en un mercado negro que ha florecido alrededor de la Puerta de Atocha. Allí ha tenido que ir Pedro con el dinero que le dio Lucía.

Luis —Luisín, como le llama su padre— lleva varios días enfermo. Su madre, María, no quiere acudir a un hospital porque sabe que ahí dentro moriría sin remedio. Es su único hijo, y el médico que le salvó la vida a María durante el parto les dijo que nunca más podrían tener otro. La única opción de supervivencia es que las sanguijuelas le saquen el veneno del cuerpo.

Después de varios días intentando dar con ellas, Pedro ha conseguido sólo cuatro animalillos, el dinero no le ha alcanzado para más, y los trae en un frasco. Son una especie de gusanos de color marrón verdoso, con una línea roja a lo largo del cuerpo.

—No sé si con cuatro alcanza —teme María.

—Luisín es sólo un niño, será bastante. Dicen que con la sangre las sanguijuelas multiplican por diez su tamaño.

Pedro está más confiado que su esposa; a ella le duele ver cómo se van a colocar unos gusanos sobre el cuerpo de su pequeño, de sólo tres años, para chuparle la sangre. Luisín está tan débil que ni siquiera se queja cuando su padre va depositándole encima una a una las sanguijuelas. Los que han sufrido sangrías dicen que esa especie de gusano muerde varias veces hasta que encuentra el lugar del que extraer la sangre. Empieza entonces a hincharse, a ganar tamaño, y el paciente mejora... Sólo que Luisín, en vez de mejorar, parece irse apagando como una vela sin cera que consumir.

—Es normal, no va a ser instantáneo.

Pedro calma a su esposa, pero él mismo va perdiendo las esperanzas.

A unos metros de la familia, Clara advierte la mirada

amarga de su hermana y adivina lo que está pensando: que el niño no vivirá una noche más, ni con sanguijuelas ni sin ellas. No es propio de Lucía ese pesimismo, lleva toda la vida endulzando la infancia de su hermana pequeña con fantasías, con cuentos, leyendas que le susurra por las noches antes de dormir o cuando la nota baja de ánimo. Sin embargo, ahora no tiene fuerzas ni ganas de sortear la realidad con su imaginación. Lucía no es la misma y Clara cree saber por qué. Decide afrontarlo:

—Sé dónde trabajas.

Lucía dedica unos segundos a encajar la información.

—Te he seguido. Madre quería que lavaras ropa en el río.

—Madre está muerta y yo tengo que conseguir dinero para las dos, Clara.

—Si consigo dinero, ¿dejarás de ir a ese sitio?

—¿Tú? Ya me dirás cómo...

—He ido a empeñar el anillo.

—¿A empeñar? ¿Estás loca? Es robado...

—Al final no lo he hecho. La señora de Villafranca estaba allí y se lo he dado, me va a ayudar a venderlo por un montón de reales.

—¿Por qué se lo has dado? Se lo va a quedar ella. Eres boba.

—Ella es rica, no necesita el dinero.

—¿Y qué hacía en una casa de empeños? ¿Crees que los ricos van a esos sitios? Te quería robar el anillo y tú se lo has dado en bandeja.

—¡No es verdad!

Lucía la agarra de los brazos, eleva la voz, la zarandea.

—¡No te puedes fiar de nadie! ¿Me oyes? ¡De nadie!

—Me haces daño —dice Clara con lágrimas en los ojos.

—No vuelvas a decirme que no vaya a esa casa. Yo sé qué es mejor para nosotras. No tienes ni idea de qué es lo que nos puede pasar si seguimos en esta ciudad sin un real.

La suelta. Clara se frota la zona dolorida. Le va a salir un cardenal en ambos brazos.

—Todo lo hago por ti, y todavía me criticas. Desagradecida. Me dan ganas de coger la puerta e irme.

—No hace falta, ya me voy yo. —Clara se levanta, orgullosa.

—¿Dónde vas?

—No te lo pienso decir.

Cruza el patio de la fábrica hacia la salida.

—¡Clara! —la llama Lucía.

Pero ella no se vuelve. Sale a la oscuridad de la noche. Un farol de gas ilumina el letrero del almacén de pirotecnia del señor Alexandre. Clara se dirige allí, atraída por ese cerco de luz. Todavía hay charcos en el suelo por las lluvias recientes, debe pisar con cuidado. No sabe dónde ir, paseará por el centro, se meterá en un patio vacío para dormir un poco. O en el zaguán de una iglesia. Baja la calle lúgubre. El silencio lo rompe el ruido de sus pasos y algún ladrido lejano. En breve sonarán las campanas que marcan las horas de Madrid desde tiempo inmemorial.

Pasa por delante del chiscón de un *luthier* y cae en la cuenta de que ese local lleva vacío dos días. Es posible que el dueño haya contraído el cólera. No es mal sitio para alojarse esa noche, entre laúdes y violines. Se queda mirando el escaparate: una viola da gamba arrumbada, una guitarra española. Dentro, en la penumbra de la habitación, se distingue un maletín de cuero junto a un trapo manchado de betún. Una sombra cruza al fondo, o eso cree ver Clara. Después se pregunta si la sombra no será un reflejo, si no habrá alguien a su espalda, acechando. Se gira de golpe. Le parece intuir el vuelo de una capa negra antes de doblar la esquina. Ha sido muy rápido, una ilusión óptica, quizá el aleteo de un cuervo. Pero suficiente para que los ojos de la niña se inunden de terror.

Sin mirar atrás, emprende el regreso a la fábrica de cerillas. Está segura de que hay alguien persiguiéndola, pero no quiere confirmarlo, no tiene un segundo que perder. Va pisando todos los charcos, no recordaba que hubiera tantos. Oye amplificada entre los jadeos la fricción de la capa golpeando los muslos de su perseguidor.

Cuando avista la tapia de la fábrica comprende que tiene que saltarla, que no le va a dar tiempo de llegar a la puerta. Hay una piedra que sobresale en el muro y le sirve de escalón para auparse hasta el murete y dejarse caer al otro lado, sobre unas pilas de cortezas. Está magullada por la caída, pero se siente a salvo. Cruza una galería con un artesonado morisco. Llega al patio, a los soportales donde ya se ha tumbado Lucía para intentar conciliar el sueño. Junto al pozo, Pedro y María velan la fiebre de su hijo. Clara se acurruca junto al cuerpo de su hermana con el corazón latiéndole desbocado, como si se le fuese a salir del pecho.

—Tengo miedo.

—Ven aquí. —Lucía se gira hacia ella y le cubre el rostro de besos.

—No quiero que nos separemos nunca.

Lucía sigue besándola. En la mejilla, en el pelo, en el ojo, en la nariz...

—¿No me vas a dejar sola? —pregunta Clara.

—Nunca.

Se abrazan con fuerza, como si quisieran convertir sus dos cuerpos en uno. Poco a poco les va ganando el sueño. Horas después, se despiertan con los sollozos de María.

—¡Mi hijo!

Le acuna entre sus brazos, pero eso no le devolverá la vida. Pedro, rabioso, arranca las sanguijuelas del cuerpo de Luisín y las pisotea. La sangre que tenían dentro, la sangre de su hijo, se desparrama por el suelo.

—Cuéntame una historia, por favor —susurra Clara a Lucía mientras cierra los ojos tan fuerte como puede. Sus párpados, sin embargo, no logran contener las lágrimas.

21

Por primera vez en los tres meses de existencia de *El Eco del Comercio*, hoy, día de la Virgen del Carmen, una noticia de este tipo, unos asesinatos, llega a la primera página y es la que vocean los vendedores de periódicos, los niños contratados para recorrer Madrid, de café en café, de plaza en plaza.

—¡Los crímenes de la Bestia! ¡Los crímenes de la Bestia! Un asesino ha matado a cuatro niñas en Madrid... ¡Los crímenes de la Bestia!

La visita de Diego a la redacción, acompañado de Grisi, y el relato que ella desgranó sobre el asesinato de su hija en París, vencieron la resistencia de Augusto Morentín. La insignia hallada en Berta, sumada a que un crimen similar se había producido en la capital francesa, dejaban sin defensa al director del periódico, que asumió su error al no publicar antes la crónica de Diego: sin duda, hay un asesino en Madrid y la labor del periodista es advertir sobre ese peligro a todos los ciudadanos. Mucho más difícil resultó cerrar la noticia, no por el texto que escribió Diego, que tuvo pocos cambios, sino por el titular.

Al director, todas las sugerencias le parecían demasiado escandalosas. Grisi se marchó por las calles de una ciudad desierta mientras los dos periodistas mantenían la discusión en el despacho de Morentín. Desde la ventana, Diego vio cómo se perdía en la noche, encorvada y zigzagueante en sus pasos. Había repetido casi palabra por palabra lo que le contó en su habitación de los Fúcares, pero, en ese momento, al verla fundirse con la oscuridad, Diego recordó algunos gestos de indecisión de Grisi, frases inacabadas, que quedaban suspendidas en el aire y que al principio achacó a su estado, mezcla de histeria y del alcohol, y que de repente adquirían otro sentido: ¿y si Grisi sabía más de lo que les había contado? ¿Y si esos silencios en los que a veces desaparecía su voz estaban motivados por otro miedo? El miedo a desvelar demasiado.

—¿Niñas desmembradas? ¿Las hijas de Madrid mueren descuartizadas? Esto no es un panfleto, Diego, es un periódico de verdad.

Morentín permitió que Diego firmara con su seudónimo habitual, El Gato Irreverente. No busca hacerse tan famoso como Larra con su Fígaro o su Pobrecito Hablador, sólo aspira a que la muerte de Berta y las demás niñas no caiga en el olvido. También hay un beneficio más prosaico: este artículo le va a ayudar a pagar el alquiler retrasado de la calle de los Fúcares, y si consigue que Morentín le publique noticias varios días seguidos, no tardará más de una semana en saldar su deuda. Tiene que ir dando la información poco a poco, no quiere resbalar publicando datos mal contrastados, no tanto por el dinero que pueda hacer con el goteo de novedades, sino para que las autoridades no encuentren una excusa a la que agarrarse para no hacer su trabajo y atrapar a ese asesino.

Por ese motivo, al día siguiente a ese primer artículo se ha citado con Donoso Gual en la Taberna del Tío Macaco, en Lavapiés, en la calle que da nombre al barrio.

Quiere que su amigo le suministre información de la policía, si es que han descubierto algo que él todavía pueda no saber. Aunque aún es temprano, no han tocado las campanas de ángelus del mediodía, Donoso ya ha bebido varias copas de aguardiente y se le atrancan las palabras.

—A mí nadie me cuenta nada, soy un apestado. Además, olvídate de esas niñas y de la Bestia... He juntado unos reales: esta noche podrías acompañarme a la casa de la calle Barquillo. O a la Leona.

La Taberna del Tío Macaco es otra de las que visita con asiduidad Luis Candelas. Aquí fue donde Diego le escuchó al bandolero contar una noche su historia de amor con Lola *la Naranjera,* una de las favoritas del fallecido Fernando VII. Ahora hace tiempo que no lo ve, se dice que se ha ido a vivir a Valencia con su nueva esposa. Diego no duda de que volverá a saber de él; Luis Candelas se ha convertido en un personaje mítico entre los hampones de Madrid, se le componen hasta coplillas.

—¿Has preguntado si se encontraron insignias de oro en las gargantas de las demás niñas?

—¿Qué quieres, que rumien que las he asesinado yo, o peor, que quiero acusar de robo a algún compañero? No pienso preguntarlo. Y si alguien me habla de tu artículo, le digo que todo es mentira: que la Bestia es un oso. O un ciervo con cara de petimetre.

—Está bien, no les preguntes nada, me conformo con que abras bien los oídos y escuches sus conversaciones. Quizá exista alguna teoría de cómo mata a las niñas o del significado de ese emblema en la insignia. Las dos mazas cruzadas.

—Ya he leído la descripción en el periódico. Fantaseas: como delira esa mujer a la que habéis dado tanto pábulo. La de la niña muerta en París y «cuyo nombre la denunciante prefiere no hacer público por miedo». Manda narices que Morentín haya consentido publicar algo así.

A Diego le agota la cerrazón de Donoso. ¿Qué madre mentiría acerca de la muerte de su hija? Se esfuerza en describirle a Grisi, aportando detalles que no han formado parte del artículo; le habla de ese aire de antigua belleza venida a menos, como las viejas estatuas romanas que cayeron en un olvido de siglos y que, pese a estar comidas por la vegetación, mantienen su esplendor. No quiere mentir a su amigo y también relata el aliento a aguardiente de la actriz y su habla desorientada, a ratos inconclusa.

—Una borracha es la base de tu artículo.

—Si la conocieras, no hablarías así. Grisi ha sufrido más de lo imaginable.

—Adelante, preséntamela. Si una cosa me ha enseñado la vida, es a identificar cuándo miente una mujer. Y me lo enseñó a fuego.

Donoso hunde ligeramente el índice en el parche que le tapa el ojo perdido en el duelo y arranca una monserga oída mil veces sobre lo traicioneras que son las hembras. Diego ha dejado de escucharle, se sabe de memoria el rencor que guarda su amigo al género femenino desde que su esposa le engañó y él, viendo comprometido su honor, se batió en un duelo absurdo. ¿Cómo contarle ahora algún detalle de su cita de hace dos viernes con Ana Castelar? Donoso se lanzaría a bramar profecías agoreras sobre esa relación. Sobre el final dramático que, sin duda, espera a Diego. Está tan herido que es incapaz de aceptar que pueda existir un amor tan puro como el de algunos folletines. Que la cercanía de una mujer, a veces el mero ejercicio de pensar en ella, pueda transformar el torrente sanguíneo de Diego, hacerlo vibrar y descubrirse sintiendo algo tan escurridizo como la felicidad.

—¿No te das cuenta, Diego? Lo único que intento es protegerte, evitar que te metas en problemas.

Donoso da un trago a su aguardiente; sabe que abrir el recuerdo de su mujer es perderse en un pozo de resentimiento que no interesa a nadie. Por eso hace un esfuerzo por dejarlo a un lado y volver al tema de esa actriz, Grisi, y de lo que ha publicado Diego.

—Me dijo que tenía un papel en una obra en el Teatro de la Cruz —recuerda Diego—. Vayamos a verla. Hablemos con ella y, si después sigues pensando que esa mujer miente, tal vez me plantee dejar el tema de la Bestia.

Donoso acepta la propuesta de Diego. Lo que sea con tal de recuperar cuanto antes a su compañero de juergas nocturnas.

22

Cuando está trabajando, lo mejor es no pensar. Lucía sólo lleva dos semanas en el burdel de la calle del Clavel, pero ya ha aprendido cómo hacer que un cliente se interese por ella y la invite a subir a uno de los cuartos —además del chinesco, en el que se estrenó, hay dos romanos, uno moruno y tres normales—; también cómo lograr que, si alguno de esos hombres le resulta especialmente desagradable, se fije en otra. A veces Josefa la manda llamar y ella acude al salón verde, el mismo en el que la conoció, y toman juntas un té. Es una bebida que no le gusta, pero la madama se empeña en que eso es lo que debe tomar. Dice que tiene que aprender modales y la corrige sin cesar: no te sientes así, ponte derecha, coge bien la taza, no te lances a por las pastas como si nunca en tu vida te hubieras comido una...

—Es que nunca había comido una.

—Da igual, que no se note.

Al mirar a Lucía, la Leona no puede evitar pensar en ella misma; en ese animalillo salvaje que llegó a la ciudad. Alguien que sólo se había preocupado por la supervivencia, jamás por vivir. Sabe que Lucía está en idénticas circunstancias: huérfana, responsable de una niña pequeña. Es como alguien que no sabe nadar abandonada en mitad del mar, braceando desesperada para no hundirse. La Leona se da cuenta de que un propósito empieza a formarse en su mente: le enseñará a nadar. La ayudará a alcanzar una posición en la que no tenga que sufrir pesadillas por culpa del hambre o el miedo.

Es bien consciente de que muchos desprecian su negocio: vender mujeres como quien vende cordero. Cuando oye estas críticas de boca de religiosos o esposas de alta alcurnia, se enciende por su hipocresía: ¿qué, si no, pueden hacer las pobres para ganarse comida y techo? Son los mismos curas y las mismas familias biempensantes los que dan la espalda a niñas como Lucía. Los que las arrojan fuera de la Cerca cuando resultan incómodas. Pero ella ha encontrado la manera de ganar dinero aprovechándose de la mayor falla de esta feria absurda: la necesidad de sexo, la necesidad de sentirse deseado. Esa es la razón por la que cada día desfilan hombres y más hombres por su casa en la calle del Clavel: porque quieren pagar para creer que le importan a alguien. A veces, intenta convencerse de que les está dando el poder a sus pupilas. Que ellas son en realidad quienes dominan la situación. Es cierto que no permite que los clientes las humillen o las traten mal. En su negocio, ellas son lo más importante. Pero sabe que es un engaño: la carrera es dura. Las primeras veces son traumáticas. No están exentas de correr riesgos. Casi cualquier vida sería mejor que la de las mujeres que tienen que entregar su cuerpo en el burdel: un matrimonio que las sustentara, un trabajo honrado que diera el dinero suficiente para vivir sin angustias. Sin embargo, esas dos posibilidades son tan lejanas como las costas de América. La cruda realidad es que las mujeres de la calle del Clavel, aunque hermosas, incluso sofisticadas en algunos casos, son el peldaño más bajo en la escalera de esta sociedad. Por debajo sólo quedarían las que tienen que hacer la carrera en la calle. Son como ganado: alimento para los más ricos. La Leona mira a Lucía, todavía salvaje; la melena roja, revuelta, le vela el rostro. La vida acabará por domarla.

—Recógete el pelo y ciérrate la bata. No hace falta que los clientes vean antes de tiempo lo que les espera.

La Leona se acerca a su secreter, abre un pequeño cajón y saca de él un alfiler de plata con cabeza de porcelana. Se lo tiende a Lucía, que lo usa para prenderse la bata. No le cuenta que ese alfiler se lo regaló la antigua Leona, Sabrina; que aquella mujer le enseñó a no despreciarse, a ser lo que es hoy, y que eso mismo es lo que planea hacer con Lucía. Ya habrá ocasión de hablarle de Sabrina más adelante y de cuánto significa ese alfiler. Ahora, Lucía deja el salón verde para volver al trabajo.

Al resto de las mujeres no les gusta que se haya convertido en la favorita de la Leona. A la que menos a Delfina, que es algo así como la gobernanta de la casa, pero ahora no tiene tiempo ni ganas para entrar en rivalidades con la Roja, como los clientes han empezado a conocer a Lucía. Dos días después, Delfina sigue sin tener noticias de su hija y la angustia la consume. Pasa las horas abrazada a la muñeca de trapo de Juana, recorriendo las calles de Madrid, preguntando aquí y allá por su hija con la esperanza de que alguien le diga que la ha visto. La Leona ha sido benévola con ella, liberándola de muchos servicios.

Lucía aprende rápido; ningún acto ha vuelto a ser tan desagradable como el trance de la primera vez con el Sepulturero. Sabe dejar que su imaginación traspase las paredes del burdel y vuele por mares desconocidos, viajes fantásticos en los que a veces la acompañan Clara y

Eloy, capitanes de un galeón que surca océanos hacia un continente de oro en el que ellos gobernarán con clemencia hacia los pobres. Puede estar muy lejos de la cama y del cliente que suda sobre ella y, al mismo tiempo, que su cara sea la máscara de placer que los hombres quieren ver. Ha descubierto trucos para conseguir que los clientes queden satisfechos más rápido, también cómo lavarse para no ser contagiada de nada —aunque no hay lavado posible para evitar el cólera, dos chicas ya lo han cogido y están en el lazareto de Valverde—, los medios para no quedarse embarazada, que es una desgracia en la profesión y que, una vez que sucede, sólo se puede arreglar con remedios peligrosos.

Cuando acaba con el último cliente, un hombre joven y tímido que es la segunda vez que va a verla, Mauricio, el tullido, llega con noticias inquietantes.

—Ha habido una pelea en los Baños de la Estrella: unas mujeres han acusado a un chico de estar envenenando el agua. Decían que era un alumno de los jesuitas del Colegio Imperial. Se ha escapado de milagro.

Los Baños de la Estrella están en la calle de Santa Clara, no muy lejos de allí. El clima en la ciudad está cada vez más enrarecido. Lucía tiene ganas de acabar y marcharse a la fábrica de cerillas, preparar una cena sabrosa para ella y para Clara, sellar su reconciliación. Ha conseguido reunir casi doscientos reales. La cifra con la que cree que su hermana y ella pueden emprender una vida lejos de Madrid, de esta ciudad que se está matando a sí misma, y que fijó en los cuatrocientos está cerca. Pero hoy todavía le queda un servicio y la está esperando.

A veces un cliente no pasa por la sala para ver a las chicas disponibles. Si las conoce y tiene clara su preferencia, va derecho a la habitación y pide que la hagan subir. Cuando avisan a Lucía, no sabe quién estará aguardando en la habitación chinesca, si el Sepulturero, el Estudiante o el Cura. Tampoco pregunta.

Sabe que puede encontrarse al cliente desnudo, tumbado en la cama con la mirada lasciva. Se dispone a afrontar cualquier escena, pero empuja la puerta y no hay nadie dentro. «De acuerdo, puede ser un juego», piensa. Se asoma al aseo pequeño que forma un codo en la habitación, protegido por una cortina de seda. No hay nadie. El clic del pestillo le indica que el cliente acaba de entrar. Vuelve a la habitación y se lamenta de no haber previsto este escenario, con la imaginación desbordante de la que hace gala.

No hay juegos de seducción, ni fantasías trasnochadas ni parafernalias grotescas. En la habitación está el gigante de la piel quemada.

—¿Qué creías, que no te iba a encontrar?

23

Un mozo está tirado en el suelo; sobre él, dos individuos le patean con furia. Diego ha podido oír el crujido del hueso de la nariz en el último embate. Por lo que colige, el ratero intentó robar a uno de los hombres y estos, después de recuperar sus pertenencias, han decidido tomarse la justicia por su mano. Los madrileños pasean ajenos a la escena por la plazuela del Ángel. Nadie parece ver lo que está sucediendo, ni siquiera Donoso, que como policía debería hacer algo. El periodista está a punto de intervenir para detener la paliza, aunque Donoso le retiene de un brazo. «No hace falta meterse en todos los asuntos de los demás», le recuerda. Cuando un minuto después los hombres escupen al ratero y se marchan, Diego se acuclilla junto a él y le tiende la mano para que se incorpore. La sangre resbala por el rostro del chico, que no debe de tener más de quince años, y le ensucia los pocos dientes que le restan. En un movimiento tenso, el mozo evita la ayuda de Diego y, tambaleante, apoyándose en la fachada de un edificio, se aleja sin decirle palabra. En el empedrado queda el recordatorio rojizo: Madrid está plagado de manchas así. Ya nadie se sorprende ante un estallido de violencia, ante un cadáver en una plaza.

Diego se sacude los pantalones e intenta centrarse en

lo que han venido a hacer. A su espalda se levanta el Teatro de la Cruz, antiguo corral de comedias en el que se estrenó la mayor parte del teatro del Siglo de Oro español. Allí tiene su despacho Juan Grimaldi y allí es donde se presentan Diego Ruiz y Donoso Gual preguntando por Grisi.

—Maldito el día que conocí a esa mujer y se me ocurrió darle un papel en mi compañía.

Es un productor famoso, un francés que llegó a España sin intención de instalarse y acabó dedicándose a las artes escénicas con gran éxito. Gracias a él, que dirige los dos teatros más importantes de la capital —el del Príncipe y el de la Cruz—, en España se han conocido las últimas tendencias de la dramaturgia europea. Con la promesa de tratar con deferencia sus próximos estrenos en *El Eco del Comercio*, Diego consigue que Grimaldi responda a sus preguntas sobre Grisi.

—Yo conocí a Grisi hace unos años. ¿Saben qué? Era una gran actriz, podría haber sido de las mejores, igual que Teodora Lamadrid si no se tuerce... Cuando vino a verme diciendo que estaba en la ciudad la contraté; pensaba en ella para ser la protagonista de mi próxima obra, *Clotilde.* En lugar de hacerlo ella, lo hará Matilde Díez, tomen nota de ese nombre porque será la actriz más importante de este siglo en España.

—Veo que ha dejado de confiar en el talento de Grisi.

—Tengo fe ciega en su talento, pero no en ella. Es una ingrata, una víbora, una enferma. Esa mujer ha perdido la razón; sólo sabe mentir. Debería haberse presentado hace cuatro horas para los ensayos y no hay rastro de ella. Como si no tuviera yo bastantes problemas con las órdenes de cierre que nos llegan por el cólera... Andará volviendo loco a quien quiera escuchar esa historia siniestra de una hija muerta y decapitada en París.

Donoso dirige su ojo sano a Diego con el inequívoco gesto del «ya te lo dije». Aunque el periodista teme durante un momento haberse dejado llevar por una fantasía, no se da por vencido.

—¿Sabe dónde se aloja?

—En una fonda de Atocha, pero no pierdan el tiempo. Mandé a buscarla, y lo único que queda de Grisi es una deuda de varias semanas. Al parecer hace días que no duerme allí.

—¿Alguna idea de adónde ha podido ir?

—A cualquier tugurio de opio. Busquen por ahí.

Diego comprende que no podrá extraer más información de Grimaldi, si es que la tiene. Para el productor teatral, Grisi ha pasado a ser un error en el que no va a recaer. Al salir de nuevo a la calle, Donoso lo tiene claro:

—Se acabó Grisi, se acabó lo de la Bestia en París.

Diego se resiste a tirar la toalla tan rápido, pero es verdad que la pista fundamental sobre la que ha edificado su artículo se ha derrumbado tan rápido como un castillo de arena. Piensa ahora que esas misivas urgentes que ha escrito, pidiendo información a los corresponsales en París y en Londres, resultarán ridículas cuando ellos le contesten que no ha habido ninguna muerte tan dramática fuera de las fronteras de España. La actriz, la supuesta madre de una supuesta asesinada, es, al decir de Grimaldi, una adicta al opio que carece de un discurso fiable.

—No sé por qué me iba a mentir esa mujer. Fue ella quien vino a mi casa a buscarme, parecía desesperada.

—Déjalo, Diego: no te enredes. Crees que eres diferente a los demás, pero, al final, todos caemos en los mismos errores. Los ojos de una mujer.

—¿Y qué explicación das a la insignia que encontramos en Berta? ¿No es mucha casualidad que Grisi la mencionara?

—Acepto que no fuera una bestia, que fuera un hombre... La niña, Berta, desapareció días después de ir a cantar a la casa de ese teólogo muerto, Ignacio García. Allí había un frasco de algo que parecía sangre. Seguramente ese hombre fuera el asesino, pero el cólera le ha ahorrado el trabajo a la policía.

—No podemos afirmar que fuera sangre de Berta. Ni siquiera, sangre humana.

—A veces, uno no puede llegar a saber todos los detalles de una historia. Pero de una cosa estoy seguro; la de la Bestia ha llegado a su final.

Todavía no se han alejado del teatro cuando sale de él una mujer, vestida con ropajes medievales. Tiene toda la pinta de ser una actriz en plena prueba de vestuario o en el descanso de un ensayo general.

—Grisi no ha venido porque le ha pasado algo, no porque no quisiera seguir con la obra.

—¿A qué se refiere con que le ha pasado algo?

—Grisi no está bien de la cabeza, en eso Grimaldi no se equivoca. Los he visto hablar con él. Falta a los ensayos, no se aprende el texto, viene en una nube de opio, o borracha... Nunca se sabe por qué hace las cosas.

—¿Le contó algo de su hija asesinada? —pregunta Diego.

—Grisi no hablaba, deliraba. Pero en algo creo que no mentía: tenía miedo. Siempre decía que algún día vendrían a por ella.

—¿Dijo en algún momento quién la perseguía?

La actriz niega y, antes de continuar su relato, los aleja unos metros de la entrada del teatro, parece que no quiere que Grimaldi la vea hablar con ellos. Luego les cuenta que la noche pasada, después del ensayo, salió a tomar el fresco. Estos días está haciendo mucho calor y el teatro es un horno. En la esquina de la calle del Pozo, vio a Grisi discutiendo con un hombre; a tirones, la obligó a subir a un carruaje. No pudo oír más que los gritos deslavazados de Grisi rogándole que la soltara.

—¿Pudo ver quién la forzaba?

—Era de noche y los dos estaban enredados en las sombras. En la trifulca, al hombre se le cayó un bastón. Iba bien vestido, con una levita. Aunque estaba oscuro y me costaba ver, me llamó la atención la empuñadura: parecía blanca, quizá de marfil, y tenía la forma de una mano.

Donoso tira del brazo de su amigo. Cree que estos detalles de la ausencia de Grisi no hacen más que introducir ruido en algo que ya está bastante claro: la actriz mintió a Diego para, tal vez, ganar relevancia o simplemente porque está loca. Lo que ha descrito su compañera bien puede ser una discusión con un admirador o el enfado de alguien a quien ella debía dinero.

—¿Van a intentar encontrarla? Grisi puede equivocarse en muchas cosas, pero es una buena mujer. No merece que la olviden sin más.

Diego promete que intentarán localizarla y, cuando confirmen que se encuentra bien, se lo harán saber. Acompañado por el silencio de Donoso, se aleja apesadumbrado del teatro: conforme se acerca a una respuesta, esta se distancia de nuevo, como si hubiera fuerzas extrañas impidiendo su camino. Mientras tanto, el tiempo sigue pasando. Ya es 17 de julio: hace casi un mes desde que vio el cuerpo desmembrado de Berta en el barro del Cerrillo, y, como una fiebre que empieza a infectarle, brota el convencimiento de que, más pronto que tarde, la Bestia volverá a matar.

24

La lámpara roja proyecta una luz volcánica y convierte el rostro quemado en un campo de lava. Los ojos del gigante son dos tizones.

Lucía calcula sus posibilidades. El hombre está delante de la puerta, es imposible escapar por allí. La habitación no tiene ventanas. Únicamente los separa la cama, flanqueada por dos jarrones de porcelana.

—Tú tienes algo que me interesa y yo tengo algo que te interesa a ti.

Ella no responde, ni siquiera escucha, tan sólo busca una salida, concentra todas sus fuerzas en mantener a raya el miedo para que no la paralice en el momento crucial.

—¿No quieres saber qué es? Alguien muy importante para ti, que me ha dicho dónde podía encontrarte. Pero no se lo tengas en cuenta, sé cómo asustar a las niñas. Y ella no ha sido una excepción.

Se intensifica un brillo de sadismo en sus pupilas, clavadas en ella con la tensión de un animal salvaje. No es fácil huir de un depredador cuando está a punto de saltar sobre su presa, pero Lucía va a agotar hasta su última oportunidad, aunque si no logra distraerle un instante, no saldrá viva de allí. Con movimientos lánguidos se arrodilla encima de la cama y se quita el alfiler que cierra su bata. Quedan sus pechos al aire, una visión que no sabe si resultará tentadora al depredador.

—Este cuerpo es tuyo. Haz con él lo que quieras.

Ha aprendido a cargar su voz de sensualidad. La boca del gigante se entreabre y en su mirada se dibuja la tentación. Es sólo una fracción de segundo, un breve lapso durante el que valora yacer con ella, pero la ira vuelve a cerrar cualquier puerta. No sucumbirá al cuerpo de Lucía, aunque ella tampoco lo necesita. Le ha bastado esta mínima distracción para alcanzar uno de los jarrones que hay junto a la cama y, rápida, estrellarlo contra la cabeza del monstruo.

La porcelana estalla y, con el agua y las flores, el hombre cae al suelo. Podría intentar cruzar la puerta, pero sabe que eso sólo prolongaría la persecución. Tiene que acabar con él ahora, para siempre.

Mientras el hombre se incorpora, se lleva la mano a la frente, donde la loza le ha abierto una brecha. Lucía se sienta a horcajadas sobre su espalda. Coge el alfiler que le ha regalado la Leona y que ha mantenido oculto en su mano izquierda y con un golpe seco, decidido, le clava el alfiler en la nuca, como los toreros hacen el descabello. De repente, el gigante se desploma. Sus extremidades convulsionan mientras Lucía permanece sentada sobre su espalda; la bata y su melena roja se manchan con la sangre que brota de la nuca. Un ruido gutural, estertores del moribundo, avisa de la llegada de la muerte como las campanas llaman a misa.

Descalza, Lucía se pone en pie. Siente el ardor de su corazón, las olas del miedo batiéndose en retirada, toda la adrenalina que ha necesitado para hacer lo que ha hecho. Derrotar al gigante. Entonces, como si regresara a la realidad tras el sueño, unas palabras le vienen a la cabeza: «Tú tienes algo que me interesa y yo tengo algo que te interesa a ti». «Sé cómo asustar a las niñas. Y ella no ha sido una excepción.»

Clara.

A la carrera, Lucía sale del dormitorio, baja las escaleras del burdel y alcanza la calle sin detenerse, a pesar de que lo hace con los pies desnudos, sin más abrigo que la bata que vuela en su huida dejando su cuerpo a la vista de todo el mundo. No le importa. Ni las miradas de la gente ni qué dirá la Leona cuando encuentre el cadáver de ese hombre. Lo único que martillea su cerebro y su corazón es la imagen de su hermana.

Clara.

Pisando empedrados y regueros de las aguas fecales que manchan las calles de Madrid, vuela hacia la fábrica de cerillas. No hará falta que ahorre más; tendrá que bastar con el dinero que tienen. Cogerá a su hermana y saldrán de Madrid, de este infierno, para siempre.

Cuando llega al que ha sido su hogar los últimos días, descubre una carnicería. Acuchillada, María, la madre del pequeño Luis, yace en un charco de sangre. Apoyado contra el muro del patio, la vida de su esposo mana a borbotones de un tajo abierto en su garganta. Los intentos por tapar la herida son vanos.

¿Dónde está Clara?

Lucía busca alguna seña que le diga dónde se ha escondido su hermana. Localiza el hatillo con sus escasas pertenencias deshecho en el suelo: la esponja de alambre a unos pasos, un cubierto junto a la pila de cortezas cubierta por una lona. Ni rastro del bote donde guardaba sus ahorros, los doscientos reales, pero ¿qué importa ahora el dinero? Grita su nombre.

—¡Clara!

Nada más que el gorjeo de Pedro mientras se desangra. Lucía se acuclilla junto a él. El corte del cuello es una boca abierta que vomita sangre, las manos se hacen inútiles en la tarea de taparlo. La mira fijamente, hasta que sus ojos se pierden detrás de los párpados, se quedan en blanco. Un segundo después, ha dejado de respirar.

Intuye que el hombre trataba de decirle algo. No llegó a hacerlo, aunque tampoco necesitaba preguntarle quién es el responsable de esa matanza. Ha sido la Bestia. Ella la conoce bien. Es un gigante que viste ropas negras y tiene la cara quemada. El mismo que ella acaba de matar en una de las habitaciones del burdel de la Leona. Sin saberlo, le ha negado a Clara una oportunidad.

Lucía deja escapar su dolor en un grito que nadie oye en esta ciudad. Porque sabe lo que ha hecho. Ha acabado con la vida de la única persona que puede decirle dónde está su hermana.

SEGUNDA PARTE

25

Madrid, 17 de julio de 1834

Hay un río de sangre. Una esponja de alambre y silencio. Las manos de Pedro ya no se aferran al cuello abierto, desmadejados los brazos. La única vida es la de ese reguero que, después de empaparle el pecho, dibuja un cauce rojo en el suelo irregular de la fábrica de cerillas, en lo que parece un intento desesperado por alcanzar la sangre de su esposa María y fundirse con ella. Un cielo plomizo entela el sol. «Tengo algo que te interesa», le dijo el gigante. Una opresión en el pecho y un deseo: estar muerta, como Pedro y María, como Luisín, como su propia madre. Dejar de sentir, porque Lucía sabe que no podría soportar encontrar el cuerpo de su hermana acuchillado como el matrimonio. Su sangre.

Suenan unos disparos lejanos.

No tiene fuerzas para ponerse en pie. Es incapaz de pensar con claridad, colonizada por el miedo. Todo lo que ese hombre quería era recuperar el anillo que ella robó no hará ni cuatro semanas en la casa del religioso.

Un murmullo creciente, parecen gritos distantes, ruidos cuyo origen Lucía todavía no puede definir, va rompiendo la burbuja de dolor que la envuelve.

¿Puede estar viva Clara? Tiene que estar viva, se repite una y otra vez como un conjuro. Era la moneda de cambio para conseguir el anillo. Pero ¿dónde la llevó el gigante?

Una bandada de pájaros cruza el cielo. Su aleteo metálico acaba por rescatarla.

Si Clara estuviera muerta, podría sentirlo, piensa, habría una opresión dentro de ella, pero no es así. El calor que le asciende desde el estómago es ansiedad. Cruza el patio de la fábrica de cerillas y, de repente, todos esos sonidos que ha estado oyendo como si procedieran de un sueño atruenan la realidad: gritos, golpes, nuevos disparos... Es posible que haya alguna revuelta en una de las puertas de Madrid; los pobres clamando por que les dejen entrar en la ciudad, por un chusco que mate el hambre.

¿Por qué no se marcharon de Madrid cuando aún estaban a tiempo? Ahora ha perdido el dinero que había logrado reunir para ese viaje. Y ha perdido a su hermana. Para Lucía, la ciudad no es libertad, es una jaula donde Clara y ella están atrapadas. No sabe que la mayoría de los que emigraron en busca de un futuro mejor en algún pueblo de Cuenca, de Segovia o de Toledo fueron expulsados: nadie quiere que el cólera abandone Madrid para contaminar sus vidas. Y, mientras tanto, los miserables se quedan varados en una tierra de nadie. Náufragos.

Ojalá un día la gente que vive al otro lado de la Cerca logre derribarla. Se acabarán los túneles fangosos, las alcantarillas por las que tantas veces ha tenido que arrastrarse. Irrumpirán en Madrid para coger su parte del festín. O, simplemente, para reducir a cenizas esta ciudad que los está matando.

El caos está a punto de estallar, ¿o es una proyección de lo que está sintiendo Lucía? Ideas que van y vienen como relámpagos: ha cometido un asesinato, el cuerpo del gigante yace en el burdel de la Leona, la policía la buscará, la puta del pelo rojo. ¿Dónde está Clara? ¿Y si pudo escapar del gigante? Sabe que es absurdo, que Clara se quedaría paralizada por el pánico mientras ese hombre mataba a Pedro y María. La conoce. Debe de estar atrapada en algún rincón de este laberinto que es Madrid. Viva, insiste en decirse; esperando que ella la rescate. ¿Es una realidad o un deseo? De cualquier forma, debe lanzarse a esa búsqueda; no se detendrá hasta que vuelva a abrazarla. Pero ¿qué sabe de ese hombre que irrumpió en la habitación? La cara quemada de lagarto, una altura de más de siete pies. La Bestia, era la Bestia. No puede ser un fantasma en Madrid. Alguien tiene que conocerlo. Pero ¿quién?

Saca del hatillo un vestido sucio y unos zapatos con la suela tan desgastada que casi se puede ver a través de ella. Se viste con tristeza. Deja atrás la fábrica de cerillas y se pierde por las callejuelas que la circundan. ¿Y si está emprendiendo el camino para encontrar el cuerpo sin vida de Clara? Cada paso es también un escalón hacia el peligro: ¿habrá avisado la Leona a la policía? Aunque si es demasiado tarde para Clara, si ha llevado a su hermana a este final, qué más da terminar en la cárcel, o aun ejecutada en la plazuela de la Cebada, como le contó Eloy que hacían.

Entre toda la tormenta que la azota, sólo una idea se alza inmutable: la culpa. Fue ella quien robó el anillo. Fue ella quien se lo entregó a su hermana. Si está muerta, ella es la asesina. Es como si hubiera hundido sus manos en el cuello de Clara y apretado hasta dejarla sin aire.

Sus pasos la conducen hasta Alcalá. Deja a un lado la Chocolatería de Doña Mariquita. Unos rateros con la gorra calada hasta los ojos corretean alrededor de una señora que sale del local; le ruegan que los invite a un chocolate con mojicones, aunque Lucía sabe que sólo la entretienen para que alguno de ellos, rápido, le meta la mano en la limosnera y se la vacíe. Nervios en las calles, como los animales que buscan refugio cuando intuyen el temporal. Arriba, el cielo plomizo. ¿Dónde está el pájaro rojo?, se pregunta Lucía. ¿Dónde está ahora su madre? ¿Por qué no viene en su ayuda? Cándida no sabría por dónde comenzar a buscar a Clara, siempre vivió de espaldas a la ciudad.

De pronto se descubre pensando en Eloy. Él es el único en quien puede confiar. Conoce los bajos fondos y sabría rastrear dónde puede estar una niña secuestrada. Es posible que haya oído hablar del paradero del gigante y ella sabe que no la delatará; ese niño de ojos azules que, tímido, un día le dijo que le recordaba a un colibrí rojo.

Acelera el paso y deja atrás la chocolatería y el Café del Príncipe; más allá de esa señora que espanta a los niños antes de subirse a un landó, los dos locales están prácticamente vacíos. Otro tanto sucede en la Botillería de Pombo, al inicio de la calle Carretas. Se convence de que algo extraño ocurre cuando ve casi desiertas las gradas del convento de San Felipe el Real, el mentidero, el lugar donde tantos madrileños se juntan para enterarse de las noticias, jactarse de los éxitos y hacer negocios.

Serpentea, nerviosa y ocultándose cada vez que ve a un guardia, hasta la plazuela de la Leña. No localiza a Eloy, pero sí a dos raterillos que le suelen acompañar.

—Ha ido a la plaza del Rey, no sé qué negocio tenía por allí.

La voz del ratero se aleja conforme le habla. Su compañero le tira del brazo con urgencia: ¿huyen de Lucía?

No, no es de ella: un grupo de unos veinte hombres y mujeres entra en la plaza; andrajosos, sucios, como si hubieran surgido de una alcantarilla. Al frente de la comitiva, un hombre barbudo, vestido con un blusón azul como los que usan los campesinos o los arropieros que van de casa en casa, grita:

—¡No hagáis caso a las prohibiciones! ¡Sólo nos quieren encerrar! Ahora dicen que no nos podemos juntar más de diez personas: ¿es que si somos nueve no nos contagiamos? Todos sabemos de dónde viene la peste. ¡Del agua! ¿Y quién la envenena?

Lucía no presta atención a esta suerte de anunciador del Apocalipsis, y regresa sobre sus pasos para ir a la plaza del Rey. No es el único grupo con el que se encuentra; soliviantados por el bando que prohíbe las reuniones de más de diez personas —por eso los cafés y el mentidero vacíos—, numerosas cuadrillas recorren las calles sin un rumbo aparente más allá del que la rabia les marca.

—No somos los pobres los que traemos la enfermedad, son los frailes. Ellos envenenan el agua para que los carlistas ganen la guerra.

Una anciana con la que Lucía tropieza le iba diciendo eso a un muchacho. Los ojos de la vieja se posan en la melena roja de Lucía y, por un instante, ella tiene miedo de que pueda acusarla del asesinato del gigante. Sin embargo, la anciana sigue su camino y su perorata con el mozo que lleva prendido del brazo.

—Pagan a los niños para hacerlo. Los han visto en muchas fuentes.

¿De dónde vienen los disparos lejanos que se oyen a intervalos? ¿Es posible que en algún rincón de Madrid haya explotado este vaivén de ciudadanos hartos de la enfermedad y de la culpa?

—Nadie vigila a los niños, y los frailes no son idiotas.

Por cuatro reales saben que pueden mandarles hacer lo que sea. Siempre rondan las fuentes.

—Dicen que le hemos dado la espalda a Dios, que es un castigo divino.

—Llevan sacos de polvos. Se los dan en los conventos.

—Una venganza de los curas, eso es lo que es. Porque ya nadie quiere escuchar sus monsergas.

—Nos envenenan.

Voces de hombres y mujeres, viejos y jóvenes que recorren la ciudad y entre las que Lucía se desliza. Poco le importa qué pase con Madrid y el cólera; sólo quiere que Eloy la ayude a encontrar a su hermana.

26

—Le han roto un jarrón en la cabeza y después le han dado la puntilla con un alfiler en la nuca.

Donoso se ha sentado en la cama, donde las sábanas están aún revueltas, y, después de exhalar una bocanada de humo de un cigarro, da una patadita al cadáver que yace a sus pies. Sacude la ceniza en la alfombra del cuarto.

—La puta no le dejó ni quitarse la ropa.

Diego se acuclilla y, con esfuerzo —le parece que el cuerpo pesa más de una tonelada—, consigue darle la vuelta. La cara, marcada por una quemadura roja, mira al techo del cuarto.

—¿Dónde está la prostituta que le mató?

—Tomándose un té con la Leona en el salón. ¿En qué estás pensando, Diego? Le mató y salió huyendo, no iba a quedarse a esperarnos. La Leona dice que era una chica nueva, ni se acuerda del nombre ni vamos a lograr que se acuerde. La conozco bien.

—El muerto es enorme.

—Qué observador. ¿No has pensado en meterte en la policía? —le reta irónico—. Pero no estás a lo importante: mírale la cara, Diego, por Dios. Y luego dame las gracias por cazar a tu asesino.

—¿Crees que es la Bestia?

—Muchos testigos te dijeron que tenía la piel de un lagarto. Y que era enorme. Aunque no lo parezca, me leo con atención tus crónicas. Si en verdad la Bestia es un hombre, podría ser este gigante con la cara roja. ¿No era eso lo que buscabas? Aquí lo tienes, aunque creo que no quiere hacer declaraciones. No le vas a sacar nada para tu gacetilla.

Diego registra los bolsillos del muerto. Busca alguna identificación, algo que le permita reconstruir la vida de ese hombre que puede estar detrás de los crímenes, pero lo que encuentra es un pequeño frasco.

—Mira esto...

—Es igual que el que vimos en casa del teólogo... ¿Sangre?

—Tengo el de Ignacio García en casa. Le voy a pedir al doctor Albán, el del Hospital General, que los analice. A ver si él nos puede sacar de dudas.

—No te lo puedes llevar, no se puede tocar el cadáver.

—No digas sandeces, Donoso... ¿Es que la policía va a investigarlo? ¿Le has cogido algo al cadáver, dinero, una insignia, algo?

—¿Por quién me tomas? No soy un ladrón. Y, a no ser que le robara la puta, nadie le ha cogido nada. Fui el primero en llegar.

—¿Cómo lo has descubierto? ¿Quién te ha llamado para que vinieras?

—Estaba con otra de las chicas en la habitación de al lado. Oí golpes y carreras y salí a ver qué había ocurrido. Nadie más ha entrado, nadie lo ha tocado. ¿Quieres hablar con la Leona?

Diego le quita la camisa al cadáver; tal vez tenga alguna señal que ayude a identificarlo. Es así como descubre una espalda surcada de cicatrices. Algunas recientes, todavía sanguinolentas. Otras cauterizadas.

—Apuesto lo que quieras a que se daba los latigazos él mismo. Seguro que, si le quitas los pantalones, en el muslo tiene las marcas de un cilicio. La Bestia está muerta, Diego. Se acabó. Una charla con la madama y estarás listo para ponerles el broche de oro a tus artículos.

—Lo mismo dijiste con el teólogo Ignacio García: que él era la Bestia y todo se acababa con ese hombre. Parece que, más que averiguar la verdad, lo que estás deseando es darle carpetazo al asunto.

—Es posible que fuera así con el teólogo, pero esta vez es diferente. Esta vez sabes que estoy en lo cierto.

Donoso tira el cigarro, lo apaga pisándolo contra la alfombra y abandona la habitación. Diego es incapaz de moverse. ¿Está realmente ante la Bestia? Si es así, ¿por qué no siente ningún tipo de alivio? En teoría, con su muerte deberían acabar los raptos de las niñas, esos asesinatos devastadores. Unos golpes en el marco de la puerta le sacan de su ensimismamiento.

—Vamos. La Leona no nos va a esperar eternamente.

Josefa *la Leona* los recibe en el salón verde, el mismo desde el que dirige su negocio y atiende a sus contados clientes. Donoso, que tantas veces ha estado en la casa, nunca había entrado en esta especie de santuario.

—No quiero problemas. Quiero que se lleven el cadáver de aquí, no que se me llene la casa de guardias.

—No podemos hacer eso.

—Todo se puede hacer. Sólo díganme cuánto cuesta.

—Antes queremos saber qué pasó.

—Donoso —le interpela la Leona—, usted es amigo de la casa y sabe que aquí huimos de los escándalos. Tiene que ayudarme.

—Y lo haré, pero primero vamos a hablar un ratito, Leona...

Diego se queda en silencio mientras Donoso interroga a la famosa madama. Ella amaga con llamar a uno de sus muchos amigos influyentes que podrían acabar con su carrera de un plumazo. «Con mi carrera», piensa Donoso con sorna. Si esa mujer conociera lo insignificante que es su vida, no se molestaría en formular esas amenazas. Pero no lo sabe y él la aprieta todo lo que puede. Una forma de recordar al policía que fue y simular un poco de importancia.

—¿Qué creen, que a esta casa no vienen ministros del Consejo?

—Sabemos que vienen, Leona, y tenemos mucho respeto, por usted y por su casa. Pero también estamos obligados a averiguar quién era ese hombre y quién le mató.

—Quién era no lo sé y quién le mató tampoco. Puede que hasta se suicidara.

—¿Golpeándose con un jarrón en la cabeza y clavándose un alfiler en la nuca?

—Cosas más raras se han visto.

Donoso hace gala durante el interrogatorio de una paciencia que no tiene en su vida normal. Quizá no sea tan mal policía como creen todos —se descubre pensando Diego—, es posible que sin la bebida y el duelo por el que perdió un ojo hubiera sido un buen profesional.

—¿Cómo llegó ese hombre hasta aquí?

—Por Dios, esta es una de las casas más famosas de Madrid; vienen los hombres y, si tienen dinero, pagan para que una de las chicas vaya al cuarto con ellos. Ellos son clientes, ellas putas, rameras, se supone que es lo que se hace en estos lugares. Se llaman «lupanares». Bueno, no sé por qué le cuento esto, usted es un cliente asiduo.

El policía asume con entereza las burlas de la mujer, sigue a lo suyo, con sus preguntas.

—Leona, por favor, ayúdenos. ¿Quién era la chica con la que estaba?

—Una nueva, la pobre se asustó tanto que huyó.

—¿Su nombre?

—Unas veces Madelaine y otras Asunción; aquí nadie da su verdadero nombre. Y si me lo van a preguntar, tampoco dicen dónde viven, ni a mí me importa. En algún barrio de esos dejado de la mano de Dios que hay entre el río y la Cerca.

Diego decide intervenir por fin.

—¿Ha oído hablar de la Bestia?

—¿Existe de verdad? No me digan que creen en esas cosas. Hace un par de días desapareció la hija de una de las mujeres que trabajan en la casa y, en lugar de pensar que se ha ido con algún hombre por ahí, que es lo que la niña lleva viendo hacer a su madre desde que nació, todas piensan que se la ha llevado la Bestia. ¿Saben lo que creo? Que esa Bestia no existe, que son pamplinas.

—En una cosa le doy la razón: los cuentos de que la Bestia es un animal son pamplinas. La Bestia es un hombre, quizá ese que hay muerto en el cuarto.

—Perfecto entonces, no va a hacerle daño a ninguna niña más. Vamos a lo práctico: se llevan el cadáver, lo dejan en cualquier descampado y yo les pago cien reales.

Diego no piensa aceptar, pero la voz de Donoso suena a su lado.

—Doscientos.

—Está bien, doscientos reales —acepta de inmediato la madama— y no quiero volver a oír hablar ni de ese hombre, ni de la Bestia ni de nada más. Sólo quiero seguir con mi negocio en paz.

—¡Ni hablar! Ese muerto no sale de aquí si no es con las autoridades —clama Diego.

Donoso le coge del brazo y le arrastra enfadado fuera del salón verde. Discute con él. A los dos les hace falta el dinero, podrían llevarse cien reales cada uno.

—Madrid está lleno de cadáveres, ¿qué importa uno más?

—¿Tú eres el que tiene que hacer respetar la ley?

—¿Y tú el que debe varias semanas de alquiler? Deja que vuelva a entrar, hago que me pague y organizamos que el cadáver aparezca fuera de esta casa...

—No quiero ese dinero.

—Pero tu casera sí. Si quieres me acerco a la calle de los Fúcares y pago tu deuda.

Diego se desentiende, no sabe y no quiere saber qué va a hacer Donoso. Aunque, en el fondo, es consciente de que las autoridades no investigarán la muerte de ese gigante como deberían. A menos que resulte tener un título nobiliario, poco va a importar dónde lo hallen, y por otro lado agradecería librarse del problema del alquiler.

—Me marcho, haz lo que quieras. Me llevo el frasco de sangre. Voy al hospital a ver al doctor Albán.

Antes de salir, Diego se encuentra con Delfina, la madre de la niña desaparecida. La mujer está en el portal de la casa de la calle del Clavel. Sentada en una silla de anea y con una muñeca de trapo en el regazo, su rostro pecoso está apagado, sus ojos, más que buscar a su hija entre la gente, parecen sonámbulos vagando por una pesadilla.

—Nunca tarda en volver, menos todavía dos días enteros. A lo mejor, mi Juana se fue a por leche, quizá paró a beber agua... Una niña me dijo que la vio con un hombre vestido de negro, que se fue con él. Sé que hay alboroto en las fuentes, que hay gente que acusa a los frailes de envenenarlas para contagiar el cólera, otros les echan la culpa a los chicos que viven en la calle. ¿Cómo voy a encontrar a mi Juana? He oído que el muerto de ahí dentro puede ser la Bestia, pero... no sé dónde está esa niña que me dijo que vio a mi Juana. Ella podría decirle si es el mismo.

Diego no sabe cómo consolar a esa mujer. ¿Tendrá que volver cuando encuentren a su hija desmembrada? Madrid, la ciudad que nunca pregunta a nadie de dónde viene, se ha convertido en una locura.

27

Lucía no necesita llegar a la plaza del Rey; en Alcalá, se encuentra de frente con Eloy. Una herida que todavía no ha dejado de sangrar le parte una ceja y le mancha la piel de un rojo vivo.

—¿Qué te ha pasado?

—Una pedrada de un aguador cuando me acerqué a una fuente. Se creen que envenenamos el agua.

—Los he oído. Ven, por lo menos te limpiaré la sangre.

—¿Por qué no estás donde la Leona, colibrí? Ibas a estar más segura que en estas calles.

Se apartan de ese río de gente que cada vez es más abundante y desemboca en la Puerta del Sol. Acuclillados en un callejón, Lucía moja con saliva el puño de su vestido y le restriega la piel a Eloy hasta borrar el rastro de la sangre, lo mismo que hacía su madre cuando Clara o ella tenían una herida. Le cuenta todo: la muerte del gigante, su huida del burdel, la desaparición de su hermana, los cadáveres de Pedro y María abandonados en la fábrica de cerillas...

—No sé qué hacer, Eloy, no sé dónde buscarla. Es el mismo hombre que nos persiguió, alguien tiene que haberle visto. Era demasiado grande para esconderse...

—¿Tú crees que puede ser esa Bestia de la que tantos

hablan? —duda su amigo—. Decían que era un animal quien se llevaba a las niñas de los arrabales... Pero a lo mejor no. A lo mejor era él.

Lucía se sienta en el suelo, sin fuerzas de repente.

—Puede que no tenga nada que ver —añade.

El golfillo ha notado la turbación de Lucía y no quiere asustarla más. Cuando la coge de la mano, advierte que está temblando.

—Ese hombre te dijo que tenía algo que te interesaba. Está claro que se refería a tu hermana. A lo mejor pensaba matarla, pero no iba a hacerlo hasta que consiguiera el anillo.

—¿Y dónde la llevó? ¡Le he matado! A lo mejor Clara está malherida, Dios sabe en qué cuchitril y... ¿No puedo hacer nada?

—Puedes buscarla. Yo te ayudaré. Vamos a meternos en todos los agujeros, incluso en el más pequeño, hasta que demos con ella.

Eloy pone en pie a Lucía. Su promesa y su entusiasmo son una fuente de esperanza. Él sabe que no será fácil encontrar a Clara y que, tal vez, cuando lo hagan sea tarde. Eso si la policía no detiene antes a su amiga, pero quiere hacer este viaje a su lado. Quiere estar con ella si un día llegan las malas noticias. Nunca había sentido algo así; desde que tiene memoria sólo se ha preocupado por salvar el pellejo y conseguir un lugar donde dormir al terminar el día. Esta niña del pelo rojo ha prendido en él algo nuevo.

La Puerta del Sol es un hervidero de corrillos que se enredan en discusiones y proclamas contra los curas. Eloy la cruza tirando de la mano de Lucía, cuando se fija en un hombre que charla con otros apoyado en una pared, los odres de agua a sus pies.

—Ese es el que me dio la pedrada. Hideputa...

Un brillo de rabia inunda la mirada del golfo. Un brillo que a Lucía no le gusta.

—¿Qué vas a hacer?

Eloy suelta la mano de Lucía y se acerca al aguador a buen paso. Ella sale tras él, intenta retenerle, pero el chico está decidido a cobrarse su venganza. En la calle no puede dejarse pisar por nadie.

—Nos vemos dentro de veinte minutos en la plazuela del Celenque.

Eloy se pierde entre la gente. Coge un puñado de tierra del suelo, sin empedrar, como la mayor parte de la ciudad, y se acerca a los hombres.

—¿No decías que había envenenado el agua? Mira, ahora sí que la he envenenado —le dice, chulo, mientras echa la tierra dentro de los odres.

Eloy, toda una institución en cultura callejera, sabe lo que significa arruinar el esfuerzo de los aguadores. Ahora toca salir corriendo y ponerse a salvo cuanto antes.

—¡A él! ¡A él!

Lucía ve cómo se inicia la persecución, un lance en el que su amigo no tiene rival. Pero también advierte con inquietud cómo aquel barbudo que vio encabezando una comitiva al grito de «¡La peste está en el agua!» se interpone en el camino del golfo y los dos chocan y ruedan por el suelo. Eloy no es capaz de levantarse lo bastante rápido, los aguadores se arrojan sobre él. Le golpean, parecen carroñeros abalanzándose sobre la presa indefensa, dándose codazos para arrancar su trozo de carne.

En el tumulto, ella apenas puede ver nada; sólo que el barbudo que gritaba a los demás se separa un instante de la turba que está pateando a Eloy. Como si iniciaran una coreografía ensayada, los aguadores cogen de los brazos y las piernas al chico. Eloy grita que le suelten, pero nadie le escucha. Lucía se abre paso entre empujones para intentar liberarle, cuando el barbudo saca una navaja con una parsimonia aterradora, como si hubiera llegado el momento del sacrificio. Sus ojos, dos alfileres que brillan. Hay voces, risas, que animan al hombre a terminar lo que ha empezado. Un mozo de ropas sucias aparta de un empujón a Lucía, que cae al suelo cuando intenta llegar hasta Eloy. Con la cara pegada a la tierra, puede ver el terror en los ojos azules del muchacho. Nadie puede hacer nada para detener lo que va a ocurrir. Nadie quiere impedirlo.

—¡No ha hecho nada! ¡Dejadle en paz!

La navaja del barbudo describe un arco hasta el abdomen de Eloy, lo traspasa limpiamente y un borboteo viscoso nace de su vientre y de su boca. El acero sale al aire, rojo brillante, salpicando las caras felices de esos lobos que no sueltan a Eloy y, después, el barbudo vuelve a clavarlo una vez más, dos veces, tres, cuatro... Hasta que la cara de Eloy es un borrón de sangre y dolor. Hasta que los ojos azules se apagan para siempre.

Lucía se pone en pie al tiempo que los aguadores sueltan el cuerpo sin vida y se apresura a recogerlo en su regazo. Lejos de arrepentirse de lo que han hecho, los hombres gritan y lanzan proclamas con los puños al cielo, armándose con palos y con todo lo que encuentran en la plaza, pero ella no puede oírlos. En su cabeza retumba el sonido de su corazón, cada vez más fuerte, como si fuera a explotar.

La turbamulta ha perdido el control y corre no se sabe muy bien adónde, algunos casi los pisan en la estampida. Lucía sigue paralizada en mitad de la Puerta del Sol cuando toma conciencia de que no está llorando. Tal vez se hayan secado para siempre sus lágrimas, tal vez ya no pueda volver a sentir. En esto la está convirtiendo Madrid: en una mujer de hielo.

Mira a su alrededor; la multitud exaltada cree haber encontrado una explicación al infierno que están viviendo. Los frailes usan a los niños para envenenar el agua, para hacerlos volver a la iglesia, para diezmar la ciudad y que el avance de los carlistas sea imparable. Imbéciles. Hablan del coraje del pobre, de la dignidad de las clases bajas, pero ¿qué queda de todo eso ahora? Sólo ira ciega. Estupidez. Crueldad. La misma que se ha llevado la vida de Eloy, abandonado en el suelo de la Puerta del Sol como un animal sacrificado. Ya no le enseñará los secretos de la ciudad. Nadie volverá a llamarla «colibrí».

—¡Era uno de los secuaces de los frailes! ¡Yo le vi con los curas de San Francisco el Grande!

El barbudo ha gritado por encima de la gente. Lucía, de rodillas, nota de pronto todas las miradas sobre ella. Ese golfo no es digno de compasión, parecen decir. Y ella podría ser cómplice por acompañar a ese cadáver y pedir que alguien la ayude a llevarlo a un cementerio. Por inclinarse sobre sus labios inertes y darle un beso de despedida. La masa exaltada es capaz de cualquier cosa; ella misma intuye que se está poniendo en peligro al despedirse de esa forma. Por un instante, mientras deja atrás a Eloy, está tentada de encararse con su asesino sólo para hacerle explotar y recibir los golpes, el castigo que siente que merece. «¿Y Clara? ¿Quién la ayudará si mueres aquí?» La pregunta hace que Lucía refrene el vértigo suicida.

Un clérigo cruza a la carrera la plaza hacia la calle del Arenal. Es su salvación porque todas las miradas convergen en él.

—Son los curas los que nos envenenan, los que nos

188

traen el cólera, los que están matando a nuestros hijos y a nuestros padres...

El barbudo sabe que sus palabras son como una espoleta. El clérigo, asustado, aprieta el paso, pero en cuestión de segundos varios hombres le acorralan. Nadie respeta la faja morada que le ciñe la sotana. Le empujan, le escupen, le registran los bolsillos convencidos de que en ellos lleva los polvos venenosos que contaminan las fuentes. No necesitan confirmar las pruebas del delito; no hay veneno, ni arena ni polvos, pero sí cae al suelo un anillo de oro. Una mujer entrada en carnes lo recoge y lo eleva al cielo:

—¡Se disfrazan de pobres, pero en realidad están cubiertos de oro! ¡Y quieren matarnos para seguir acumulándolo!

Lucía no puede creer lo que ve. Camina como atraída por un imán hacia la trifulca y se desliza entre unos y otros hasta quedar a un palmo de ese anillo que la mujer muestra a todo el mundo. Es un sello de oro con dos aspas cruzadas, dos mazas. ¿Es el mismo que robó en la casa del clérigo? ¿Cómo ha podido llegar a manos de ese cura que, ovillado en el suelo, encaja una tunda? ¿O es que hay más anillos idénticos en la ciudad?

—Esto se lo has robado al pueblo —acusa la mujer antes de sonreír de forma grotesca con su trofeo e intentar encajárselo en alguno de sus dedos; son tan rollizos que no logra hacerlo.

Como si eso la hubiera enfadado, saca un cuchillo con intenciones inequívocas. El religioso reacciona y la dobla de una patada para, después de recuperar su anillo, abrirse paso entre codazos y empujones, con una obstinación que nadie esperaba a juzgar por su actitud acobardada y sumisa.

—¡Que no escape! —grita la mujer mientras se recompone.

La turba, encabezada por el barbudo, persigue al clérigo hacia la calle Nueva de Palacio. No esperaban que pudiera correr a esa velocidad a causa de las vestiduras. Hay momentos en los que parece que va a ser interceptado, pero lo evita con ágiles quiebros, como si hubiera practicado la huida infinidad de veces.

Lucía sigue a la multitud, conectada a ellos, al anillo, por un hilo invisible. En la confluencia con la Carrera de San Francisco se alza el majestuoso templo, cuya cúpula, de treinta y tres metros de diámetro y más de setenta de altura desde el suelo, es la tercera de la cristiandad, la mayor fuera de Italia. Allí se refugia el prelado y allí se van congregando los perseguidores, un grupo que a decir de la chica se ha multiplicado: más de cien hombres y mujeres gritan y aporrean la puerta de la iglesia que los monjes cerraron tan pronto la cruzó el religioso. La mayoría se ha hecho con alguna arma: palos, navajas, martillos, piedras y hasta un atizador de chimenea.

El barbudo se ha colado delante de la fachada de la basílica de San Francisco el Grande y repite su diatriba contra los religiosos. Todos le escuchan en un repentino silencio: están excitados, sedientos de sangre...

—¡¿Vamos a dejar que se salgan con la suya?! ¡¿Vamos a seguir otros tantos siglos bajando la cabeza?! ¡Muerte a los curas!

La consigna se ha extendido por la ciudad como un reguero de pólvora y en poco tiempo se forma otra multitud delante del Colegio Imperial. Hay quienes van hacia el convento de San José de los Mercedarios. Varias decenas más cercan el convento de Santo Tomás...

En San Francisco el Grande están tratando de derribar la puerta para irrumpir en la iglesia. Uno busca un madero grueso para utilizarlo a modo de ariete, otro jura regresar en pocos minutos con una cizalla. La voluntad de derribar rejas y candados es de tal calibre que todos parecen decepcionados cuando se abre la puerta pacíficamente y asoma un simple monje.

—Esta es la casa de Dios. Marchaos.

Nadie se para a negociar con él, la multitud le arrolla y, mezclada en ella, Lucía irrumpe en la iglesia. Un fraile anciano sale a contener la tropelía. Un martillazo en la frente que cruje al romperse le abate sin remisión. Un bibliotecario jorobado que implora sensatez cae al suelo bajo una decena de hombres que le estrangulan y patean hasta que alguien se descubre armado con un trozo de latón oxidado y se lo clava en la garganta. En el altar, un monje extiende una cruz hacia los sublevados, como si así pudiera espantarlos o sacar al demonio de sus cuerpos. Le apedrean hasta derribarle, varios pisotean su cuerpo, un mozo fuera de sí revienta el tacón de su zapato contra su cara hasta desfigurarla y, luego, la multitud sigue camino de la girola, de las capillas, de las naves laterales, del claustro, del piso de arriba. Tumban imágenes, astillan los bancos de madera para convertirlos en hogueras, risas y proclamas que se enredan con gritos de dolor, con gorjeos de monjes ahogados en su propia sangre. Lucía tropieza con unos y otros, soporta empujones y busca en mitad de ese infierno al clérigo que huyó con el anillo.

—¡Que no quede de este templo ni el recuerdo!

El barbudo se ha convertido en el general de la horda de pobres que está arrasando San Francisco el Grande.

28

—Vamos al jardín, tengo que tomarme un descanso.

La situación en el Hospital General es todavía peor que la primera vez que lo visitó Diego Ruiz tras la muerte de Berta, y el doctor Albán parece haber envejecido cinco años en apenas unas semanas. El jardín al que se refiere dista de ser el lugar recoleto y tranquilo que era hace sólo unos meses: nadie cuida las plantas, que empiezan a secarse por el calor del mes de julio en Madrid, y algunas zonas se han convertido en estercoleros en los que se acumulan jirones de sábanas lavadas una y otra vez hasta quedar inservibles, restos del material clínico que se usa con los pacientes, frascos de desinfectante vacíos y hasta ropas de los fallecidos.

—No toque nada. Aunque parezca mentira, aún no sabemos cómo se contagia el cólera.

—En la calle dicen que es a través del agua.

—Es probable que tengan razón, de hecho es lo que dicen los científicos que estudian la enfermedad. En París, en Londres y en Viena están haciendo avances para erradicarla.

—¿Y en España?

—En España preferimos decir que es un castigo de Dios o que es una estrategia más de los carlistas para ganar la guerra. Algunos médicos españoles han viajado a las principales capitales europeas por orden del gobierno, poco más...

—Entonces ¿cree que no es cierto que se están envenenando las fuentes?

—No, ni las envenenan los pobres, como dicen los curas, ni lo hacen los curas, como dicen los pobres. Puede haber agua contaminada, pero no por envenenamiento, sino de alguna manera que la ciencia todavía no es capaz de averiguar. Ahora dicen que hirviendo el agua antes de consumirla se acabaría la epidemia. Puede ser, ya se está experimentando... Ojalá se descubra pronto; como ve, pese a que ya se ha abierto el hospital nuevo, el de la cárcel del Saladero, la presión sobre este no ha disminuido. Y estamos tan centrados en el cólera que la gente está muriendo de enfermedades que en otras circunstancias podríamos atender.

El doctor Albán aprovecha el descanso en el trabajo para comer una manzana y beber un vaso de vino.

—Si gusta, las manzanas son de un árbol de al lado de mi casa. No debe de tener dueño porque sólo yo las recojo, el vino es de la finca de mi padre, en Santa Cruz de Mudela. Le aseguro una cosa: hay noches en que lo único que pienso cuando me voy a la cama es en marcharme de esta ciudad y volver al pueblo.

—¿Qué haríamos sin médicos?

—Lo mismo que con nosotros, morir por docenas. ¿Ha sabido algo más de la muerte de esas niñas?

—Por eso vengo. Creo que ya sabemos quién es el asesino.

—Eso es magnífico...

—Si estamos en lo cierto, ese hombre ha muerto y no volverá a hacer lo mismo con ninguna niña más. Tenía esto en el bolsillo.

El doctor mira con curiosidad el frasco que Diego le entrega.

—¿Sangre?

—Eso me pareció. Lo que no sé es si es humana. ¿Hay forma de averiguarlo?

—No lo sé. No tengo muchas nociones de hematología. Tendría que investigar. Pero le seré sincero, cuando acabo la jornada en el hospital lo único que quiero es descansar, no ponerme a buscar en libros de medicina.

Diego se saca otro frasco del bolsillo, igual al primero. Estaba esperando esa respuesta del doctor y cree que es su oportunidad de convencerle.

—Este frasco, también con sangre, quizá humana, estaba en casa del padre Ignacio García.

—¿El teólogo? Leí que murió hace poco.

—Berta, la niña a la que usted le sacó la insignia de la boca, estuvo cantando allí una noche. La Bestia se la llevó al día siguiente.

—No estará insinuando que un teólogo, una eminencia en el estudio de la botánica, puede estar relacionado.

—Es lo que quiero averiguar: ¿se acuerda de cómo la encontramos? Sin cabeza, descuartizada... Yo también quiero descansar, pero no dormiría tranquilo si no ayudara a resolver las muertes de esas niñas.

—Es usted un chantajista. Déjeme esos frascos, veré qué puedo hacer.

El doctor no ha tenido todavía tiempo para guardarlos cuando llega una monja a toda prisa.

—Doctor Albán, no sabemos qué pasa, están entrando heridos por docenas... Es como si hubiera una batalla en Madrid...

El doctor Albán corre hacia la puerta y Diego le sigue. Ha olido una posible noticia.

La entrada del Hospital General, habitualmente envuelta en el caos, es ahora la antesala del infierno. Se oyen carreras, gritos, lamentos... Hay varios heridos a los que han dejado sin más en el vestíbulo: apuñalamientos, palizas, hemorragias por arma de fuego... Un monje yace en el suelo, es al primero al que se acerca Albán. Se arrodilla a su lado, pero se levanta enseguida.

—Sáquenle de aquí. Y no traigan a los muertos: sólo a los que podamos curar, no pongan a los demás en medio, no hacen más que estorbar.

Diego se aleja de él y aborda a uno de los ayudantes que llevan a los heridos en parihuelas.

—La gente se ha vuelto loca, están atacando los conventos... Hay revueltas por todas partes, pero donde peor está la cosa es en la basílica de San Francisco el Grande. Allí hay monjes que se han hecho fuertes y están combatiendo a los asaltantes.

Al llegar a la plazuela de la Cebada, justo delante del Hospital de La Latina, Diego ve que un grupo de hombres ha arrinconado a un chico de no más de quince años en la fuente de la Abundancia. Le tironean, otros le sueltan puñetazos hasta que uno acierta en su estómago; el golfo se dobla sobre sí mismo y cae de rodillas en el suelo. Sin defensa, no puede evitar que le lluevan patadas. Diego corre hacia ellos.

—¿Qué hacéis? Dejadle...

—¿Para que nos sigan matando? ¡Le hemos visto echar veneno en la fuente! El polvo que le dan los curas...

—¡Nadie está envenenando el agua!

Los gritos de Diego no valen de nada. La razón ha huido de esta ciudad.

Acaba por apartarse del grupo; si sigue vociferando contra ellos, recibirá los mismos palos que el golfo. La ira se centra en los religiosos y en los mozalbetes que malviven por las calles, pero en cualquier momento se puede volver contra los que no se suman a la locura.

Cerca de él pasa un grupo de unas cuarenta personas que parecen ir en procesión sacrílega, haciendo burlas y soltando insultos contra los curas. Son hombres y mujeres que se han disfrazado con las ropas litúrgicas que han robado tras asaltar el convento de los dominicos de Santo Tomás, en la calle Atocha. Después se sabrá que han dejado allí a siete frailes muertos. Otras diecisiete personas han muerto en el Colegio Imperial de San Isidro: cinco presbíteros, nueve maestros y tres hermanos... La procesión lleva su danza macabra hasta el lugar donde se está produciendo el mayor destrozo: la basílica de San Francisco el Grande.

29

La mirada de Lucía se pierde durante un instante en la cúpula; bajo ella, bajo los retablos y los relieves, los dorados que adornan las capillas, la vidriera, se está llevando a cabo una matanza. La rotonda, pavimentada en mármol, está cubierta por la sangre de los frailes. Unos bancos arden en una nave lateral. Huele a fuego y muerte bajo la impertérrita mirada de los santos. Los pocos monjes que quedan han asumido su sentencia. Arrodillado junto al confesionario, un hermano que frisará los veinte años pide clemencia de rodillas. Reza al Altísimo. Alguien, con el atizador de una chimenea, le golpea en la cara y, después, ya tumbado en el suelo el hermano, sigue descargando el arma sobre él como si no pensara parar nunca.

—A por ellos, que no os engañen con sus falsas muestras de sumisión. Ellos son los que nos están matando...

La mirada del barbudo irradia rencor y rabia. Es bajito, el pelo le ralea y su blusón azul está ya cubierto del rojo de la sangre de los curas. Si no le viera gritar —y a los demás obedecerle—, Lucía no creería que es un líder capaz de mover a las masas. ¿Dónde ha podido esconderse el religioso al que vio huir con el anillo en la Puerta del Sol?

El grito de un aguador que pide ayuda llama la atención de Lucía. Como un enjambre de abejas que corre a socorrer a la reina, muchos se mueven hacia uno de los laterales del templo, el que da a la entrada de la capilla del Cristo de los Dolores, de la Venerable Orden Tercera de San Francisco, una de las edificaciones del entorno de la basílica. Armado con un garrote, un monje resiste solo frente al batallón de desharrapados. Es un cura fornido, con la cabeza afeitada, vestido con un hábito marrón de tela basta; si en algún momento ha llevado capa o escapulario, los ha perdido en el fragor de la lucha. El único adorno a la vista es un cíngulo simple, una cuerda gruesa atada alrededor de la cintura. Va a vender cara su piel. Los golpes del garrote se estrellan contra las caras de los que intentan cruzar la puerta de la capilla y, por primera vez, es la sangre de los invasores, y no sólo la de los hermanos, la que mancha el templo. Algunos de esos hermanos se han protegido tras el monje, que no parece necesitar ayuda para contener a las decenas de hombres y mujeres que intentan derribarle.

Allí está el clérigo que huyó con el anillo, el del fajín morado, escondido detrás del monje que descarga sin tregua el garrote contra los asaltantes. ¿Cómo puede alcanzarle? Por primera vez, Lucía se siente parte de la turba que irrumpió en la iglesia. Desea que venzan a ese cura que, como un animal fuera de sí, protege al prelado. Necesita llegar hasta él.

El barbudo se acerca a la capilla con ojos enfebrecidos. Armado con una navaja —la misma con la que ha asesinado a Eloy— se hace un hueco entre la gente para enfrentarse al monje. Este ha visto el resplandor del acero y, sin dejar de contener a los demás con su garrote, usa la mano izquierda para prender el cuello del líder como un cepo. Clava los dedos nudosos en la garganta del agitador, que va palideciendo. Sin embargo, antes de perder el conocimiento, consigue alcanzar el abdomen del monje con su navaja y clavársela. La retuerce dentro de la carne buscando doblegarle, pero, aunque el fraile deja escapar un alarido de dolor, tiene fuerzas suficientes para lanzar al agresor contra la reja que guarda una talla de una Inmaculada Concepción. La imagen cae al suelo con estrépito mientras el barbudo, azul, vomita cuando intenta respirar.

—¡Fuera de aquí! ¡Idos!

El monje se ha arrancado la navaja del abdomen y ahora la usa contra los que siguen intentando invadir la capilla. Sabe que su resistencia no será eterna. Por eso, los religiosos que hay escondidos tras él huyen por la capilla del Cristo de los Dolores. Luego, en apenas dos pasos, el monje se venga de la cuchillada del líder. Revienta el cráneo del hombre, que todavía no había logrado incorporarse.

—¡Fray Braulio! ¡Salga de aquí!

Impotente, Lucía ve cómo el clérigo del anillo desaparece en la capilla. Su faja morada se pierde en la oscuridad de un pasillo. Lucía se ha fijado en sus ojos azules, gélidos, en el sudor que perlaba el vello de sus mejillas, en su respiración de animal acorralado. Ese hombre se le va a escapar. El hombre que podría decirle por qué el gigante buscaba con tanto denuedo el anillo se pierde en mitad de este Armagedón. ¿Cómo va a llegar ahora hasta Clara?

El único que no se bate en retirada es el monje, fray Braulio le han llamado sus compañeros, un nombre que ella no va a olvidar; va a seguir luchando mientras le quede un resto de vida. Protege las obras de arte que todavía no han sido destrozadas y quizá su idea de Dios. Con el hábito empapado en su propia sangre, sacude a los que pretendían romper la talla de la Inmaculada Concepción.

Un hachón afilado que ha traído consigo un pollero aterriza junto a los pies de Lucía y ella retrocede hasta topar con el cadáver del barbudo, la cabeza abierta como un cuenco roto. La entrada de una nueva horda de hombres, armados con palos, con azadas y bastones, cualquier cosa que pueda servir para hacer daño, algunos de ellos disfrazados de curas sacrílegos, asusta a Lucía. Esta destrucción no va a acabar nunca. Sale corriendo por una nave lateral y se esconde en los sitiales del coro.

Diego sigue a la multitud camino de San Francisco el Grande. Ha visto los cadáveres de un par de muchachos tirados en el suelo tras sufrir la ira de los ciudadanos, también a una mujer a la que han zarandeado por tratar de defenderlos y que sangra de una brecha en la cabeza. Se encuentra con otra, una carrerista a la que conoce, que le cuenta que ha habido persecuciones de muchachos en varias fuentes de la ciudad.

—¿De dónde ha salido la idea esa de que envenenan el agua? Es absurdo.

—Los han visto, muchos enferman después de beber el agua de las fuentes.

En toda la ciudad están muriendo más de quinientas personas diarias desde hace semanas por el cólera. La gente está dispuesta a creer cualquier cosa con tal de acabar con la sangría.

Diego no logra entrar en la basílica hasta que las tropas gubernamentales consiguen, por fin, controlar la situación allí dentro, aunque haya muchos otros lugares en la ciudad que siguen siendo un polvorín. El suelo está alfombrado de cadáveres. Al contarlos se descubrirá que han muerto cincuenta personas. No sólo frailes, también el organista, varios miembros del coro, lectores, curas, estudiantes y el criado que guardaba la despensa del convento, que ha sido saqueada. Entre los refuerzos enviados para poner orden, hay un salvaguardia real de los que llevan enfermos al lazareto de Valverde. Reconoce a Diego.

—Doctor, ayude aquí, por favor, hacen falta manos.

Diego no puede permitirse fingir que es médico, pero el salvaguardia no le deja titubear y le arrastra del brazo hasta el grupo de frailes malheridos que están esperando asistencia. Fray Braulio tiene un tajo en el abdomen visible a través del hábito, pero no es el más grave. En el suelo languidece un monje con una herida sangrante en el muslo.

—Por fin un médico. Hay que hacerle un torniquete a este hermano.

Diego mira al monje que se desangra junto a fray Braulio. Su mirada perdida denota que ya está demasiado lejos como para retenerle a la vida. El periodista no sabe bien qué hacer, cómo atacar la herida que escupe sangre como una fuente, y su torpeza no pasa desapercibida a ojos del monje.

—¡Se va a desangrar!

—No sé hacerlo. Lo siento. ¡No soy médico!

El salvaguardia real no entiende nada.

—Le vi atender enfermos en el lazareto.

Fray Braulio resopla de impaciencia. Se arranca un jirón de su hábito y se afana en hacerle un torniquete al monje. Sólo aparta los ojos de la labor para clavarlos en Diego.

—¡Fuera de aquí! Te arrancaría la cabeza si este hombre no me necesitara. ¡Fuera!

Diego se aleja unos pasos; la escena a su alrededor es devastadora. Llamas que todavía se elevan en hogueras infernales, cuerpos sin vida y lamentos de angustia y dolor de los que aún viven. Sangre e imágenes destrozadas. ¿Hasta dónde puede llegar esta ciudad? ¿Por qué tiene esta capacidad de herirse a sí misma? ¿En qué momento ha perdido la razón el pueblo?

Debería marcharse. Esta noche es mejor refugiarse en casa y dejar que el terror escampe. Sonámbulo, camina hacia la salida. Cruza el coro cuando una leve respiración le hace detenerse. Supone que habrá algún moribundo escondido en los sitiales. Sin embargo, al agacharse ante uno de ellos, se encuentra a una niña. Tiene una larga melena roja y aunque sus ojos quieran mostrar firmeza, está temblando.

—¿Qué haces aquí?

Le tiende la mano a la chiquilla. Un gesto que han parecido olvidar en Madrid; ofrecer ayuda a quien la necesita, dejando de lado si son curas, burgueses, aristócratas o pobres. Todas esas etiquetas han terminado por borrar la identidad que se esconde debajo de ellas. Un hombre, una mujer o una niña asustada que tiembla bajo el sitial de un coro.

—Me llamo Diego. No tengas miedo.

30

—Al tuntún paliza, paliza, al tuntún sablazo, sablazo, al tuntún mueran los carlistas, que defienden a Carlos... Por las callejuelas, por el callejón, entrad en sus casas que, quieras o no, reinará Carlos con la Inquisición...

Ya ha caído la noche, pero la situación no se ha calmado. Diego escucha la porra que cantan los madrileños a través de la ventana de su casa. El aire huele al humo de las fogatas, hay iglesias ardiendo y refriegas en las calles. Dicen que ha muerto casi un centenar de frailes y que hay muchos heridos. Intenta recordar todo lo vivido, intenta asimismo buscar las palabras para escribir una crónica sobre la posible muerte de la Bestia, pero no es fácil. ¿De qué sirve encontrar a un asesino cuando toda la ciudad está desmoronándose como una especie de Babilonia? Además, antes de atender a su trabajo debe ocuparse de esa niña asustada.

—¿Tu hermana? No entiendo nada de lo que me estás diciendo, vas a tener que empezar desde el principio y sin ponerte nerviosa.

Lucía, así le ha dicho que se llama, le ha contado que su hermana ha desaparecido, que un hombre se la llevó del lugar donde se refugiaban, una vieja fábrica de cerillas abandonada.

—¿Qué hacíais allí?

—Los soldados tiraron las Peñuelas, nuestro barrio; nuestra madre murió del cólera...

Su instinto de periodista le dice que son demasiadas desgracias juntas, pero su experiencia como vecino de esta ciudad le hace pensar que nunca son suficientes, que el año 1834 tiene un repertorio de desdichas inacabable.

—¿Y el hombre que se la llevó? ¿Sabes quién era?

—No, no lo sé, pero quizá fuera ese al que llaman la Bestia. En el barrio hablaban de él: un gigante de cara roja.

A Diego le parece demasiada casualidad: ha visto el cadáver de la Bestia ese mismo día y ahora una niña dice que la Bestia ha secuestrado a su hermana. Pero no sabe dónde puede estar la trampa. ¿Qué puede pretender esa joven de pelo rojo al contarle esa historia? Y su angustia se advierte tan real...

—Tengo que encontrar a Clara... No quiero que aparezca muerta, como las otras.

Lucía come con apetito lo único que ha podido darle Diego, un pedazo de chorizo de su tierra que le mandó hace unas semanas su hermano, sin pan siquiera, con un vaso de vino que él ha bautizado con agua en honor a la edad de su invitada. Aunque lo normal es que una niña como ella beba lo mismo que cualquiera, a Diego no le parece que sea bueno.

—¿Por qué crees que la Bestia se llevó a tu hermana?

—Es lo que dicen de todas las niñas que han desaparecido, ¿no? Que se las lleva y las mata. Pero no es ningún animal...

Diego intenta ordenar sus ideas, necesita redactar todo lo que ha visto esta tarde para llevárselo a Morentín al periódico. Tal vez le guarde espacio en la primera página con su relato del asalto a la basílica de San Francisco el Grande y, si consigue interesarle, es posible que le apoye aún más en su investigación sobre la Bestia. Mientras él toma unas notas apresuradas, a Lucía la va venciendo el sueño. Ya está dormida cuando llaman a la puerta. Unos golpes tímidos, amistosos, no como los de la casera para exigirle los alquileres retrasados.

Diego deja a un lado su tarea y abre la puerta.

—No has vuelto a visitarme. Habría sido más digno quedarme en casa lamentándolo, pero... Supongo que prefiero que me digas a la cara que no quieres volver a verme.

En un día de sorpresas como este —el cadáver del gigante, la matanza de frailes y el encuentro con la niña pelirroja—, la visita de Ana Castelar no es la menor de todas ellas. Diego le franquea el paso mientras farfulla una disculpa; como arrastrado por un alud, se ha ido dejando llevar por los acontecimientos, y no ha encontrado momento para ir al palacio o, al menos, escribirle una nota.

—¿Y esa niña? No me habías dicho que fueras padre...

—Está sola en el mundo. La he encontrado en la basílica, en medio del caos.

—Y te la has traído a casa. —Le acaricia una mejilla—. Eres un buen hombre, Diego.

Ana se acerca al jergón y se sienta en el borde. Contempla el sueño de la niña, su melena roja derramada como una esponja de coral.

—A lo mejor prefieres que me marche —dice mirando a Diego.

—Quiero que te quedes. Me habría gustado que nos viéramos en otras circunstancias, pero... —Ana le pide que calle con un leve gesto de su mano.

—Lo extraño fue la noche que pudimos pasar, Diego. No es habitual encontrar un momento de paz en esta ciudad. Esta misma tarde, cuando estuve en el lazareto, falleció Genaro, el hombre que fuiste a buscar.

—Le había prometido una botella de vino. —Abre el baúl y saca una botella de Valdepeñas—. La compré ayer. Tenía la intención de llevársela mañana al lazareto, pero ya es tarde.

Ana le sonríe.

—¿Nos la bebemos a la salud de Genaro?

—Sí. Ha sido un día de locos.

—No quiero despertarla —murmura Ana acariciando el pelo rojo de Lucía.

—Ven.

Diego le tiende la mano y la conduce fuera de la habitación. Suben las escaleras hasta la terraza que cubre la casa. Rodeados —y hasta guarecidos— por algunas sábanas que las vecinas tienden a secar, Diego y Ana se sientan en el suelo sobre una manta. Todavía se ven algunas columnas de humo que señalan los lugares donde los madrileños indignados han quemado iglesias y conventos.

—¿No has tenido problemas para llegar?

—No fue fácil pasar por delante de la Colegiata de San Isidro. Estaban haciendo una hoguera con los bancos en medio de la calle de Toledo.

—La gente ha perdido la cabeza.

—Cuando la presión es excesiva, acaba saliendo por algún lado. Los carlistas están llevándonos al límite, se lo he dicho muchas veces a mi esposo. Él y los demás miembros del gobierno deberían hacerle ver a la gente que ellos tienen la culpa. No serás carlista, ¿verdad?

—No, no lo soy. Aunque tampoco cristino o isabelino. En realidad, me habría gustado que tras los franceses hubiéramos prescindido de los reyes...

—¿Una república? Soy aristócrata, pero me encantaría ver el día en que eso pasara. Ojalá llegue el momento en que los ciudadanos de este país estén lo bastante formados como para tomar las riendas...

Levanta su vaso de vino y brindan mirándose a los ojos. A Diego le cuesta olvidarse de todo lo que ha sucedido ese día, no es fácil entregarse sin más a una noche de amor. Hablan de su paso por el hospital, de la enfermedad que acaba con las vidas de tantos madrileños, del trabajo de Ana en el lazareto, de la aparición de un cadáver que Diego cree que es el de la Bestia...

—Entonces ¿se acabaron las muertes de las niñas?

—Ojalá. Pero todavía hay desaparecidas. No lo sé. Es todo muy extraño. ¿Por qué las mata de ese modo? ¿Por qué había cadáveres que aparecieron enseguida y otros al cabo de varias semanas, meses incluso? No tiene lógica.

Ella se le queda mirando, pensativa, como si estuviera intentando descifrar el enigma.

—¿Sabes lo que no tiene lógica, Diego? Que me gustes tanto, que haya soñado con tus besos desde el día que nos vimos...

Se besan. Allí mismo, en un lugar tan distinto de la alcoba de Ana o de los jardines del palacete de los duques de Altollano, con sus plantas exóticas y sus pájaros de mil especies, en una azotea de una casa popular, en el suelo y con el cielo de Madrid como techo, Ana y Diego vuelven a hacer el amor. Y, abrazados bajo las estrellas, con los vasos de vino al alcance de la mano y el olor en el aire a fuego y destrucción, Diego comprende que ya no hay marcha atrás: está enamorado de esa mujer, una mujer de clase alta, casada con un ministro de la reina. La mujer que menos le conviene del mundo.

—Espero que no tardemos tanto en vernos de nuevo.

Mi esposo sigue confinado con la Corte en La Granja. Puedes venir a mi casa cuando quieras.

—¿Y si él se enterara?

—No le daría importancia, hay matrimonios que son un contrato, no se la des tú. Nunca he temido su reacción.

—Pero sí lo que podías sentir por mí...

Ana pierde la mirada en el cielo de Madrid antes de responderle, en esas columnas de humo que se elevan desde los conventos.

—A veces la vida te guarda un regalo. —Los ojos oscuros de Ana se posan ahora en él—. Eso fue lo que me dijiste y tenías razón. Nunca he querido... —Diego sabe que le habla de amor, aunque evite la palabra, quizá sea demasiado pronto para pronunciarla en voz alta, como si, supersticiosa, temiera que se pudiera desvanecer con la mera invocación—. Supongo que eso no se busca. Simplemente, sucede. Y, ahora, no quiero dejar de sentirlo... Aunque me asuste.

Ella deja caer la cabeza en su hombro y permanecen en silencio, abrazados, unos minutos hasta que Ana decide marcharse con la promesa de no dejar pasar tantos días hasta el próximo encuentro. Diego la acompaña a la calle, donde la espera su carruaje. Se queda mirando cómo se aleja traqueteando por el barro, y cuando ya no lo tiene a la vista se siente triste y desgraciado. Al volver a su habitación, encuentra el jergón vacío. Lucía, la niña pelirroja, ya no está allí. Se ha llevado un marco de plata en el que había un retrato de la madre de Diego, aunque por lo menos ha tenido el detalle de dejar la imagen. Cuando Donoso se entere, se va a reír de él: eso le pasa por llevar a una desconocida a su casa.

31

Las niñas empiezan a estar inquietas. Ayer por la mañana recibieron su última comida y les cambiaron los orinales. Desde entonces no han vuelto a saber nada del
gigante, no les ha llevado comida ni agua, tampoco ha
bajado para representar esa liturgia enferma de masturbación y flagelo.

Fátima, la más veterana, sentada junto a los barrotes,
habla con Isabel; secuestrada en los alrededores de la
Puerta de Toledo, lleva casi dos semanas en la mazmorra, y sólo el hambre ha conseguido mermar su energía.
Ahora dormita con la frente apoyada en la pared de piedra de la celda.

—¿Y si no vuelve? —dice Isabel.

—No es normal; nunca ha estado tanto tiempo sin
bajar.

—Vamos a morir de hambre.

—Dicen que antes te mata la sed.

—No puedo ni abrir los ojos. Si la última vez... cuando me hizo lavarle la espalda... si hubiera salido corriendo...

—¿Te crees que habrías llegado arriba? Él te habría
cogido y te habría hecho lo mismo que le hizo a Cristina.
Es mejor morirse de sed.

—No lo sabes. No sabemos qué hay arriba... A las que

se ha llevado, esas... a lo mejor están en su casa... o alguien las cuida... Me tenía que haber elegido.

—Ya he perdido la cuenta de los días que llevo aquí... y nunca me ha elegido.

Acurrucada en su celda, Juana escucha en silencio el lamento de Fátima, las fantasías de Isabel sobre lo que las espera cuando suben las escaleras en espiral. Apenas ha dicho una frase desde que la Bestia la encerró en la celda. Porque así se llama: Bestia. No es el gigante, aunque el resto de las niñas insisten en llamarle así, como si fuera el personaje de un cuento. «¿Cómo se ve el mundo desde ahí arriba?», le preguntó ella cuando le vio acercarse al portal de la casa de la calle del Clavel. Usó el mismo tono juguetón, insinuante, con el que ha visto mil veces a su madre dirigirse a los hombres. Ella, Delfina, sabe cómo manejarlos. Son marionetas en sus manos y Juana pensó que podría manipular de la misma forma a ese hombre de siete pies de altura y la cara quemada. «¿Quieres que te invite a mojicones en Doña Mariquita?», le respondió él con una sonrisa que pretendía ser agradable, pero que en realidad era la de un depredador. Dejó su muñeca de trapo, Celeste, en los escalones de la casa de la Leona y se marchó de la mano de ese hombre. De la Bestia. Se creyó una mujer que había enredado a un hombre y sólo era un insecto insignificante atrapado en la tela de araña. ¿Cómo pudo caer en un subterfugio tan manido? La promesa de un chocolate y unos mojicones de un extraño. Tal vez quería demostrarle a su madre que ya no era una niña. Conforme se alejaba, imaginaba cómo sería el relato de su aventura. Los reales que le sacó a ese hombre con sus mañas de mujer mundana. «Me haces daño», le dijo cuando doblaron la calle y la mano de la Bestia se transformó en una garra que le cortaba la circulación de la muñeca. Él no le respondió. La lanzó contra una pared y le soltó una bofetada. Desorientada, miró a su alrededor y se dio cuenta de que habían entrado en un callejón vacío. Allí había un carruaje. La Bestia la enganchó del cuello y la arrastró hasta él, cogió un saco de arpillera y la metió dentro. No volvió a ver la luz hasta que llegó al octógono que dibujan las celdas de la mazmorra y, a empujones, la encerró en una celda. No se ha movido de la esquina del fondo desde que llegó, ni siquiera para coger el orinal. En silencio, sigue sentada sobre sus propias heces. Tampoco cambió de posición cuando, tiempo después, la Bestia regresó con otra niña.

El pánico la tiene paralizada: sabe lo que sucederá si, como ha oído decir al resto de las presas, la Bestia baja a la mazmorra y la elige. Recuerda una conversación entre su madre y la Leona que escuchó a medias. Comentaban un artículo que había aparecido en el periódico; algo de una niña en la Puerta de los Pozos de Nieve a quien habían encontrado hecha pedazos. «La Bestia», dijo su madre como si nombrara al diablo justo un segundo antes de descubrir a Juana en el quicio de la puerta. La reprendió por escuchar las conversaciones de los mayores y la mandó a jugar fuera con su muñeca de trapo, Celeste.

Ha oído a su madre y al resto de las mujeres del prostíbulo contar cómo despedaza a sus víctimas. No va a decirles a las otras niñas que atisba entre las sombras de la mazmorra que el final de las que salen de allí no es ningún harén. Es la muerte. La peor de las muertes.

Conforme avanza el día, y el hambre y la sed van haciendo acto de presencia, las niñas pierden las ganas de hablar. El miedo a que el gigante no aparezca se impone. Isabel ha empezado a llorar, un lamento entrecortado que no ayuda a mantener la calma.

—¡Cállate de una vez! —brama con voz ronca otra de las niñas.

Lo han intentado muchas veces, pero todas se unen a la idea de Fátima.

—Si hacemos ruido, a lo mejor nos oyen.

—Eso nunca nos ha servido de nada.

—Y el gigante ha venido y nos ha pegado o nos ha castigado sin comer.

—Prefiero que me peguen a morir aquí sin que nadie lo sepa.

Todas se organizan para golpear los barrotes de las celdas con los recipientes, orinales de peltre en los que deben hacer sus necesidades. Un concierto que ejecutan de manera rítmica. Al cabo de unos minutos algunas hasta se ríen, se afanan en pequeñas cantinelas —al pasar la barca, me dijo el barquero—, y poco a poco un optimismo infantil se adueña de ellas. Isabel ha dejado de llorar y, tal vez delirando por los nervios y la falta de comida, dice que la Bestia bajará y las llevará a un palacio. Arranca otra vez con la cantinela de que las han escogido de la calle para casarlas con un príncipe. Otras, menos fantasiosas, especulan con que la policía ha detenido ya a su captor y, en cualquier momento, los guardias irrumpirán para liberarlas.

—Mi madre tiene poderes. Puede adivinar el futuro. Ella es la que nos va a encontrar.

La confesión de Fátima, tan absurda como todas las que ha estado escuchando, aunque se haya tapado los oídos con las manos, hace explotar a Juana:

—¡Nadie nos va a sacar de aquí! Y cuando ese hombre venga, ¿sabéis lo que nos va a hacer? Nos va a despedazar. Nos va a arrancar los brazos y las piernas. Hasta la cabeza. ¡Porque ese hombre es la Bestia! En realidad, aunque estemos aquí, gritando y diciendo tonterías, ya estamos muertas. ¡Estamos todas muertas!

El grito de Juana hunde la mazmorra en el silencio. Sólo Isabel se atreve a preguntar, tímida:

—¿Cómo sabes que es la Bestia?

Juana no tiene fuerzas para responder. En el fondo, todas saben que es así. Lo único que ha hecho esa chica que llevaba en silencio desde que llegó ha sido romper la burbuja que las protegía de la conciencia de un destino inevitable. Así, calladas, permanecen un tiempo, quizá una hora. Entonces, un borboteo gana presencia, viene de una de las celdas del fondo y hay un matiz diferente en el aire. Fátima advierte lo que sucede.

—Está todo lleno de sangre, en el suelo...

No tardan en descubrir de dónde procede. Isabel ha afilado contra la pared el borde del orinal de peltre, que se ha mellado con los golpes contra los barrotes, y se ha cortado las venas de la muñeca. En silencio, sin que nadie la oyese hacerlo, un suave lamento por toda expresión de queja. La sangre ha llegado hasta el suelo de la celda contigua, la que ocupa Fátima.

—Isabel... ¡Isabel, ¿qué has hecho?! ¡Se ha matado! ¡Isabel se ha matado! ¡Ayuda! ¡Ayuda!

Los gritos de Fátima se convierten en un guirigay al que se suman casi todas las niñas: un coro estridente de súplicas desesperadas, imprecaciones y aullidos más propios de un animal que de un ser humano. Juana no puede soportarlo más y rompe a llorar: ¿ha sido su declaración histérica la que ha provocado el suicidio de esa niña? ¿No es lo mismo que debería hacer ella? ¿Por qué prolongar esta agonía?

—No lo hagas. Tenemos que aguantar hasta el final.

Juana se gira hacia esa voz cálida que no había oído antes.

—No sabemos qué puede pasar dentro de un rato. Como no sabíamos que íbamos a terminar aquí. ¿Te cuento una cosa? Si supiéramos leer el cielo, podríamos adivinar el futuro. Mi hermana conoció a un anciano que vendía quincalla cerca de la Puerta de Toledo y que sabía leer las nubes y las estrellas. Cuando aprendes, es como las letras de los periódicos. Te cuentan la historia de lo que te va a pasar. A mi hermana le dijo que ella iba a ser la dueña de un palacio en el norte, en San Sebastián. Y que yo viviría a su lado y me casaría con un francés. Nunca he conocido a ningún francés, pero sé que, cuando le vea, me enamoraré de él. Y para eso tenemos que salir de aquí.

—¿Y tú te crees esas majaderías?

—No es malo creerse las historias. Sobre todo, las que te hacen dormir bien. O las que son divertidas y te ríes.

Poco a poco vuelve el silencio a la mazmorra, roto únicamente por el soliloquio delirante de Fátima, que no acepta que Isabel se haya quitado la vida. Juana busca con la mirada a esa niña que ha conseguido confortarla. Llegó ayer mismo, en la última visita de la Bestia, y apenas le ha prestado atención. Al entreverla en las sombras, su rostro le resulta familiar.

—¿Te conozco?

—Vi cómo te ibas con la Bestia en la calle del Clavel. Y conocí a tu madre. Puedes estar segura de que no dormirá hasta que te encuentre —dice, y Juana ahoga un sollozo al oír hablar de Delfina—. Me llamo Clara.

32

La ciudad parece calmada y apenas hay restos de la batalla campal del día previo. Sólo al acercarse a las iglesias se huele el humo de las fogatas y se ven los bancos de los templos, despedazados, algunos convertidos en cenizas, o la estatua de algún santo caída en medio de la vía. Lucía ha pasado la noche deambulando por calles desiertas, con la ilusión absurda de que Clara pudiera aparecer al doblar cualquier esquina. La mañana ha llegado, las sombras se han retirado y los ciudadanos más madrugadores se apresuran de aquí para allá. Se ha cruzado con dos cortejos fúnebres; difícil saber si se trata de monjes muertos en los ataques o de los habituales del cólera. De lo único que está segura es de que ninguno será en honor de Eloy; en mitad del caos, habrán retirado su cuerpo en una carreta, arrojado a cualquier fosa común. Un latigazo de culpa la azota al pensar que debería haberse quedado al lado del cadáver de su amigo, él lo habría hecho. «Los muertos no necesitan compañía; en cambio, tu hermana sí», la justifica el fantasma de Eloy en un diálogo mudo que es una fantasía de perdón. Y aún añade: «Busca a ese monje de la faja morada, el que llevaba el anillo».

Se siente desfallecer. Aparte del pedazo de chorizo que le dio el hombre que la llevó a su casa, desde ayer por la mañana no se echa nada al estómago. Necesita alimentarse y para ello debe conseguir algo de dinero. Como no puede volver al burdel, tendrá que tirar de los pequeños hurtos. El marco de plata que le robó a Diego irá a venderlo a donde el Manco, el lugar que le enseñó Eloy, pero eso será después. Antes debe encontrar al clérigo del anillo; esa joya es la única pista que la puede conducir a Clara.

La basílica de San Francisco el Grande contiene todavía los rescoldos de la violencia. Bajo la cúpula enorme parecen flotar los gritos en un eco horrísono, las partículas de polvo revolotean en el aire como si no quisieran posarse en las manchas de sangre que salpican el suelo, las columnas, las rejas y el altar. A Lucía se le antoja que, en la escultura de San Francisco, en la de Cristo y en la de la Inmaculada Concepción, derribada, asoma un gesto de horror que, más que a la historiografía religiosa, se adecua a lo que se vivió allí la víspera.

Un fraile barre el trascoro con una escoba de paja.

—Busco a fray Braulio.

—Ante el altar mayor, está orando.

A Lucía le cuesta reconocer en ese hombre que reza arrodillado, descalzo y en calma, al guerrero de la cabeza afeitada, pese a que el hábito es el mismo, también su cíngulo, y a que lleva un vendaje en el abdomen, visible a través del jirón de la prenda, para tapar la herida que le hicieron en la lucha.

—Espera, ¿o es que prefieres que sea Dios quien espere?

Su voz la interrumpe antes de que hable. Es grave —ya le oyó ayer maldiciendo durante la pelea— y autoritaria, incluso en el bisbiseo de la oración. Más la voz de un general que la de un religioso. Mientras el fraile termina con sus rezos, ella observa la iglesia. El día anterior había estado tan pendiente del asalto y de la lucha que apenas se fijó. Son tantas las riquezas que cuesta creer que a apenas dos manzanas de ese templo se pueda palpar la miseria. Delante de ella, un imponente cuadro representa la aparición de Jesucristo y la Virgen a San Francisco de Asís, pero lo que Lucía mira asombrada es la cúpula, todavía más impresionante que desde la calle. Se ve altísima, como si cupiera todo un mundo allí dentro.

—¿Te gusta?

El fraile ha dejado de rezar sin que Lucía se diera cuenta y está ante ella. Es un hombre fuerte, alto, aunque no tanto como el gigante al que ella mató ayer. Su mirada es un remanso de paz, no tiene nada que ver con los ojos llenos de fuego que dejaba ver durante la lucha.

—Nunca había visto nada tan grande.

—Lo grande no es la cúpula, es la gloria de Dios. ¿Quieres hablar conmigo?

—Sí.

—Acompáñame, tengo hambre. No he desayunado.

Fray Braulio come una escudilla llena de gachas que acompaña con un buen pedazo de pan y una jarra de vino. No ha invitado a Lucía a que se una a él y ella sólo le mira, pero encuentra un pedazo de carne entre las gachas y se lo ofrece con la cuchara.

—¡Come!

Ella obedece y piensa que nunca haría lo mismo, nunca le daría a nadie un pedazo de carne que hubiera caído en su plato. Él sigue comiendo hasta que, repentinamente, la mira.

—¿Qué quieres?

—Ayer le vi pelear.

—Un fraile no debería verse obligado, pero así están

las cosas. Han muerto cincuenta personas aquí y otras tantas en las demás iglesias, demasiadas, pero si no hubiésemos luchado, habrían sido muchas más.

—A su lado había un cura que llevaba una faja morada. Tenía los ojos azules.

—El prior Bernardo. Él y otros hermanos trataron de escapar por la capilla del Cristo de los Dolores, pero los cazó la turba.

—¿Ha muerto?

Fray Braulio mira por primera vez a la niña.

—Me temo que sí. ¿Qué interés tienes en el prior?

Lucía esconde la mirada; no ha preparado una respuesta a esa pregunta. Por fortuna para ella, el fiero monje no espera y sigue hablando.

—Aunque las revueltas se hayan terminado, esta ciudad no es un lugar seguro para los religiosos. Como los primeros cristianos, nos hemos convertido en fugitivos. Y así será mientras el pueblo siga creyendo a pies juntillas esa locura de que somos los culpables del cólera. A saber quién ha extendido el rumor de que mandamos niños a envenenar el agua.

—Sé que eso no es verdad.

Fray Braulio ofrece un trago de la jarra de vino a Lucía, que bebe, aunque se atraganta.

—Aclara ese gaznate y cuéntame de una vez por qué andabas buscando al prior.

La chica inventa una historia sobre un legado familiar que ha pasado de generación en generación, un anillo de oro con dos mazas cruzadas. Su madre lo tenía antes de morir y ella lo ha perdido. Cree que el cura de la faja morada podría ser familiar de su madre o tener alguna información de su familia. Necesita hablar con él porque está sola en el mundo y puede que gracias a ese anillo encuentre a algún pariente que la acoja. Cuando acaba su relato, mira a fray Braulio con la esperanza de que el tono lastimero con el que lo ha narrado haya dado verosimilitud a la historia.

—¿Estás diciendo que el prior de este convento podría ser un familiar tuyo?

Lucía traga saliva.

—No lo sé, pero ese hombre tiene un anillo como el de mi madre. Nunca había visto uno igual. Sólo quería hablar con él para preguntarle.

Fray Braulio vuelve a su escudilla de gachas, como si al comer pensara. Hace un gesto a otro monje y este le trae una nueva jarra de vino, de la que bebe casi la mitad de un solo trago.

—Es bueno el vino de este convento, muy bueno. —Rebaña el plato con el pan. Finalmente habla—: El cadáver del prior ha aparecido con un dedo cortado. Alguien le robó el anillo. Preguntaré por él. Dime dónde te puedo encontrar.

—Vendré yo al convento. Ni sé dónde voy a estar.

—Está bien. Vuelve mañana. A ver si para entonces he averiguado algo. ¿Cómo se llamaba tu madre? —Ante la mirada desubicada de Lucía, fray Braulio se explica—: Tendré que saber de quién se supone que era familia el difunto prior.

—Cándida.

Cuando se queda solo, el monje suelta un eructo tremendo; las gachas con carne siempre le repiten. Saborea el vino, lo mantiene en la boca como si estuviera haciendo gárgaras o como si necesitara masticar la información que ha recibido. Mientras, Lucía cruza las puertas de San Francisco el Grande con la sensación de que ese monje no ha creído ni una palabra de cuanto le ha dicho.

33

Hasta hace menos de cien años, en una botica podía encontrarse todo tipo de preparados, tanto para curar la salud como para eliminar el mal de ojo. Nada quedaba fuera. Los medicamentos eran más cuestión de fe que de eficacia. En los últimos años del siglo XVIII la situación empezó a cambiar y, aunque todavía hay una lucha entre los farmacéuticos, formados en universidades, y sus antecesores, los boticarios, que han aprendido muchas veces el oficio como simples mancebos, las farmacias ya son lugares en los que se puede confiar. Atrás han quedado las fórmulas más mágicas que científicas, y en los centenares de botes de cerámica en los que se guarda lo necesario para los preparados no hay ya ala de mosca triturada, polvos de excremento de gallina, ojos de murciélago ni otras cosas que en el pasado eran habituales.

Tanto ha cambiado el valor de ser farmacéutico que ahora se ven tan respetados y necesarios como el cirujano, y hay pueblos que pagan una asignación sólo para que uno de ellos tenga residencia fija en la localidad. De hecho, hay quien piensa, como recomendaba Moratín a una amiga, que es buena idea conseguir un marido boticario para tener a mano los julepes, las tinturas, las decocciones, las cataplasmas y todos los extractos que pudiera necesitar.

La botica de Teodomiro Garcés, en el inicio de la calle de Toledo, a tiro de piedra de la plaza Mayor, es una de las mejores de Madrid. Allí entra fray Braulio y aguarda su turno con calma, repartiendo el peso del cuerpo entre una y otra pierna. Se siente cansado y ha notado pinchazos molestos en la cadera al salir del convento. Secuelas de la cuchillada que encajó en el ataque al templo. Teodomiro es un hombre alto y ya entrado en años. La bata, de un marrón desvaído, le queda algo pequeña y asoman unos brazos esqueléticos; toda la grasa de su cuerpo se ha desplazado al vientre, que, inflado, parece tentado de echarse a dormir sobre el mostrador. Sus sienes plateadas y las gafas, en un delicado equilibrio sobre el puente de una nariz aguileña, acaban por dibujar la estampa de uno de esos avaros de las caricaturas de la prensa que, como cuervos, persiguen a sus deudores. A pesar de ese aspecto, fray Braulio sabe que Teodomiro está casado con una joven especialmente bella; hasta la línea de guerra en el norte han llegado las alabanzas a la esposa.

En la botica trabajan media docena de mancebos. Uno de ellos es el que atiende a fray Braulio.

—¿Qué desea?

—Tengo un galgo con una infección en el ojo izquierdo.

Teodomiro termina de cobrar a una señora que se está llevando un ungüento para el catarro; un leve dolor de cabeza y unos estornudos generan pánico en estos tiempos del cólera. Un observador atento habría notado el temblor de los nervios en la sonrisa cortés del boticario, que mira al monje por encima de las gafas y se acerca apartando con suavidad al mancebo.

—Tengo algo que puede servir de remedio —contesta.

Con esas dos frases, rimadas para favorecer la mnemotecnia, se ha establecido la conexión. Teodomiro descorre una cortina e invita al monje a pasar a la trastienda, donde bulle un laboratorio lleno de matraces, hornillos, morteros y frascos con todo tipo de productos. La pared está adornada con una gran estantería llena de libros de farmacia y de botánica. Varios farmacéuticos, asistidos por estudiantes, se centran en elaborar las fórmulas magistrales. También se recibe información de París, de Londres, de Viena y se investiga la forma de acabar con el cólera y salvar la vida de los enfermos.

Teodomiro y fray Braulio cruzan hasta el fondo de la habitación, donde nace una escalera que sube al entresuelo. Allí están los contables que llevan el negocio, así como una gran sala a la que pocos tienen acceso y siempre con autorización del propio Teodomiro Garcés. Casi nadie sabe que en esa sala, en la que hay hasta una lujosa mesa de billar francés, se cuecen algunas de las operaciones de los carlistas en Madrid. Teodomiro la llama «el Santuario», con una mezcla de ironía e irreverencia.

—Nombre —pregunta el boticario una vez que cierra la puerta.

—Tomás Aguirre, aunque me hago llamar fray Braulio. Llegué hace cinco días, me mandaron del frente para investigar la muerte del teólogo Ignacio García.

—Al parecer murió víctima del cólera.

—Era un agente carlista, uno de los mejores. Estaba preparando una relación de nombres de enemigos de la causa. Gente ilustre, muy importante. Esa lista debería haber llegado al frente, pero nunca lo hizo, y al llegar aquí averigüé que el padre Ignacio murió a finales de junio. ¿No es una gran casualidad?

—El cólera está matando a miles de personas en todo el mundo. El concepto de casualidad hay que revisarlo en estos tiempos. Y, sin embargo... —Teodomiro se frota la barbilla, pensativo—. Ignacio estaba raro. Siempre se preocupó mucho por su salud. Cuando empezó la epidemia me pedía fórmulas de todo tipo. Al fin y al cabo, además de religioso, era botánico.

—Toda una eminencia en la botánica medieval, estoy al tanto.

—Y un gran cliente para mí. Los brebajes que me pedía eran un desafío constante. Hasta que un día dejó de pedirlos.

—¿Por qué? ¿Ya no le preocupaba enfermar?

—No lo sé. Pero lo cierto es que, desde hace unas semanas, no volvió a pedirme ningún remedio contra el cólera.

—¿No dejó ningún mensaje? Me han dicho que aquí podía obtener información.

—Esta botica se utiliza en casos de emergencia. Aquí no quiero reuniones improvisadas: un solo paso en falso y me juego la vida. Están deteniendo carlistas a diario y muy pocos regresan vivos de los calabozos.

—Es difícil moverse por la ciudad sin despertar sospechas. La epidemia casi ha vaciado las calles.

—Lo único que puedo decirle es que no es usted el primer agente carlista que viene preguntando por Ignacio García. Hace unos días vino alguien interesado en saber si el teólogo había dejado aquí un anillo.

—¿Un anillo con dos aspas cruzadas?

—Exacto. ¿Ha oído hablar de él?

—Esta misma mañana. ¿Puedo saber quién es ese agente?

—No estoy autorizado a revelar nombres. La discreción es esencial si nos queremos mantener con vida. No hay mejor defensa contra las torturas de la policía que la ignorancia.

—Lo comprendo. ¿Le dijo algo más o sólo vino buscando el anillo?

—Me dijo que el padre Ignacio había perdido la cabeza. Que se infiltró en una sociedad secreta para medrar entre los anticarlistas... Y que, de alguna forma, fue abducido por sus ideas.

—No es posible, siguió enviando informes hasta el final.

—No digo que renegara del carlismo. Pero se fue metiendo más y más en esa sociedad.

—En cada café de Madrid hay una. ¿A cuál pertenecía?

—Eso no me lo dijo. En algunas sociedades hacen voto de silencio, y el incumplimiento se paga con la vida. Pero ese hombre vino buscando un anillo, así que supongo que puede estar relacionado.

—Tal vez ese anillo sea la manera de reconocerse entre miembros de la sociedad secreta —conjetura el fraile.

—Podría ser.

Fray Braulio —o, por llamarle por su nombre y cargo real, el guerrillero carlista Tomás Aguirre— no dice, por respetar los términos necesarios de discreción, que ese anillo lo llevaba también el prior de San Francisco el Grande y confesor de la reina regente. Y que no es casual que él se haya infiltrado en ese convento. La inteligencia carlista tenía al prior por un isabelino radical que frecuentaba cenáculos de conspiradores. Era uno de los principales informadores en la Corte de todo lo que se cuece en el frente del norte. Y era también uno de los sospechosos de haber dado muerte al padre Ignacio García. Pero, por desgracia para la misión de Tomás Aguirre, el prior Bernardo ha muerto en una explosión de ira del pueblo que quizá él mismo prendió.

34

—¡El gigante asesinado! ¡El gigante asesinado! ¡Un gigante aparece asesinado en Madrid!...

No es el vocero de *El Eco del Comercio*, el periódico de Diego, quien intenta llamar la atención de los compradores con la crónica de ese hombre descomunal que ha sido hallado muerto, sino uno de *El Observador*. El único que no se centra en exclusiva en la matanza de frailes.

Sin embargo, a Lucía no le importa lo más mínimo quién publique la noticia. Su mirada está fija en una página abierta del diario que agita el chico. Sobre el dibujo de un retrato litografiado, se acumulan las letras en un jeroglífico que no puede resolver. ¿Dice el periódico algo de ella? No es capaz de leer más allá de su nombre y con el esfuerzo de quien trata de identificar un rostro borroso.

—¿Me puedes leer qué dice aquí?

—Te lo puedo vender.

—No sé leer.

—Eh, ¿dónde vas? Te pareces a la del retrato...

El chico la agarra de la manga del vestido y Lucía se vuelve. En la segunda página, la litografía es inequívoca: es el retrato que le pintó Mauricio, el tullido, en el burdel de la Leona. Sólo han impreso el rostro, han cortado el cuerpo, que estaba casi desnudo.

—Por favor, léeme qué dice.

—Yo tampoco sé leer. Sólo me han dicho que tenía que anunciar que han asesinado a un gigante. ¿Le has matado tú?

—No. A mí me intentó coger, como a esas niñas de los arrabales —inventa Lucía para salir del paso.

—¿El gigante es la Bestia?

El chaval, cejijunto y flaco como un perro callejero, intenta conectar ambas cosas. ¿Puede ser ese gigante el animal que dicen que descuartizaba niñas? En cualquier momento puede detener a algún viandante para compartir su zozobra: ¿debería cambiar la manera de vender el periódico? ¿Anunciar que, mientras los curas eran presa de la furia del pueblo, ha muerto el carnicero de niñas? Lucía sabe que no es seguro permanecer en la calle y, menos aún, al lado de ese chico. Hace un pésimo negocio al cambiarle el marco de plata por un ejemplar del periódico, pero para moverse por la ciudad debe saber a qué peligros se enfrenta.

Ha intentado descifrar lo que dice la noticia, pero es inútil. ¿Por qué aparece el retrato que le hizo el tullido? ¿Saben que fue ella quien mató a ese animal? ¿Tienen su nombre? Conoce a poca gente que sepa leer y casi nadie en quien confíe, aunque tiene claro dónde encontrar a quien necesita. Con el periódico en la mano, dispuesta a meterse en la boca del lobo si la están buscando, pone rumbo a la casa de la calle del Clavel.

—Si la Bestia está muerta, ¿dónde está mi hija? ¿Qué ha hecho con ella?

La noticia del periódico ha llegado al burdel y ha sumido a Delfina en un ataque de nervios. Una de las chicas le está preparando una tila, otra se ofrece para patear la ciudad con ella en busca de Juana, pero no hay consuelo posible para una madre consumida por la angustia. Están en la cocina, donde tantas veces se toman un respiro entre cliente y cliente para relajarse un rato y comisquear cualquier cosa. Lucía las oye hablar desde el pasillo, pero no quiere entrar a verlas. Evita la cocina y busca a la Leona en el salón verde, donde suele descansar a esas horas.

—Tienes valor. Sacan tu cara en el periódico y el primer sitio al que se te ocurre venir es aquí. ¿Todavía no te das cuenta del lío en el que me has metido?

Josefa termina de poner en un jarrón un ramo de flores que le ha llegado, regalo de Julio Gamoneda. Aunque de cara a las chicas sigue llamándole «cliente», hace mucho que dejó de tratarle como tal.

Lucía le tiende el periódico abierto por la página de su retrato.

—Dígame qué dicen.

Josefa la mira con un rictus serio.

—Dicen que eres una puta y una asesina. Eso dicen.

A pesar de la dureza de la Leona, Lucía no se da por vencida; sigue tendiéndole el periódico con la esperanza de que deje a un lado los reproches y se decida a ayudarla. Josefa la agarra de los dos brazos y la zarandea, le parece que la niña todavía no es consciente de la situación.

—¿Quieres que te detengan? Márchate pitando, niña, como alma que lleva el diablo. La policía sabe que trabajas aquí y que has matado a un hombre que encima ha resultado ser un militar de los de postín, con galones y medallas hasta en el ojo del culo.

—No tengo dónde ir. Usted me ayudó, no puede dejarme ahora, estoy sola.

Josefa no suele ser condescendiente con las chicas que trabajan para ella. Sabe que no son las arpías que muchas piensan, pero tampoco mujeres indefensas. Aun así, no sabe por qué siente tanto afecto por esa pelirroja a la que apenas ha tratado dos semanas.

—Este es el primer sitio en el que te van a buscar. Puede que estén viniendo a por ti ahora mismo. Si has llegado buscando refugio, no es posible.

—Me da igual esconderme; lo que quiero es que me lea esas letras. Ese hombre... se llevó a mi hermana Clara. A lo mejor dicen algo de él que me sirve para encontrarla.

—¿A tu hermana también? ¿Como a la hija de Delfina?

—No lo sé. ¿Dicen en el artículo que ese hombre es la Bestia?

Josefa acaba por coger el periódico. Se sienta en el sillón y lee la noticia: no se aportan muchos datos sobre el muerto, más allá de un nombre, Marcial Garrigues, y una breve semblanza sobre su pasado militar heroico, sirviendo en España y, después, viajando por Francia e Inglaterra. «Una prostituta de pelo rojo que responde al nombre de Lucía es la sospechosa del asesinato.» En el artículo se apunta a la posible conexión entre Marcial y los crímenes de la Bestia, aunque el periodista lo tilda de maniobra de difamación contra un hombre de intachable prestigio. Cuando la policía llegue al fondo del asunto se sabrá la verdad: que una puta le ha arrebatado la vida a un buen hombre.

—¿Por qué lo hiciste?

Lucía se ha dejado caer en un sofá, las manos en la cara: la noticia es peor de lo que esperaba. Toda la policía andará detrás de ella: ¿quién va a creer a una puta que acusa a un militar tan reconocido? ¿A quién le importará el secuestro de Clara? Si sigue en la calle, acabará detenida. Si se esconde hasta que la olviden, será demasiado tarde para su hermana.

—En mala hora entré en la casa de ese cura.

No es un lamento lo que deja escapar Lucía; es un latigazo de culpa. Le confiesa a la Leona cómo robó ese maldito anillo con las mazas cruzadas. No sabe qué valor especial puede tener, pero ha supuesto la sentencia de muerte de Clara.

—¿Cómo ibas a saber que pasaría todo esto?

El abrazo de Josefa no es consuelo. La responsabilidad que siente Lucía es un fuego que no se aplacará hasta que encuentre a su hermana.

—Ojalá pudiera ayudarte, pero tengo que velar por el negocio. Nosotras no hemos dicho una palabra de ti: hay un código de honor entre prostitutas y nos ayudamos las unas a las otras. Me dicen las mujeres que fue Mauricio el que llamó a los de *El Observador*. Ese cojo vendería a su madre, si la hubiera conocido, por un par de reales. Debió de sacarse algo más que eso por venderle el retrato y el cuento a ese periodista. Cuando le pille, se va a arrepentir de haberse ido de la lengua. Si algún día tienes tu propia casa, te darás cuenta de que lo más importante es que no haya escándalos.

—Lo siento —murmura la chica.

Josefa lamenta en el alma no poder ayudar más a esa chiquilla. Si el gigante no hubiera muerto en su burdel, habría permitido que ella se ocultara allí sin importarle que le hubiera matado; mucho más si, como decían ayer Donoso y su amigo periodista, es la famosa Bestia. No es la primera vez que muere un cliente allí, ha tenido que lidiar ya con cuatro muertes, tres por causas naturales y un asesinato. Siempre ha hecho lo mismo: pagar para tapar el escándalo y para que se lleven los cadáveres, y está segura de que los fallecidos y sus familias se lo han agradecido. Nadie tiene inconveniente en visitar su burdel, pero tampoco nadie quiere que se sepa que lo hace y que su vida —o su muerte— quede unida a un local de ese tipo.

En esta ocasión había convencido al policía tuerto en cuanto se marchó su amigo, no le costó más que doscientos reales, pero tuvo que aparecer Mauricio. Ya habrá ocasión de vengarse: el tullido ha mordido la mano que le daba de comer y eso se paga. Si deja que alguien se ría así de ella, ocurrirá más veces y no puede consentirlo. Ha tenido que sobornar a los policías que han ido a interrogarla por la muerte del gigante para evitar que le cierren la casa y tendrá que gastar todavía más dinero en que el tullido pague lo que ha hecho. Por mucho dinero que sacara por la venta de la virginidad de Lucía, de momento ha sido un negocio ruinoso. Tampoco le preocupa demasiado recuperar su inversión.

—Ten mucho cuidado y vuelve en cuanto todo haya pasado. Sabes que en esta casa hay un sitio para ti. ¿Has ido a la inclusa?

—¿A la inclusa?

—Tu hermana no es más que una niña, a veces llevan allí a las que encuentran en la calle. Quizá tengas suerte y esté allí.

Lucía desanda el camino hacia la salida. De la cocina provienen los llantos de Delfina, que le pregunta al cielo dónde está su hija. Pisa la calle y siente que cada mirada de un madrileño puede convertirse en una acusación. En cualquier momento podrían avisar a los guardias, señalarla con el dedo. Tiene que esconderse, pero ¿y Clara? ¿En qué rincón de la ciudad se hallará su hermana? ¿Qué estará haciendo ahora? ¿Tendrá comida y agua? ¿Y si está herida? ¿Cuánto tiempo le puede quedar de vida?

35

Diego Ruiz tiene un carácter afable, se empeña siempre en encontrar el lado bueno de la vida, incluso cuando lo poco que gana no le llega para pagar el alquiler. Son tiempos duros, aunque él trata de extraerle una onza de belleza a cada día: un rato agradable con Donoso, unos vinos en una taberna, un par de horas de lectura a la luz de la vela o la sugestión de un romance con una mujer hermosa. Es difícil verle enfadado, pero ahora lo está. Ha leído en *El Observador* la noticia de la muerte de la Bestia y se siente como si le hubieran arrancado un brazo. A ningún periodista le gusta que le pisen una exclusiva.

Conoce a Ballesteros, el que firma el artículo, alguna vez coincidieron en la Fantasmagoría. Era habitual que llevara a las páginas de su periódico las predicciones del perro adivino como si fueran hechos contrastados. Quizá esta vez tuvo suerte, se encontró con la persona indicada y los bolsillos llenos de reales para hacerle hablar. Sin embargo, por mucho que desprecie a Ballesteros, es evidente que en esto le ha tomado la delantera. Tanto en el nombre de la Bestia —Marcial Garrigues, según dice la nota— como en ese retrato que acompaña la noticia. No cabe duda de que es Lucía, la joven pelirroja que se refugió ayer en su casa y se escapó mientras él hacía el amor con Ana Castelar.

Muy típico de él, perder la exclusiva de su vida por retozar con una mujer... Piensa con tristeza en su mala estrella, en por qué la rueda de la fortuna nunca gira a su favor. Pero no se desalienta. Grisi, la actriz, le dio información, confió en él y no en Ballesteros. Debería encontrarla y ponerla en el centro de la noticia. Una madre que perdió a su hija a manos de la Bestia.

Va en busca de Donoso; necesita un desahogo y nadie como un amigo para suministrarlo. A esas horas suele recalar en una taberna de la calle del Mesón de Paredes. Nada más empujar la puerta le invade el olor a puros y serrín característico del lugar, frecuentado por los taurinos. Cuenta la leyenda que, durante la guerra de la Independencia, unos vecinos dieron muerte a un soldado francés en el local y escondieron su cadáver en uno de los grandes toneles de vino del sótano, el número 6; según los parroquianos es el que mejor caldo da, así que es típico entrar y pedir a Pancracio, el mesonero, un vino de la cuba del francés... Donoso está sentado a una mesa del fondo junto a un guardia real que se levanta cuando ve llegar al periodista. Diego no le conoce, pero el hombre le saluda con un gesto afectuoso antes de marcharse.

—Tómate un vino, llegas justo a tiempo —le recibe Donoso—. Rufino es un viejo compañero, me estaba informando sobre el gigante asesinado.

—¿Algún dato nuevo?

—Marcial Garrigues, militar condecorado en la guerra contra los franceses. Rufino dice que se había retirado y sólo hacía trabajos para unos pocos elegidos. Supongo que muy bien pagados.

—¿Qué tipo de trabajos?

—Básicamente, crear las condiciones para que algunos morosos pagaran las deudas a sus acreedores.

—¿Palizas?

—Entre otras cosas. El caso es que su muerte escuece mucho en la superintendencia de la policía. Quieren al culpable entre rejas. Supongo que has visto el retrato de la niña en el periódico.

—Claro que lo he visto, me pisaron la noticia.

—Adivina a quién le han encargado que la detenga.

—¿A tu amigo Rufino?

—De eso nada. Al mismo que tienes ante ti.

Donoso sonríe con su único ojo. Aunque Diego está más que acostumbrado, el gesto ahora le parece siniestro. Tanto que no le dice que la conoce, que ayer mismo estuvo en su casa y le robó un marco de plata.

—Pero si tú estás de baja.

—Con esto del cólera faltan manos. Esto me pasa por meter la nariz donde no me llaman. El superintendente se ha enterado de que yo encontré el cadáver de ese Marcial y me ha dicho que remate la faena y arrastre a esa niña de los pelos hasta la cárcel. Si cumplo, me apuntaría un tanto. Tal vez me gane una condecoración y me readmitan en el servicio.

—Creía que estabas harto de la policía.

—Lo estoy, pero les puedo arrancar una medalla y eso es una futura pensión. Buscaré a esa niña un par de días y, si no doy con ella, se lo colgaré a cualquier otra prostituta que tenga la melena roja.

—Lo más seguro es que esa niña matara al gigante para defenderse. Ese hombre era la Bestia, ¿quién sabe si no intentaba raptarla o violarla?

—¿No la estarás defendiendo? Es una asesina.

Diego no contesta. Coge la jarra y escancia un vaso de vino que se bebe de un trago.

—Necesito que encontremos a Grisi, a la actriz.

—¿La borracha?

—Sí, la borracha. Me han pisado una noticia, necesito otra.

—No puedo ayudarte, tengo una misión. Y veo más futuro en la niña del pelo rojo que en la actriz borracha.

—Así que me dejas solo.

—La vida es dura, compañero.

Donoso vacía su vaso y despacha así la conversación.

Al salir de la taberna, de camino a su casa, Diego se sorprende pensando en Lucía. En su pelo rojo, sí, pero sobre todo en su mirada desvalida. Una niña que está sola en el mundo, que busca a su hermana en una ciudad que la tiene señalada como asesina. Una ciudad que vomita desgracias cada día y hace todo lo posible para expulsar a los pobres al otro lado de la Cerca.

36

La Inclusa de Madrid nació en el siglo xvi en el convento de la Victoria, junto a la Puerta del Sol. Hace poco más de veinte años se trasladó a la calle del Mesón de Paredes, a espaldas del Colegio de la Paz, fundado por la duquesa de Feria en 1679, en la calle de Embajadores. Allí residen unas doscientas cincuenta niñas, la mayor parte de ellas abandonadas al nacer en los tornos de la propia portería, aunque también en la ermita de la Virgen del Puerto o en el Hospital de Incurables. La institución se mantiene con donaciones de los nobles, y con rifas y sorteos organizados por la Junta de Beneficencia. La teoría dice que allí se acoge y se educa a las niñas menesterosas, aunque muchos afirman que sirve para colocarlas con sueldos de miseria a servir en las casas de los ricos, cuando no para usarlas de diversión en algunas fiestas o soltarlas en la calle en cuanto tienen posibilidad de ganarse la vida como prostitutas.

Lucía golpea la puerta con una gran aldaba que tiene forma de león. Al cabo de unos segundos, abre una monja de rostro encarnado y expresión afable. Mira a la chica de arriba abajo.

—Estoy buscando a mi hermana.

—¿Y quién es tu hermana, si se puede saber?

—Se llama Clara. Tiene once años y el pelo rubio y

largo, un poco rizado. Desapareció ayer por la mañana. Creo que puede estar aquí.

—Aquí no traen a niñas tan mayores, tesoro. Lo siento mucho.

—¿Podría preguntar, por favor?

—Lo siento.

—Vengo de parte de la señora de Villafranca.

Al oír este nombre, la monja, que ya estaba cerrando la puerta aun a riesgo de pillarle la mano a la niña, cambia de actitud.

—Espera aquí. Entra, pero no te muevas.

La monja se aleja por un largo corredor. Al zaguán llega el llanto de un bebé. Lucía oye pasos. Empuja una puerta de madera a su derecha, junto al muro de la entrada. Dos monjas se precipitan sobre un torno en el que alguien acaba de dejar a un recién nacido. Una de ellas lo coge por un tobillo y lo balancea boca abajo. Después lo endereza y lo acuna unos segundos, hasta que se abre la puerta de una sala anexa y una novicia aparece con una lámina de plomo unida a una cadena. La cuelga del cuello del bebé. Hay algo hipnótico en la escena, el bebé amansado en los pechos de la monja, que lo mueve sin ternura. Lucía no lo sabe, pero acaba de presenciar el abandono de una niña y su registro inmediato, con una burocracia engrasada a lo largo de los años, en la llamada Sala de Collares. La lámina de plomo está numerada, así que la niña, hasta que alguien le ponga nombre, es de momento un número.

Nadie parece reparar en Lucía, que pasea por el zaguán inquieta. Se pregunta cuánto tiempo lleva esperando. Se adentra por el pasillo que recorrió la monja y de pronto se detiene en seco. En una mesa hay un periódico con su retrato. ¿Es posible que la monja la haya reconocido? Al salir del burdel, ha encontrado en la esquina de la calle de Jardines ropa tendida en una cuerda y se ha vestido como un golfillo. El pelo se lo ha recogido con un pañuelo para disimular su melena delatora. Parece uno de los amigos de Eloy que holgazanean por Madrid.

Al levantar la mirada encuentra su reflejo enmarcado en bronce. Su disfraz es convincente, pero el pañuelo deja ver un mechón de pelo rojo. Un aldabonazo resuena en el edificio y la mente de Lucía se llena de malos presagios. Se oculta en la sala del torno, ahora vacía. Una escalera de caracol asciende hasta el piso superior. Desde su escondite, Lucía ve correr a la monja hasta la entrada y abrir la puerta, y al instante entra un tuerto con dos guardias reales. Su actitud y la compañía de los guardias no vaticinan un encuentro amistoso.

—Estaba aquí hace un minuto —dice la monja.

Lucía sube la escalera de caracol justo antes de que los policías irrumpan en la sala del torno. La han visto.

El tuerto, al que uno ha llamado Donoso, se lanza en su persecución. El piso de arriba es un pasillo largo con habitaciones a ambos lados, y en una de ellas se mete Lucía. Tres nodrizas están amamantando a sendos bebés. La sala de lactancia tiene una luz blanca y varios butacones para la crianza de los niños. Estas amas de cría vienen de los pueblos cercanos a Madrid y muchas veces se llevan a los niños ya crecidos a sus casas para educarlos y dejar sitio para los que van llegando.

—Me tengo que esconder, me busca la policía.

Hay algo sacrílego en interrumpir de esa forma tan abrupta la hora de la lactancia. Las nodrizas se miran entre sí, desconcertadas. La súplica de Lucía es apremiante, los pasos de los guardias retumban cercanos y la voz áspera del que manda gritando «policía» decide la cuestión.

—En mi cuarto —dice la más joven.

Se oyen ruidos de puertas y por fin asoma Donoso en la habitación blanca.

—¿Habéis visto a una niña?

La nodriza joven se lleva el índice al labio para pedir silencio. Donoso toma aire, cabecea como pidiendo perdón y se marcha. Las amas de cría residen en la inclusa y alimentan a las criaturas en seis tomas diarias, que van desde las seis de la mañana hasta las diez de la noche. Es un trabajo agotador y mal pagado. Los que llevan la vida a cuestas se ayudan unos a otros. Lucía sale de su escondite y les da las gracias.

—¿Hay otra salida?

—Por la lavandería hay una puerta de servicio. Baja dos plantas.

Lucía se cruza con varias monjas por los pasillos de la inclusa, pero en ese edificio hay niñas desharrapadas como ella y no parece llamar la atención. Da sin problemas con la lavandería y la puerta trasera que sale a un callejón lleno de basura. Salta un muro y pisa la calle, pero de repente oye un silbato: la han visto.

Echa a correr y tiene la suerte de encontrar una boca de alcantarilla abierta. Allí dentro no la cazarán, las ha recorrido varias veces para entrar y salir de Madrid, sabe orientarse en el subsuelo. Después de arrastrarse por túneles fangosos, entre chillidos de ratas, vuelve a salir a la calle a pocas manzanas, junto al palacio de la duquesa de Sueca, a unos metros de la plazuela de la Cebada. Es inútil seguir andando por Madrid a la espera de que la vuelvan a reconocer y seguir huyendo. No le queda más alternativa que esconderse, y quizá sepa dónde.

Cuando Diego regresa a su habitación de la calle de los Fúcares, el suelo está alfombrado de mechones rojos.

Sentada en la silla, frente al espejo, Lucía se está rapando el pelo con una navaja de afeitar. Se gira al oír el ruido de la puerta y él la mira en silencio, preguntándose si la expresión desvalida de la niña es real o más bien una argucia de ladronzuela experta.

—Vaya desastre te has hecho.

Lucía pone la navaja en su estuche. Ha perdido su melena exuberante, convertida en el reflejo de un atardecer sobre su frente. Parece una de esas niñas pobres a las que sus madres dejan calvas para que los piojos no se ceben con ellas.

—No quiero que me reconozcan por la calle.

—Eso te pasa por escaparte de aquí. ¿Cómo has entrado?

Ella se encoge de hombros. Le da vergüenza revelar sus trucos de raterilla.

—¿Cuánto te han dado por el marco de plata?

—Lo siento. Te devolveré lo que vale. Necesito que me ayudes.

—Antes de pedirme ayuda, responde a una pregunta: ¿mataste a Marcial Garrigues, el gigante del burdel?

—Sí, pero porque él me iba a matar a mí, sólo me adelanté. Ya lo había intentado dos veces.

—Cuéntamelo todo, sin mentiras. Una sola mentira y te echo a la calle.

El instinto le dice a Lucía que no es momento de adornar su historia ni de mezclar verdades con invenciones. Confía en ese hombre del mismo modo impulsivo con el que confió en Eloy. Así que se concentra en organizar bien su relato. Le vuelve a contar su historia desde la muerte de su madre hasta la desaparición de Clara, deteniéndose esta vez en los detalles que derivaron en la muerte del gigante.

—Me perseguía por un anillo que tenía Clara. Bueno, que debería tener Clara, pues en realidad se lo dio a la señora de Villafranca para que ella lo vendiera a buen precio.

Diego coge una hoja de papel y, con la plumilla, dibuja lo que recuerda de la insignia que el doctor Albán halló en la boca de Berta: dos mazas cruzadas formando un aspa.

—¿El anillo tenía este dibujo?

—Sí. ¿Lo has visto?

—Lo he visto, aunque no como anillo sino como insignia.

—Un cura de San Francisco el Grande tenía uno idéntico.

Diego la mira con interés.

—¿Qué cura?

—Uno con los ojos azules y con un cinturón morado. Fray Braulio me dijo que era el prior del convento y que ayer le asesinaron.

Fray Braulio. El animal que le hizo un torniquete al monje herido. El que amenazó a Diego con arrancarle la cabeza.

—¿Y tú por qué conoces a ese fray Braulio?

—Me ha dicho que me va a ayudar a encontrar el anillo. Es la única pista que tengo para recuperar a mi hermana. Hoy he quedado en hablar con él en el convento.

—Tú no puedes salir a la calle, te buscan los guardias. Por mucho que te hayas rapado, esa cabeza es un campo de amapolas. No darías ni cuatro pasos antes de que se te echaran encima.

—Pero tengo que reunirme con él.

—Yo lo haré.

—¿Por qué? ¿A ti qué más te da que yo encuentre a mi hermana?

—Quiero ayudarte, no hay más que hablar.

—Todo el mundo busca algo a cambio.

Diego se queda observando a esa niña desconfiada.

—Está bien, busco algo. Una noticia. Encontrar a tu hermana me convertiría en el periodista más famoso de Madrid. ¿Ahora me dejas ayudarte?

Lucía parece pensar la respuesta durante unos segundos.

—¿Me puedo quedar a dormir?

—Sí. Total, aquí no hay nada más que robar.

—Lo sé. De todo lo que tienes, sólo valía la pena el marco de plata. Lo demás es muy viejo.

Diego enarca las cejas en un gesto divertido. Sabe perfectamente que su vida es humilde, pero no le gusta que una mocosa que no tiene dónde caerse muerta se lo muestre tan a las claras.

—Siento que esto no sea un palacio.

—No sé cuánto le queda a mi hermana. Hace ya más de un día que desapareció. Si el gigante o la Bestia, me da igual cómo se llame, si la dejó encerrada..., puede estar muriéndose.

La niña no ha permitido que la conversación gire hacia la broma. Está desesperada, el negro de sus ojos es un pozo al que da miedo asomarse.

37

La basílica de San Francisco el Grande es un campo de batalla abandonado. El desorden de travesaños, lienzos rasgados, cascotes de mármol y de esculturas policromadas recibe al visitante que se atreva a asomar la nariz. Nadie sabe si el desahogo del pueblo continúa, y puede por tanto rebrotar en cualquier momento la locura colectiva, o si ha cedido al paso de las horas y a la vigilancia más bien intermitente de la Guardia Real.

Diego se adentra por una nave lateral y se pregunta cuándo pasará el miedo y volverá la normalidad para que un batallón de restauradores inicie los trabajos que el templo necesita con urgencia. Un fraile anciano está encendiendo unas velas junto al altar. Diego le pregunta dónde puede encontrar a fray Braulio.

—Está meditando en su celda —dice el hombre santiguándose.

Una corriente de aire apaga las velas recién prendidas. Hay una que resiste, como la llama de la esperanza, y esa es la que utiliza para encender de nuevo las demás.

—¿Dónde está la celda?

El hombre, embebido en su tarea, guarda silencio durante unos segundos que a Diego se le hacen eternos. Cuando habla, la pregunta está ya muy lejana.

—En las dependencias conventuales, más allá del

atrio —susurra, como si no quisiera apagar las velas hablando en voz alta.

Diego se dirige al atrio. Todavía le llega, como reptando por el suelo de piedra, una advertencia bisbiseada:

—Al hermano Braulio no le gusta que le interrumpan cuando está meditando.

Diego traspone el atrio, que conserva una calma irreal, como ajena a la masacre reciente. Un pasillo abovedado conduce a las celdas y no tarda en encontrar la de fray Braulio. El monje está sentado en un taburete, cabizbajo. Un rayo de luz penetra por una ventana de bocina y baña su figura. Diego observa durante unos segundos al monje, envuelto en su hábito marrón y estático como una figura de terracota. De pronto, la cabeza se yergue de un solo golpe muscular, como movida por un resorte.

—¿Qué haces aquí?

La pregunta se instala sin remilgos en un tuteo muy poco amistoso.

—Vengo a hablar con usted.

El monje le mira de arriba abajo y su expresión se arruga al reconocer al farsante que no sabía ni hacer un torniquete.

—Tú eres el que se hace pasar por médico. ¿No te da vergüenza engañar a la gente con la epidemia que tenemos encima?

—Tenía mis motivos, pero ninguno es asunto suyo. En realidad, soy periodista.

—Dar falsas esperanzas de curación sin saber de lo que habla. No me imagino nada más miserable.

—¿Tal vez la religión? —Diego sabe que le puede salir caro el sarcasmo.

—¿Eres periodista o eso es otra patraña? —Fray Braulio se pone en pie y se acerca de manera amenazante.

—Lo soy. Investigo un anillo que puede ser importante para aclarar un asesinato.

—Así que un anillo...

Fray Braulio se pone a pasear por su celda, caviloso, hasta que, sin previo aviso, agarra a Diego del cuello y le acorrala contra la pared.

—¿Qué sabes del anillo?

—Nada.

Diego se está ahogando. La mirada del monje está inyectada en sangre, su mano peluda es una presa que estrecha la tráquea, que impide el paso del aire.

—O me dices qué sabes de ese anillo o mueres aquí mismo...

Diego sólo logra emitir un gorjeo. Cae a plomo, entre toses, cuando fray Braulio le suelta, pero el ataque no ha terminado todavía. Ahora le agarra del blusón, le levanta y le lleva hasta el catre.

—¡Habla! ¡Habla o te mato!

—No sé nada del anillo. Tan sólo que una insignia con las mismas mazas cruzadas apareció clavada en el inicio de la garganta de unas niñas muertas.

Hasta alguien tan duro como el fraile cambia la expresión al escucharlo.

—¿Unas niñas muertas?

—Asesinadas. Por la Bestia.

—¿Qué estás diciendo? ¿Qué tiene que ver el anillo con la Bestia?

—No lo sé, esperaba que usted me ayudara.

El fraile no afloja su ira y Diego traga saliva al ver flamear sus pupilas, que arden pensativas y confusas. Desentumece los dedos, abre y cierra el puño con disimulo, por si le toca pelear.

—¡Márchate! —brama de pronto el religioso—. No quiero volver a verte.

Hasta que no se ha alejado un par de manzanas, Diego no recupera el ritmo normal de la respiración. Más allá de la violencia, hay algo oscuro en ese fraile, algo peligroso. Se gira varias veces por la aprensión de que le esté siguiendo. «Lucía no está a salvo», piensa. Ese hombre puede ir a buscarla si averigua dónde vive. O aún peor, la niña podría acudir al encuentro del fraile cuando se entere de lo desastrosa que ha sido su gestión. Aunque, bien mirado, no ha sido tan desastrosa. Como tantas personas iracundas, en su interrogatorio vehemente el fraile ha dado más información de la que ha recibido: el anillo debe de ser una pieza clave del enigma.

Diego va en busca de una taberna para pasar el mal trago mientras piensa en que no debe dejar a Lucía sola en casa ni un día más. Y sabe quién puede ayudarle en la vigilancia de la niña.

38

Ana Castelar y Lucía se han gustado nada más verse.
Como si entre una aristócrata, habitante en un palacio y
esposa de un ministro de la reina regente, y una niña de
catorce años que ha ejercido como prostituta, nacida en
el barrio de Peñuelas —del que la duquesa nunca había
oído hablar— e hija de una lavandera muerta del río
Manzanares hubiera una afinidad especial, un puente
tendido por la simpatía mutua que elimina cualquier tipo
de barrera.

Han hablado de Clara, de la Bestia, de la huida, hasta
de la casa de la Leona, pero también de sus gustos, del
miedo que siente Lucía por ser descubierta y del trabajo
de Ana en el lazareto de Valverde o de su marido, el duque de Altollano.

—No es posible que no sepas leer y escribir. Nadie
puede llegar a nada así... Yo misma te voy a enseñar.

No han esperado más, tienen tiempo hasta que Diego vuelva de sus gestiones para empezar el proceso de
aprendizaje. Con paciencia infinita y gracias a los papeles, las plumas y la tinta que el periodista guarda en casa,
Ana hace que Lucía copie una y otra vez las vocales.

—Cuando te sepas las vocales, tendremos una parte
del camino andado.

Pasan varias horas repitiendo lo mismo, Lucía aprende deprisa y es habilidosa con la pluma. Al cabo de un par de horas es capaz de hacer —e identificar— unas letras bastante parecidas a las que Ana ha puesto como ejemplo. La aristócrata, además, se divierte enseñándole; ya piensa en cómo hacerle aprender los números y las cuatro cuentas, en darle algunas nociones básicas de cultura para que pueda entender el mundo en el que vive y logre salir del pequeño infierno en el que ha habitado hasta ahora. Se alegra de haber atendido a la llamada del periodista y de permitir que lo que empezó como un encuentro con un amante haya cobrado importancia en su vida. Esa mínima estancia en la que están, que comparte un baño con el resto de los habitantes de las demás puertas del pasillo, es muy distinta a su palacio de la calle Hortaleza y, sin embargo, se siente a gusto en ella.

Diego regresa a tiempo, justo cuando Lucía está perdiendo la paciencia con las tareas que le encarga su nueva profesora. Todavía tiene ánimos para mostrarle sus avances al periodista: cinco vocales bastante identificables.

—Doña Ana me ha prometido que me va a enseñar a leer y escribir.

La chica está contenta, aunque cansada, y permite que los dos adultos charlen como si ella no estuviera allí. Prefiere permanecer callada y escuchar todo lo que ellos digan, quién sabe si se enterará de algo que le sirva para encontrar a Clara.

Nada más ver a Ana, Diego ha recordado de golpe lo mucho que le gusta esa mujer, cuánto bien le hace su compañía. Su belleza parece que ilumina su habitación como diez lámparas de aceite. Y lo más asombroso es que ella ocupa la estancia como si hubiera nacido allí, sin mostrar el menor indicio de incomodidad por el durísimo jergón en el que está sentada para que la niña pueda usar la única silla disponible. Desde que pasaron la noche en la terraza del edificio, Ana ha dejado de ocultarse bajo esa máscara de intrascendencia que a veces le imponía su condición social; ahora es ella misma, todo el tiempo, sin miedo a mostrar lo que piensa y siente. Diego se siente en cierto modo orgulloso de haber creado esa atmósfera de confianza mutua y no tarda en contarle las novedades que trae sobre la Bestia. Al verle entrar, la casera le ha entregado la carta que tanto esperaba de un colega francés.

—En París hubo tres casos de niñas asesinadas, de entre once y trece años, igual que aquí en Madrid. Fue hace un año y medio y, tal como empezaron a aparecer, dejaron de hacerlo. Según mi colega, unos dos años antes ocurrió lo mismo en Londres. Las niñas desaparecían y sus cadáveres tardaban varias semanas en ser encontrados. En todos los casos las muertes eran recientes.

—¿Igual que en Madrid?

—Sí, igual que aquí. Alguien las rapta, las tiene unas semanas o unos meses presas y las mata. Lo que más extrañó en París fue que no abusaban sexualmente de ellas, seguían siendo vírgenes. Tanto que la prensa las denominaba «las vírgenes exangües».

—¿Y aquí?

—Aquí no se han analizado apenas los cadáveres. El único que recibió atención fue el de Berta, y sólo por mi insistencia y la colaboración del doctor Albán. Como esas niñas, Berta era virgen.

Diego sabe que le está abriendo a esa mujer los secretos de su vida, de su trabajo y de la investigación que ocupa sus días. Aparte de que es lo justo, no puede pedirle que cuide de Lucía sin explicarle quién es y en qué problemas se ha metido, el periodista se siente aliviado al tener a su lado a alguien que comparte su preocupación por lo que les está pasando a las niñas más desprotegidas de la ciudad. Ana y él se han convertido en los únicos garantes de su memoria.

Los dos divagan inventando explicaciones: un asesino —quizá Marcial Garrigues— que ha ido viajando por las capitales europeas asesinando niñas. Si es así y la Bestia ha muerto, ¿quién se encarga de las niñas? ¿Podría tener algún cómplice? ¿Tal vez el teólogo Ignacio García? Pero siempre llegan a un punto del que no saben salir: ¿por qué?, ¿por qué esperar varias semanas antes de matarlas, si no abusa de ellas? ¿Por qué a veces una semana y a veces un mes? Ana colabora como si lo hiciera en la trama de un folletín, elaborando teorías, unas absurdas y otras posibles.

—¿Y si se tratara de una conspiración? —pregunta Diego.

—Todo Madrid sabe que la ciudad está llena de ellas: se conspiraba contra el rey felón, cuando estaba vivo. Ahora contra la reina regente. O contra la Iglesia, o contra el Estatuto Real. En cada tertulia se está cociendo un motín o una revuelta, eso dice mi marido.

—¿Tu marido conocía al prior de San Francisco el Grande? Tengo entendido que era el confesor de la reina.

—Yo no hablo tanto con él, Diego. Pero supongo que sí, mi esposo conoce a todo el mundo.

Hay algo triste en las palabras de ella, pero también algo prometedor; contienen un permiso para que él siga frecuentando su compañía.

—¿Crees que en alguna de esas reuniones se puede haber fraguado el odio contra los curas? —pregunta él.

—Ese odio procede de la ignorancia. Y del miedo a lo desconocido. Nadie entiende esta epidemia que deja muertos cada día, pero la gente necesita creer en algo, que los niños envenenan el agua de las fuentes, o los curas o los carlistas. Todo son tonterías. El cólera viene desde Egipto y ha matado gente en muchas partes antes de llegar a nuestra ciudad. Todo el que diga que son polvos echados en las fuentes es presa de las supersticiones. Ya va siendo hora de que en España se crea más en la ciencia que en la magia.

Fingiéndose ausente, Lucía no pierde una sílaba de lo que dicen los dos adultos, le impresiona la contundencia de Ana, una convicción que nunca ha escuchado de labios de una mujer. Su lado fantasioso la hace verse desde fuera como la niña ocupada en sus asuntos, mientras los padres hablan, e imagina la tarde entera: ellos conversan mientras la hija termina las tareas del colegio, después pensarán en preparar algo de cenar y le preguntarán qué le apetece. Ella dirá que un puré de ajo y unos entresijos y a ellos les parecerá una idea estupenda. Se pondrán manos a la obra y comerán los tres juntos, gastándose bromas y charlando con desenfado, y el buen humor durará hasta la hora de dormir. Como una familia normal. Pero su familia no puede ser normal, porque ella no recuerda a su padre, y ya tampoco tiene madre y, sobre todo, falta Clara. Ella nunca será feliz hasta que no aparezca su hermana. De poco sirven las promesas de Diego y Ana de que lograrán encontrarla. Hace ya mucho tiempo que Lucía no cree en los cuentos de antes de conciliar el sueño.

Escucha cómo Ana y Diego siguen charlando en voz baja, los dos sentados en el suelo y con la cabeza apoyada en el borde del colchón. Él le cuenta las penurias de la niña, por la que ella ha sentido un instantáneo afecto. Su vida en las Peñuelas, su madre enferma, los cuidados de la señora de Villafranca...

—¿La señora de Villafranca? La conozco, colabora en la Junta de Beneficencia.

—Lucía dice que esa mujer se quedó con un anillo que le pertenece a ella.

—No es posible. Esa mujer tiene más dinero del que pueda desear. A su lado, mi esposo y yo somos pordioseros... Además, es una conocida limosnera, nunca escatima un real, siempre está dispuesta a ayudar. De hecho, tiene prevista una subasta de objetos de arte donados para mañana. Gracias a señoras como ella se mantiene el lazareto.

—¿Sabes dónde se hará la subasta?

—Puedo enterarme...

Diego ya ha elaborado un plan: irá a la subasta y hablará con esa mujer. Tras la conversación con el monje, está convencido de que para encontrar a Clara debe recuperar el anillo y entender qué significa exactamente esa joya.

39

Esta vez no acierta a la primera. Ese sábado por la mañana, Diego recorre tres tabernas hasta encontrar a
Donoso en la de la Paloma, en la calle Preciados, que
hacía un tiempo que no frecuentaba. El guardia real va
por el segundo aguardiente. Se traba un poco al hablar.

—Ayer vi a la pelirroja en la inclusa, pero se me escapó por un pelo. Esa niña es rápida como una liebre. La
tenía acorralada y se esfumó por el subsuelo.

Diego le agarra de la muñeca justo cuando se va a
servir otro vaso.

—Quiero que dejes de buscarla.

—¿Por qué?

—Porque esa niña es una víctima. Y porque te lo pido
yo, que soy tu amigo.

Donoso suelta una risa sarcástica. Ahora sí, se sirve
un chorro de aguardiente.

—¿Y mi medalla?

—Yo te consigo una mucho mejor que esa. El caso de
la Bestia no ha terminado, creo que es más grande de lo
que pensábamos. Ayúdame a investigar y te llevarás todos los laureles.

—Deja el laurel para el potaje... Me han pedido que
detenga a esa niña.

—Ya se olvidarán de eso. Si me ayudas, vas a detener a gente más importante.

—¿Como quién?

—Lo que te apetezca. Hasta un obispo, si es lo que quieres.

Donoso mueve el licor en el vaso y clava el ojo en el periodista. La bebida pasa directamente al gaznate, sin tocar la lengua.

—Nunca me han gustado los curas —dice, y Diego sonríe.

Por muchas prohibiciones que haga el gobierno acerca de las reuniones de más de diez personas, el cólera no va a acabar con la más madrileña de las costumbres: las tertulias en las casas más importantes. Recibir es señal de prestigio y cualquier persona bien relacionada puede escoger entre varias todas las tardes: versadas en política, en filosofía, en música, en poesía, en simples comentarios y cotilleos sobre la vida de los demás —lo que en el fondo acaban siendo todas—, en espectáculos... Diego Ruiz suele ir a dos de ellas todas las semanas: la de un abogado llamado Iradier, en la calle de los Caños del Peral, que trata sobre política, y la de una dama llamada Alicia Robles, en la calle del Almirante, en la que se habla de teatro y literatura. Sin embargo, hoy no son esas tertulias las que le interesan. Lo que quiere es encontrar a doña Inmaculada de Villafranca, la mujer que, según Lucía, se quedó con el anillo que trataba de empeñar Clara.

Ana le ha dicho dónde se celebra la subasta, en casa de la marquesa de Pimentel, una de las más elegantes de Madrid. Diego se ha vestido de una manera más burguesa de lo habitual, con levita, chaleco y corbatín, y le ha pedido a Donoso que haga lo mismo.

—Parezco un petimetre.

—Tú no pareces un petimetre ni con las ropas del duque de Alba.

Se encuentran ante un gran pórtico con escudo grabado en la clave del balcón, en uno de los primeros números de la calle de Alcalá. En el portal aguarda una carroza con placas de carey e incrustaciones de marfil. Un portero con levita y sombrero de copa aguda recibe a los visitantes. Dentro, en el salón, la tertulia es con las viandas más sofisticadas: empanadas de perdices y de liebres, una fuente con un lechoncillo asado, pastelillos franceses... Por allí se pavonean señoronas con vestidos de seda valenciana y tocados imposibles, que se miran con coquetería en un espejo enorme de cristal de roca del siglo XVII. A los ricos no parecen haberles llegado las restricciones de reunión impuestas por el cólera, como si su sangre azul fuera inmune a la enfermedad.

Para sorpresa de Diego, la anfitriona se dirige a él de inmediato.

—¿Don Diego Ruiz? Tenía ganas de conocerle, es usted tan apuesto como dicen.

—Gracias, señora marquesa.

—No me extraña que se comente que doña Ana Castelar ha perdido la cabeza por usted.

Diego no sale de su asombro, no imaginaba que su idilio se conociera y menos que fuese objeto de comentarios en las casas de alta alcurnia.

—Tenga cuidado con su marido, el duque. Seguro que está acostumbrado a las aventuras de su esposa, pero nunca duran más de una noche y a usted parece haberle cogido afición. A ningún hombre, y mucho menos a un ministro de la reina, le gusta ser la comidilla de la Corte por las costumbres licenciosas de su consorte.

—Le aseguro que le han informado mal, marquesa.

La duquesa de Altollano es una mujer de moral intachable y únicamente me honra con su amistad.

—No me venga con pamplinas, Ruiz, que en Madrid nos conocemos todos. Todos los que importan, claro está. Me dicen que quería encontrarse con doña Inmaculada de Villafranca. Hoy la verá por aquí, pero será más tarde, a eso de las siete. La condesa de Sotogrande ha anunciado su presencia a última hora y no la puedo entretener con una simple tómbola, usted me comprenderá. He contratado a un cuarteto de cuerda de primera categoría.

—¿A las siete será entonces la rifa?

—Quizá se retrase un poco, pero considérese mi invitado hasta entonces. Si lo desean —dice con un gesto que abarca a Donoso—, los hombres se reúnen para fumar en el salón del fondo.

En el salón de fumar el ambiente es más sobrio y masculino, y hasta las viandas de la mesa cambian: hay quesos, vinos y empanadas de carne y anguila. Un hombre elegante acapara la atención de los presentes con un discurso sobre el acceso de ira de los ciudadanos en algunas iglesias de la capital.

—Es absurdo pensar que los frailes están envenenando las aguas, ya lo sé. Pero no es más que una reacción del pueblo contra el bulo que difunde la Iglesia en el que se echa la culpa de todo a los pobres. Han muerto casi ochenta frailes y les advierto de una cosa, más van a morir si no dejan de apoyar a los carlistas.

En esas palabras resuena el pensamiento del propio Diego. En el fondo, también él entiende el estallido del pueblo contra los curas. No lo justifica, pero lo entiende. La Iglesia ha responsabilizado de la peste a los pobres por haber dado la espalda a Dios: el cólera como la ira de Dios, que ha venido a castigarlos por sacrílegos. ¿Y qué hace el gobierno para ayudar? Derriba sus barrios y les cierra las puertas, deja que se mueran de hambre al otro lado de la Cerca. Diego sabe muy bien de qué lado está en esta guerra. No le extrañaría que, hartos y desesperados como están, después de arrasar los conventos, se presentaran en La Granja y llevaran al patíbulo a la reina regente.

Se queda escuchando las opiniones de los tertulianos, quizá le sirvan para escribir algún artículo de opinión, pero todavía está lejos de poder aspirar a eso. El trabajo de articulista es el más prestigioso en el mundo del periodismo, y de esa labor se encarga en *El Eco del Comercio* el propio Morentín.

Cuando las diatribas y peroratas empiezan a repetirse, Diego se aburre y busca la compañía de Donoso, que ha preferido acercarse a la mesa de los vinos y la comida y no ha tardado en trabar conversación con unos y otros. Ahora está departiendo con un hombre elegante.

—Diego, ¿conoces a don Asencio de las Heras? Es diplomático, ha sido embajador en Londres. Le presento a mi amigo Diego Ruiz...

—¿Diego Ruiz? ¿No será usted el periodista de *El Eco del Comercio*, el que firma sus artículos como El Gato Irreverente?

—El mismo.

—Permítame una pregunta, ¿a qué se debe lo de «gato»?

—Es como se llama a los madrileños y yo lo soy, aunque sólo sea de adopción.

—Es una ciudad maravillosa, aunque esté pasando por momentos tan difíciles.

El diplomático es un hombre agradable y de fácil

conversación. Habla de forma cautivadora de su vida en Londres, de las costumbres británicas, tan diferentes de las españolas.

—Su seudónimo me es familiar por los artículos que ha publicado sobre la Bestia. Lástima que siempre aparecieran relegados a la cuarta página. Unas crónicas apasionantes.

—Lo serían, de no ser ciertas. A mí me parecen más bien terroríficas.

—A ustedes los periodistas les gustan tanto este tipo de noticias... Mejor harían en escribir novelas de enigma.

—Dicen que en Inglaterra hay verdadera pasión por esa literatura.

—A mí me atrae más el teatro. Nunca he sido un gran lector, espero no parecerle muy inculto.

Diego alterna con el resto de los invitados y se informa sobre la rifa que patrocina la señora de Villafranca, a beneficio de la inclusa. Se subastan un pañuelo de crespón de la India, dos tomos encuadernados en cuero de *El arte equino*, con estampas, un reloj de bronce fabricado en Alemania, con dos ángeles de Durero en la peana, bañados en oro... Entre los asistentes hay anticuarios en busca de alguna ganga que puedan llevarse para sus tiendas. Algunos de ellos se acercan a la puerta, y en esa agitación Diego intuye la llegada de la señora de Villafranca, que deslumbra a todos desde su aparición por la elegancia y la calidad de su vestido y las joyas que la adornan. Diego se presenta antes de que dé comienzo la subasta.

—¿Doña Inmaculada de Villafranca?

—¿Le conozco?

—No, mi nombre es Diego Ruiz, soy periodista de *El Eco del Comercio*. Aunque firmo mis artículos como El Gato Irreverente.

—Ah, usted fue quien escribió sobre la Bestia al principio. Y hablando de eso, dicen que la Bestia ha muerto, que le mató una niña. Bueno, si es que era la Bestia ese hombre que murió hace dos días. Es terrible el artículo que ha publicado *El Observador*, ¿cómo va una niña a matar a ese gigante? ¡A un hombre formado en el ejército!

—Me temo que Ballesteros no contaba con toda la información y se lanzó antes de tiempo a contarlo...

—¿A qué información se refiere?

—Prefiero reservarme la respuesta para cuando reúna todas las piezas del rompecabezas. Y tal vez usted me pueda ser de ayuda. Según tengo entendido, posee un anillo de oro, un sello grabado con dos mazas en forma de aspa. —Baja la voz y deja caer—: Me lo ha dicho la hermana de su anterior propietaria...

La señora de Villafranca coge del brazo a Diego y, presurosa, se lo lleva a un rincón de la estancia.

—¿Sabe dónde están esas dos niñas, Clara y Lucía?

Diego mide sus palabras: ¿puede confiar en esta dama de la aristocracia? ¿Es real esa aparente preocupación por las hermanas?

—Sé dónde está Lucía y no se lo voy a decir, por la propia seguridad de la niña. Pero no dónde está Clara. Es posible que cayera en manos de la Bestia antes de que esta muriera, si es que la Bestia es el tal Marcial Garrigues. No sabemos si Clara seguirá con vida, y precisamente para eso necesito ese anillo: es posible que me ayude a encontrarla.

—Mi intención era subastarlo esta tarde y entregarles el dinero a las niñas. Pero... me arrepentí. Quizá me tome por loca, pero tuve una mala intuición. Y luego supe que Lucía...

El mismo recelo se instala en la mirada de la señora de Villafranca: ¿es este periodista que se mueve incómodo en sus ropas burguesas alguien digno de confianza?

—Puede contarme qué le preocupa. Más allá de mis artículos, sólo quiero lo mejor para esas niñas.

Ella suspira y accede:

—Un amigo me estaba ayudando con el lote y mostró un interés extraño en el anillo. Me pidió que no lo subastara, que él me lo compraba en ese mismo instante. Y me sorprendió su actitud; llegó a ofrecerme una suma por encima de sus posibilidades.

—¿Quién era?

—No gire la mirada, que él no nos pierde de vista, pero está junto a la mesa de viandas. Don Asencio de las Heras, se llama.

—¿El diplomático?

—¿Le conoce usted? Un hombre generoso, intachable. Ha arrimado el hombro en numerosos actos de la Junta de Señoras, pero se le encendían los ojos al mirar el anillo. Por eso he decidido no enseñarlo más. Quizá peco de precavida, pero dudo de las intenciones de don Asencio. Tal vez no sea más que la consecuencia de haber visto tantas desgracias en los últimos tiempos.

—Señora, si tiene aquí el anillo, estoy dispuesto a acompañarla al encuentro de Lucía para que se lo devuelva.

La marquesa de Pimentel se acerca en ese instante haciendo mohínes.

—Le voy a tener que regañar, don Diego. No se puede secuestrar a la organizadora de la rifa de esta manera. Tiene a todos mis invitados esperando.

—No era mi intención, discúlpeme.

La señora de Villafranca se deja llevar del brazo por la marquesa. Pero se gira para susurrarle algo a Diego:

—No se vaya. Después de la subasta, hablamos.

Dos voluntarias preparan el primer lote. Un corro de interesados se arremolina en torno a la mesa en la que se está colocando el magnífico reloj de oro. Diego vigila a don Asencio y se extraña al ver que se dirige a la puerta. ¿Es posible que se vaya tan pronto? Se acerca a él con el suficiente disimulo como para hacerse el encontradizo.

—¿Se marcha?

—Se me ha hecho un poco tarde. Cuando uno vive en Inglaterra, los horarios españoles le resultan insoportables.

El mayordomo le entrega el sombrero y el bastón, y Diego no puede creer lo que está viendo. El bastón es de caoba, y la empuñadura está formada por una mano de marfil.

Diego se despide apresurado y aborda a Donoso, que mastica un pastel de riñones a dos carrillos.

—Donoso, el bastón de Asencio de las Heras, tiene una mano en la empuñadura.

—¿Y? ¿Quieres uno igual?

—Es lo que nos dijo la compañera de Grisi del hombre que se la llevó. Síguele, yo no me voy de aquí sin el anillo. Estoy seguro de que ese hombre te llevará hasta Grisi. Y no hagas locuras, limítate a seguirle... Sólo necesito saber dónde está viviendo ahora la actriz.

—O mucho me falla el instinto, o me da que mis pasos tras el diplomático me llevarán a un tugurio de opio o a un lupanar. Menuda manera de torcerse la noche.

Donoso dedica una mirada de pena a las viandas dispuestas sobre la mesa. Pero ha prometido ayudar a Diego, así que se dirige al vestíbulo mientras trata de masticar toda la comida que se ha metido en la boca.

40

Donoso Gual ha hecho muchos seguimientos y sabe cómo pasar inadvertido. Camina a una distancia prudencial de Asencio de las Heras, y de vez en cuando se detiene delante de los comercios de sastrería, de los zapateros o de los talleres de tejidos propios de la zona para no llamar la atención. Recorren la calle Barquillo camino de Santa Bárbara. El diplomático entra en una repostería situada en el número 9 para salir a los pocos minutos con una pequeña bandeja de pasteles y seguir calle arriba. «Un obsequio para su mujer», piensa Donoso. Tal vez la intuición que tuvo Diego en la tertulia de la marquesa de Pimentel estaba errada.

Pero la segunda parada resulta más desconcertante. Manteniendo su elegancia al caminar, el hombre se adentra en pleno barrio de los chisperos y se mete en la popular casa de Tócame Roque, en Barquillo esquina Belén. No hay lugar menos adecuado para un embajador. En los bajos hay talleres de herrería y los pisos superiores los ocuparon en su momento oficiales de fragua, pero en la actualidad malviven allí más de setenta familias casi sin recursos. Todas las semanas se expulsa a alguna de ellas por falta de pago y los propietarios pugnan con las autoridades para que les permitan tirar la casa, por muy famosa que la hiciera el sainete de don

Ramón de la Cruz, *La Petra y la Juana*, ambientado en esa corrala destartalada.

Donoso espera paciente media hora, hasta que por fin sale Asencio de las Heras y, tras mirar a uno y otro lado de la calle, reanuda su paseo. Pero el tuerto no le sigue. Está seguro de que allí dentro está Grisi. Ha ido a visitar a su prisionera, no puede imaginar otra razón para que un hombre tan distinguido frecuente ese inmueble cochambroso.

Ahora toca hacer trabajo policial, meter la nariz allí dentro y preguntar a un par de vecinas por los inquilinos de ese lugar. Entre descartes y un poco de huroneo por puertas y ventanas, Donoso termina en el tercer piso, al que accede por una escalera oscura y estrecha en la que faltan algunos peldaños y otros están rotos. Se cruza con niños que juegan en los corredores y mujeres que se hablan a gritos de piso a piso. Hasta lo más alto llega el hedor que procede de las dos letrinas del patio, que dan servicio a todos los habitantes.

Una puerta desvencijada y abierta invita a entrar.

—¿Grisi?

Al otro lado se oye un hilo de voz, un lamento discontinuo o un monólogo de actriz repasando el texto. Donoso se asoma al interior del cuarto y ve a Grisi tendida en un jergón, apenas una tabla sobre dos banquitos. Una estera de esparto mordisqueada por los ratones cubre casi todo el suelo. No hay más mobiliario en ese escenario lúgubre y la única iluminación es la de la luna que se cuela por una abertura en el techo abuhardillado, una especie de roto por el que también entrarán el frío y la lluvia.

La mujer parece alarmarse cuando le ve.

—¿Quién es usted? Pensé que era la Asun, que me traía un caldo.

—¿Es usted Grisi?

Ella le mira con desconfianza, a través del pelo grasiento que le cubre los ojos.

—Váyase, voy a llamar a la policía.

—Yo soy la policía.

Se acerca al jergón. Ella se incorpora. Al apartarse los mechones que le velaban el rostro, Donoso reconoce en esa mirada la inocencia de días más felices. Una mujer estragada, amargada, pisoteada por la vida y, aun así, llena de fuerza, de rebeldía. Recuerda cómo se la describió Diego y halla sentido a esa grandeza que el periodista había visto en la mujer, una belleza que sigue ahí a pesar de los golpes de una vida que han intentado enterrarla. La encuentra hermosa. Tanto que le cuesta recordar una belleza de similares características en su vida.

—¿Qué quiere de mí?

—Quiero saber para qué ha venido a verle el diplomático.

—¿Quién? —se despereza ella.

—No intente mentirme, le he seguido hasta aquí.

—Asencio... Viene a verme. Es un admirador. Dice que le gusta cómo actúo. Me ha traído pasteles. —Señala un rincón, en el que se ve un paquetito—. ¿Quiere uno?

—Para ser su admirador, es un poco violento con usted. El otro día se la llevó a la fuerza de un ensayo. Y usted le dijo a una amiga que la habían descubierto... ¿A qué se refería, Grisi?

—Me vino a buscar al ensayo, pero él no me trata mal. Los que me buscan son otros...

—¿Quién la está buscando?

—Me duele la cabeza... Y todo me da vueltas...

—¿Ha estado fumando opio?

Los fumaderos de opio son muy comunes en China y se han abierto muchos en los barrios chinos de las ciudades americanas y francesas. En Barcelona hay varios en el barrio del Raval. En Madrid sólo existe uno, muy poco conocido y regentado por un chino, en la calle de la Cruz. Dicen que en París el opio es un vicio practicado por no pocas personas de la buena sociedad, pero en Madrid no pasa de ser una actividad de maleantes y prostitutas, aquí no hay reclinatorios bellamente adornados ni pipas labradas para el consumo, sólo tugurios con colchones sucios en el suelo, humedades en las paredes y sordidez.

Donoso se acuclilla junto a Grisi, que es incapaz de fijar la mirada en un punto, como si estuviera flotando en una nebulosa indefinida.

—Ha estado en la calle de la Cruz, ¿no?

Grisi describe círculos con su cabeza, como si quisiera disfrutar de su mareo.

—He visto el efecto que provoca el opio en la gente, sé que cuando uno lo prueba, es difícil dejarlo. La calle de la Cruz no es un lugar para una mujer como usted.

Grisi inclina la cabeza a un lado y mira de nuevo a Donoso, como si fuera una aparición en mitad del sueño. El parche en el ojo, el corbatín torcido, el bigote descuidado. ¿Por qué le concede ese hombre una distinción que la debería apartar de los tugurios? No puede más que dibujar una sonrisa lánguida.

—¿Una mujer como yo? Yo no soy nadie.

—Usted es actriz de teatro, una mujer de talento. Ha viajado por París y por Londres con sus obras...

Sentada en la tabla que hace las veces de colchón, Grisi se deja caer hacia atrás y apoya la espalda en la pared. Su expresión se vuelve soñadora.

—París... Esa sí que es una ciudad cosmopolita, y no esta cloaca. Todavía oigo los aplausos del público en cada función. Todavía veo las flores que me tiraban. Yo iba a los mejores restaurantes, me invitaban a fiestas exclusivas... Hasta que murió mi hija.

—¿Dejó la obra a raíz de eso?

Donoso alarga la conversación ahora que Grisi parece regresar de ese mundo lisérgico por el que deambulaba.

—Todavía hice varias funciones más. Allí empezó todo. Una noche, un compañero del teatro me llevó a un fumadero. Era tan elegante... El opio me ayudaba a olvidar lo que le habían hecho a mi Leonor. La mataron, ¿se lo he contado ya? La rompieron como a una muñeca de porcelana. Como si alguien la hubiera estrellado contra el suelo... Le arrancaron la cabeza, los brazos... y la policía no me hacía caso.

—Yo soy policía y sí le voy a hacer caso —promete—. Pero necesito que me lo cuente todo.

Grisi niega repetidas veces y, de pronto, señala el paquete de dulces. Donoso se lo alcanza. Ella retira el envoltorio y aparta con asco la bandeja. La visión de los pasteles le ha revuelto el estómago.

—Soy amigo de Diego Ruiz, el periodista al que usted le contó su historia. ¿Por qué se esconde, Grisi? Sólo queremos ayudarla.

—Me han amenazado —dice ella y, al instante, su gesto denota el arrepentimiento de haber hablado de más.

—¿Quién la ha amenazado?

—Son muy poderosos, es mejor hacerles caso, no se paran ante nada...

—¿De quiénes está hablando?

—Fue en París... Mi amigo del teatro me dijo que no debía meter la nariz en lo de mi hija, que lo mejor era seguir con mi vida. Él tenía información que le daban los carbonarios.

—¿Los carbonarios?

—Así se llamaban.

—¿Pasó algo con ellos? ¿La siguieron, la amenazaron?

La actriz niega con la cabeza. Se ahueca el pelo en un gesto de coquetería y Donoso la observa, hechizado. Ella lo advierte.

—Me está comiendo con los ojos.

—Disculpe. Es sólo que...

—Le parezco hermosa. ¿Quiere acostarse aquí, a mi lado?

—Creo que usted no debería ir al fumadero de la calle de la Cruz. Nunca más.

No es momento para coqueteos, pero Donoso parece transido por una emoción peculiar, como si le hubiera derribado un rayo.

—Estoy harta de los hombres que me tratan como si fuera una niña.

Él encaja la pulla en silencio.

—Grisi, por favor, dígame si la amenazaron esos carbonarios de algún modo.

—En París lo hicieron por medio de mi amigo. Y aquí lo han vuelto a hacer. Saben que estoy en Madrid, que puedo hablar... No lo van a permitir. Me van a matar. Dígale a su amigo periodista que se olvide de mí, que mis días están contados...

—No diga eso. Nadie la va a matar.

—No se puede huir eternamente. Sólo dormir, olvidar... Aunque este no es un buen escondite. Me ha encontrado Asencio, mi admirador. Pronto me encontrarán ellos. Pero ya no puedo más, que me encuentren y que me maten. Ya no tengo dónde ir.

Se cubre el rostro con las manos. Donoso nota que el corazón le late deprisa. Desde que su esposa le abandonó no ha logrado relacionarse con las mujeres si no es pagando en burdeles como el de la Leona. Una alergia que dura ya varios años. Por eso le sorprende la firmeza que muestra su voz a la hora de proponer una solución.

—No la voy a dejar sola, Grisi. Se viene conmigo. Yo cuidaré de usted.

41

—Los carbonarios.

Donoso pone el dato sobre la mesa como si fuera una ficha de dominó. Diego le mira con asombro. Le viene a la mente la vehemencia con la que el fraile le quiso arrancar esa información, el valor de ese anillo. Y su amigo tuerto, el policía escéptico, la ha conseguido con un simple seguimiento y vuelve con el nombre de una sociedad secreta.

—¿La crees? ¿No estaba delirando?

—La creo.

—Te parecía una borracha, Donoso, ¿nos fiamos de ella?

Donoso sirve dos vasos de vino de la jarra. Hay algo ceremonial en lo que está haciendo y Diego lo advierte. Levanta el vaso.

—Grisi está conmigo. La he dejado durmiendo en mi casa: la voy a proteger. Soy policía; se supone que a eso es a lo que debo dedicarme.

Diego sonríe al comprender que está ante un hombre nuevo. La amargura se ha evaporado, ahora tras la coraza asoma un joven embriagado de ilusión.

—Suerte con ella, amigo.

Brindan y vacían sus vasos.

—¿Qué te cuenta de Asencio de las Heras?

—Que es un mero admirador. No es él quien la está amenazando.

—¿También en eso la crees?

—La creo. Y no lo pongas en duda, confía en mi olfato de policía. ¿Qué ha pasado con el anillo?

—La señora de Villafranca es un hueso duro de roer. Ayer no quiso venir conmigo para devolverle el anillo a Lucía. Me dijo que tiene que hacer primero unas comprobaciones sobre mí.

—¿Cómo es posible que no se fíe de ti, un periodista muerto de hambre que no paga el alquiler?

—Necesito el anillo, Donoso. Si no me lo trae, tendré que arrancárselo de otro modo.

—¿Le vas a dar una paliza a una aristócrata? Lo digo por coger sitio en la plazuela de la Cebada para presenciar tu ejecución.

—Veo que el amor te afila el ingenio. Me voy, Donoso. Tengo que intentar averiguar algo sobre esos carbonarios. Si Grisi te cuenta algo más...

—Serás el primero en saberlo.

Los domingos, a Augusto Morentín le gusta tomarse un vino en una de las tabernas de Jacometrezo. Es una forma de hacer tiempo y de mezclarse con el populacho, pulsar el sentir general, las preocupaciones de la calle. Pero hoy está casi desierta. La epidemia de cólera sigue causando estragos y cada vez hay menos gente que se aventura fuera de sus cuatro paredes. El latigazo de violencia que supuso la matanza de frailes el pasado jueves tampoco ha ayudado. Mientras paladea un vino de Valdepeñas, piensa en su periodista favorito de todos los que trabajan para él, en Diego Ruiz. Nunca se lo dice para que no se le suba a la cabeza, pero le recuerda a él mismo hace unos años: se pelea por sus temas, es obstinado, capaz de hacerle frente hasta al director del periódico. Es un buen profesional, con una escritura cercana, directa y apasionada, tiene raza y corazón. Tal vez haya llegado el momento de ofrecerle un sueldo al mes, de contratarle en exclusiva.

Como si le hubiera convocado, Diego aparece por la puerta.

—Don Augusto...

—Precisamente pensaba en ti y en el futuro; ¿te apetece una copa de vino?

—Sí, necesito que me ayude.

—¿Dinero?

—Nunca está de más, pero hoy me urge otra cosa: información. —No se pierde en rodeos—: ¿Qué puede decirme de las sociedades secretas? En algunos artículos suyos he creído entender que conoce el tema a fondo.

—Nadie conoce a fondo el tema. Si fuera así, no serían muy secretas, ¿no? Dime qué quieres saber...

—Me interesa el funcionamiento de una en concreto: los carbonarios.

Se queda en silencio estudiando la reacción del director. Sabe que es un hombre leído, en su despacho hay libros de E.T.A. Hoffmann y de Schiller que hablan de sociedades secretas. También ha visto allí, encuadernados en cuero, volúmenes de masonería. Está cerca de descubrir lo que está pasando, lo siente en sus tripas. Sólo necesita encajar las piezas finales. Morentín no tarda en desplegar su erudición.

—Los carbonarios son una sociedad secreta que tiene su origen en Italia, pero que podría estar extendiéndose por Europa.

—¿Han llegado a España?

—Es posible.

—¿Y qué buscan? Me interesa mucho saberlo, don Augusto.

—Luchan contra los absolutismos. Si estuvieran en España, podrían querer influir en la Corte de María Cristina para alejarla de la herencia de Fernando VII.

—Si hubiera una forma de reconocer a sus miembros...

—Bueno, es habitual que los miembros de una sociedad usen algún tipo de código secreto para reconocer su pertenencia a esa sociedad. En algunos casos, es un simple gesto de manos, pero otros llevan símbolos en la ropa que sólo los iniciados conocen.

—Un anillo. —La certeza lo alcanza de lleno, como un disparo a bocajarro.

—Sí, no me sorprendería el uso de un anillo.

—Los carbonarios lo llevan, don Augusto. Estoy seguro. Un anillo con dos mazas cruzadas.

—Las mazas simbolizan el trabajo de los carboneros en la mina. Ahí tienes una línea que apunta directa a los carbonarios: se dice que sacaron su nombre precisamente de los trabajadores del carbón.

—Un anillo que sirve para entrar en sus reuniones secretas. Y de alguna forma que todavía no entiendo, hay un vínculo entre eso y las niñas muertas.

—Vas demasiado rápido en tus conjeturas: ¿en qué momento has relacionado a los carbonarios con el asesinato de esas pobres chicas?

—Son sospechas muy fundadas, don Augusto. Recuerde la insignia que se encontró en el paladar de Berta.

—¿Y la Bestia? Se supone que era el tal Marcial Garrigues y ahora está muerto.

—Puede que formara parte de esa sociedad secreta.

—¿Te das cuenta de la gravedad de tus acusaciones?

No deberíamos estar tratando un asunto así en una taberna. Una sociedad que instiga al asesinato salvaje de niñas, a su desmembramiento...

Morentín rellena su copa de vino y, antes de seguir hablando, se la bebe de un trago. Luego, como el que se sacude el mal recuerdo de una pesadilla, intenta desechar la teoría de Diego: ¿qué clase de sociedad llevaría a cabo tales aberraciones? El director del periódico ha leído sobre algunas logias que no sólo aspiran a derrocar a un rey o a quitarle privilegios al clero. Sociedades fundadas sobre objetivos más elevados que hablan de la transformación del ser humano y de la sociedad. No son conspiradores, sino iluminados que ponen por encima de la ciencia otros preceptos más propios de la magia, como alquimistas del medievo. El gesto de gravedad de Diego conforme Morentín desgrana sus conocimientos le insta a lanzarle una advertencia.

—Ese tipo de sociedades no existe, son supercherías. Cuentos como el de que el cólera es culpa de unos polvos en el agua.

Ahora es Diego quien toma prestada la frasca de vino de Morentín para servirse un vaso. Paladea el licor un instante antes de responder.

—Esto es real, don Augusto. Las creencias de esa sociedad pueden ser una superstición sin sentido, pero esa «alquimia» de la que habla se ha transformado en algo tan real y tan doloroso como esas criaturas asesinadas. Como la pequeña Berta, la niña que vi en el Cerrillo, hecha trizas.

—Eso sólo lo podrías afirmar si dieras con esos carbonarios. Tendrías que conocer a uno de sus miembros y, quizá, hasta formar parte de alguna de sus reuniones para entender en qué consisten sus ritos —aventura Morentín, y lo que antes pretendía tomar como una completa fantasía ahora adquiere para él cierta verosimilitud—. Diego, es posible que hayas encontrado el camino correcto en el laberinto, pero ten mucho cuidado. No tengas prisa por llegar al final, un error puede alejarte definitivamente del fondo de la historia. No mezcles tus suposiciones con los hechos contrastados.

Comprende que, a pesar de su consejo de cautela, la cabeza de Diego ya bulle de planes e ideas para encontrar esa sociedad e infiltrarse en ella, para convertirse en un carbonario, aunque sólo sea por un día. Es un periodista de raza, lo demuestra cada vez que habla con él.

Diego coge su sombrero para marcharse, pero en la puerta Morentín le retiene un instante:

—Cuando todo esto de la Bestia y las matanzas acabe, te invito a cenar. Quiero proponerte algo.

—¿De qué se trata?

—Espera a que todo acabe.

En la media sonrisa de Augusto parece asomar la respuesta, o al menos eso piensa Diego mientras se aleja hacia la calle de la Luna. Puede que su suerte haya cambiado al fin, que se convierta en un periodista contratado y su vida empiece a mejorar. Nada de dar tumbos en busca de una historia que vender como quien batea el río para hallar oro. Un trabajo regular, su vocación, bien pagado, que le permitirá saldar deudas y dejar de esquivar a la casera. Más que caminar por el suelo embarrado de Madrid, Diego siente que está flotando.

Sin saber cómo, sus pasos le conducen hasta el palacete de los duques de Altollano. Entonces comprende lo que sucede: necesita compartir su felicidad con Ana. Son compañeros en esta cruzada. De repente, el futuro, ese ente oscuro y borroso que Diego siempre había atisbado con temor, una especie de túnel sin fin, se ha rasgado, y al fondo, como una gruesa cortina que se abre, ha dejado ver una grieta de luz. Un trabajo fijo en el periódico, la sensación de estar alcanzando la resolución de los asesinatos de la Bestia, tal vez dar con Clara, aliviar el sufrimiento de Lucía y, por supuesto, Ana. Aunque ingenuo, el deseo de que la duquesa deje a su marido y forme parte de ese esperanzador futuro es otro aliciente para que el periodista se sienta más decidido que nunca a recorrer su camino. A alcanzar esa luz lo antes posible. ¿Quién sabe? Ella no es como otras mujeres y tal vez no tema el escándalo que seguiría a su separación del duque.

Es Blanca quien responde al timbre y quien hace pasar a Diego al interior. Ana no tarda en asomar, a medio vestir, irradiando alegría por la visita inesperada.

—¡Qué sorpresa! ¿Te apetece un paseo en carruaje?

A Diego le parece un plan dominical perfecto.

El paseo del Prado es la calle señorial de Madrid, el lugar perfecto para el cortejo y para la ostentación de la elegancia, una zona de edificios palaciegos, fuentes ornamentadas, arboleda, jardines y estatuas en la que han trabajado los mejores arquitectos y artistas de la villa desde tiempos de Carlos III. Las restricciones por la epidemia de cólera no desaniman del todo a los viandantes que encuentran en esa arteria amplia el escaparate perfecto de su condición social, aunque algunos pasean embozados, tapándose la nariz, una medida que nadie está convencido de que sea eficaz. A Diego no le sorprende que Ana haya escogido una carroza abierta. Es como si la relación con él hubiera supuesto el acicate definitivo para dejar de esconder quién es realmente. Hay algo de descaro en su manera de saludar a los nobles que viajan en birlochos impecables, a señoronas que pasean bajo un parasol, ella sonriendo y moviendo el abanico con el que parece estar aventando las habladurías sobre su vida adúltera. Se diría que la duquesa de Altollano ha elegido esa mañana para convertir su aventura romántica en una historia oficial.

A su lado, Diego viaja cohibido, pero feliz porque Ana se muestre sin reparos en su compañía, alimentando más si cabe la fantasía de un porvenir a su lado, como si fueran sucedáneos de Hércules capaces de superar cualquier prueba que el destino ponga en su camino. Tampoco se le pasa la euforia tras la conversación que ha mantenido con Morentín. Ana ha escuchado su relato con entusiasmo, sin perder de vista lo que sucede en la calle, las personas que se van encontrando y de las que le habla a Diego para que sepa quiénes son.

—Así que vas a ser un periodista famoso...

—Tanto como eso, no. Pero digamos que voy a dejar de ser un vulgar juntaletras. Aunque, no te miento: la fama es lo último que me preocupa ahora.

Ana comparte el optimismo de que los recientes descubrimientos los lleven a encontrar a Clara. A pesar de su corta vida, Lucía ha sufrido más que muchos ancianos; si alguien merece un golpe de suerte, es esa niña.

—Me gustaría conocer la redacción de tu periódico. —Ana sorprende a Diego con esa petición—. Y también al director. Quiero ver los sitios en los que transcurre tu vida.

—Un día te llevo a que veas la imprenta. Morentín te gustará, es un hombre muy culto.

—También quiero visitar tu pueblo natal. El lugar donde pasaste tu infancia.

Ana saluda por la ventana a una señora que pasea con dos niñas que llevan el mismo vestidito blanco ceñido por un lazo azul. Diego se queda pensando en lo que ella acaba de decir. Visitar su pueblo natal. Acercarse a su infancia. ¿Qué clase de deseo es ese? El amor, esa palabra que han esquivado como dos adolescentes tímidos, es ahora una realidad. Le gustaría besarla en ese carruaje, bajo el sol de Madrid y las miradas de todos. La esperanza de que en el futuro su vida y la de Ana estarán ligadas ya no es un sueño imposible.

Como si pretendiera demostrarle que ella piensa lo mismo, Ana se quita el guante y coge a Diego de la mano. Se la lleva a los labios y deposita un tierno beso en ella. Después la aprieta con fuerza y apoya su cabeza en el hombro de él.

42

El cadáver de Isabel sigue en el mismo sitio dos días después, y en las mazmorras el olor metálico de la sangre y el de la carne putrefacta se imponen al de las heces y los orines. Las niñas tienen hambre y sed, pero es el desánimo el que teje el silencio que se ha adueñado del lugar. Clara llama a Juana en un susurro. Se ha quedado hundida en las sombras desde su primera conversación, tal vez soñando con el lenguaje de las nubes, con ese cielo donde está escrito el destino. Un cielo que es imposible atisbar desde la profundidad de las celdas donde están atrapadas; ojalá pudiera perder la mirada en él, quemarse con el resplandor del sol y ver cruzar la silueta del pájaro rojo que es su madre y que Lucía le prometió que siempre cuidaría de ellas. El lamento de Juana saca a Clara de su fantasía. Comparte lo que pensaba con su compañera de infortunio.

—Mi hermana nos va a sacar de aquí. Se llama Lucía. Ya verás, en cualquier momento bajará esas escaleras, siempre lo ha hecho... Siempre llega cuando más la necesito.

Clara quiere contagiar a Juana de la confianza ciega que tiene en su hermana, le cuenta cómo cuidó de ella cuando su madre se iba al río a lavar. Cuando Cándida enfermó, Lucía salió de la casa de las Peñuelas —hace apenas un mes, pero ya le parecen años— para buscar en Madrid la forma de conseguir comida y algo de dinero, cómo terminó trabajando en la casa de la Leona... Al describir a Lucía, su pelo rojo tan único, Juana la recuerda: aquella breve conversación que tuvieron en los escalones del burdel, la envidia que sintió al saber que se subastaba su virginidad por un potosí. Ese era el futuro que soñaba Juana.

Ahora es Clara quien guarda silencio: siente que merece el castigo que está sufriendo. Está convencida de que está allí por culpa del anillo. Para una vez que hace algo por su cuenta, sin consultarlo con su hermana, acaba encerrada; nunca debió intentar vender el anillo, era un amuleto, no podía deshacerse de él. Es ella la que ha provocado esta maldición.

—Me duele la tripa —murmura Juana.

—Es el hambre. No pienses en eso.

—No soy capaz de no pensar. Nunca he pasado hambre, en casa de la Leona teníamos toda la comida que queríamos.

—Qué suerte, yo creo que nunca he estado llena, siempre podría haber seguido comiendo. Hay noches que sueño que como pasteles hasta hartarme. Pero no pienses en comida, cierra los ojos y trata de dormir.

—Cuando cierro los ojos me imagino una fuente llena de uvas. Y eso que no me gustan las uvas.

Clara no piensa en uvas. Cuando cierra los ojos, se acuerda del hombre de la cara quemada matando a Pedro y a María y llevándosela a ella. Como un bofetón inesperado, a su imaginación llega la idea de que tal vez ese hombre fuera después en busca de Lucía y le hiciera lo mismo que al matrimonio. Pero seguro que pudo escapar, Lucía siempre lo consigue; tuvo que lograrlo, como logrará dar con ella antes de que el hambre y la sed la maten.

De repente, una de las niñas empieza a orar en voz alta:

—Padre nuestro, que estás en los cielos...

Alguna más la acompaña. Clara no las sigue, no cree que rezar vaya a ayudar para nada. Pero, en contra de su pensamiento, antes de que sus compañeras terminen el padrenuestro y como si la oración hubiera servido de reclamo, se oye un ruido e irrumpe la luz como una riada. Quien entra no es la Bestia, sino un hombre de estatura mediana. Va cubierto con una túnica negra, y un gran capuchón le cubre la cabeza y oculta su rostro en sombra.

—¡Comida!

—¡Agua!

Todas gritan, desesperadas algunas, emocionadas otras. Ninguna piensa en quién es el visitante ni qué intenciones trae. No se plantean dónde está el gigante que antes era su único carcelero. Sólo quieren comer y beber. Después que pase lo que sea.

—¡Desnudaos! ¡Todas! —El hombre levanta un farol y recorre celda por celda comprobando que las niñas cumplen sus órdenes—. ¿Es que no queréis comer? No probaréis bocado hasta que os quitéis toda la ropa.

Otros dos hombres, con túnicas iguales a las del primero, bajan las escaleras en espiral cargando un caldero de algo que deben de ser gachas. Llevan también una jarra de agua. El olor de la comida le llega a Clara y hace que se le acentúe todavía más el hambre; se quita la ropa con urgencia, al igual que el resto de las niñas.

A pesar del entumecimiento muscular, a ninguna le cuesta desprenderse de sus andrajos. Todas quedan desnudas y famélicas, ávidas. El hombre que ha hablado sirve comida en una escudilla y agua en una taza metálica. Una a una, como animales en un carrusel de supervivencia, las niñas comen una buena porción y se van pasando la escudilla y la taza. Hay algún manotazo, algún conato de pelea cuando una de las niñas se demora más de la cuenta sorbiendo el guiso. La voz varonil aplaca las peleas y marca los turnos como un metrónomo. En los rostros de las niñas manchados de comida, en el brillo de los ojos ante el alimento, hay algo de ritual prehistórico, de comunión con los ancestros.

Ansiosas por la comida, ninguna de las niñas ha reparado en que los otros dos hombres han salido de la mazmorra llevando el cuerpo sin vida de Isabel y que, cuando regresan, lo hacen cargados con un barreño de agua tibia. Desprende un perfume floral, limpio y puro, que va enterrando la pestilencia de la mazmorra. Empieza entonces un nuevo ritual; conforme una chica termina de comer, el primer encapuchado que bajó al sótano y que parece estar al mando la saca de su celda. Tiene un tarro de porcelana y con ademanes de doctor saca de él un ungüento con olor a bosque, a cedro, que extiende en la vagina de la chica. A continuación, lleva a la niña hasta el barreño y la hace sumergirse en el agua.

Fátima ha sido la primera y no ha ocultado el miedo, primero, a lo que pueda haber en el ungüento —aunque el hombre ha tocado sus partes íntimas, no ha habido ninguna connotación sexual en ese gesto— y, después, a entrar en el agua. Sin embargo, al hundirse en ella como le han ordenado y, luego, sacar la cabeza, lo ha hecho con una sonrisa. La temperatura es agradable, es un alivio desprenderse de la suciedad que envolvía su piel y rodearse de un aroma a camomila o salvia, Fátima no es capaz de identificarla.

El procedimiento se repite con cada una de las siete niñas de las celdas. La aplicación del ungüento y el baño en el agua perfumada del barreño en mitad del octógono. Después, empapadas, el líder las revisa a la luz del farol, buscando en sus pieles algo que ninguna es capaz de adivinar. Relajadas, limpias y húmedas, regresan a las celdas donde corren a vestirse de nuevo. Los encapuchados llevan a cabo los baños en absoluto silencio, como si fuera una liturgia sagrada.

Clara ve cómo llega el turno de Juana, pegada a los barrotes. Después de tragar con ansiedad las gachas y abrir su garganta seca con el agua, desea más que nada en el mundo deslizarse en ese barreño y arrancarse la mugre que la impregna. Ya le han puesto el ungüento en la vagina a Juana y, ayudada por las manos de los hombres, ahora entra en el agua. El leve movimiento del líquido eleva una vez más ese perfume que los encapuchados no quieren que se pierda. Cada tanto, echan más hierbas aromáticas en el barreño. Juana hunde la cara y empapa su pelo. Sonríe feliz por el regalo que le hacen sus captores. No será ella la que haga preguntas o intente luchar por su libertad justo ahora. Como las demás, teme que una palabra equivocada suponga el enfado del líder y el fin de este lavatorio.

Clara sabe que su momento se acerca cuando sacan a Juana del barreño. Un último paso y será su turno. El líder acerca el farol a Juana y recorre su piel con la luz. Desciende hasta sus genitales y, en ese instante, se detiene. Clara entiende ahora por qué se quejaba Juana de dolor de tripa. Por sus piernas resbala un hilillo de sangre.

—Está preparada.

En la voz del hombre hay un timbre de felicidad después de tanto silencio. La niña se abraza a su propio cuerpo, avergonzada, y mira con terror a Clara, que no siente pena, sólo miedo de que la dejen sin baño. Juana trata de regresar a su celda, pero la retienen en un forcejeo que acaba por volcar el barreño. El agua que ha limpiado a las niñas se extiende por el suelo de la mazmorra mientras los hombres se llevan a Juana escaleras arriba. Mientras ella patalea y grita desesperada, Clara se arrodilla en el suelo donde una fina lengua de agua cruza los barrotes. Se moja los dedos y se los lleva a la cara, los pasa cerca de la nariz intentando atrapar el perfume a flores.

Han sacado a Juana de la mazmorra, han vuelto a cerrar la portezuela de arriba y la oscuridad ha regresado a las celdas. Ninguna es consciente de que los ungüentos y los baños por los que han pasado forman parte de una antigua creencia para precipitar el menstruo. No hace falta. Fátima será la primera en decir en voz alta por qué pasan tanto tiempo allí encerradas, qué quería de ellas el gigante y, ahora, esos encapuchados.

—Están esperando nuestra primera sangre.

43

—¿Estás enamorada de Diego?

Ana, con una sonrisa, trata de disimular su incomodidad por la pregunta de Lucía. Hasta ahora, ha evitado esa cuestión. La respuesta, aunque prefiera no decirla en voz alta, es «sí». Un sí que la hace temblar por dentro, nunca planeó enamorarse. Nunca pensó en que alguien podría transformarla como lo ha hecho Diego. Ha tenido otros amantes, encuentros ocasionales que no han pasado de una noche de sexo, siempre ha rehuido las relaciones duraderas, no tanto por el escándalo como por la indiferencia que le generaban sus parejas.

El adulterio está consentido, incluso bien valorado en determinados ámbitos de la sociedad. Su marido —el duquesito, como le llama ella— se ha enterado en más de una ocasión de sus idilios extramatrimoniales y sólo le ha pedido que fuera discreta, pero no ha hecho nada por anular su matrimonio o solucionar la causa de sus adulterios, que no es otra que su escaso interés —más bien inexistente— en ella. No es algo que pueda echarle en cara; el desinterés es recíproco y lo fue desde la noche de bodas, cuando ninguno de los dos pretendió consumar un matrimonio que era más una estrategia económica de dos poderosas familias que una unión sentimental. No desprecia al duque, al contrario, le considera un amigo, un compañero. En cuanto a las necesidades sexuales, al principio pensó que él estaba interesado en los jovencitos, pero no, no es así, simplemente no tiene predisposición en absoluto hacia el sexo, ni con hombres, ni con mujeres ni con nadie. Lo único que le excita es mantener su posición en la Corte. Ella sí siente esa necesidad y, pese a su condición de mujer, no ha tenido miedo de llenar el vacío con esos amantes esporádicos. En un pacto tácito, al duquesito le ha bastado con que no sacara el tema y alojara esa parte de su vida en un respetuoso silencio. Aunque de sobra sabe que ha roto el acuerdo con el paseo en carruaje de esa mañana, por el Prado. Lo que está viviendo con Diego no es un mero escarceo.

—Vamos a las lecciones.

Ana intenta zanjar el tema con Lucía; busca una hoja donde escribir alguna oración sencilla para seguir enseñándole las letras.

—¿Qué es lo que más te gusta de Diego?

Podría evitar contestar a Lucía, que, por un instante, le resulta la niña curiosa, incluso un poco impertinente, que siempre debería ser por su edad, sin embargo, decide no hacerlo. De alguna manera, Ana necesita decir en voz alta qué ha provocado que se comporte como nunca lo había hecho antes, qué la ha empujado a romper barreras que siempre había mantenido firmes ante otras compañías masculinas.

—Me hace sentir libre. En la vida, Lucía, una, casi sin ser consciente, a veces se esconde detrás de máscaras, como en un baile de disfraces. Se comporta y se ríe como se espera que haga. Encontrarás muy pocas personas que estén dispuestas a mirar de verdad dentro de ti. Y Diego es una de esas personas: no sólo quiere conocerte, sino que te hace sentir bien cuando te liberas de todo ese artificio. Te hace soñar con que sería posible una vida en la que no tengas que ocultar nada.

—¿Qué es lo que has tenido que ocultar tú?

—Eres muy pequeña para entenderlo. Pero, basta ya de hablar de mí. Es hora de volver a las letras. El amor puede hacerte libre, pero no es seguro que lo encuentres. Sin embargo, aprender, saber leer, sí que puedes hacerlo. Y es el primer paso para conseguir esa libertad que está tan lejos de algunas mujeres.

—No quiero leer, no quiero aprender, sólo encontrar a mi hermana.

—Diego está intentándolo.

—Es mi hermana, no puedo quedarme de brazos cruzados.

—Confía en él, ahora mismo es todo lo que debes hacer.

Lucía se resiste, pero se da cuenta de que Ana Castelar tiene razón; ahora tiene que confiar, quizá llegue el momento de volver a huir y tratar de dar con Clara por su cuenta. Pero no quiere lecciones con frases sencillas que apenas tienen sentido, prefiere leer alguno de los libros que hay en una pequeña estantería, más bien una balda en la pared, en casa del periodista.

—¿Conoces estos libros?

Ana los mira: allí están el *Quijote*, una Biblia, una *Ilíada* muy manoseada, un libro en latín titulado *De rerum natura*, de Lucrecio, la novela *Vida y opiniones del caballero Tristram Shandy*, de Laurence Sterne...

—Casi todos. Pero no vas a poder leerlos hasta que sepas bien todas las letras. Así que vamos, ya conoces las vocales, es hora de empezar con las consonantes.

Ana consigue que Lucía aguante una hora antes de que pierda la atención por completo. La chica se empeña en que Ana le lea un artículo que Diego tiene a medio escribir sobre la mesa. La aristócrata accede en un primer momento, pero cuando lee las primeras líneas se arrepiente.

—Mejor lo dejamos. Parece que Diego se retrasa... ¿Qué te parece si preparamos algo de comer? Aunque a eso me tendrás que enseñar tú, que yo nunca he cocinado. En mi casa es tarea del servicio.

—No, quiero que me leas eso. ¿Qué dice?

—Si no te lo leo, es porque creo que te puede impresionar.

Lucía reprime una mueca. Impresionar, dice: más la impresionaría ella si le hablara de sus incursiones por Madrid bajo la Cerca, de su subasta al Sepulturero, de sus días en las Peñuelas, del asesinato de Eloy, de la garganta abierta de Pedro, de cómo hundió el alfiler en la nuca del gigante que quería matarla.

—No me gusta que me traten como a una niña. ¿Habla de la Bestia?

El gesto de Lucía es firme.

—¿De dónde habrás sacado esa terquedad?

El artículo habla de la insignia hallada en el interior de la boca de Berta, idéntica al anillo que ella robó; de los crímenes, primero en París y ahora en Madrid; de las semanas que transcurren entre que las niñas desaparecen y el momento en el que son encontrados sus cadáveres, del desmembramiento de los cuerpos.

Ana teme la reacción de Lucía a la descripción que hace Diego. Inevitablemente, estará imaginando que ese es el destino que espera a su hermana si no la localizan pronto. Sin embargo, cuando levanta la cabeza hacia ella, encuentra a una niña impertérrita, como una estatua de hielo.

Lucía le lee el pensamiento.

—No voy a llorar hasta que encuentre a Clara —le dice—. Entonces, lloraré, pero será de alegría.

Dos horas después aún no ha regresado Diego, y antes de marcharse Ana Castelar ha abrumado a Lucía con un aluvión de recomendaciones: no salir de casa, evitar los ruidos, no hacer ninguna locura más como la de raparse... Una vez sola, Lucía curiosea entre las posesiones del periodista, pero lo único que le llama la atención son los papeles. ¿Habrá en sus artículos alguna referencia a Clara que Ana ha omitido? Se arrepiente de no haber aprendido más en las clases de lectura y se promete, cuando todo haya terminado, pedirle a Ana que continúe con la enseñanza. Le prestará más atención, algún día será capaz de descifrar qué dicen esos libros que abarrotan el estante de Diego.

Se queda medio dormida en el butacón, con un pie en la realidad y el otro en la tierra donde Clara y Eloy conviven como espectros. Sabe que nunca podrá arrancar a Eloy de ese mundo onírico, pero se niega a creer que su hermana sólo exista en él. «¡Estás viva!», le grita en sueños a Clara, y le ordena que deje de pasear por un Madrid fantasmagórico al lado de Eloy.

Unos golpes en la puerta la sacan del duermevela. Se asusta. ¿Y si los guardias la han descubierto? Pero entonces reconoce la voz que le habla.

—Sé que estás ahí. Ayer estuve con Diego Ruiz.

Es la señora de Villafranca, la mujer que tantas veces las visitó en las Peñuelas, la que se quedó el anillo que Clara llevó a empeñar.

Lucía abre, la mujer entra deprisa y cierra la puerta.

—No te preocupes, me he asegurado de que nadie me viera llegar y de que estuvieras sola. Estoy al corriente de que te buscan, no voy a preguntarte si mataste tú a ese tal Marcial Garrigues, no me interesa. Si has sido tú, no lo siento por él, sólo por que tuvieras que trabajar en la casa de la Leona tras la muerte de Cándida.

—¿Dónde está el anillo que le quitó a mi hermana? Es nuestro.

La señora lo saca de su limosnera. En la palma de su mano, el sello de oro con las dos mazas cruzadas. Lucía lo coge de un zarpazo. No sabe qué poder tiene el anillo, sólo que, si no lo hubiera robado de la casa de la Carrera de San Jerónimo, su vida y la de Clara habrían sido diferentes.

—Estás equivocada si piensas que quise aprovecharme de tu hermana; sólo pretendía conseguir más dinero por él, sabía que lo necesitabais para comer. En la casa de empeños la querían engañar y, en una rifa, habría ganado mucho más del doble.

—Qué casualidad que estuviera en esa casa de empeños. Supongo que una señora como usted debe de ir mucho por ahí. —Lucía no disimula el cinismo de su tono.

—Más de lo que me gustaría. Intentaba recuperar el colgante que una mujer había malvendido a la desesperada.

La excusa suena creíble a oídos de Lucía. Juguetea con el anillo en la mano, ¿puede confiar en ella? Si quisiera hacerle daño, le habría bastado con presentarse acompañada por los guardias. Sin embargo, es consciente de que está inmersa en un juego en el que no acaba de entender las reglas.

—¿Por qué no ha vendido el anillo? Se lo llevó para eso.

—Porque noto que despierta algo extraño a su alrededor. No sé si es codicia o miedo.

Inmaculada de Villafranca no es capaz de explicar de

un modo racional la inquietud que le causa la joya, es como si fuera algo más que un sello de oro, como si tuviera un significado, una fuerza oculta. Tiene el pálpito de que ese grabado esconde el poder de una maldición.

—¿Es verdad que a tu hermana se la llevó la Bestia?

—Sí, pero ella está viva y la vamos a encontrar.

Lucía lo repite una y otra vez, más para convencerse a sí misma que porque tenga una seguridad absoluta. Hay algo que la incomoda en la proximidad de esa señora, una pátina de hipocresía en sus modales, en el tono de voz que emplea y hasta en la calidez de su mirada. Es una sensación que arrastra desde cuando las visitaba en las Peñuelas y trataba a su madre con la condescendencia del que se sabe superior.

—¿Qué te has hecho en el pelo? Con lo bonito que lo tenías.

—No me apetece hablar de mi pelo.

—Pobrecita, todo lo que estás pasando. —Intenta acariciarle la cabeza rapada, pero Lucía esquiva el contacto como una gata huraña.

—Ya me ha devuelto el anillo, ahora puede marcharse.

—¿Por qué estás a la defensiva conmigo? Sólo quiero ayudarte.

—Yo no le he pedido ninguna ayuda.

—Pero tu madre sí lo hizo. Me arrancó la promesa de que no iba a dejaros solas. Y soy una mujer de palabra.

—Mi madre está muerta, ni siente ni padece. No tendrá que hacer cuentas con ella.

—En mi casa estarías mejor que aquí. No te faltaría de nada y te trataría con el cariño que necesita una niña de tu edad.

—Hace tiempo que no soy una niña.

—Vamos, Lucía, no seas terca. Ven conmigo.

—Diego me trata bien y me está ayudando a buscar a Clara.

—No desconfío de las buenas intenciones de ese periodista, pero a mi lado sería más fácil. Tengo buenos amigos en el gobierno.

—Me alegro. Espero que disfrute de su compañía en las tertulias esas tan finas a las que van. Ahora, váyase, por favor. Ha cumplido con mi madre y con Clara al devolverme el anillo. —Lucía adivina un pesar en la señora de Villafranca. Sabe que está siendo demasiado dura con ella—. Gracias por querer ayudarme, pero puede marchar tranquila. Estoy bien aquí.

Inmaculada asiente con pena, ese gesto que adopta tantas veces en sus visitas a los barrios miserables, el gesto de achinar los ojos como para aplastar el nacimiento de una lágrima, y de arrugar las facciones unos segundos para que su piel no luzca tan esplendorosa en los ambientes desfavorecidos. Sabe que de nada servirá seguir presionando a Lucía. Abre la puerta para marcharse y se sobresalta al ver al otro lado a Diego Ruiz.

—Menuda sorpresa —saluda él.

—He traído el anillo, ahí lo tiene. Espero que hagan un buen uso de él.

—Aguarde un instante, no se vaya. —Diego entorna la puerta para garantizar la discreción necesaria—. Quiero preguntarle si ha oído rumores de una sociedad secreta que al parecer se ha instalado en la ciudad. Los carbonarios.

La señora frunce el ceño y escruta la mirada de Diego. Intenta entender el porqué de su curiosidad.

—Algo he oído de ellos. Nada de particular: son isabelinos, anticarlistas, y pretenden acabar con el legado de Fernando VII. Todo muy razonable, en mi opinión.

—¿Revolucionarios?

—Yo los considero inofensivos. Tengo algún amigo que está metido en esa sociedad... El prior de San Francisco el Grande, por ejemplo, aunque me temo que falleció el pasado jueves en la matanza de frailes. El marqués de Pimentel, que yo sepa. Y también Asencio de las Heras, el diplomático.

—¿Asencio de las Heras? ¿Está segura de que es carbonario?

—Completamente. Ya sabe que nadie va alardeando de pertenecer a una sociedad secreta o a otra. Pero algunas se reúnen en cafés, más o menos a la vista, y en las tertulias los secretos vuelan.

—¿Dónde vive De las Heras?

—No entiendo su interés. Ya le digo que la sociedad de los carbonarios no tiene nada de particular. Si me dijera El Ángel Exterminador o los comuneros... Esas sí son subversivas. Pero esta es una más.

Diego asiente. Trata de compartir la tranquilidad de la señora de Villafranca. Pero por dentro su alma hierve de sospechas, de impaciencia y de aventura.

Sentada en el butacón, Lucía no puede dejar de mirar la joya que tantas desdichas le ha traído. La observa desde todos los ángulos, igual que hizo antes con los papeles escritos, como si el hecho de pasar mucho tiempo con los ojos sobre ellos le fuera a dar la capacidad de leerlos. Ni las letras ni las formas del anillo le dicen nada sobre su significado oculto.

Diego lleva un rato dándole vueltas a algo. Ahora se levanta, se acerca a ella, coge el anillo y también él lo mira, fascinado. El dibujo es idéntico al de la insignia que le mostró el doctor Albán, la que había sacado de la boca de Berta.

—Me voy a quedar el anillo.

—¿Por qué? ¡Es mío!

—Creo que puede ser la clave para entrar en el círculo de los carbonarios, colarme en sus reuniones secretas. Quién sabe si llegar a ellos nos ayudará a averiguar dónde está tu hermana. Te prometo que te lo devolveré. Confía en mí.

—¿Me contarás hasta dónde te lleva el anillo?

—Te lo prometo.

Inesperadamente, Lucía se abraza a él. Con tanta fuerza que Diego tiene que hacer un esfuerzo para mantenerse en pie. Por primera vez en mucho tiempo, la chica alberga verdaderas esperanzas. Hasta ahora, el deambular por la ciudad no la ha acercado en ningún momento a Clara. Sin embargo, Diego está dirigiendo sus pasos hacia su hermana. «Resiste, Clara», le dice esté donde esté.

—¿La vas a encontrar?

Diego, abrazado a Lucía, cree que, si dice lo que realmente piensa, tal vez entierre su ilusión: si la Bestia retenía a Clara y su muerte la dejó sin comida ni agua, ¿cómo va a seguir con vida después de tantos días? Y si hay más gente detrás, ¿no habrá sido ya víctima de esa sociedad secreta como lo fueron Berta y las otras niñas? Pero tampoco quiere mentirle: esa pequeña niña que intenta mostrarse como una mujer de acero está a punto de derrumbarse de miedo y él es lo único que la mantiene en pie. Le sonríe y piensa que, cuando esto termine, echará de menos no encontrarla en casa al regresar. Tal vez no estén obligados a separar sus caminos. Tal vez, él pueda seguir a su lado si es que Clara no regresa con vida.

—Te prometo que lo voy a intentar.

44

Cada paso que acerca a Diego al barrio de las Trinitarias le convence más de que Asencio de las Heras es el hombre que busca. Apostado en la calle, bajo el toldo de un despacho de encurtidos, donde en tiempos estuvo el Mentidero de Representantes, el lugar donde su reunían los grandes dramaturgos del Siglo de Oro, vigila la calle del León esquina con la de Cantarranas, la dirección que le ha dado esa tarde la señora de Villafranca. Mantiene una postura estática, demasiado vigilante, y se da cuenta de que puede llamar la atención, así que se distrae mirando algún escaparate y caminando de un lado a otro para desentumecer los músculos.

No ha querido confrontar a Donoso con el relato incoherente de Grisi, con sus delirios de mujer a la deriva, drogada y vencida por la desgracia de perder a una hija. Él no se cree que el diplomático se presentara ayer en la casa de Tócame Roque, un lugar de dudosa reputación, para llevar unos dulces a una actriz acabada. Tampoco encaja lo que les contó la compañera de Grisi —que Asencio se la llevó de malos modos— con la versión despreocupada que ella le contó después a Donoso. Por mucho que presuma de instinto policial, está claro que el enamoramiento nubla su juicio. Eso es lo que piensa Diego. Pero, por otro lado, ¿quién es él para juzgarlo?

¿No se instala en la misma nube que su amigo cuando está en compañía de Ana? Es esperanzador ver cómo, entre la podredumbre de esta ciudad, pueden nacer sentimientos tan puros.

La espera se alarga sin novedades mientras terminan de caer las sombras. Diego está a punto de desistir tras más de dos horas alerta, pero entonces, por fin, se abre la puerta de la finca y sale un hombre. Es Asencio de las Heras, que se emboza nada más poner un pie en la calle, como si no quisiera que nadie le identificara en su recorrido. Diego echa a andar tras él manteniendo las distancias.

Le sigue hasta el paseo de Recoletos y después sube por la calle de Alcalá, deja a la izquierda el Real Pósito y a la derecha el parque del Retiro. Justo antes de llegar a la Puerta de Alcalá, se detiene y mira a su alrededor. Medio oculto por una huerta rodeada de árboles frutales, hay un palacio que se diría abandonado. Es allí donde se dirige el diplomático. Diego no conoce el edificio, pero apostaría sus pocos reales a que se trata del lugar de encuentro de la sociedad secreta. Ha leído que se reúnen en sitios muy diversos: en boticas, en tahonas, en conventos. Los masones de la Logia de Oriente se reunían en la Casa de la Compañía de Filipinas, en la calle de Carretas, cuyo patio es la sede de la Bolsa de Madrid. Cualquier lugar que no llame la atención es bueno, y ese palacio detenido en el tiempo, de paredes enmohecidas, parece perfecto.

Asencio de las Heras llega hasta la puerta. Escondido como está detrás de unos árboles, Diego no alcanza a ver bien lo que sucede, pero cree que ha salido a abrir un ujier y que el diplomático le ha enseñado algo que lleva en la mano. El ujier le hace pasar y cierra tras él.

Ahora compiten el arrojo y la prudencia. A Diego no

se le escapa que el anillo es como un sello de pertenencia, que puede que baste con mostrarlo para acceder al edificio, pero no sabe qué se encontrará al otro lado de los muros. El diplomático podría estar todavía en el zaguán sacudiéndose los zapatos o saludando a algún compañero. Si se precipita, podría delatarse. Si se demora, perderlo. ¿Cuánto tiempo debe esperar? Un cuervo grazna en una rama y es como una invitación al riesgo, como un apremio. ¿O es tal vez una advertencia? Pierde su mirada por el jardín decadente que rodea el palacio. En un parterre, se exhiben coloridas las dalias. Llama la atención lo cuidado que está en contraste con el resto del lugar. Diego se arma de valor y se pone el anillo en el dedo de la mano derecha, la que cree que mostró Asencio de las Heras. Casi temblando recorre los pasos que le separan de la entrada, llama a la puerta con dos golpes firmes y el ujier sale a abrir.

—¿Quién vive?

Diego le muestra la mano sin decir nada. El hombre le mira extrañado, como si dudara, como si tuviera que haberle reconocido, pero al final se aparta y le franquea el paso.

—Adelante. Ahí tiene su túnica.

En la pared hay doce ganchos, la mayor parte de ellos están vacíos, pero hay tres túnicas negras con grandes capuchones colgadas de ellos. Diego piensa que tal vez él deba escoger uno en concreto y que el ujier le está observando, que la elección incorrecta puede hacer que lo descubran, pero es imposible saberlo. Coge uno cualquiera y se lo pone. No sucede nada.

—Acompáñeme.

Se adentran por un pasillo estrecho, sin adornos. En las paredes, resaltan los cercos que han dejado unos cuadros que en algún momento fueron retirados. Atraviesan un gran salón desierto, que presenta el mismo aspecto de abandono que el resto del edificio. Sin embargo, la siguiente sala sí está adornada: muebles de estilo Imperio, lienzos en las paredes, cortinas de terciopelo, alfombras orientales. Es como si fuera la antesala de la zona noble del palacio. Llegan a una puerta que el ujier abre. Algunos candelabros arrojan una luz mortecina. Diego atraviesa el umbral y se gira al oír un portazo. El ujier no le sigue, ahora está solo.

Por un segundo cree que ha caído en una trampa. Ante él, un resplandor ámbar deja ver un gran salón ricamente amueblado, iluminado con velas y presidido por una cruz de San Andrés de más de dos metros. Es de madera, en forma de equis. En el centro de la cruz, grabado sobre la madera, dos mazas forman un aspa; el mismo símbolo que muestran dos estandartes que cuelgan de sendas lámparas. En los laterales del salón se abren pequeñas capillas en las que se adivina la presencia de nueve personas ataviadas con la misma túnica que lleva él, los rostros escondidos en los capuchones. En algún rincón arde el incienso y las velas proyectan una red de sombras por todo el espacio. Hay algo aterrador en la solemnidad de la estampa, en la escenografía medieval.

Uno de los encapuchados extiende una mano y señala a Diego una capilla libre donde hay una silla de madera labrada. Él traga saliva antes de encaminarse al lugar que le han asignado. No sabe dónde se está metiendo. Lo único seguro es que ha accedido a una reunión de la sociedad secreta de los carbonarios.

45

A Diego le parece que los latidos de su corazón retumban en el silencio, que se va adensando hasta hacerse pegajoso. Lleva varios minutos sentado y nadie ha dicho una sola palabra. Ni una oración murmurada, ni un leve carraspeo. Nada. Hasta el fuego de las velas arde sigiloso. Uno de los embozados debe de ser Asencio de las Heras, pero es imposible asegurarlo. Los capuchones son como cuevas para que el rostro se oculte. Las posturas cabizbajas, sumisas, y las sombras impiden atisbar dentro de esa negrura. De vez en cuando una cabeza se yergue y dos luces brillan allí dentro, como los ojos de un animal encerrado. Una de las túnicas tiene un bordado de oro en el pecho: las dos mazas cruzadas. Diego deduce que será el distintivo del Gran Maestre, que está sentado en la capilla a la derecha de la cruz. Tres de los asistentes se levantan a un tiempo y salen por una puerta lateral. Conteniendo la respiración, se pregunta si han reaccionado a algún aviso que él no ha percibido o si actúan bajo una coreografía estricta, mil veces ensayada.

Al cabo de unos minutos, la puerta por la que salieron vuelve a abrirse y los tres aparecen con una niña desnuda y con las piernas manchadas de sangre. Si fuera un buen fisonomista podría reconocer en Juana las facciones de Delfina, la prostituta con la que habló en el burdel de la Leona. Juana ha heredado la piel pecosa y la nariz respingona de su madre. Incluso ahora, su actitud de derrota, su resignación mientras los encapuchados la atan a la cruz de San Andrés, se asemeja a la de Delfina cuando perdió la esperanza de encontrarla. Pero Diego no puede saberlo y se limita a desear que esa niña no sea Clara, la hermana de Lucía. Si no recuerda mal, ella le dijo que tenía el cabello rubio, así que será otra niña.

Se fija ahora en una copa de plata que un encapuchado ha colocado en el suelo, entre las piernas de la niña. Los otros dos hombres que la han atado permanecen de pie, uno a cada lado de la cruz, como centinelas que cuidan de un mausoleo. Vuelve el silencio, ahora punteado por un goteo, como el de un grifo que cierra mal. Con espanto, los ojos del periodista registran el origen de ese sonido. Es la sangre menstrual de Juana, que cae desde la entrepierna hasta la copa de plata en un chorro intermitente y penoso. Una gota y después nada. Dos goterones. Un hilillo. La niña tiene los ojos entornados, parece narcotizada. Durante casi una hora, mientras la copa se llena, nadie dice una palabra. Por fin, una voz gutural quiebra el silencio.

—Alabado sea Dios por ofrecernos a esta hija. Alabada seas, hija del Padre, por entregarnos tu pureza.

Diego no consigue localizar al propietario de esa voz, entonada con la emoción de un iluminado. Tal vez sea la del sacerdote de este rito.

—Nos entregas la primera sangre, pura, para la sanación de los hombres, y al hacerlo, tu cuerpo ya será por siempre impuro.

El Gran Maestre, el único que lleva las dos aspas bordadas en la túnica, saca una caja de un bolsillo y, de la caja, una insignia con el sello de la sociedad: las mazas cruzadas. Diego anticipa lo que va a suceder. El Gran

Maestre prende la insignia dentro de la boca de la niña, que deja escapar una arcada débil cuando le saca la mano. Acto seguido, retira la copa de plata, la coloca sobre la mesa y la cubre con un paño de terciopelo.

—Sacrificio y ofrenda a Dios, que tu regalo se convierta en llave de entrada a los cielos. Que el Padre te abra las puertas al mostrar la prueba de tu martirio.

El que lleva la voz cantante, ese extraño sacerdote, pronuncia la frase final:

—Que el alma sea liberada del cuerpo corrupto.

Los centinelas extienden las cuerdas de las muñecas y los tobillos hasta amarrarlas a un torno situado detrás de la cruz. A Diego le había pasado desapercibido en la oscuridad. Ahora que lo ve, le recuerda a un potro de tortura de la Inquisición. También amarran al torno el lazo que rodea la cabeza de Juana. Giran las manivelas hasta tensar las cuerdas, que tiran con fuerza de las extremidades y mortifican el cuello de la niña de forma espantosa. Diego no puede creer lo que está viendo. Movido por un impulso, se levanta.

—¡Parad! ¡¿Estáis locos?!

Hay un momento de desconcierto. El Gran Maestre busca con la mirada a sus asistentes y un leve gesto basta para que se alcen varios y apresen a Diego, que forcejea con ellos.

—¡Soltadme! Es sólo una niña. ¡¿Es que no lo veis?!

El conductor de la ceremonia, que ocupa la capilla más cercana a la cruz, frente al lugar del Gran Maestre, eleva la voz.

—¡Que el alma sea liberada del cuerpo corrupto!

Dos vueltas más de la manivela. El chirrido del torno recuerda al grito del cerdo en la matanza. A los pocos segundos, un brazo y una pierna se desgajan. La sangre cae en cascada y Diego grita de impotencia y horror ante el cuerpo desmembrado. Un nuevo giro de la manivela arranca la cabeza de la niña.

—Oremos para que el sacrificio de la hija sea apreciado.

Algunos de los presentes inician una oración en latín. Los que tienen a Diego agarrado se aseguran de que no pueda escapar. El Gran Maestre recorre la estancia con la copa de plata en la mano y la guarda en un sagrario. Diego grita, desafía al grupo sanguinario:

—¡Asesinos! ¡Locos iluminados! ¡Asesinos! ¡Voy a ir a la policía!

—No vas a ir a ninguna parte.

Es la misma voz que pedía el sacrificio. Ahora sí, Diego cree reconocer al diplomático, Asencio de las Heras, en el hombre que se acerca y que se lleva la mano a un bolsillo. Podría sacar un crucifijo, pero lo que saca es un cuchillo. Lo hunde en su estómago y lo retuerce dentro de las tripas.

Diego va perdiendo el sentido, traspasado por el dolor, hasta que las piernas ya no pueden sostenerle. Los que le sujetaban le abandonan y, hundido en una alucinación en la que se entremezclan el grito de la niña al ser desmembrada, las noches de aguardiente con su amigo Donoso, la sonrisa y los besos de Ana Castelar y el último abrazo de Lucía pidiéndole que traiga de regreso a su hermana, cae al suelo, sin vida.

Ante sus ojos, ya sólo queda oscuridad.

Asencio de las Heras se arrodilla a su lado y, con delicadeza, coge la mano muerta de Diego y le quita el anillo.

TERCERA PARTE

46

Madrid, 21 de julio de 1834

Lucía nunca había comido nada tan rico como las viandas que se preparan en la cocina de Ana Castelar y que la aristócrata le lleva a casa de Diego siempre que va a visitarla: carne, cremas, pescados y, lo que más le gusta, dulces.

—Si sigues comiendo así, te vas a poner mala.

—Lo que pone mala es no comer. Se lo digo yo, que lo sé.

Ana se ríe con esas respuestas y con lo que le cuenta Lucía: anécdotas de las Peñuelas, de las lavanderas del río, de los vecinos del barrio... Historias que, de forma inevitable, desembocan siempre en la tragedia de la muerte de Cándida, de Eloy, en la angustia por su hermana.

—No es justa la vida que te ha tocado llevar. Que lo mejor que te haya pasado sea terminar en el prostíbulo de la calle del Clavel dice mucho.

—La Leona me cuidaba a su manera. Juana, la hija de Delfina, a lo mejor está con Clara. ¿Te imaginas que pudiéramos encontrar a las dos?

Lucía se deja llevar por la ilusión y dibuja con su relato una aventura increíble que las conduce hasta las niñas que se llevó la Bestia. Un esbirro arrepentido del tal Marcial Garrigues, un ama de llaves que conoce el castillo donde las han encerrado, el camino a través de un laberinto diseñado por algún arquitecto loco que Diego, Ana y ella son capaces de resolver para dar por fin con Clara, con Juana. Con todas esas niñas que esperan que acudan a rescatarlas. El abrazo del reencuentro, la felicidad. No es la primera vez que Ana la escucha fantasear: le ha contado la historia de la fuente de oro, los tesoros escondidos en las alcantarillas de Madrid, el lenguaje secreto de las nubes.

—Cuando todo esto termine y aprendas a escribir bien, tienes que redactar todas estas historias. Hablaremos con un editor para que las publiquen, Diego te puede ayudar, y te vas a hacer rica. Vas a ser la nueva Cervantes.

—Pero con las dos manos.

Las dos se ríen. En realidad, Lucía se enteró ayer de que había un escritor que se llamaba Cervantes, que había escrito el *Quijote* y que era manco. Ni siquiera se imaginaba que alguien se pudiera dedicar a escribir y que le pagaran por ello, aunque ya ha entendido que eso es lo que hace Diego en el periódico.

Ana ha tenido que marcharse: la esperaban en el lazareto de Valverde para organizar la llegada de ayuda, pero le ha prometido que mañana volvería y seguirían con las clases.

—Cuando llegue Diego, dile que se ponga en contacto conmigo.

Ana Castelar finge no estar preocupada, pero Lucía sabe que lo está. No es normal que Diego lleve un día entero sin aparecer por su casa, ni siquiera regresó para dormir. Salió con el anillo de oro ayer tarde y desde entonces no han vuelto a saber nada de él. Por debajo de la conversación de Ana y Lucía, de los relatos de la niña, flotaba una premonición que ninguna se ha atrevido a decir en voz alta: a Diego le ha pasado algo.

Cuando Ana se marcha, Lucía se esfuerza en ser positiva: tal vez el periodista esté investigando sin descanso y, tal vez, ahora mismo, Clara se encuentre más cerca de la libertad que nunca. ¿Y si llaman a la puerta y, al otro lado, quienes aparecen son Diego y Clara? El tiempo no corre como a ella le gustaría y tiene que inventarse tareas para no caer en la fatalidad. Trata de leer los papeles que el periodista escribió justo antes de marcharse con la esperanza de hallar alguna clave en ellos. Pero, aunque descifra las letras, no es capaz de formar las palabras. Sólo algunas sueltas —Bestia, asesino, rito—, palabras que le hacen sentir escalofríos por lo que pueda estar pasando Clara y que empujan sus pensamientos hacia imágenes que parecen pesadillas.

Al oír una llave en la cerradura, olvida la precaución que prometió al dueño de la casa —esconderse si no estaba segura de que quien abría era él— y va corriendo hacia la entrada.

—¡Diego!

Sin embargo, no es él quien entra, sino el policía del parche en el ojo, el hombre que la persiguió en la inclusa. Ahora la ha encontrado y se dispone a arrestarla. Pero ¿cómo escapar, si la única salida es la puerta que él cubre con su cuerpo?

—Sabía que estabas aquí, tendría que habérmelo imaginado —le oye murmurar.

Reacciona retrocediendo hacia el fondo de la estancia, con los brazos delante, a modo de barrera. Va rogándole:

—No, por favor, no me detenga. Tengo que encontrar a mi hermana. Si no hubiera matado a la Bestia me habría matado él a mí...

—Diego está muerto, le han asesinado.

Donoso se había jurado a sí mismo escoger una fórmula menos cruel, pero en el último momento no le ha salido ninguna frase bonita. Quizá no sea un simple caso de torpeza: en esa manera de notificar la muerte de su amigo se destila cierto rencor hacia esa niña que llenó la cabeza de Diego de fantasías.

—¿Cómo? ¿Quién le ha matado?

—No lo sabemos. Han encontrado su cuerpo cerca de la plaza de toros. Quizá un ladrón...

Lucía tiene claro que no ha sido ni un ladrón ni un accidente. Diego se llevó el anillo de oro y se estaba acercando a la verdad.

—Ha sido la Bestia —afirma.

—¡La Bestia está muerta! ¡No quiero volver a oír ese nombre en mi vida!

El grito extemporáneo de Donoso es también una muestra de su dolor. Lucía da otro paso atrás, teme que el policía pueda soltarle un bofetón en cualquier momento. Se sienta en la cama y aplasta las cuartillas del artículo inacabado de Diego. Las palabras que ella ha intentado leer y que bailan a sus anchas. Asesino, sociedad, anillo, niñas.

Donoso ha logrado contener su rabia; resoplando, deambula en silencio por la casa, buscando algo que Lucía no es capaz de adivinar. Registra cajones y revuelve en el escritorio. Tal vez debería mantenerse callada, pero no lo hace.

—¿Y si hay muchas bestias?

—Por mí, como si hacen pedazos a todas las niñas de Madrid. Te lo he dicho una vez: el tema de la Bestia se ha terminado. Como vuelvas a mencionarlo, te voy a saltar los dientes.

Lucía siente que un pozo se abre a sus pies. Eloy primero y, ahora, Diego. Es como si ella fuera portadora del virus de la muerte, y contagiara a todo aquel a quien se acerca, a todo aquel por quien siente algo de afecto. Le envenena y le mata. Eloy y sus ojos azules, la timidez del niño que la ayudó incluso antes de conocerla; Diego y su cuidado paternal, durmiendo en un butacón que le destrozaba la espalda para que ella pudiera descansar en la cama, abrazándola con una calidez que sólo había sentido en su madre, prometiéndole que haría lo posible por ayudarla. Todos son ahora pasto de los gusanos.

El pozo a los pies de Lucía es cada vez más profundo y siente la tentación de dejarse caer en él y romperse en mil pedazos. Las lágrimas le arden en los ojos empujando por salir, pero con ese vacío de dolor al que quiere entregarse compite el recuerdo de la piel, el olor de Clara, su hermana abrigada en sus brazos. ¿Cómo va a arrojar la toalla? No puede hacerlo. Debe seguir siendo de acero. No habrá lágrimas. Habrá tiempo de llorar a las víctimas.

—¿Tenía el anillo? Se lo di antes de que se fuera.

El ojo sano de Donoso se clava en Lucía como un puñal. Le da igual recibir los golpes del policía: necesita saber más de la muerte de Diego porque puede ser la clave para dar con su hermana.

—No, no lo tenía. Lo único que tenía era una puñalada en el estómago. ¿Sabes lo que eso significa? Que te desangras hasta morir. Los más afortunados pierden el conocimiento por el dolor, pero eso es algo que no sabemos si le pasó a Diego.

—¿Es que no quieres saber quién mató a tu amigo?

—Era su amigo, eso lo nota la niña en el gesto de dolor del tuerto—. Ese anillo tiene la culpa.

—¿Sabes qué tiene la culpa? La soberbia. ¡Eso es lo que mató a Diego! Creerse que podía luchar contra algo que nos supera. A todos. Ese anillo no está hecho para nosotros, ¿te enteras, mocosa?

Ella también odia el anillo. Si pudiera retroceder en el tiempo, no se fijaría jamás en aquel balcón abierto en la Carrera de San Jerónimo; no entraría en esa casa para robar las pertenencias del cura muerto por el cólera; no encontraría el anillo en una cajita y a su hermana, esa noche, le habría regalado otra cosa para calmar sus temores. Un palo, una piedra con una forma graciosa, la hoja de un árbol. Entonces Clara seguiría a su lado. Pero echar la vista atrás para intentar reescribir el pasado es absurdo. El tiempo sólo corre en una dirección. Y ella no se va a detener, no va a bajar los brazos como ve que está haciendo el tuerto.

—¿Debo marcharme de esta casa? No tengo dónde ir.

Es egoísta pensar en su propio bienestar, parece que le preocupa más eso que la muerte de Diego. Va a tener razón, hay muchas bestias, ella la primera. La precariedad, la pobreza y la angustia la están convirtiendo en un ser insensible, menos humano cada día.

—De momento, el alquiler está pagado un par de semanas más. Quédate unos días, después veremos.

—¿De verdad no me vas a detener?

—Eso es lo que debería hacer: cogerte de una oreja y llevarte a rastras ante el superintendente. Que te ejecuten en la plazuela de la Cebada si quieren, pero... —Donoso se sienta en el butacón donde tantas veces vio a Diego; masculla algo entre dientes, como el anciano al que le cuesta tragar—. Me cago en mi sombra. Le hice una promesa a Diego. Le dije que no te haría nada y... debería olvidarme de esa promesa, porque él ya está muerto y no me lo va a echar en cara, pero... no soy hombre que traiciona a un amigo.

—Dime todo lo que te contó Diego.

El ojo de Donoso vuelve a clavarse en Lucía, sorprendido por su insolencia después de que él le prometa el perdón.

—Es lo que él habría querido —insiste la niña.

—¡¿Qué sabrás tú de lo que Diego quería?!

De repente, y sin que Lucía lo espere, el tuerto descarga un puñetazo en la mesa y se pone a llorar. Ella nunca había visto llorar a un hombre, mucho menos a uno con su aspecto fiero, a uno que lleva un ojo tapado con un parche negro, que daría miedo a cualquiera que se cruzara con él por la calle, que muestra el rebajo de la navaja saliendo tras el fajín. Cuando el policía ha logrado contener sus sollozos, se gira hacia Lucía, suspira y asiente en silencio:

—Me dijo que andaba detrás de una sociedad secreta: los carbonarios. Lo más seguro es que, en ese artículo que dejó a medias, hablara de ellos.

—¿Quiénes son los carbonarios?

Lucía lo pregunta como si fuese la primera vez que oye ese nombre, como si no hubiera escuchado la charla entre Diego y la señora de Villafranca, como si el propio Diego no le hubiera mencionado nada. Finge, porque tiene que seguir enterándose de todo lo que pueda para cuando se quede sola. Preguntar, hacer acopio de información, de una información que a menudo no entiende.

—Te voy a dar un consejo: olvídate de los carbonarios. A estas alturas, tu hermana tiene que estar muerta. No sigas con esto o acabarás como Diego, o peor... ¿Sabes cómo encontramos a esa niña del Cerrillo del Rastro? Hecha pedazos. ¿Eso es lo que quieres? Diego no me hizo caso y mira cómo ha terminado. Le dije que no metiera la nariz en ese asunto, que él no sabía defenderse... Pero como que me llamo Donoso que él siempre hacía lo que le daba la gana.

—Hay que avisar a Ana Castelar.

—¿La duquesa de Altollano? ¿Por qué?

—Era su amante, no sé si se dice así... Se amaban.

A Donoso tampoco le sorprende esto, todavía recuerda la mirada de ambos cuando se conocieron en el Teatro de la Fantasmagoría. Lo que le duele es que su amigo no se lo contara, aunque, la verdad, se lo podría haber imaginado. A Diego le pegaba mucho meterse en líos con una aristócrata casada.

—Decía que era mi amigo, pero no hacía más que ocultarme cosas. Maldito terco... Pues lo mismo le ha mandado matar el marido y no los carbonarios ni ninguna sociedad secreta. ¿Sabes cómo encontrar a la duquesita?

—Ha estado aquí antes y me ha dicho que volvería mañana. Hoy iba a estar en el lazareto de Valverde.

—Vamos.

—No puedo salir. Si la policía me reconoce, me detienen.

—La policía soy yo. Vamos. A mí no me queda dinero y alguien tiene que pagar el entierro. No vamos a dejar que echen a Diego a una fosa común, como si fuera un perro.

Ahora entiende Lucía qué andaba buscando Donoso por la casa, abriendo gavetas y cajas del escritorio: algo de dinero para darle una sepultura digna a su amigo.

47

Donoso ha querido evitar para su amigo Diego lo que se encuentran al alba del día siguiente a la entrada del cementerio de la Buena Dicha, en la calle Silva: un entierro de misericordia o entierro de limosna; uno de esos que salen de la calle del Ataúd, como la llaman los madrileños, una corrala en la que viven los enterradores y donde se guarda el féretro de los muertos que no se pueden pagar nada mejor, los catalogados como indigentes en el libro parroquial.

En estos tiempos del cólera no hay sólo un ataúd para los pobres, que es lo habitual, ahora hay hasta tres y se usan sin cesar. El carro que Donoso y Lucía ven entrar en el camposanto va lleno, dos cajas grandes, de adultos, y una más pequeña, ocupada por un niño. Donoso se santigua al verlo y ella le imita sin ganas. Los enterradores tirarán a la fosa común los cuerpos envueltos en una mortaja y se llevarán los ataúdes para volverlos a llenar con más cadáveres. Repetirán el proceso varias veces durante el día. Gracias al dinero de Ana Castelar, Donoso ha conseguido que su amigo no esté en esa lamentable situación. Quizá el hermano de Diego en Salamanca habría intercedido, pero con el cólera la correspondencia es demasiado lenta. No era una opción viable.

Cuando llegan al camposanto, Donoso reconoce a algún compañero de francachelas nocturnas, a algún colega de profesión —Ballesteros, el periodista que se adelantó a la publicación de la muerte de la Bestia, está allí, más por sacarse unos reales con la crónica del fallecimiento de Diego que por amistad, que no tenían ninguna— y a Augusto Morentín, el director de *El Eco del Comercio*, que, circunspecto y vestido de negro, demuestra con su presencia el respeto por el finado. De cualquier manera, son pocos; la prohibición de reuniones de más de diez personas está también vigente para los entierros. Todos son hombres menos Lucía, que lleva la cabeza cubierta para evitar que la reconozcan, aunque el pelo todavía no le ha crecido.

Hay breves charlas entre los asistentes, sobre la violencia que azota Madrid, inclemente, sobre la epidemia, sobre los rumores del pronto cese del corregidor de Madrid y el gobernador civil —el marqués de Falcés y el duque de Gor respectivamente— como máximos responsables de la Milicia Urbana, en represalia por la matanza de frailes. Sobre las acciones del general Zumalacárregui en el frente norte, pesadilla para los isabelinos tras los fusilamientos de Heredia... Mientras, Donoso y Lucía se mantienen al margen. El policía no levanta la cabeza, sólo masculla un «gracias» cuando alguien, conocedor de su amistad con Diego, se acerca a darle el pésame. Es como si, en este teatro de la muerte que es Madrid, Diego fuera la gota que colma el vaso, como si el policía no pudiera enfrentarse a más desgracias. Lucía ve preparada en el nicho la placa que le han dedicado y siente impotencia al no ser capaz de leer las palabras que recordarán para siempre a Diego Ruiz. ¿Qué ha mandado grabar Donoso? ¿O ha sido Ana Castelar quien lo ha redactado? Lucía tiene claro qué habría puesto. Tres palabras sencillas que en esta ciudad parecen no estar al alcance de nadie: «Un buen hombre».

Mientras aguardan la llegada del ataúd, Donoso Gual recuerda la amistad casi fraternal que unía a dos hombres tan distintos: un periodista con afán de ser dramaturgo y un guardia de escaso futuro y menos vocación. Desde que se conocieron en una refriega entre absolutistas y constitucionalistas, que uno cubría para su periódico y en la que el otro, de servicio, intentaba poner orden, raro fue el día que no se vieron. Hasta estas últimas semanas era una amistad sincera; desde que apareció la Bestia, todo han sido medias verdades. A pesar de ello, él quiere pensar que ese cariño mutuo estaba por encima de cualquier secreto que Diego le guardara. Eran día y noche en múltiples facetas, pero también eran dos personas que se querían.

Las conversaciones se interrumpen cuando llega al cementerio la carroza de cuatro caballos en la que viene el ataúd de Diego. Ana Castelar ha sido generosa, piensa Donoso; en los tiempos que corren una carroza de cuatro caballos puede considerarse un entierro de lujo, casi un sepelio real.

Lucía mira a su alrededor nerviosa.

—No lo pueden enterrar todavía, no ha llegado Ana.

—La duquesa es una mujer casada, no vendrá.

A Lucía le apena que sea así, que las apariencias sociales estén por encima de todo, que Ana, a la que considera una amiga, no se pueda despedir de Diego, que no era su esposo, pero sí el hombre que amaba. No estaba presente cuando Donoso le dio la noticia de la muerte y, aunque le ha preguntado al policía, este ha sido lacónico en sus respuestas; se mostró compungida y no puso obstáculo a hacerse cargo del entierro. Al tuerto era todo lo que le interesaba. Lucía está segura de que ha sido un duro golpe para la duquesa.

El cura se lanza a un responso apresurado y mecánico —¿cuántos iguales tendrá que pronunciar hoy mismo?—, pero se detiene al ver llegar la lujosa carroza —un landó de dos caballos y cuatro ruedas—, de la que se baja una elegante Ana Castelar, vestida de negro por completo. Ella y Augusto Morentín quizá sean los dos únicos asistentes que puedan permitirse tener ropa para cada ocasión en este Madrid paupérrimo. Su llegada provoca murmullos en la concurrencia, pero ella no mira a nadie, ni siquiera a Ballesteros, que siente que su próxima crónica gana picante con la aparición de la duquesa. Se limita a avanzar hasta colocarse junto a Lucía.

—¿Estás bien?

—Triste.

—Yo también. Diego no se merecía acabar así. Quien lo haya hecho lo pagará.

La seguridad de Ana infunde esperanza en Lucía; tal vez fuera el azar, pero el hombre que mató a Eloy, aquel barbudo, murió poco después a manos de fray Braulio. Ojo por ojo. Ahora desea que el asesino de Diego corra la misma suerte y está convencida de que Ana Castelar hará lo que esté en su mano para conseguirlo.

El párroco continúa con el acto fúnebre, poniendo ahora más énfasis en sus palabras, porque no siempre se reza delante de una grande de España. Lucía siente deseos de despedirse de alguna manera especial cuando introducen la caja en su nicho; si tuviera una flor, si llevara alguna pulsera... la pondría sobre el ataúd. Algún recuerdo que la una para siempre a Diego. Sin embargo, no tiene nada más que el vestido, el pañuelo con el que cubre su cabeza rapada. Echa un vistazo a su alrededor; a unos metros, una anciana vende ramos de crisantemos. Si tuviera unas monedas, no dudaría en qué gastarlas. Ana Castelar parece leerle el pensamiento, o tal vez ha visto cómo Lucía fijaba su mirada en la anciana de los crisantemos, y le desliza unos reales en la mano. En un segundo, los está intercambiando por unas flores violeta. Después, se arrodilla junto a la lápida y apoya en ella el ramo. «Siempre habrá flores frescas en tu tumba. No me voy a olvidar de ti.»

—«La voz de Madrid que el tiempo no acallará. Diego Ruiz» —murmura a su lado Ana Castelar conteniendo la emoción.

Es el epitafio grabado en la lápida.

La duquesa toma del brazo a Lucía y la lleva hacia su landó.

—¿Qué vas a hacer? ¿Dónde vas a vivir?

—La casa de Diego está pagada durante un par de semanas. Su amigo Donoso me ha dicho que puedo quedarme allí.

—¿Y después?

—No lo sé.

—Puedes vivir conmigo; si quieres, desde hoy mismo. En mi casa no te va a faltar de nada.

—Tengo que encontrar a mi hermana.

—No te voy a obligar porque sé que en cuanto me diera la vuelta te fugarías, pero la puerta de mi casa estará siempre abierta para ti. Preséntate cuando lo decidas. ¿Necesitas dinero?

Lucía no tiene tiempo de negarse; Ana ya le ha puesto unos reales en la mano. Mientras la ve alejarse en el landó, se arrepiente de no haberse subido en él. ¿Qué va a hacer? ¿Por dónde empezar a buscar a Clara? Los asistentes al entierro se han marchado. Todos menos Donoso, que, algo apartado, habla con unos hombres que llevan uniformes similares al suyo. ¿Habrán descubierto algo del asesinato de Diego? Lucía le asalta tan pronto el policía se queda solo.

—¿Saben ya quién mató a Diego? ¿Les has dicho que no fue ningún ratero? ¿Les has hablado de los carbonarios?

—No se trataba de eso.

El tono brusco de Donoso y su gesto grave le dan a entender que no va a darle respuestas, pero Lucía no se da por vencida hasta que el policía se ve obligado a reconocer qué querían esos guardias.

—Ha aparecido otra niña muerta. Hecha pedazos. No saben quién es, pero la han encontrado cerca de donde apareció Diego, más allá de la Puerta de Alcalá. Todo esto es como una sanguijuela que se me ha pegado a la piel y no para de sangrarme... No hay manera de quitársela.

Hace rato que Lucía ha dejado de escuchar a Donoso; el terror se ha instalado en su cerebro. «Hecha pedazos.» Y, tras esas palabras, ella sólo puede imaginar a Clara deshecha como una muñeca de trapo desbaratada por un perro. Apenas le sale la voz:

—¿Mi hermana? Llévame, quiero ver si es ella.

A Donoso le viene bien obtener una identificación rápida, pero un prurito de nobleza le obliga a protegerla.

—Si está como las otras niñas, no va a ser agradable.

—Ya lo he visto todo.

—No, te aseguro que esto no puedes ni imaginarlo.

Los dos salen del cementerio de la Buena Dicha. No se han fijado en una persona que ronda entre las lápidas, bordeando las tumbas de dos heroínas de los levantamientos del 2 de mayo, Clara del Rey y Manuela Malasaña. Ha tomado nota de todos los presentes, en especial de la niña del pelo rojo. La ha reconocido a pesar del pañuelo que llevaba en la cabeza.

Desde que Diego Ruiz estuvo en el convento, ha estado indagando quién era realmente ese periodista. Sabe que protegía a la niña en su casa, que su mejor amigo era ese guardia tuerto, incluso que mantenía una relación adúltera con la duquesa de Altollano. Tampoco ella ha pretendido ocultarlo presentándose en el sepelio. Pero ¿qué más había averiguado el tal Diego? No sabe de qué se puede tratar, si obtuvo algún avance en esa sociedad secreta a la que él sabe que pertenecía el padre Ignacio García. Tampoco si descubrir algo relacionado con este tema es lo que le ha llevado a la tumba. Dios se apiade de su alma.

Vestido de paisano —pues los hábitos de monje podrían haber llamado la atención de Lucía—, fray Braulio se acerca a la tumba ahora desierta de Diego Ruiz. Se persigna y reza en silencio una oración por su alma.

48

Hasta hace pocos años, los simones, carruajes de uno o dos caballos que se alquilan en las paradas de coches de punto, sólo se podían contratar para medios días o días enteros; en los últimos tiempos se ha extendido la costumbre de hacerlo por carreras. Se dice que pronto habrá servicio con recorridos marcados a los que los madrileños podrán subirse y bajarse a su antojo, pero, por ahora, un simón es la única forma de moverse por Madrid con cierta rapidez. Desde la parada de la calle Ancha de San Bernardo hasta la Puerta de Alcalá —el cochero se niega a ir más allá—. Ni Donoso ni Lucía tienen muchas ganas de hablar durante el camino. Instalados en el silencio, pierden la mirada en los grandes edificios y monumentos, casi todos del reinado de Carlos III, que jalonan el recorrido. «Palacios majestuosos que miran al cielo —piensa Lucía— y desprecian lo que sucede en el barro.» Orgullosos, ajenos a la batalla que libran los ciudadanos, como si supieran que nada puede afectarlos, que el cólera, la pobreza y la violencia podrán convertir la ciudad en un desierto, pero ellos, los edificios, seguirán en pie, indemnes. Mudos. Esperando nuevos habitantes.

A Lucía le duele el pecho cuando bajan del simón. El corazón, inflamado, late cada vez más deprisa. Le cuesta seguir el paso de Donoso, que avanza hacia un desmonte a un centenar de metros del camino de Alcalá y desde donde se ven las paredes blanqueadas con cal de la plaza de toros. Quiere aparentar fortaleza, pero es tan endeble como un castillo de naipes. Una leve ráfaga de viento, un fragmento de piel con el que pueda identificar a Clara, y sabe que se vendrá abajo. Aun así, no se detiene, con el corazón golpeándole el pecho, el sudor frío resbalándole por la frente y un temblor en las piernas. Paso a paso hacia lo que teme que puede ser el cadáver de su hermana.

Los pocos presentes en la zona se refugian del abrasador sol de este día de finales de julio bajo uno de los escasos árboles que hay en los alrededores. El cuerpo de la niña ha aparecido en el cauce de un arroyuelo; quien lo haya dejado allí ni siquiera se ha preocupado por esconderlo de la vista. No hay casas cerca, excepto un viejo palacio desvencijado a poco más de un kilómetro. Donoso se acerca a un guardia que le ha hecho señas desde el terreno.

—¿Está entero?

—Anda esparcido por partes, desmembrado. Lo único que no hemos encontrado es la cabeza.

—Buscadla, tiene que estar cerca.

Todo, excepto la lluvia y la falta de vecinos, le recuerda a Donoso aquella mañana de San Juan en el Cerrillo del Rastro, cuando encontraron el cadáver de Berta. A Diego llegando y resbalando en el barro, al perro aullando con la cabeza de la niña entre las patas, a la vieja que encendía el miedo y la ira de los presentes... Echa de menos, y le parece que será un sentimiento que le asalte toda la vida cuando menos lo espere, a su amigo provocándole para saber más cosas, para hablar con unos y otros hasta enterarse de lo que hubiera ocurrido.

Lucía está todavía a unos pasos, Donoso siente la tentación de impedir que la niña vea el horror que hay a sus pies. Pero, si es su hermana, ¿no es mejor abrir esa herida cuanto antes? De nada serviría esconder el cuerpo, o las partes que los vecinos han reunido en un cúmulo informe: piernas y tronco, brazos, amontonados en una pila de carne. Lucía negará la realidad hasta plantarle cara.

—Si no quieres, no te acerques —le dice al fin entre dientes.

—Entonces nunca sabremos si es ella.

Lucía se mira los pies, el camino de tierra por el que ha avanzado. Sabe que, cuando levante los ojos, encontrará un cadáver, ¿el de Clara? El sol la quema en la nuca, la hace sudar. Un paso más. La tierra está sucia, oscura y mojada. Aunque no hay rastro del rojo, sabe que es la sangre del cuerpo lo que ha transformado la tierra en barro, lo que ha dibujado una extraña nube negra en el suelo. La mano de Donoso se apoya en su hombro, nota su presión. El policía tuerto no es tan indiferente a Lucía como ha querido mostrarle. Le llega un olor a putrefacción y recuerda cómo olía la fábrica de cerillas cuando encontró a Pedro y María muertos, cómo olía su madre en la cueva mientras esperaban para enterrarla. El olor de la casa del cura muerto de cólera donde robó el anillo. ¿Se habrá pegado para siempre ese olor a ella?

Guiña los ojos, le cuesta enfocar. Se da cuenta de que se le han empañado de lágrimas. Se frota con un puño, con rabia: «no llores, Lucía», se dice. Le gustaría hacerse daño, castigarse, porque todo lo que está pasando es sólo culpa suya. Entonces, aparece ante sí: al principio, le cuesta asimilar lo que ve, como el indígena que ve un artefacto que nunca había visto antes y no es capaz de entender de qué se trata. Es piel blanca como la sal y, después de unos segundos, Lucía identifica las dos piernas, delgadas y cercenadas, una a la altura de la cadera, la otra por la rodilla. Encima, un torso de pechos diminutos, desgarrado en las extremidades, un brazo arrumbado a su lado, la palma de la mano entreabierta, como si estuviera esperando que alguien le diera algo. Parece el monstruo de una pesadilla que, en cualquier momento, puede volver a reunir sus partes y levantarse como una araña sin cabeza.

Donoso espera las primeras palabras de Lucía, paciente. Ella todavía está paralizada por la blancura de la piel, por los tizones rojos de las partes desgarradas. Recuerda las manos de Clara entrelazadas con las suyas, las piernas de su hermana enroscadas bajo la manta cuando dormían, la desnudez infantil en los baños en el río, el chapoteo y las risas, la felicidad que ahora parece tan lejana.

—No es mi hermana. No es ella —dice al fin con seguridad, casi como si vomitara las palabras.

Luego, le da la espalda al cadáver. Donoso se acerca a ella, comprensivo.

—¿Tienes náuseas? Es normal, a mí me pasó lo mismo la primera vez.

Pero no es eso lo que siente Lucía. La corriente que le recorre el cuerpo desde el estómago no es otra cosa que alivio al comprobar que no se trata de Clara. Un alivio que le resulta repugnante: ¿es Clara mejor que esa niña que ha sido torturada de manera brutal?

—¡La cabeza! —grita un anciano desdentado.

La ha cogido del pelo y la levanta como Perseo a Medusa.

Tal como preveía el guardia, la cabeza ha aparecido a menos de cien metros. Donoso y Lucía corren a verla. El anciano balancea la cabeza de la niña como un trofeo;

tal vez espera alguna recompensa del guardia real. El pelo largo y moreno, los ojos abiertos, la nariz respingona y la piel blanca y pecosa, los restos de sangre sólo tiñen el esófago desgarrado, los músculos. «¿Quieres jugar?» A Lucía le parece que puede oírla, con su sonrisa y la muñeca de trapo entre las manos.

—Se llamaba Juana. Es la hija de Delfina, una que trabaja en el burdel de la Leona.

Donoso ordena al anciano que deje la cabeza junto al resto de los miembros. Quiere olvidarse cuanto antes de todo lo que está viendo, borrar estas imágenes de la memoria como quien se sacude el polvo. Ya ha pedido que venga una carretilla para llevarse los restos al hospital.

—Diego me dijo que detrás de la campanilla de las niñas había una insignia. Una que tenía un grabado igual que mi anillo.

—Estás loca si crees que voy a meter los dedos ahí dentro. Eso es cosa de los médicos.

Lucía vence su asco, se acuclilla junto a la cabeza, separa la mandíbula, que está dura como el hierro, y mete la mano en la boca de Juana. Con la punta de los dedos, aparta la lengua y, al fondo, en el inicio de la garganta, nota algo duro y frío. Tiene la muñeca fina, así que puede introducirla entera. A su lado, Donoso observa con repulsión cómo trastea dentro de la boca de la niña muerta, hasta que al fin puede prender lo que busca y, con la mano sucia de jugos, saca una insignia de oro. Como le dijo el periodista, las dos mazas cruzadas son iguales a las del anillo.

El tuerto tiende la mano pidiéndole que se la entregue.

—¿Qué vas a hacer con esto?

—Eso es cosa mía.

—Si no la vas a usar para encontrar a mi hermana, no te la doy.

—¿Prefieres que te la quite de un guantazo?

Lucía duda, pero sabe que es absurdo enfrentarse al policía.

—Eso está mejor. —Donoso se guarda la insignia en el bolsillo y luego ayuda a Lucía a ponerse en pie—. Ahora vas a acompañarme al burdel de la calle del Clavel.

Lucía cierra los ojos con el traqueteo del simón. Está exhausta. No sabe cuánto tiempo lleva conteniendo sus emociones. Es un esfuerzo titánico mantener en pie los muros que ha levantado, resistir las oleadas de recuerdos de Juana, de temores por que Clara pueda padecer el mismo final. Evitar que los ladrillos se resquebrajen y, desnuda, se quede indefensa ante el dolor.

Abre los ojos. A su lado, en el simón, Donoso la mira con su ojo, cree que la juzga. Tal vez piensa que es una bestia, que se ha convertido en un animal, como el resto de la ciudad, al que lo único que le interesa es la supervivencia. Es posible que tenga razón. Ahora, ella es una bestia, pero no va a reprochárselo. En esto la ha convertido Madrid.

Al llegar a la calle del Clavel, al burdel de la Leona, no se detiene en el escalón donde conoció a Juana; lo sobrevuela rápida siguiendo al policía. Pese a que todavía no son las doce del mediodía y Josefa no suele recibir a nadie antes de las dos o las tres de la tarde, han hecho pasar a Lucía y a Donoso al salón verde y les han pedido que esperen allí a la madama. Ella ha estado en ese salón muchas veces, no así Donoso, que sólo cruzó el umbral de ese cuarto para negociar con la Leona cómo hacer desaparecer el cuerpo de Marcial Garrigues.

No tarda más de quince minutos en presentarse, vestida a toda prisa con la misma bata que llevaba el primer día que Lucía visitó la casa para trabajar.

—¿Estáis seguros de que era ella?

—He visto el cuerpo, Leona. Su cara.

Josefa busca a Donoso con la mirada, como si necesitara la confirmación de un adulto. No obtiene ningún gesto de él.

—Voy a avisar a Delfina. Que Dios se apiade de ella.

Se levanta y se lleva la mano a la frente, como si estuviera sufriendo un vahído. Con paso inseguro abandona el salón verde y poco después regresa acompañada por Delfina. Donoso esperaba que la madama hubiera preparado a su pupila, pero la esperanza en los ojos de la prostituta cuando pregunta si hay noticias de su niña deja claro que no es así. Josefa no ha querido ser transmisora de la desgracia. Le corresponde a él soltar el hachazo, no es la primera vez que debe asumir ese desagradable papel.

Lucía ve cómo Delfina estalla de dolor cuando Donoso le comunica la muerte de su hija. Es como cristal hecho añicos. Se suceden los gritos —«¡Mi niña! ¡¿Por qué ella?!»—, lágrimas y temblores que parece que puedan pararle el corazón. Primero Donoso y después la Leona intentan contenerla, pero Delfina está fuera de sí y tira al suelo una mesita auxiliar de mármol. Un juego de té se estrella contra el suelo. Grita, la baba se acumula entre las comisuras de sus labios. La Leona busca descanso en su butaca y Lucía tiene que apartarse cuando Delfina lanza una botella de vino que revienta contra la pared. «¡Tú trajiste a la Bestia!», un aullido de la prostituta que desconcierta a Lucía: ¿realmente lo ha dicho? Por la pared resbala el vino, rojo como la sangre, como el pelo de Lucía.

Los pedazos de cristales, los pedazos de Juana y los pedazos en los que se convertirá Clara. Donoso ha reducido a Delfina tumbándola en el suelo. Con una rodilla en su espalda y sujetándole las manos le pide que se tranquilice.

Lucía está mareada. La habitación da vueltas a su alrededor.

—¿Qué vas a hacer? Sabes que aquí no puedes quedarte.

La mano de la Leona la ha cogido de la muñeca. La siente fría. A trompicones, Lucía le explica que se quedará unos días en casa de Diego Ruiz o que, tal vez, vaya al palacio de la duquesa de Altollano. Se ha ofrecido a cuidar de ella.

—Aprovecha la oportunidad.

La histeria de Delfina no tiene fin. Patalea inmovilizada por Donoso, pero nada puede acallarla.

—¡Tú la trajiste! ¡A esta casa! ¡Tendría que haberte cogido a ti! ¡No a mi hija! ¡No a Juana!

El salón verde gira alrededor de Lucía. Siente que la muralla se resquebraja.

«Tengo la culpa. Yo he traído al monstruo. Yo he matado a Juana. A Pedro. A María. A Diego. A Clara.» Tropieza con los cristales rotos, pierde el equilibrio.

Se creía capaz de soportar todo, pero se equivocaba.

Ve al tuerto correr hacia ella. Ve el vino empapando la pared e imagina la cabeza de Clara, cercenada y zarandeada en la mano de la Bestia, que no deja de reír, salpicando sangre a uno y otro lado.

Luego cierra los ojos y siente cómo la gravedad tira de ella hacia abajo. Se derrumba, inconsciente. Donoso evita que se golpee contra el suelo: en sus brazos, una niña de catorce años que no tiene a nada ni a nadie.

49

Lucía no sabe dónde está al despertarse. No es la casa de Diego ni el burdel de Josefa, que es el último lugar que recuerda. Tampoco es un sitio lo bastante lujoso para ser el palacio de Ana Castelar. Es una habitación amplia con algunos toques que indican la presencia de una mujer: unas prendas de vestir en el respaldo de una silla, un jarrón con flores sobre una cómoda, una caja a su lado que podría ser un pequeño joyero... Pero el cuidado que se ha puesto en decorar la habitación tiene pinta de ser antiguo: desconchones en la pared y manchas en la pintura atestiguan el paso de los años. Un hogar que fue montado con cariño, pero que lo ha perdido. Pese a todo, no parece un cobijo amenazante, la cama es agradable y la luz que entra por la ventana baña el dormitorio. Se queda unos minutos más entre las sábanas, donde hay paz, una paz efímera que sólo podrá conservar si no pone los pies en el suelo.

Quiso creer que era invencible y los hechos le han demostrado que sigue siendo la niña pequeña a la que Cándida reñía por desobediente. ¿Cuántas veces le dijo su madre que se mantuviera lejos de la ciudad? Que su vida estaba en ese lado de la Cerca, en los poblados, no en las calles de Madrid.

Las campanas de una iglesia empiezan a tañer y cuenta tres campanadas. ¿Tanto tiempo ha estado inconsciente? Se levanta por fin y se asoma a la ventana. Está en lo que parece un segundo piso de una casa de un barrio popular. Puede ver la cúpula de la iglesia de San Andrés y la Cruz de la Puerta de Moros. No sabe cuál es la calle, pero sí que está cerca de la plazuela de la Cebada. Allí Eloy se ufanaba de haber visto, cuando sólo tenía cinco años, aunque es imposible, él casi ni habría nacido, la ejecución de Rafael Riego y de acordarse perfectamente de los insultos que le dedicaba la gente. Ella no le prestó mucha atención, ni siquiera sabía quién era Riego y probablemente Eloy tampoco. Sólo que era alguien importante. Alguien cuyo apellido no se olvida.

Oye ruidos dentro de la casa y se acerca a la puerta, la entreabre con cuidado, sin desvelar que ya está despierta y en pie. En el salón hay un hombre y una mujer a los que no puede ver, parecen enfrascados en una discusión.

—Un cepillo despeluchado, eso es lo que es. ¡Si no sabe ni hablar! ¿Cómo es posible que me sustituya una actriz sin experiencia?

—Tranquilízate, por favor.

—¿Qué le pasa a Grimaldi en la cabeza? ¿Se cree que me puede cambiar por esa bruta? ¿Pretende que me quede con los brazos cruzados? ¡Voy a hablar con él!

—No vas a ir a ninguna parte. Tienes que descansar.

—Déjame en paz, yo no soy tu prisionera...

—Primero te tomas la infusión y luego hablamos con calma. Estás muy débil, Grisi.

Lucía reconoce la voz de Donoso, pero no la de la mujer. Vuelve a echarse en la cama para esperar a que se enfríen los ánimos. En una silla del cuarto, arrumbada, está la casaca del policía. La poca ropa que encuentra en el armario también es masculina; debe de estar en casa de él.

Cuando los gritos se apagan, se levanta de nuevo y sale del dormitorio. Ahora se respira calma en la estancia. La mujer, enfurruñada, sorbe una taza de té junto a la ventana. El policía está recogiendo los pedazos de un jarrón que se ha roto en cuatro. Se detiene al ver a la niña en el umbral.

—La próxima vez, avisa de que te has despertado.

Donoso la amonesta con un gruñido, pero la mujer dulcifica su expresión al verla tan desvalida y le habla con aparente afecto.

—Siento mucho lo de Diego, aunque apenas lo conocí. Me ha dicho Donoso que te desmayaste hace unas horas. ¿Cuánto hace que no comes? No soy buena cocinera, pero hay caldo hecho. El caldo es tan fácil de hacer que es casi imposible que quede mal.

La mujer es bella, aunque está muy delgada y se le marcan las ojeras. Con movimientos nerviosos se dirige al hornillo en el que reposa un puchero de barro. Y enseguida le tiende una escudilla humeante. Lucía no está de acuerdo con que sea imposible que un caldo quede mal: ese es tan claro que casi no sabe a nada, se parece a los que hacían en la casa de las Peñuelas cuando apenas tenían nada que poner en la olla. En esos casos, Cándida echaba una piedra en la cazuela. Era siempre la misma piedra, una muy limpia, de tantas veces que había hervido dentro del caldero. Clara detestaba aquel caldo, aunque Lucía la convencía de que se lo tomara entero: esa piedra le daría su fortaleza.

—Tenemos que buscar a mi hermana.

—¿Tenemos? —dice Donoso con un punto de desdén—. Yo no tengo que buscar a nadie.

A Lucía no le sorprende esta reacción, ya le ha dejado claro varias veces que no quería saber nada de Clara ni de la Bestia. Aun así, trata de convencerle. No tiene ningún otro aliado.

—Eres policía... Es tu obligación.

—No me metí para esto en la policía. Lo hice sólo para poner pan en la mesa. Yo no valgo para ver muertos, y menos todavía para recoger el cadáver de un amigo.

Ella ve con claridad lo que le pasa a ese hombre: tras la muerte de Diego, ha levantado un dique de amargura. Y presiente que por ahí, por el lado sentimental, podría abrirse una grieta en la mole.

—A Diego le gustaría que me ayudaras. Estoy convencida.

—Me pidió que no te detuviera, no que fuera detrás de ti al matadero, que es lo que le pasó a él.

—No le hables así, Donoso —media Grisi.

—Es la verdad. Ahora te vas a tener que apañar sola.

—Ya me has ayudado, me has traído a tu casa.

—Porque te has desmayado y la Leona no te quería allí. Pero ya está, a partir de ahora me aparto. Toda esta historia de la Bestia y el anillo se acabó para mí.

Lucía se vuelve hacia Grisi, tal vez ella pueda ayudarla a convencer a Donoso. Se lo pide con la mirada, y la actriz descifra el mensaje al instante.

—Yo tampoco quiero saber nada más. Mi hija también fue una víctima de la Bestia y nadie me la va a devolver. Además, la Bestia está muerta, esto se ha terminado.

—Entonces ¿por qué ha aparecido el cadáver de Juana? ¡La Bestia no está muerta y lo sabéis!

La mujer crispa el gesto y se pone a mirar por la ventana, como succionada por un ataque de melancolía. Ya no compone una estampa plácida, bañada por el sol y con las manos ahuecadas en la taza de té. Ahora encadena gestos espasmódicos con las manos: se retira un mechón de la boca, se rasca la mejilla, estira los dedos en un tic extraño... Síntomas de inestabilidad que no escapan a la perspicacia de Lucía. Donoso termina de recoger los pedazos del jarrón y los deja sobre una repisa.

—Entiéndelo, bonita: la Bestia está muerta para mí. Nosotros no podemos parar esto.

Lucía comprende con tristeza lo sola que está. Nadie querrá compartir su tragedia. Todos se alejan de ella como del cólera.

—Eras el mejor amigo de Diego, ¿no quieres vengar lo que le hicieron? Eso es de cobardes.

El ojo de Donoso reúne de golpe toda la furia del universo.

—Diego tiene la culpa de lo que le ha pasado. ¿Quién se empeñó en meter las narices en el asunto de la Bestia? Se las daba de investigador. Hasta llevó al doctor Albán el frasco de sangre que encontramos en los bolsillos de Marcial, como si en el Hospital General la ciencia pudiera dar una respuesta al misterio. ¡Demasiadas ínfulas! —Resopla—. Y pretendía desenmascarar esa sociedad secreta que estaba detrás del anillo... ¿Sabes cuál era su problema? No era la Bestia. Era él mismo; no quería reconocer que no era más que un gacetillero que apenas ganaba para pagar el alquiler. Todo esto le venía muy grande. Yo sé que soy un simple guardia, no voy a cometer el mismo error que él. Quiero vivir. Pero eso no lo puedes entender, tú eres una mocosa.

Ella encaja el insulto en silencio. Grisi continúa mirando por la ventana, dando respingos con la cabeza como un pajarito. Imposible recurrir a ella. Está sola. Se sobresalta por un retumbo metálico, el ruido que provoca el policía al dejar caer un objeto sobre la mesa.

—Aquí tienes la llave de la casa de Diego. Dentro de dos semanas iré por allí para saldar cuentas con la casera. Para entonces, espero que te hayas ido.

Lucía desea con todas sus fuerzas rechazar esa ayuda miserable que le ofrece Donoso. Pero pesa más su sentido práctico que el orgullo. Coge la llave y se marcha dando un portazo.

50

Los lavatorios se han repetido. La antigua rutina de la Bestia, esa cadena de masturbación, flagelo y curación de las heridas que le han descrito a Clara, ya no existe. El gigante no ha vuelto a la mazmorra, pero una vez al día bajan tres encapuchados. Uno de ellos —el Cocinero, han empezado a llamarlo las niñas— carga con una olla y reparte una especie de potaje en el que hay patatas y verduras. Luego, las hacen desnudarse y, una a una, abandonan la celda. En el octógono central, el Cocinero aplica el ungüento que huele a cedro y, después, entran en la bañera donde los otros dos encapuchados echan hierbas aromáticas: calamina y laurel. Ninguna sabría decir el origen del perfume que, durante ese tiempo, oculta la pestilencia de los orinales, pero el placer que les suscitó la primera vez ha desaparecido.

Ahora saben qué toca cuando salen del agua. Con un candil, el Cocinero examina la vagina de las niñas en busca del menstruo. Si no hay sangre, regresan a la celda, mojadas y tiritando de frío: a pesar del verano, la piedra de la mazmorra es como hielo.

Cada vez que los encapuchados bajan la escalera en espiral, las niñas se esconden en un rincón de sus celdas: se ha acabado el tiempo de las fantasías. No pueden especular con que lo que las espera cuando salgan de allí sea bueno. Juana, antes de ser elegida, se lo contó a todas: las tiene atrapadas la Bestia. El día en que sangren, el día en que se conviertan en mujeres, como solían decirles sus madres, abandonarán la mazmorra y serán brutalmente asesinadas. Hechas jirones, como las niñas que aparecieron muertas en los alrededores de Madrid.

No han tamizado la verdad ante la nueva. Al día siguiente de que se llevaran a Juana, llegó otra niña: Miriam. Tiene doce años y vivía con sus padres en un grupo de casas miserables junto a la carretera de Francia, a la altura del Camino de la Cuerda. De ojos grandes y manos diminutas, melena morena y rizada, Miriam es como un gato asustado en su celda. Siempre en tensión y siempre en silencio. Las pupilas dilatadas.

Fátima desoyó las quejas de algunas compañeras.

—Es mejor que sepa lo que le espera, no como nosotras que llevamos una eternidad creyendo que podíamos esperar un milagro.

Luego le ha explicado para qué las lavan, por qué les miran los genitales, cómo van a terminar si un día empiezan a menstruar.

—La Bestia se llevó a Manuela —dice Miriam rompiendo su silencio que ya duraba un día entero—. Pero nunca la encontraron. Vivía donde yo, en el Camino de la Cuerda. Su madre la sigue buscando...

—¿Era una muy bajita? Estuvo pocos días aquí, se la llevaron enseguida —recuerda Fátima.

El silencio se instala de nuevo en la mazmorra. Manuela, Berta, Juana y las otras niñas que salieron de allí. A unas las han encontrado; a otras, no. En algún lugar, quizá en el barro de una rambla o entre los desechos de una porqueriza, estén sus cuerpos desmembrados pudriéndose.

La puerta se abre y comienza el ritual. Clara, junto a

la celda de Miriam, ve cómo la niña se encoge temblorosa en una esquina.

—¿Cómo te cogieron a ti? —le pregunta en un murmullo.

—En una alcantarilla de las que cruzan la Cerca. Me
metía todos los días para buscar algo de comer...

Clara piensa que lo que unos tiran es útil para otros.
No son sólo los desperdicios que se arrojan a la basura
en las casas ricas y que acaban allí; también lo que dejan
atrás los contrabandistas. Estos, que son los que más dinero ganan, almuerzan en el subsuelo mientras esperan
a que los guardias relajen la vigilancia en las salidas. Es
normal que dejen atrás restos de su comida que aprove-
chan otros más miserables. Quién sabe si detrás de estos
vienen otros y otros; quién sabe si los últimos no se están
disputando ya las sobras con las ratas.

El Cocinero ha repartido los cuencos con potaje. Fátima es la primera en salir desnuda al octógono y meterse en la bañera. Miriam ha empezado a llorar; hace un
esfuerzo por reprimir el sonido del gimoteo, pero más
pronto que tarde, explotará. El Cocinero no quiere que
nada ni nadie enturbie este rito envuelto en perfume, y
Clara teme que pueda pagar su ira con Miriam.

—¿Llegaste a ver la ciudad secreta?

—¿Qué ciudad secreta?

Clara sabe que todo es falso, que sólo es una historia
que le contaba su hermana para hacerla soñar, pero ha
conseguido captar un poco la atención de Miriam, que
deje de pensar en cuándo llegará su turno. En voz queda, para no llamar la atención de los encapuchados, le
susurra que hace muchos años, más de trescientos, los
judíos fueron expulsados de España por los Reyes Cató-
licos. Pero no todos se marcharon. Algunos se ocultaron
en las alcantarillas de Madrid.

—¿Y no han salido en trescientos años?

—Claro que sí. Salen todas las noches por unas puertas secretas que sólo ellos saben dónde están. Pero vuelven a esconderse al amanecer.

—¿Son ellos los que nos han traído aquí? ¿Son la Bestia?

—No, los judíos de debajo de la tierra no le hacen daño a nadie. Al contrario, ayudan a los que lo necesitan. ¿Nunca te has ido a la cama con hambre y por la mañana tu padre o tu madre te ha dado algo de comer? Es porque ellos han visitado tu casa por la noche.

Clara sigue recordando lo que contaba Lucía: que la ciudad secreta es un lugar maravilloso, lleno de oro, de plata y de diamantes, pero sobre todo de pan, de pasteles y de fruta; que cada pocos días se sellan los túneles de las alcantarillas que dan acceso a ella y abren otros nuevos para que, si alguien ha descubierto la entrada, no sea capaz de regresar; que allí abajo siempre suena la música, con bandas que tocan día y noche...

La puerta de Miriam se abre y el Cocinero la obliga a desnudarse. Con vergüenza, la niña obedece al encapuchado. Después, este se acuclilla ante ella y unta su vulva con el ungüento. Miriam tiembla: nunca nadie la había tocado ahí. Las lágrimas le corren por las mejillas. Ayudada por los otros dos encapuchados, entra en la bañera. Conforme su cuerpo se sumerge, se eleva el aroma a laurel. Nadie habla en la mazmorra. Clara, desnuda, espera su turno: ella será la siguiente, a no ser que, como Juana, Miriam salga sangrando de la bañera.

—¡Déjame!

Miriam se revuelve cuando los encapuchados intentan sacarla del agua. Manotea salpicando, pero ellos no están para juegos. Con violencia la agarran de los brazos y la arrastran fuera. El bofetón del Cocinero la hace callar. Las piernas no la sostienen, son los encapuchados quienes, prendiéndola de las axilas, la mantienen erguida. Ya ha levantado el candil el Cocinero buscando la sangre.

—¡Dejadla en paz! ¡No la toquéis!

Clara se ha agarrado a sus barrotes y grita fuera de sí. El hombre deja el candil en el suelo y, en dos pasos, abre la celda de Clara y le suelta un puñetazo en la mandíbula que la tumba. Aovillada sobre sí misma, desnuda, recibe una descarga de patadas en el estómago que ella intenta proteger como puede con brazos y piernas. Entonces, el Cocinero la coge del pelo y la incorpora ligeramente. Parece que está deseando estampar su cabeza contra la piedra de la mazmorra, pero lo que hace es soltarla. Clara cae al suelo sofocada, aún le cuesta recuperar la respiración tras la paliza.

—A ver si aprendes a estar callada.

Tras proferir la advertencia, coge la ropa de Clara y sale de la celda. La cierra a su espalda, antes de terminar lo que había empezado con Miriam. Ilumina sus genitales con el candil, pero allí no hay sangre.

—Metedla dentro.

Los encapuchados obedecen. Devuelven a Miriam con su ropa a la celda donde estaba, y se marchan. Sus pasos suenan decepcionados en la escalera en espiral.

En un rincón de su celda, Clara se abraza a sí misma. La adrenalina ha tapado hasta ahora el dolor, pero dentro de poco será insoportable. Es posible que las patadas le hayan roto alguna costilla. Será una noche dura. Por el dolor y por el frío. El Cocinero la ha dejado desnuda. Sabe que le habría gustado matarla, pero no ha podido. Dentro de ella guarda lo que buscan con tanto anhelo. La sangre.

Cierra los ojos e intenta pensar en las historias que le

contaba Lucía. Olvidarse de todo recorriendo esa ciudad maravillosa que los judíos escondieron bajo Madrid. Sin embargo, algo ha cambiado para siempre en ella. Sabe que Madrid sólo esconde miseria, suciedad y muerte.

No existen las ciudades de oro y pastel. No hay música en ningún sitio.

51

Lucía está hurgando en la cerradura cuando se da cuenta de que hay alguien dentro de la casa. Ha sentido unos pasos y un frotar de papeles que cesan de pronto, y eso sólo puede significar que el intruso se ha puesto alerta al oír el ruido de la llave. El miedo recorre el cuerpo de la niña según toma nota de lo imprudente que ha sido. Debería haber imaginado que el asesino de Diego podía irrumpir en su casa para registrarla a fondo. Todo sucede muy rápido. Lucía inicia la retirada de forma sigilosa, la puerta se abre de un fuerte embate y una mano velluda, como de lobo, la agarra de la muñeca y la arrastra hasta el interior de la estancia. El ímpetu de la maniobra la precipita contra el jergón donde reposan en un desorden evidente los papeles del artículo que Diego dejó inacabado. Su primer instinto es patalear, por si recibe un ataque. Pero el hombre ha cerrado la puerta y la observa sin acercarse, con la media sonrisa del depredador.

—¿No me reconoces sin el hábito de monje?

La chica se incorpora para estudiar el rostro e identifica los rasgos de fray Braulio, el monje guerrero de la basílica de San Francisco el Grande, vestido con ropas de paisano.

—¿Encontraste el anillo que buscabas?

Lucía no sabe qué hacer, ese hombre le induce mucho respeto, incluso miedo.

—¿Cómo sabía dónde estaba?

El hombre se sienta en el butacón donde solía estar el periodista; una sensación extraña recorre a Lucía, como si hubiera visto a fray Braulio usurpando el lugar del fantasma de Diego.

—Siento la muerte del juntaletras. Al principio no me gustó nada, pero creo que, a pesar de todo, no era un mal hombre. Un poco engreído, pero valiente.

—¿Quién le mató?

—No lo sé, todavía... Él quería encontrar el anillo del prior, como tú. Sé que no lo logró, quién sabe qué pordiosero se lo quitó a su cadáver, pero a lo mejor sí averiguó en qué más andaba metido el prior.

—¿De qué va a servir que le cuente nada? Ni a la policía le interesa descubrir lo que está pasando en esta ciudad.

—Creo que tengo tan poca simpatía por las autoridades de Madrid como tú. Ponme a prueba: es posible que pueda ayudarte. Dime todo lo que sabes. Sin mentiras. No quiero más cuentos de que ese anillo que buscas es un recuerdo familiar.

Fray Braulio se ha levantado. Camina hacia ella y, conforme lo hace, su estatura se le antoja cada vez más grande. En cualquier momento, a sus palabras amables les puede suceder un gesto de violencia, y eso es lo que teme que haga cuando su mano se acerca a ella. Sin embargo, en el último instante, fray Braulio la evita y coge uno de los papeles que hay sobre la cama.

—Diego estaba escribiendo sobre la sociedad secreta de los carbonarios. ¿Qué sabes de ellos?

—Él pensaba que podían tener algo que ver con la Bestia, pero no sé quiénes son los carbonarios. Ni siquiera sé bien qué es una sociedad secreta.

La honestidad infantil de Lucía hace sonreír al falso fraile.

—De los carbonarios no se sabe gran cosa: empezaron en Italia, pero hay quien dice que ya estuvieron en España en 1822 conspirando con los comuneros, una de las peores sociedades que ha parido este país.

Sonríe con sorna. Lucía comprende que ha llegado la hora de contar todo lo que sabe. Aparte de que este hombre sabría descubrir sus mentiras, resulta ser también el único interesado en averiguar qué le pasó a Diego. Le confiesa la verdad desde el principio: el robo del anillo, la muerte de su madre y la desaparición de su hermana, posiblemente a manos de la Bestia. La intercesión de la señora de Villafranca para vender la joya a buen precio, el modo en que regresó a sus manos y cómo Diego la tomó prestada para intentar acceder a esa sociedad, o eso dijo él.

Fray Braulio no descubre sus cartas; sabe mucho más de lo que aparenta ante Lucía, pero algo no le acaba de encajar.

—Algunas sociedades secretas reúnen a personalidades muy influyentes. La mayoría tienen objetivos loables, aunque otras son muy peligrosas. Pueden conspirar para derrocar gobiernos. Para imponer una constitución. Pero ¿para qué querrían secuestrar y matar a niñas?

—No lo sé. Pero estoy segura de que esa sociedad tiene a mi hermana. La van a torturar como hicieron con Juana y con todas las demás. La harán pedazos.

—Vale, niña, te entiendo. —Fray Braulio corta a Lucía, no le interesa su monserga sentimental—. Hay que revisar todo lo que sabemos, detalle por detalle. El primer hilo del que debemos tirar es el de ese anillo. Vuelve a contarme cómo llegó a tus manos. Y esta vez no te dejes ningún detalle. Seguro que tienes buena memoria.

Lucía toma aire, bucea en sus recuerdos hasta topar con el día de la tormenta que precedió al allanamiento de la casa del padre Ignacio García.

—La primera vez le vi en la calle de Alcalá. Venía paseando con otro hombre más joven desde el Retiro y dobló por Recoletos. Andaba raro, como los borrachos. Pero no era por eso. Me di cuenta de que estaba enfermo, que era el cólera.

—¿Por qué le seguiste?

—Para robarle. A veces pasan días entre que la gente muere de cólera y los vecinos dan aviso para que retiren el cadáver, cuando empieza a oler. Fui detrás de él hasta su casa y me quedé fuera vigilando. Se asomó al balcón y dejó el ventanal abierto. Me marché, pero al día siguiente regresé y vi que el balcón seguía exactamente igual. Y al siguiente también. Lo que me decidió fue que la víspera de San Juan llovía a cántaros, pero nadie salió a cerrar el ventanal. Entonces me di cuenta de lo que pasaba: estaba muerto. Pensé que habría mucho dinero, pero sólo había libros...

—Y el anillo.

—Sí, estaba en una caja. Me lo guardé en el bolsillo, pero entonces apareció el gigante de la cara quemada, la Bestia, y estuvo a punto de cogerme. Logré huir.

—¿Qué más te llevaste?

—Un candelabro, unos cubiertos de plata y una chaqueta, mi madre se quejaba de frío todas las noches... Un redingote marrón muy feo, pero que abrigaba mucho. El candelabro y los cubiertos los vendí, el anillo se lo di a mi hermana para que lo guardara, le dije que era un amuleto. Pero ella lo llevó a empeñar.

—¿Sabes dónde?

—A una casa de empeños en la calle del Arenal.

El monje levanta a Lucía del jergón cogiéndola del

brazo. Por unos segundos, los pies de la niña patalean en el aire, en busca de tierra firme.

—Vamos.

—¿Adónde?

—A la casa de empeños.

—¿Qué buscamos allí?

—No lo sabremos hasta que lo encontremos.

Lucía se frota el brazo. Está segura de que le va a salir un cardenal en el punto en el que el monje ha hecho presa con su manaza. Pero hay algo inofensivo en su brutalidad y ella nota que el miedo que le inspira va perdiendo fuerza. Piensa en él como en un animal enorme, tal vez un oso, que no es consciente del daño que puede hacer cuando sólo quiere jugar. O a lo mejor está tan desesperada que es lo que prefiere creer.

A Lucía le cuesta seguir las zancadas del fraile. Camina tan deprisa que apenas le queda aliento para hablar.

—Cuando lleguemos, te quedas callada y me dejas a mí.

Hay poca gente en el despacho del perista. Un empleado atiende detrás del mostrador, pero no es con él con quien quiere hablar fray Braulio.

—Dile a tu jefe que quiero verle.

—¿Qué tienes para él?

Fray Braulio pone sobre la mesa un anillo con una gran piedra roja. Cuando el empleado va a cogerlo, le agarra de la muñeca.

—No se te ocurra tocarlo. Dile a tu jefe que puede hacer un gran negocio. Perteneció a la hija del rey muerto.

—Isabel II no tiene ni cuatro años, no puede ser suyo.

—No te imaginas la de joyas que ha tenido ya esa

niña. O le dices a tu jefe que estoy aquí o entro yo a buscarlo.

Lucía sabe que no es más que un farol del fraile, que de camino a Arenal ha comprado ese anillo a un ropavejero por menos de un real, pero es un farol muy eficaz, ya que los hacen pasar de inmediato a un pequeño despacho. Allí está el propietario de todo aquello, Isidoro Santamaría.

—¿Es cierto eso de que tienes un anillo que fue de Isabel II?

Fray Braulio no se anda con disimulos, nada más entrar y quedarse a solas con él, agarra al perista del cuello y le da dos fuertes bofetones. El perista, que no se lo esperaba, balbucea algo ininteligible, las palabras le salen atropelladas y en desorden.

—Escúchame —le calla fray Braulio—. Esto es lo menos que te puede pasar. Siéntate, como grites no sales vivo de aquí. Te juro que te parto el gaznate de un puñetazo.

Lucía ha visto pelear al fraile y sabe que no miente, que cualquier error del perista le llevará a la muerte. Aquí no hay ningún farol. La noche que le vio en la basílica ya se dio cuenta de que era un religioso distinto a los demás. El miedo ha desaparecido por completo; a la espalda del monje, apoyada contra la puerta, se siente segura.

—No te voy a vender ningún anillo. Te voy a dar la oportunidad de decir todo lo que sepas sobre un sello de oro con dos mazas en forma de aspa. Vino a empeñarlo una niña. Quiero que me lo cuentes todo.

—Vino la niña, pero no me lo quedé, se lo llevó una mujer. La señora de Villafranca.

La siguiente bofetada del fraile es mucho más fuerte que las anteriores, da con Isidoro en el suelo.

—Prueba a decirme algo que no sepa o vas a pasarlo muy mal.

El hombre está tan asustado que ni se levanta. Habla sentado allí, cubriéndose la cabeza con los brazos para protegerse de nuevos golpes.

—Un par de días antes vino a verme Marcial Garrigues. Pero ahora está muerto, salió en el periódico: dicen que era la Bestia. Sólo había venido por aquí una vez antes, para preguntarme dónde podría comprar oro al peso...

Fray Braulio pone la bota en la cara de Isidoro y la aprieta contra el suelo.

—¿Qué amigos tenía Marcial?

—¡No lo sé, lo juro! Sólo vino esas dos veces. La última me dijo que si aparecía un anillo con esas dos mazas, le mandara recado.

—¿Dónde?

—A la basílica de San Francisco el Grande. Debía entregárselo al prior Bernardo, él se encargaría de hacérselo llegar.

—Muy bien, así me gusta. Sigue. La historia empieza a interesarme.

El perista cuenta que había hecho seguir a la niña que le llevó el anillo para informar a Marcial Garrigues y así cobrar un dinero.

—Le dije que vivía en una fábrica de cerillas. No sé nada más. Me pagó y se marchó.

Al escucharlo, Lucía no puede contenerse; se lanza hacia el perista y descarga una patada en su vientre.

—¡Por tu culpa se llevó a mi hermana!

—¿Qué estás diciendo? ¡Deja de patearme! —Pero Isidoro, con el pie de fray Braulio en la cara, no puede defenderse.

—Clara, mi hermana, vino a venderte el anillo y tú le lanzaste a la Bestia.

—Si quieres hacerle daño de verdad, vas a tener que mejorar. Así —le dice fray Braulio a Lucía y luego le da una patada en el estómago al perista que le corta la respiración. Echa la rodilla al suelo y, cogiéndole del corbatín, le levanta la cabeza y le mira a los ojos—. Algo más, dime algo más y a lo mejor no te mato antes de irme. La niña está deseando que me des una excusa.

—¡La chaqueta! —grita el perista a la desesperada al ver que el monje prepara el brazo para darle un puñetazo—. También le interesaba una chaqueta. Me preguntó si la niña que vino a vender el anillo llevaba un redingote marrón.

Fray Braulio se queda con el puño en el aire. Cruza una mirada con Lucía, que también está intrigada. La chaqueta del padre Ignacio García. ¿Qué interés podía tener en ella?

52

El simón se detiene al llegar al control de la Milicia Urbana en la Puerta de Toledo. Fray Braulio intercambia
unas palabras con el guardia y les franquean el paso. Es
la primera vez que Lucía cruza la Cerca de forma legal
en mucho tiempo. Anoche, antes de dormir ambos en
casa de Diego, fueron a la basílica, donde él recuperó su
hábito de monje y Lucía le relató al detalle el día en que
asaltaron a Clara en la cueva y, entre otras pertenencias,
robaron la chaqueta. Ahora quieren dar con ella.

Madrid ha amanecido con una capa de nubes bajas
después de una noche de bochorno, como si según avanza el día la inmundicia de una ciudad abandonada a su
suerte imantara el calor al suelo. El cochero atormenta
al caballo para que evite los desniveles del terreno, las
corrientes de aguas fecales y el fango en el que más de
una vez se han quedado atrancadas las ruedas. Las imágenes de casuchas destartaladas, niños desnutridos y perros famélicos desfilan por las retinas de Lucía como estampas de un pasado reciente que todavía lleva pegado a
la piel. Cruzan los restos derruidos y calcinados de lo que
fue las Peñuelas; un lugar miserable ante el que ella sonríe con nostalgia. Será el tiempo quien se encargue de
borrar su recuerdo. Siguen el camino hacia las cuevas.

El cochero se detiene a una indicación de fray Braulio, que le pide que espere hasta que ellos regresen. Sería imposible encontrar en esos andurriales un vehículo para volver a la ciudad. Lucía le guía por el talud hasta la cueva donde murió Cándida. El monje trepa por la ladera con la agilidad de un guerrillero curtido en terrenos escarpados. Recorren las cuevas una por una, muchas de ellas habitadas, y Lucía no tiene más remedio que admirar la desenvoltura del monje, el modo de registrar cada hornacina, de descubrir fardos, levantar mantas y sacudir hatillos sin perder un segundo en explicaciones a sus dueños. Alguna mujer protesta por la intromisión, algún hombre harapiento alza la voz y algún perro husmea en el hábito del monje mientras él inspecciona sin desmayo. Pero nada lo detiene, aplaca esas débiles resistencias con manotazos firmes y miradas de pedernal que no admiten réplica.

En la quinta cueva descubren a una anciana removiendo un puchero. Lleva puesto el redingote marrón que están buscando, el que abrigó a la madre de Lucía en sus últimos momentos de vida. Fray Braulio le ordena que se lo quite y advierte una terquedad en la vieja que muy pronto se va a convertir en resistencia feroz. El monje no ahorra violencia por mucho que se enfrente a una mujer de edad avanzada, que lloriquea y se aferra al abrigo como si fuera un hijo y asegura entre súplicas que tuvo que pagar un real por él. El fraile le retuerce el brazo y la inmoviliza contra la roca, le arranca la prenda a tirones. Los insultos de la anciana los acompañan durante todo el camino de vuelta, cada vez más lejanos pero incansables. El cochero los aguarda fumando picadura.

Durante el trayecto hacia la ciudad, fray Braulio examina la chaqueta minuciosamente sin hallar nada en los bolsillos.

—Tiene que haber algo, no creo que Marcial la buscara para abrigarse.

Está a punto de desistir cuando nota algo con los dedos.

—Creo que lo tengo.

Tras romper el dobladillo saca una tira de papel doblada. En ella, bajo el encabezado de «Maestros», hay una serie de nombres de significado desconocido. Junto a cada uno de ellos hay unas letras, parecen siglas: MGR, RDLV...

—¿Qué pone ahí? —pregunta Lucía, impaciente.

—Maestros. Así es como llaman a los iniciados en muchas sociedades. Lo de abajo parecen sus nombres en clave dentro de los carbonarios: Anapausis, Resplandor Dorado, Eterno Salaot...

—¿No dice quiénes son de verdad?

—Las letras que hay al lado de cada nombre podrían ser sus iniciales, pero también cualquier otra cosa, cargos en la sociedad o lo que sea. Son doce.

—¿Y qué hacen esos doce?

—No tengo ni idea.

Fray Braulio no es completamente franco con Lucía, sabe más de lo que le ha contado de los carbonarios por los rumores que había oído de ellos y por el artículo que Diego Ruiz dejó inacabado y pudo leer en su casa. Sabe que siempre se han enfrentado a los absolutismos. En los ritos de iniciación se jura obediencia y secreto, y el incumplimiento se castiga con la muerte. La sociedad se organiza en cédulas, y cada una de ellas está formada por un presidente, un secretario, un diputado y veinte primos. Sin embargo, este listado no parece responder exactamente a esa estructura: ¿quiénes son esas doce personas? ¿Por qué están en esa lista que escondía el teólogo Ignacio García en el forro de un capote? ¿Quién de los doce es el líder?

—Siempre hay un Gran Maestre. Alguien que dirige la sociedad...

—¿La Bestia? ¿Marcial Garrigues?

—No, ese era un simple ejecutor. —Fray Braulio cabecea pensando en voz alta. Leyó la biografía de Marcial en los periódicos, su pasado militar no tan distinto del suyo propio, el que adorna su verdadera identidad, Tomás Aguirre, como agente carlista. Marcial, como él, era un soldado, no un general—. El nombre de la Bestia se lo puso la calle, los periódicos, no es una forma de llamarle dentro de la sociedad. Marcial Garrigues era una pieza dentro de esta lista, poco más... Un guerrero.

—Como usted.

Fray Braulio la mira con sorpresa, pero asiente. Tal vez llegue pronto el momento de contarle quién es realmente.

Lucía le quita la lista de nombres. Intenta leer uno, pero le cuesta.

—A... na... pa...

—Anapausis —completa el monje—. ¿No sabes leer?

—Muy poco. ¿Me lee los nombres?

—Esto a ti no te interesa, es cosa mía. —Le quita el papel.

—Claro que me interesa, los carbonarios tienen a mi hermana.

—¿Te contó el periodista quién pensaba que podía estar dentro de esa sociedad?

—No me dio ningún nombre. No sé si a Donoso..., pero hablar con ese tuerto es como hacerlo con una piedra.

—Vete a casa de Diego y quédate allí.

—¿Qué va a hacer?

—No preguntes tanto, limítate a obedecer. ¡Cochero!

El simón se detiene. Fray Braulio se apea, paga la carrera y ordena al hombre que lleve a la niña hasta la calle de los Fúcares. Ella se gira para verle bajar la calle a buen paso y después se acomoda en el asiento y aprovecha la sensación única de viajar como una señorita.

Lucía no está dispuesta a encerrarse en casa sin hacer nada. Quiere confiar en el monje, pero a la vez sabe que la vida de su hermana no es importante para él, que le mueven otros objetivos que no le ha desvelado. ¿Por qué iba a buscar si no con tanto denuedo el abrigo? En esta ciudad el altruismo está en desuso; cada perro busca su hueso. Donoso le dijo algo que ahora le martillea la cabeza, algo sobre un frasco de sangre que tenía la Bestia. Diego se lo llevó al doctor Albán, en el Hospital General. ¿Y si el médico descubrió algo al analizarlo? No lo sabe, pero está dispuesta a averiguarlo.

El hospital está cerca de la calle Atocha, a apenas cinco minutos de la casa de los Fúcares. El enorme edificio es un hervidero de gente: enfermos tumbados en el suelo, monjas sobrepasadas atendiendo a quienes pueden, pacientes que protestan, que reclaman atención, una mujer que no se mueve, que quizá esté muerta, sentada en una simple silla sin que nadie se fije en ella... Lucía pasea por las salas viéndolo todo y se alegra de que su madre no acabara sus días en un sitio así. Por lo menos murió abrazada a sus hijas, no en esta soledad.

Nadie da cuenta del doctor Albán. El hospital está lleno de voluntarios que no llevan allí lo suficiente como para conocer a los médicos y, aunque Lucía no lo sabe, menos aún a un joven doctor recién llegado de París. Recorre varias alas del edificio, aborda a cualquiera que vista una bata. Pero nada. Por fin topa con una monja muy joven que la puede ayudar.

—¿El doctor Albán? Tienes suerte, es ese hombre que va por allí.

Lucía corre tras él, una figura inquieta, apresurada, que lleva una bata completamente manchada de sangre.

—Doctor Albán, necesito hablar con usted.

—Lo siento; si buscas a un familiar, no soy la persona adecuada. Además, tengo mucho trabajo.

—Diego Ruiz, el periodista, le dejó un frasco de sangre para analizar.

El médico se detiene, la chica ha logrado captar su atención.

—Supe lo que le había pasado y... me habría gustado asistir al entierro, pero el gobierno prohíbe las reuniones de más de diez personas. Los médicos debemos ser los primeros en acatar las reglas.

La disculpa de Albán suena honesta. Coge a Lucía de un brazo y, en el jardín del hospital, le comenta que ha leído con tristeza la crónica del sepelio que escribió Ballesteros. Al saber que Lucía vivía con el periodista, no ahorra las preguntas sobre la supuesta relación que unía a Diego con la duquesa de Altollano. Tal vez esté pensando en usar los datos que la niña le dé en alguna tertulia.

—Todo eso no tiene ninguna importancia. Diego estaba buscando a mi hermana. Se la llevó la Bestia y, a lo mejor, ese bote de sangre sirve para encontrarla...

—¿De qué te van a valer a ti unos datos científicos, criatura? —Al notar la impotencia de Lucía, consciente de que lo que le plantea el doctor es cierto, Albán prefiere no seguir cuestionándola. Puede dedicar diez minutos de su tiempo a ayudarla—. ¿Sabes que ayer trajeron a otra víctima de la Bestia? Parece que la historia no se ha terminado.

—Lo sé, es una niña que se llamaba Juana. Estuve en el camino donde la encontraron.

—No tenía ninguna insignia en la boca.

—Yo misma se la saqué y sé dónde está. Era igual que la de Berta: tenía dos mazas cruzadas.

Lucía sigue al doctor Albán hasta un laboratorio. Es uno de los pocos lugares tranquilos en el hospital y parece una rebotica, llena de matraces, tubos, infiernillos...

—Hay mucho trabajo y no he tenido tiempo de analizar las muestras; Diego me las dio la misma tarde de la matanza de monjes. Como si no tuviéramos bastante muerte con el cólera. Me trajo dos tarros: uno, al parecer, lo había hallado en la casa de un teólogo, un tal Ignacio García; el otro, en los bolsillos de Marcial Garrigues. Quería saber si era sangre humana.

—¿Se puede saber?

—No con certeza, ningún juez lo aceptaría, pero existe un modo, recurriendo al olfato. Yo estudié en París y allí aprendí los métodos del doctor Barruel. Ahora te explico, aunque mi confianza en ellos es más bien limitada.

El doctor Albán abre un armario y recorre con el índice varios frascos etiquetados, hasta dar con los que busca.

—Aquí están. Ahora lamento que Diego no esté para... En fin, son tiempos difíciles. Manos a la obra —dice para animarse.

Extrae dos muestras de la sangre coagulada de cada frasco y las dispone sobre un platito, después busca un bote entre los centenares que hay allí, le ajusta un medidor y aplica una gota sobre las muestras.

—Esto es ácido sulfúrico. ¿Sabes lo que es?

—No.

—Bueno, da igual. Es un reactivo. Según el doctor Barruel, al echar el ácido en la sangre se produce un olor peculiar en caso de ser humana. ¿A qué te huele?

Lucía acerca la nariz al plato y pone cara de asco.

—No sé, huele mal.

—A mí también me huele mal y no sé si es de una persona o de una vaca. Esperaba haber acertado esta vez, que Dios me hubiera iluminado, pero no tengo ni idea. Barruel decía que él era capaz hasta de saber si era sangre de hombre o de mujer.

—Entonces ¿no lo vamos a saber?

—Me temo que no. —Se queda pensativo—. A menos que intentemos otro método. Es algo con lo que vi experimentar a un médico italiano, el doctor Cassanti.

Albán le va explicando todo lo que hace a Lucía. Da la impresión de que el doctor es un hombre locuaz y enamorado de su trabajo, que agradece tener una oyente de sus conocimientos, aunque la oyente no pueda entender una palabra de lo que va contando.

—Tenemos que reducir la muestra de la sangre coagulada a un polvo muy fino.

Mientras habla, separa un poco de sangre en una lámina y la corta con una cuchillita. Consigue formar una arenisca. Después husmea entre los estantes hasta dar con una botella panzuda.

—Vamos a espabilar este polvito con un poco de ácido fosfórico.

Añade unas gotas a la duna de arena roja de la lámina.

—Suficiente —dice satisfecho—. Ahora hay que esperar a ver la reacción.

Lucía estudia con interés la plasta resultante, pero no observa nada particular. Sin embargo, el médico sí ve algo que le llama la atención. Se pringa la yema del dedo con la punta de esa montañita viscosa.

—Mira, se ha creado una masa homogénea, pero si la apretamos se convierte de nuevo en partículas secas que ya no vuelven a formar un solo cuerpo.

En efecto, al apretar el pulgar en su dedo manchado, la plasta se disgrega en pequeños granos rojizos.

—¿Qué significa eso?

—Según el doctor Cassanti, este fenómeno se produce cuando se trata de sangre menstrual. ¿Sabes lo que es la sangre menstrual?

Lucía no contesta. Su mirada vaga por los estantes llenos de tarros, de frascos de ungüentos, de brebajes en damajuanas, mientras trata de encajar esta información en el galimatías que es la desaparición de su hermana, los carbonarios, las víctimas de la Bestia.

—La sangre menstrual es la del menstruo de las mujeres —aclara el doctor—. Así que en ese caso es sangre femenina, obvio.

Lucía no necesita esa explicación. Sabe perfectamente lo que es la sangre menstrual, pero no atiende al médico porque de pronto ha comprendido por qué a algunas niñas las mata antes que a otras, algo que Diego no consiguió averiguar. Lanza una pregunta, aunque en el fondo no necesita tener respuesta, mientras sigue atando cabos en su cabeza:

—¿Para qué podría querer alguien guardar sangre menstrual?

—Antes se creía que la sangre de individuos sanos podría servir para curar a personas enfermas. En 1492, el papa Inocencio VIII se estaba muriendo y, para tratar de salvarlo, su médico le hizo beber la sangre de tres niños de diez años.

—¿Se salvó?

—No, se murieron tanto él como los niños. Eran supercherías medievales, la gente se creía cualquier cosa.

—Los cuentos no pasan nunca de moda, doctor. La gente los necesita.

—No te falta razón: cuando empezaba a estudiar recuerdo que leí el trabajo del doctor Baltasar de Viguera. Recopilaba algunos usos que se daba al menstruo a lo largo del tiempo. Con esta sangre los curanderos preparaban ungüentos, y daban remedio a tal número de dolencias que más parecía obra de la santísima Virgen María: si te frotabas con la sangre, se iban las verrugas, te curaba la gota y hasta la epilepsia. Ignorancia y supersticiones, no hay peor pareja. Aunque no te lo creas, se decía que, si una mujer menstruante salía desnuda a terreno abierto, se regulaba la atmósfera; no había tempestades ni tormentas. El cielo quedaba de un azul prístino, los pájaros cantaban y la brisa esparcía el olor de las amapolas. Por desgracia, y por mucho que la ciencia avance, quedarán cabezas huecas que creen que la Tierra es plana y que la sangre menstrual te alivia las calenturas.

Lucía se ha sentado en el suelo, bajo un estante repleto de material del laboratorio. Piensa en Clara, que le preguntaba intrigada cuánto dolía la primera vez que a Lucía le vino la menstruación. «Un poquito, pero a ti todavía te faltan años para tenerla.» Entonces, Clara sólo tenía siete años. Ahora tiene once, pero sigue sin manchar, está segura. ¿Es eso a lo que esperan? ¿Por eso el tiempo que pasa entre los secuestros y la aparición de los cadáveres cambia tanto de una chica a otra?

—La primera sangre —dice—. Las matan cuando tienen la primera sangre. Eso es lo que están esperando, por eso todas las niñas tienen los mismos años...

El doctor la mira sorprendido, pero sus ojos brillan como lo hacían cuando aplicaba el reactivo sobre la muestra. Está claro que también le gustan los enigmas y que la suposición que ha lanzado Lucía encaja con el misterio que le planteó en su momento Diego.

—Es posible. Hay métodos tan absurdos como las

costumbres que antes te decía para provocar la menarquia, esa primera sangre de la que hablas. Hablan de la influencia de las fases lunares, pero, en el fondo, es una decisión del cuerpo y nadie puede hacer nada por adelantarla o atrasarla.

Lucía sonríe. Lo hace por primera vez en mucho tiempo. La perspectiva de recuperar a Clara con vida se le hace más posible que nunca desde que desapareció. Si ella no ha sangrado, aún la mantendrán con vida. Puede encontrarla antes de que sea demasiado tarde.

53

Los bartolillos continúan calientes cuando Donoso sale del Horno del Pozo. Queman en el papel de estraza que los envuelve, pero sabe que estarán perfectos cuando llegue a su casa. Grisi se ha quedado en la cama, ha dejado las ventanas abiertas en busca de una mínima corriente de aire mientras él salía a comprar; el sopor de julio inunda la ciudad y a los paseantes parecen pesarles las piernas. Sin embargo, Donoso se siente extrañamente liviano, desembarazado de un peso que antes le hundía. El peso de la inutilidad, de los días embotados por la falta de proyectos o de sueños. El azar ha puesto un ángel en su vida, un ángel con alas rotas que deben ser reparadas. Y está seguro de que, entre todos los hombres de la tierra, sólo él puede cumplir con esa misión. Grisi es una mujer nerviosa, inestable, dependiente del opio y muerta de miedo y de dolor. Pero brillan las ascuas en las cenizas. Él ve la fuerza dentro de ella, la belleza resistente a la tragedia. La vida la ha zarandeado y, sin embargo, mantiene intactas las ganas de vivir, de proteger su posición en el mundo del teatro, de aprovechar las oportunidades que le pueda brindar el destino.

Camina con el paso ligero, cambiando el paquete de mano a cada tanto para no quemarse, y al pasar por una taberna ni siquiera tiene que espantar la tentación de echarse un aguardiente al estómago. Sólo quiere sentir la cercanía de la actriz. Y cuidarla. Cuidar de esa mujer desvalida que necesita su ayuda. ¿Cómo es posible que la amargura embalsada en su interior se haya evaporado de golpe?

Ya casi no lo quiere comprender. Grisi es quien ha obrado esta extraña mutación en el guardia tuerto, y todo en unos pocos días. Como si hubiera bebido del agua milagrosa que dicen que había en el pozo que da nombre a la calle por la que avanza. Un pozo contaminado por las reliquias de espinas de la corona de Cristo. Para Donoso, esa agua milagrosa es Grisi. Sus labios, sus ojos, que han visto más de lo que deberían, su piel blanca y aterciopelada, son el elixir que le ha hecho olvidar la bebida, el desengaño amoroso con su mujer y, sobre todo, que le ha permitido dejar de mirar atrás, al pasado, para volver la cara al futuro. Porque, a pesar de todo el dolor y la muerte que han rodeado al guardia en estas últimas semanas, por primera vez cree firmemente que sí puede existir un mañana en el que será feliz. Para eso, debe ahuyentar de sus pensamientos, como si se tratara de una mosca molesta, a Lucía y la búsqueda de su hermana. La niña, como tantas otras cosas, pertenece a un tiempo pretérito al que no quiere volver a asomarse.

En una vida cualquiera, la mayoría de los grandes acontecimientos sucede por casualidad, pero este lo provocó Diego, que le puso en la senda de Grisi. Se sorprende de pronto sintiendo gratitud por él, y al hacerlo nota con claridad que la pena por su pérdida no es mortificante; es más una melancolía dulce, regada de recuerdos de sus conversaciones, sus noches de francachelas, tertulias y burdeles en los que Diego nunca quería pasar a una habitación. La risa contagiosa del periodista y la sempiterna pesadumbre del guardia. «Lo siento tanto», se murmura Donoso; siente no haber sido un mejor amigo, no haber intentado alegrar de otra manera los días del periodista, no haberle convencido de que se alejara de los peligros. Le gustaría haber sido el hombre que es ahora.

Embebido en sus pensamientos, Donoso deja que sus pasos le conduzcan por Atocha hasta que, en la esquina de la Leña, unas manos le agarran de un brazo y, de un tirón, lo arrastran hasta una plazuela, apartada de las miradas de otros viandantes. Trastabillando, como quien despierta de un sueño, inseguro de si lo que tiene a su alrededor es real o parte del mundo onírico, Donoso intenta identificar al monje que le ha arrastrado a ese lugar desierto. Manteniendo el cucurucho de bartolillos en un precario equilibrio, le insulta; ¿acaso no sabe que es un guardia?

—No me importan tus galones, ni siquiera creo que tú les des ningún valor, Donoso.

—¿Cómo sabes mi nombre?

—Igual que sé que eres un borracho cobarde. Basta con mirarte unos minutos.

El guardia mira a un lado y otro midiendo sus opciones. No tiene ninguna intención de rebatirle a este extraño monje sus insultos, anda más interesado en encontrar una vía de escape. Sólo sigue hablando para ganar tiempo.

—¿Qué quieres? Si es dinero, te equivocas de persona.

—Diego Ruiz. Era tu amigo, aunque me da la impresión de que el duelo no te ha durado mucho. Creo que pudo contarte más cosas de las que escribió en su artículo sobre los carbonarios.

—Diego no llegó a publicar ningún artículo sobre eso.

—Dejó uno a medias. He estado en su casa y lo he

leído. Como también he hablado con Lucía, la niña del pelo rojo. ¿Qué había llegado a averiguar Diego de los carbonarios?

En un balcón, una mujer riega unos geranios. Al fondo de la plazuela de la Leña, dos golfos se dan empujones entre risotadas, como si el cólera no existiera. Si Donoso fuera lo bastante rápido, en unas zancadas estaría de regreso en Atocha y tal vez pudiera llamar la atención de algún guardia. Sin embargo, la huida a la carrera no le parece la mejor opción.

—Hay una taberna en Mesón de Paredes. Ahí podremos hablar más tranquilos, no son temas para aventarlos en plena calle.

Fray Braulio, como se presenta el monje ante Donoso, le acompaña como el sacerdote que consuela al reo camino del patíbulo. El silencio marca el paseo de los dos hombres, las escasas preguntas del fraile caen en saco roto: ¿cómo supo Diego de la existencia de los carbonarios?, ¿cómo pensó que podría tener acceso a esa sociedad? Donoso pide paciencia al monje, tendrá sus respuestas. El corazón del guardia bulle de ansiedad. Lamenta no tener las armas que, por su profesión, le corresponderían. Sabe que está en inferioridad de condiciones; corpulento, el monje podría romperle los huesos en un par de golpes. Si hay algo que Donoso ha aprendido a identificar con el tiempo es cuándo tiene la derrota asegurada. Sin embargo, no va a darle lo que anda buscando, no desvelará ante el monje que Grisi fue la puerta de entrada para Diego en esa sociedad. La primera que les dio nombre.

El serrín cubre el suelo de la taberna. Sin soltar a Donoso del brazo, fray Braulio le conduce a una mesa apartada. Piden una frasca de vino a Pancracio y, en la penumbra del tugurio, el monje repite las mismas preguntas.

—Se me está agotando la paciencia, Donoso.

El guardia es consciente de que no es una amenaza vana. Mientras les traen la jarra con el vino, balbucea una historia deshilachada; Diego fantaseaba y, al ver el símbolo de la insignia que hallaron en Berta, imaginó que todo formaba parte de alguna sociedad secreta. Tal vez las dos mazas cruzadas le hicieron pensar en la mina y en los carboneros. Alguien debió de contarle que existía una sociedad de similar nombre, los carbonarios. Una mentira que Donoso sigue urdiendo con habla indecisa mientras llena los dos vasos. En otra mesa, unos hombres con demasiado aguardiente en el cuerpo ríen con un matiz de agresividad, ya deben de estar borrachos, pronto pasarán a los insultos. Otros andan rogando a Pancracio que les fíe una ronda más y el mesonero empieza a ahuyentarlos a gritos. En cualquier momento pasará a las manos. Era el ambiente que esperaba en una taberna que conoce bien.

—Déjate de monsergas, Donoso. Es posible que Diego fuera un gacetillero del montón, pero en esta historia acertó. No te estoy pidiendo que te impliques. De hecho, cuando salga de esta taberna espero que sea la última vez que vea ese parche, pero no me voy a marchar sin que me cuentes la verdad. Diego tuvo que encontrar a alguien que perteneciera a esa sociedad. Cogió el anillo de la niña, salió la noche del domingo con un rumbo concreto. ¿Dónde fue?

—¿Por qué tiene tanto interés en ese asunto un monje?

Fray Braulio guarda silencio, su leve sonrisa hace entender a Donoso que de religioso tiene sólo el hábito. Tal vez sea un carlista, dicen que hay tantos como pobres en Madrid. El tuerto intenta negociar:

—Sería justo que, si yo te doy alguna información, tú hicieras lo propio.

—¿Dónde fue Diego esa última noche?

Donoso se remueve en la silla, como si le costara liberar las palabras que va a decir. Mira al fraile. En la taberna, el ruido de los parroquianos va en aumento. Es ahora o nunca. Coge el vaso de vino y, en un movimiento rápido, se lo estampa en la frente a fray Braulio. El cristal estalla y el vino se confunde con la sangre de la herida que le ha abierto al monje. Tira la silla y, tan rápido como puede, sale de la taberna. Los segundos que tarda el monje en reaccionar son suficientes para que los borrachos se sumen a una trifulca que les alegre el día; era lo que en el fondo estaban buscando.

En la calle, Donoso corre sin mirar atrás. Entra en la calle de las Dos Hermanas, ya sin apenas resuello, cuando recuerda que se ha dejado los bartolillos en la mesa de la taberna. Se detiene un instante resguardado en un portal, con una sonrisa por haber recordado esa nimiedad. Hay otras cosas que urgen más: si ese monje le ha estado siguiendo, si sabe tanto de su vida como aparenta, tal vez también sepa dónde vive. Debería ir a avisar a Grisi, buscar otro alojamiento más seguro, al menos durante un tiempo. Cuando va a retomar el camino para salir a la calle de Embajadores, un embate le derriba. Alguien le da la vuelta en el suelo, se sienta a horcajadas sobre él y unas gotas de vino y sangre le caen en el único ojo. Esta vez no hay preguntas.

Un puñetazo le clava los nudillos en la boca. Borroso, sobre él, fray Braulio vuelve a armar el brazo.

—¡Asencio de las Heras!

Donoso cree que el grito ha servido para detener al monje. Se equivoca. Fray Braulio descarga un nuevo puñetazo en la mandíbula; el tuerto siente como si se la hubiera desencajado. A su alrededor, unas mujeres llaman a los guardias, unos niños se ríen.

—¿Quién es Asencio de las Heras?

—Un diplomático. No estoy seguro, pero Diego creía que formaba parte de los carbonarios. La noche en que murió, si fue a algún sitio, a lo mejor fue a su casa... Era un cabezota, cuando se le metía algo en la mollera, no paraba hasta llegar al final.

—Todo lo que oigo de Diego parece bueno. No entiendo cómo pudo trabar amistad con un miserable como tú. —Fray Braulio saca un cuchillo de su hábito e hinca la punta en la garganta de Donoso—. ¿Qué es lo que no me has contado todavía? Sé que Dios me agradecería apartar del rebaño a una oveja como tú.

—¡Te juro que no sé nada más!

Unos soldados aparecen en la esquina de la calle. Siguen el rastro de la pelea en la taberna, donde fray Braulio se vio obligado a dejar a un par de borrachos inconscientes antes de salir tras la estela de Donoso. Vuelve a mirar al guardia: podría rebanarle el cuello como despedida, pero tiene la información que necesita y sabe que no sería inteligente enfrentarse a las preguntas de unos soldados ahora. Siempre darán más crédito a la palabra de Donoso, un guardia al fin y al cabo, que a la de un monje. Se levanta y, en unos segundos, alcanza la calle de Embajadores. A su espalda quedan las voces del tuerto pidiendo a los soldados que le detengan, que es un asesino carlista. Lo dice por puro azar, o porque nada estimula más a un soldado que dar caza a un carlista, y al decirlo ignora que ha dado en la diana.

Fray Braulio encuentra el portal de un edificio abierto y entra en él. Sube las escaleras de madera hasta alcanzar la terraza. Desde allí, puede saltar al tejado del siguiente número de la calle, apenas si hay espacio entre ambos edificios. Al aterrizar en el otro tejado, se tuerce el tobillo y ahoga un grito de dolor. El ligamento le arde, pero, en silencio, se esconde bajo el alerón de la cubierta. Poco después, los soldados llegan a la terraza del anterior edificio: miran a su alrededor sin encontrar rastro del monje y, convencidos de que han errado en su persecución, se marchan. El falso fraile encuentra entonces un momento para mirarse el tobillo maltrecho. Se pone en pie; podrá soportarlo.

Sabe hacia dónde dirigir ahora sus pasos: a la casa de Asencio de las Heras.

54

Josefa está asustada, lleva toda la mañana con mareos y vómitos. Lo que es peor, con continuas visitas al excusado. No ha querido hablar con nadie, ha hecho que le sirvieran el desayuno en su alcoba y no en el salón verde, como tiene por costumbre. Ha disimulado mientras entró la criada para que no notara su malestar. Bebe agua, grandes cantidades de agua, que es lo que está perdiendo en sus continuas visitas al retrete. Probablemente no sirva para nada, porque sabe lo que tiene, ha leído a qué corresponden esos síntomas, en la ciudad no se habla de otra cosa desde hace más de un mes: ha contraído el cólera y se curará en un par de semanas si tiene mucha suerte, o morirá en poco tiempo, menos de cinco o seis días, si la fortuna no la acompaña. De nada valen las hierbas, ni siquiera la famosa viborera; tampoco las sangrías, no está dispuesta a someterse a ellas. Si le ha llegado su hora, no se resistirá y marchará tranquila al encuentro con la muerte. Se comportará con dignidad y valentía, como siempre ha hecho.

Piensa en su vida. Creía que le quedarían muchos años para organizar su final, pero este va a llegar antes de lo que esperaba. ¿Qué va a pasar con su casa, con las mujeres que trabajan allí? Mientras formaba a Lucía, abrigó la idea de que esa niña de pelo rojo llevara dentro la fuerza necesaria para heredar un negocio como el de la calle del Clavel. No habrá ocasión de comprobarlo, esa pobre niña tampoco es dueña de su destino. La policía acabará apresándola: los crímenes de hombres importantes suelen resolverse y será ajusticiada. Ahora mismo, Delfina tampoco es una opción: está rota de dolor tras la muerte de su hija y no sabe qué mujer será cuando sane las heridas, si es que es capaz de hacerlo. Darle el gobierno de la casa sería como tirarla a la basura. Tal vez su amante podría gestionar bien el negocio, pero Julio Gamoneda es un juez respetable, está casado y nunca aceptaría dirigir un burdel, aunque se trate del mejor de Madrid. A pesar de todo, Josefa no quiere que se pierda, que se cierre tras su muerte, que desaparezca todo lo que hicieron ella y su antecesora, Sabrina, las dos Leonas. Por su cabeza van pasando una a una todas las pupilas que trabajan ahora o han trabajado para ella en el pasado, pero ninguna acaba de convencerla.

Cuando le dicen que ha llegado Lucía, sonríe con tristeza. El futuro podría haber sido bien diferente para las dos, pero las cartas que les han tocado las condenan a ser unas perdedoras. Pide que la hagan entrar y, cuando lo hace, hay algo en la expresión de la niña que la sorprende. Una determinación en la mirada que no había conocido, como un nimbo de mujer que está dejando ya muy lejos la infancia.

—No pensé que fueras a volver. ¿Te has instalado con Ana Castelar?

—Todavía no. Pero lo haré. Leona, la veo con mala cara.

—Estoy bien, no te preocupes por mí.

—Tengo que preguntarle algo muy importante. ¿Sabe si Juana había tenido ya su primer menstruo?

—Creo que no, pero no lo puedo asegurar. Me temo

que, si lo hubiera tenido, su madre me habría insistido en que la dejara trabajar. Esa niña tenía la vida escrita desde antes de que Delfina se encamara con el que la dejó preñada. ¿Por qué quieres saberlo?

—Vengo de hablar con un médico en el Hospital General. Diego encontró un frasco con sangre en los bolsillos de la Bestia, quizá era de una de las niñas asesinadas. Según el doctor, es sangre menstrual.

—¿Quién guarda frascos con sangre? Y menos con esa sangre. Te aseguro que a lo largo de mi vida he visto las cosas más raras, pero esa se lleva la palma.

—La Bestia atrapa a niñas de unos once o doce años.

—Ya no. Te recuerdo que le diste la puntilla en una de mis habitaciones. —El rumor había corrido por Madrid como las chinches entre los perros de las Peñuelas, y pese a la defensa de *El Observador*, ya nadie dudaba de que Marcial Garrigues era la Bestia.

—Hay más Bestias, Leona. Y creo que sé por qué les interesan las niñas de esa edad. Las buscan a punto de tener la primera regla. Y cuando eso pasa, las matan y usan su sangre para algo... No sé para qué. A lo mejor la guardan como las iglesias guardan las reliquias de los santos.

—Eso es una barbaridad, Lucía.

—Sé que es así —insiste ella—. Me falta entender algunas cosas, como por qué les meten en la boca una insignia con las dos mazas en forma de aspa.

—¿Qué insignia? ¿De qué estás hablando?

A Josefa, cansada y febril como está, le cuesta seguir el razonamiento. La niña es un torbellino y avanza a saltos, más que a pasos. Cuando logra tranquilizarla, le ruega que le explique todo desde el principio. Lucía empieza a estar cansada de hacerlo, pero brevemente traza su periplo desde el robo del anillo idéntico a la insignia hasta sus últimos hallazgos: que la Bestia es en realidad una hidra, un monstruo de varias cabezas, una sociedad secreta conocida como «los carbonarios». La teoría de que Clara seguirá viva mientras no tenga la regla.

—Habla con Delfina. Ella te confirmará si Juana tenía la menstruación o no —dice Josefa haciendo un esfuerzo por aplacar su fatiga.

—No me atrevo a acercarme a ella. Me hace responsable de haber atraído a la Bestia hasta esta casa. Dice que por mi culpa se llevaron a Juana, y... —De repente, las palabras de Lucía se quedan suspendidas en el aire. Toma conciencia de un detalle que, hasta ahora, había pasado por alto—: Cuando la Bestia me acorraló en la habitación, me dio a entender que mi hermana le había desvelado que yo trabajaba aquí. ¿No se da cuenta? Juana desapareció antes. Si la Bestia estuvo rondando el burdel para llevarse a la hija de Delfina, no fue por mí.

—¿Y por qué iba a estar aquí?

—Buscan niñas que no hayan tenido su primera sangre. Niñas que estén solas... y para saber eso de Juana, alguien que la conocía bien tuvo que señalarla. Si no, habría ido a buscar a una niña al otro lado de la Cerca, como siempre había hecho.

—¿Estás acusando a alguno de los clientes de esta casa? Aquí viene gente respetable —protesta Josefa, que siempre ha presumido de la reputación de su negocio, aunque no puede negar que algún menesteroso también se mueve bajo su techo—. ¿El tullido?

—No, el tullido no. Son gente respetable. Gente importante: esos son los que entran en la sociedad secreta de los carbonarios, no el ropavejero ni el aguador... ¿Quién podría ser, Leona? ¿Quién? ¿Le suena el nombre de Anapausis? ¿Oriente Eterno?

—¿Qué clase de nombres son esos?

Una de las mujeres que trabaja allí se asoma y las interrumpe.

—Josefa, don Julio Gamoneda está aquí. ¿Le hago pasar al salón verde?

—No, le recibiré aquí.

Lucía se da cuenta de que Josefa da por terminada la conversación y sale de allí confiando en no haber ofendido a la Leona.

Josefa no le ha dicho a Lucía lo que le ocurre, pero no se lo va a ocultar a Julio Gamoneda. Si la vida hubiera sido distinta, si no hubiera sido una prostituta —por mucho que sea una con tanto éxito—, le habría gustado casarse con él, darle hijos. Claro que si no hubiera sido prostituta, viviría en Córdoba y no le habría conocido. En la vida es todo tan casual que de nada sirve hacer planes o pensar en lo que podría haber pasado. Sí, a él se lo va a contar, le va a decir que se muere.

Julio Gamoneda, cariñoso, se acerca a besarla en el cuello, pero Josefa lo evita. Antes de que él exprese su extrañeza por el gesto, la Leona le pide que le escuche un solo minuto. Le hace la confesión del dolor que le quema dentro.

—¿Cólera? ¿Estás segura?

—Lo estoy, pero no quiero ir a ningún hospital, no quiero que me manden a un lazareto ni que me pongan sanguijuelas. Si muero, prefiero morir aquí, rodeada de mis cosas y de mi gente.

Él le pone la mano en la frente para calibrar su temperatura.

—No deberías estar aquí conmigo, te vas a contagiar.

—Tú no te puedes morir, amor mío.

Ella sonríe con dulzura.

—Tenemos planes, ¿recuerdas? —continúa.

—Estaban en el aire, nunca me he creído que lo fueras a dejar todo por mí.

—Porque eres una mujer de poca fe. Pero estoy dispuesto a todo. A renunciar a mi plaza de magistrado, a dejar a mi mujer, a cambiar de ciudad para escapar del escándalo...

—El escándalo...

—Sí, el escándalo. La sociedad no tolera el amor entre un juez y una prostituta. Ni siquiera concibe que algo así pueda suceder. Pero ha sucedido, y no soy tan tonto como para dejarlo escapar.

—Ya estoy sentenciada, amor. Quédate con nuestros recuerdos y olvídate de esas fantasías.

Gamoneda pasea por la habitación, intranquilo. Descorre el visillo y mira por la ventana. Entra la luz de un sol de justicia que disolvió hace horas las primeras nubes.

—Apártate de la ventana, ¿o es que quieres que te vea alguien?

Él la mira con gravedad. Por primera vez va a demostrarle que de verdad la ama, aunque no se haya separado de su esposa y aunque nunca se haya presentado con ella en público.

—No vas a morir —le dice Julio con la seguridad del creyente.

55

Tomás Aguirre —ya se puede olvidar del nombre de fray Braulio, el que ha estado usando desde que llegó a Madrid— siente un dolor casi insoportable en el tobillo, pero lo ha podido apoyar en su camino, y eso quiere decir que no está roto. Ha buscado en la lista que sacó de la chaqueta del padre Ignacio para comprobar si el nombre que le dio Donoso coincide con alguna de las iniciales que hay allí y, al parecer, ha dado en el blanco. Al lado de Anapausis se puede leer AH, es decir, Asencio de las Heras.

Se sienta en los escalones de la plaza del Alamillo para descansar. Se lava la herida del rostro en una fuente, es un corte sin importancia. Sin embargo, tiene el pie muy hinchado, no sabe si podrá seguir adelante. Necesita comprimirlo para que deje de inflamarse. Lo único que tiene a mano es su cíngulo, será el último servicio que le preste la indumentaria de monje. Aprieta los dientes y lo ciñe con fuerza. Una oleada de dolor parte del pie y recorre su cuerpo entero. No le importa, no es la primera vez que debe sufrir para cumplir su deber: más dolió hace una semana el acuchillamiento.

Tomás Aguirre también era fraile, como el hombre del que ha tomado la identidad estos días, fray Braulio: un monje que iba a integrarse en la comunidad de San

Francisco el Grande y que murió oportunamente de una neumonía. Natural de Astigarraga, en Guipúzcoa, Tomás Aguirre ahora es famoso por su rudeza y su apoyo a la causa carlista. Con un ejército de cincuenta hombres, se unió al principio de la guerra a las tropas del general Zumalacárregui y se le considera su lugarteniente desde que participó en el asalto al convoy entre Logroño y Cenicero, en el que consiguieron armas para el ejército carlista. Fue su momento más brillante. En aquella época no dudaba, ahora tiene ratos en los que no sabe bien por qué lucha. A veces, como si pudiera ver la realidad desde arriba, con distancia, toma conciencia de que las ideas que defiende —rechazo al parlamentarismo, vigencia de la Inquisición y de la ley sálica, que prohíbe a la mujer la herencia de la Corona y, por lo tanto, considera legítimo sucesor a Carlos María Isidro de Borbón— no tienen por qué ser las más acertadas. Echa de menos aquella adhesión irracional a unos principios que le había inculcado su familia. No dudaba de los preceptos tradicionalistas como no se pone en duda la Santísima Trinidad. Ahora, hasta los dogmas esenciales temblequean en su interior como la llama de una vela mecida por el viento. ¿Dónde estaba Dios cuando se cometió la matanza de frailes el pasado jueves? ¿Por qué permite esa barahúnda de desgracias en los campos de batalla y en las ciudades, asoladas por la pobreza y el cólera? Quisiera tener la fe ciega de los primeros cristianos, capaces de entregarse al martirio con los ojos cerrados, pero la duda se ha colado en su ser, se extiende como un reguero de pólvora y lo hace dinamitando los pilares de su catecismo: la fe en Dios, la causa carlista, la necesidad de la guerra. Todo aquello que daba sentido a su vida. Sin embargo, no son tiempos para la reflexión. El mundo parece agitado por un cambio que sucede a toda velocidad. Un terremoto que, como piensa a veces, anticipa la muerte de la civilización. Las charlas pausadas, los debates respetuosos, se han extinguido: todo es exaltación y griterío.

Muchos le culpan a él de los fusilamientos de los Celadores de Álava, en marzo de este mismo año. Creen que Zumalacárregui no habría dado la orden de fusilar a esos ciento dieciocho hombres de no haber sido por sus consejos. Sólo él sabe que intentó que la orden se revocara hasta el último minuto. El cuerpo de Celadores de Álava se había creado para defender la zona de los ataques carlistas. El 16 de marzo, al amanecer, el general Zumalacárregui envió un escuadrón de caballería y dos de infantería a Gamarra, lugar en el que estaban acuartelados. La batalla fue cruenta y hubo múltiples bajas por ambos bandos. Finalmente, los celadores se rindieron tras recibir la promesa de que se respetarían sus vidas, y aun así el general carlista decidió que se los fusilara al día siguiente, en Heredia. Tomás Aguirre trató de convencerle de la crueldad del acto y de sus tristes consecuencias, pero el general quería dar una lección a todos los que se opusieran al avance de sus tropas. En una guerra civil —opinaba Zumalacárregui— hay que difundir el horror entre los contrarios. En su insistencia para impedir la barbarie, Aguirre apareció ante los ojos de los testigos como el instigador. Podría haber confesado la razón de sus continuas conversaciones con el general, pero por encima de todo estaba la lealtad. No iba a acusar a Zumalacárregui de haber cometido un acto abominable.

Desde aquel día, la relación entre los dos hombres se resquebrajó, quizá por eso el general prescindió de él en el frente y le envió a Madrid. Pero Aguirre, aun caído en desgracia, es un hombre de palabra y quiere hacer su encargo de la mejor manera posible: durante mucho tiempo, simpatizantes de la causa carlista han estado medrando en el gobierno de Madrid con el fin de debilitarlo desde dentro. Fue la muerte de uno de ellos, el teólogo Ignacio García, lo que los puso en alerta: ¿fue natural o alguien le identificó como carlista y le eliminó?

Las sospechas de la inteligencia resultaron acertadas: el confesor de la reina, el prior Bernardo, podría estar detrás de la muerte del padre Ignacio García. Por eso suplantó la identidad de fray Braulio, para alcanzar una posición cercana al prior de San Francisco el Grande, seguir sus pasos, husmear en sus gavetas y armarios. La trama ha superado en complejidad todas sus expectativas: la muerte del prior en la matanza, Lucía y Diego Ruiz, que se cruzaron en su vida, los asesinatos salvajes de las niñas, los carbonarios. De pronto, se ha encontrado frente a una bestia mucho más salvaje de lo que esperaba.

Aguirre se pone en pie y echa a andar en dirección al barrio de las Trinitarias. Allí, en la calle del León esquina con la de Cantarranas, a pocos metros de la calle de las Huertas, es donde vive Asencio de las Heras. El diplomático está muy bien relacionado y aparece a menudo en los periódicos, se dice que va a ser el próximo embajador de España en Berlín, después de haber sido cónsul en Londres y en París...

Desde lejos, Tomás Aguirre observa el edificio. En el hueco del portal, el viejo Dimas, muy conocido en el barrio, trabaja en su chiscón arreglando un reloj de bolsillo. Hay algo hipnótico en la concentración del relojero, en la forma redonda y plateada del artefacto que manipula. Pero no hay nada más afectado, innecesario y estúpido que llevar un reloj encima. Así piensa el carlista. Él se orienta por el sol cuando está en el frente, y por las oraciones y campanadas cuando se encuentra intramuros. El inmueble no tiene, pese a la importancia de su ilustre vecino, una vigilancia especial; sólo hay un hombre en la puerta y parece menos dedicado a la seguridad que a las apariencias. Para un religioso es muy fácil camelarse a un guardia, así que se desata el cíngulo del tobillo y se lo pone de nuevo en la cintura.

—¿Dónde va, hermano?

—A casa de don Asencio de las Heras. Supongo que vive en el principal.

—Sí, pero no sé si se encuentra en su domicilio.

—Tampoco esperaba que me recibiera él, me conformo con rogarle a su esposa una limosna para la parroquia.

—Difícil que le saque usted algo a su esposa...

—No dude de la capacidad de sacar dinero de un fraile. Ya sabe que es nuestra ocupación desde hace siglos... Ni de la caridad de esa mujer.

—No dudo de usted sino de ella, doña Elvira falleció hace un año. A lo mejor con quien quiere hablar es con doña Asunción, su ama de llaves.

—¿Es ama de llaves? Yo pensé que era su esposa. Entonces espero que doña Asunción sea generosa.

—Si le dejo entrar y es generosa, ¿repartirá algo conmigo?

Aguirre deposita dos reales en la mano del portero.

—Ya sabe que lo más importante en la vida es compartir. Le podría recitar varios pasajes de la Biblia en los que se habla de eso.

Tomás Aguirre sube la escalera cojeando, apenas soporta el dolor del tobillo. Así que hay un ama de llaves llamada Asunción, se dice. Imagina que habrá más servicio, tal vez criadas o cocinera, espera que no haya mayordomo, siempre es más trabajoso reducir a un varón sin hacerle daño.

La mujer que le abre la puerta está vestida de negro, no tiene más de treinta o treinta y cinco años y es muy bella; no es el retrato que uno imagina de un ama de llaves. De inmediato se le pasa una idea por la cabeza: si esa es Asunción, no es sólo una empleada sino la amante del diplomático.

—Buenos días, ¿es usted Asunción?

—Sí, soy yo.

—Vengo de la basílica de San Francisco. Hace unos días hablé con don Asencio de las Heras. ¿Le comentó algo?

—No, no... Don Asencio... está en cama. Hoy no se sentía bien.

Tomás Aguirre aprovecha que la mujer no ha tomado precauciones al encontrarse con un religioso y le ha dejado entrar para sacar de nuevo la navaja y colocarla en su cuello.

—No quiero hacerle daño. No grite, no trate de hacer nada y no correrá ningún peligro. Lléveme al despacho del señor.

—No hay dinero.

—Eso no es lo que busco.

No se cruzan con nadie en el camino. Una vez que la mujer está maniatada y amordazada, el fraile empieza a registrar el despacho. Le sorprende descubrir sobre la mesa algunos libros de marcado carácter carlista. También un documento firmado por el general Zumalacárregui y con un visado suyo, del propio Aguirre. Pero no sólo eso: en un cajón hay una carta de Jerónimo Cob —el famoso Cura Merino, otro religioso carlista con fama de sanguinario que participó, igual que él, en los sitios de Morella y Bilbao— pidiendo a Asencio de las Heras que sabotee el correo de Madrid en la salida de la diligencia hacia Vitoria y Bayona. Sólo hay una forma de justificar que esos documentos estén allí: que el diplomático sea uno de los hombres del carlismo dentro de Madrid. Si es así, a él no le habían informado de tal detalle.

—¿Dónde está don Asencio?

Debe quitarle la mordaza a la mujer para que le conteste.

—Ya le he dicho, está enfermo... No sé si es el cólera.

—¿Hay alguien más en la casa?

—Sólo nosotros dos y el señor De las Heras.

Tomás obliga al ama de llaves, siempre bajo la amenaza de su navaja, a llevarle al dormitorio en el que yace el dueño de la casa.

Asencio de las Heras está en la cama y, por lo que parece, no le queda mucho tiempo de vida. Pálido como un pergamino, ojos y boca entreabiertos, uno pensaría que ya ha pasado a mejor vida de no ser por el pitido cansado que sus pulmones dejan escapar al respirar. Aguirre trata de hablar con él, pero es imposible y se limita a ser testigo de sus últimos estertores.

—¿Cuándo empezó con el cólera?

—Ayer al levantarse estaba como siempre. Él no le tenía miedo a esa maldita enfermedad, decía que no le tocaría y... ¿Cómo ha podido llevárselo tan rápido?

Las lágrimas en los ojos de la supuesta ama de llaves le confirman a Tomás que la relación entre ambos no era sólo profesional.

—¿Por qué no le ha llevado a un hospital?

—Decía que en los hospitales morían todos, que había otra forma de curarse. Nunca me dijo cuál, pero ¿de qué le ha servido? Se pasaba el día pegado a ese frasco y... Debería haber sido tajante y no hacerle caso. A lo mejor, si le hubiera obligado a que le visitara un médico...

Tomás Aguirre ha dejado de oír los lamentos del ama de llaves. En un aparador reposa el frasco con un líquido espeso y marrón. Aguirre lo olfatea. Un olor fuerte, terroso, el olor del campo de batalla regado de cadáveres. Olor a sangre. Se guarda el frasco.

—¿Y esto? —Repara en un vestido de niña. La tela es

basta, está sucio y huele como si lo hubieran arrastrado por un estercolero—. ¿Tiene hijas?

—Ninguna. Enviudó antes de que su esposa le diera descendencia. Ayer mismo vino con ese andrajo... No sé de dónde lo sacó. Iba a tirarlo cuando usted ha llegado.

Ganan presencia voces varoniles, pasos enérgicos, ruidos metálicos de armas que alguien amartilla. Aguirre se pone en guardia. Esgrime su navaja y Asunción espanta los ojos creyendo que ha llegado su hora. De un tajo firme, el guerrillero libera a la mujer de sus ataduras.

—¿Hay otra salida? —pregunta.

—Por aquí.

Asunción abre una puerta que conduce a un despacho, después otra que desemboca en un largo pasillo.

—Al fondo hay una escalera para subir al tejado.

—Usted también debería marcharse. Me temo que esta casa ya no es segura —aconseja el guerrillero mientras se lanza en busca de esa escalera.

En efecto, por allí se sale a la azotea de la casa. Los brillos del sol reverberan en el metal de las chimeneas. A pesar del dolor del tobillo, Aguirre repite su huida por los tejados, saltando de una azotea a la siguiente, como un gato callejero. En una mano lleva el frasco de sangre y, en la otra, el vestido. Sabe que esa milicia venía en su busca: ¿puede que Donoso confesara a los soldados que le había revelado el nombre del diplomático?

Cuando se cree a salvo, a varios números de distancia de la casa de Asencio de las Heras, mira atrás. Mandan al ejército contra él porque un guardia tuerto le ha señalado como carlista, pero ¿hay tanto en juego como para borrar cualquier huella en la casa de De las Heras? ¿A qué clase de sociedad se está enfrentando? Desea que hayan permitido marchar a Asunción. Es lo que él habría hecho.

56

Agarrada a la tela basta del vestido como si se sujetara de una cornisa para no caer al vacío, Lucía aprieta los dientes y busca una explicación en Tomás Aguirre; el monje ha dejado de fingir que es un religioso. Ha llegado a la casa de los Fúcares avanzada la tarde, se ha quitado el hábito y se ha puesto unas ropas de Diego Ruiz: un blusón es lo único que ha rapiñado que le viene bien de talla. Le ha dicho a Lucía que no vuelva a llamarle fray Braulio, aunque su confesión de adscripción al carlismo y la usurpación de identidad del monje apenas ha calado en ella, cegada por el vestido de Clara.

—¿Dónde lo ha encontrado?

—En la casa de un diplomático. Asencio de las Heras. ¿Era de tu hermana?

Tenía diez años cuando Cándida le regaló a Lucía ese mismo vestido; hecho de lienzo teñido de azul, ya era antiguo cuando su madre se lo compró a un ropavejero. A Lucía se le quedó pequeño y Clara lo heredó con un zurcido en la falda; Lucía se la había rasgado al subirse a una encina con unos vecinos de las Peñuelas. Sólo Dios sabe cuántas veces lo lavaría Cándida en el río, tantas que el azul fue perdiendo intensidad hasta transformarse en un reflejo celeste. A pesar de todo, Clara adoraba ese vestido: lo había visto cientos de días en su hermana mayor y, cuando se lo enfundaba, siempre le decía: «ahora soy tan fuerte como tú».

Lucía no le cuenta ninguno de sus recuerdos a Tomás Aguirre. Sólo asiente para confirmarle que es el vestido de Clara. Sabe que las víctimas de la Bestia aparecen desnudas y quizá ya sólo sea cuestión de horas que aparezcan los restos de su hermana. Podría derrumbarse, es lo que le pide el corazón, pero decide aferrarse a una esperanza ya imposible a todas luces.

—¿De dónde ha sacado eso?

Los ojos de Lucía están clavados en un pequeño frasco lleno de lo que parece sangre coagulada. Aguirre lo ha dejado en la mesa de Diego antes de vencerse en el butacón para comprobar el estado de su tobillo maltrecho.

—Lo encontré en la habitación de Asencio de las Heras. Su ama de llaves me dijo que no se separaba de él. No sé qué le gustaba tanto, parece sangre.

—Sangre de menstruación.

¿La de Clara?, pero Lucía se guarda la pregunta. Teme que, al pronunciar esas palabras, puedan hacerse reales.

—¿A cuento de qué dices eso?

Ella no contesta. Como una exhalación, coge el frasco y se lanza a la calle. El guerrillero carlista la persigue exigiendo una aclaración, que Lucía le da en el breve trayecto que los separa del Hospital General, entre luces crepusculares. Le habla de la visita que hizo al doctor Albán esa misma mañana y de los experimentos que este practicó. Cómo ha llegado a la conclusión de que la Bestia —o los carbonarios, le da igual— secuestra a las niñas que todavía no han tenido el menstruo. Las mantienen encarceladas hasta que llega ese día.

—Asencio de las Heras bebía de este frasco...

El doctor Albán está saliendo del hospital cuando ellos dos llegan. Lucía presenta rápido a Tomás Aguirre y ruega al médico que compruebe si lo que contiene el tarro es sangre como la que ella le trajo.

—Llevo veinticuatro horas sin pisar mi casa, he visto morir a unas veinticinco personas en este tiempo. Lo único que quiero es marcharme. ¿Eso no puede esperar a mañana?

—A lo mejor mañana no analizará sangre, sino el cuerpo despedazado de una niña más. ¿Quiere ser responsable de eso? —dice Aguirre.

—¿Y usted quiere ser responsable de mi muerte por agotamiento?

—Un hombre puede pasar tres días enteros sin dormir. Se lo digo por experiencia.

Aguirre cree que es su voz cavernosa, firme, lo que ha ablandado la resistencia del médico. Ignora que nada le gusta más que meter la nariz en investigaciones policiales. Eso sí, Albán resopla como si estuviera haciendo un gran sacrificio y va meneando la cabeza mientras los conduce hasta el laboratorio. Allí repite la prueba que hizo con el frasco de sangre que le llevó Diego. El resultado es el mismo.

—Es menstruo.

—¿Podemos saber algo más? Si es una niña...

—¿No le parece bastante milagro que sea capaz de dictaminar que es sangre de menstruación? El estudio de los fluidos corporales apenas se está empezando a desarrollar. La medicina sigue anclada en el medievo. Ahí fuera todavía creen que unas sanguijuelas chupando la sangre pueden curar enfermedades cuando, con eso, lo único que se hace es debilitar al enfermo.

—Puede ser que haya gente bebiendo esta sangre. ¿Qué daño les podría hacer?

El doctor Albán duda ante la pregunta de Tomás Aguirre. El guerrillero ha empezado a hilar una conexión entre la muerte del teólogo Ignacio García y la de Asencio de las Heras, de la que ha sido testigo, hace sólo unas horas. Quizá el cometido por el que le enviaron a Madrid —descubrir si la muerte de Ignacio García era un asesinato— esté a punto de dilucidarse.

—En principio no debería matarlos. Últimamente se piensa que algunas enfermedades se pueden contagiar a través del contacto con la sangre, pero... En todo caso no sería algo inmediato, la persona que ingiere la sangre debería desarrollar la enfermedad.

—¿Aunque sea sangre de menstruación? Doctor, empiezo a temer que dos hombres hayan muerto por beber esta sangre. Es posible que también estuvieran enfermos de cólera, pero la muerte les llegó demasiado rápido. Y creo que fue a través de la sangre.

—Para que actúe con esa eficacia, la sangre tendría que estar contaminada. Habría que analizar los cuerpos...

—Uno de ellos ha muerto hoy. Un diplomático llamado Asencio de las Heras.

El doctor Albán toma aire y la fatiga de su rostro parece hacerle un hueco a la curiosidad.

—¿Podemos ver ese cadáver?

En la oscuridad de la noche no se distingue la fachada ennegrecida por el incendio, pero todavía huele a humo en toda la manzana. Lucía ha seguido al doctor Albán y a Tomás Aguirre hasta allí en silencio. Las preguntas del guerrillero en el hospital no le han gustado. ¿Por qué le importa tanto la muerte del teólogo o de este diplomático? Aparte de confesarle que no es monje, que su nombre no es fray Braulio y que ha sido guerrillero carlista, Tomás no le ha contado nada más de su vida. El vestido de Clara, el miedo al destino de su hermana le ha nublado el pensamiento y ahora se da cuenta: ¿cuál es el verdadero interés de Aguirre en todo esto? Lo observa con suspicacia y le parece reconocer un gesto de tristeza cuando el guerrillero mira el chiscón de Dimas, el relojero, cerrado a cal y canto a esas horas. Luego, Tomás se acerca al portal. Los golpes de sus nudillos contra la puerta rebotan en el eco de una calle vacía. Poco después, un soñoliento Dimas asoma en el quicio. Aguirre se sorprende al ver al relojero, está claro que duerme en su chiscón. Se presenta como un monje que viene a velar al diplomático fallecido.

—Se lo llevaron hace ya un buen rato.

—¿Sabe usted si se hará capilla ardiente?

—Muy cerca de aquí, en la iglesia de San Sebastián. Mañana le darán entierro en su cementerio, según nos han informado a los vecinos.

—Se lo agradezco, así podré rezar por su alma lo que no recé por él en vida.

Tomás Aguirre sale del portal y comparte lo que ha descubierto con Lucía y el doctor Albán.

—¿Qué necesita, doctor?

—Me basta con tener una muestra del cadáver. Me serviría un poco de pelo.

—Es aquí cerca, en la iglesia de San Sebastián.

Exhumar un cadáver no es tan raro como pueda parecer. En el cementerio de San Sebastián —donde reposan los restos de Lope de Vega—, hace más de sesenta años el escritor José de Cadalso trató de desenterrar a su amante, la actriz María Ignacia Ibáñez, que había muerto repentinamente y a quien habían llevado a ese camposanto. Sólo lo impidió la intervención de su amigo, el conde de Aranda. Quedaron de aquello los versos del poeta romántico que recita el doctor Albán: «Muerta Filis, el orbe nada espera, sino niebla espantosa, noche helada...».

Pero ahora no es necesario llegar a tanto.

—Déjese de versos, doctor, que le arrancaremos un cabello sin necesidad de desenterrarlo y sin que nadie se percate.

—No me digan que no sería mucho más emocionante la exhumación —dice Albán.

La prohibición de que se concentren más de diez personas en actos públicos o privados viene en este momento en su ayuda. El velatorio de un famoso diplomático, que debería haber concentrado a docenas de personas y a gran parte de la Corte, incluso a esas horas de la noche, se ha convertido en un acto deslucido en el que apenas hay vecinos y algún curioso. Como temía por las palabras del portero, Asencio de las Heras no está solo. Junto a su ataúd abierto, está el de Asunción.

Los cuerpos han sido adecentados, pero la tez olivácea, en algunos puntos amarilla por los ungüentos aplicados, desprende un olor dulzón que resulta desagradable. En el caso de Asunción, han tapado parte de su rostro con una mantilla, se adivina la deformidad de un fuerte golpe que debió de hundirle parte del cráneo. Una víctima inocente, ajena a las conspiraciones en las que pudiera estar implicado Asencio de las Heras. El cabello del diplomático está partido en dos por una raya. Un mechón grasiento se desprende del conjunto. De ahí tira Aguirre para arrancar la muestra que necesita.

—¿Le vale con esto? —pregunta el carlista mostrando su botín al médico.

Albán asiente. Extrae del bolsillo una caja redonda, plana, con una tapa plateada. La abre y guarda dentro el mechón de cabello.

—Ahora les voy a dar una clase de medicina.

De vuelta en el laboratorio, el doctor explica lo que se dispone a hacer.

—Se llama «ensayo de Marsh» y lo inventó un químico inglés hace sólo dos años para declarar en un juicio en el que se acusaba a un hombre de haber envenenado a su abuelo. Tengo una mala noticia: salió mal, pero no nos pongamos en lo peor. A veces las cosas funcionan por casualidad.

Lucía y Tomás Aguirre se limitan a ver al médico trabajar en silencio en sus matraces y a alcanzarle un libro de la estantería cuando necesita consultarlo. Vierte en una pileta una solución que ha creado previamente. Allí sumerge el pelo del muerto.

—La prueba consiste en mezclar la muestra que hay que analizar, es decir, los pelos arrancados de la cabeza del muerto, con sulfuro de hidrógeno y ácido clorhídrico y ver si se pone de color amarillo.

—¿Para qué?

—¿No está buscando usted un veneno? Pues vamos a ver si damos con él.

—¿Cuánto va a tardar esto?

Albán enarca las cejas en señal de ignorancia. Coge el libro y lo hojea hasta encontrar la respuesta.

—Una hora.

—¡Una hora! —protesta Aguirre—. ¿No sería más rápido analizar la sangre directamente?

—De momento, no se puede. Se están haciendo experimentos, el mismo James Marsh está tratando de perfeccionar el sistema. El problema es que el trisulfuro de arsénico se deteriora a gran velocidad.

Aguirre se asoma a la pileta. El pelo de De las Heras continúa gris como los nubarrones que se ciernen sobre su futuro. Está señalado como agente carlista; tiene sus días contados en esta ciudad.

Lucía resopla. No sabe si Clara dispone de tanto tiempo.

—Pueden tumbarse a descansar un rato —dice el doctor—. Me temo que la prueba no irá más rápido sólo porque estemos mirando: no queda más remedio que esperar. —Albán se acomoda en una silla y se descalza. En cuestión de segundos, está roncando.

El tiempo pasa despacio en el laboratorio, entre los ruidos de los ratones en el techo, el tac-tac regular de una gotera en algún lugar cercano y los llantos lejanos de los enfermos que se cuelan por debajo de la puerta.

Un codazo despierta al médico. Es Aguirre.

—El pelo está cambiando de color.

Albán se levanta de un salto y se acerca a la pileta.

—Ahí está, amarillo.

—Yo no lo veo amarillo —objeta Aguirre.

—No piense usted en un campo de trigo. En medicina, eso es amarillo. Y en mi pueblo también. Se ha formado trisulfuro de arsénico.

—¿Qué significa eso?

—¿No quería usted un veneno? Pues ya lo tiene.

—Don Asencio de las Heras ha sido envenenado con arsénico. —Tomás no espera más detalles del doctor. Ahora es él quien se lanza al exterior y, a su rebufo, le persigue Lucía.

—¿Qué más da lo que haya en la sangre?

Lucía retiene al guerrillero en la puerta del hospital.

La luna resplandece y platea las fachadas de los edificios de Atocha.

—¡Están envenenando carlistas! ¡Eso es lo que hacen los carbonarios con la sangre! No sé qué les dirán. A lo mejor, como a Asencio de las Heras, que si la beben serán inmunes al cólera. Y, por lo que voy hilando, supongo que al padre Ignacio también. Me da igual qué superchería usen. El fin último es matar a buenos hombres que estaban luchando por la causa.

—¡¿A quién le importan los carlistas?! Berta, Juana, mi hermana... ¡Es a ellas a las que están matando! Si esos dos estaban allí y los han envenenado, espero que ardan en el infierno.

Aguirre clava una mirada severa en Lucía. Lo enviaron a Madrid con un objetivo y, como buen soldado, lo cumplirá. No va a perder el tiempo en explicaciones ante una niña de catorce años. En silencio, le da la espalda y se aleja hacia la calle de Santa Isabel.

Varada en la puerta del hospital, Lucía levanta la mirada al cielo. Como un disco perfecto, la luna llena se resiste a desaparecer.

57

Encogida en posición fetal, Clara se abraza a sí misma, pero su cuerpo hace horas que ha perdido el calor. La humedad de la celda le cala los huesos. El Cocinero no le devolvió su vestido azul y la vergüenza de la desnudez dio paso muy pronto al dolor de los golpes y al frío. Miriam se arrancó un jirón de su falda y, a través de los barrotes, se lo entregó, tal vez conmovida por que Clara padeciera el castigo a causa de defenderla. Ha usado el jirón alrededor del cuello, en el pecho y las piernas, frotando la tela contra su piel para calentarla. La tarea es inútil y, en cierto modo, absurda. No puede hacer nada para combatir los escalofríos que ya duelen. Si encontrara el sueño, las horas pasarían más rápido. Su única esperanza es que la puerta de la escalera en espiral se vuelva a abrir. Quizá no le devuelvan el vestido, pero el baño atemperará su padecimiento.

Nadie habla en la mazmorra. El silencio sólo se rompe por los leves ronquidos de alguna de las niñas. Cierra los ojos y decide contarse un cuento que la aleje de la realidad.

Lucía no puede dormir. Asomada a la ventana del cuarto de Diego, con vistas a la calle de Almadén, observa el círculo que dibuja la luna. No sabe dónde ha podido ir Tomás Aguirre y tampoco le importa; él no es como Eloy o Diego. Tomás está lidiando su propia guerra, una batalla que no le afecta lo más mínimo. ¿Quiénes son esos carlistas? ¿Cuál es su objetivo? Ha oído mil veces que tienen algo que ver con la monarquía y la Iglesia, que han iniciado un enfrentamiento con el gobierno. Luchas que nada tienen que ver con ella y con Clara. Con las niñas que los carbonarios están despedazando en nombre de Dios o el diablo, también eso le da igual. Sus pensamientos sólo tienen hueco para su hermana, para la memoria de las víctimas. Niñas convertidas en mujeres, sacrificadas en esa transformación. Ha visto desde la infancia cómo se las considera menos que los hombres, a la altura de algunos animales o incluso por debajo. Es más valioso un burro para el campesino que su esposa; cambiantes, dependientes, impredecibles, portadoras de la tentación... ¿Qué más da que mueran? Lo ha visto en Tomás Aguirre: dos hombres, el teólogo Ignacio García y el diplomático Asencio de las Heras, pesan más en la balanza que todas las niñas sacrificadas.

Vuelve a fijar la mirada en la luna. Dicen que sus ciclos marcan las mareas y los líquidos y humores de las mujeres. Cándida le advirtió de los días de luna llena, cuando el sangrado de la menstruación puede ser mayor. ¿Será esta noche cuando Clara se convierta en mujer? Debe resistir al pesimismo, alejar sus ideas de ese círculo vicioso. Durante la noche no puede hacer nada más que esperar a que amanezca para buscar a Clara, aunque no sabe bien por dónde continuar la empresa. Intenta controlar su miedo y recuerda un cuento con el que arrullaba por las noches a su hermana: el árbol de los arrepentimientos.

Clara cree poder oír la voz de su hermana en su cabeza. El tono meloso con el que, en el jergón de las Peñuelas donde dormían junto a su madre, le describía el Campo del Moro, el jardín donde, si una sabe buscarlo, puede encontrar el árbol de los arrepentimientos. No es fácil entrar allí, territorio vedado para los ciudadanos de Madrid y de uso exclusivo de los reyes y su familia, pero Lucía conocía un acceso. Hay que entrar por una alcantarilla junto a la Puerta de San Vicente, recorrer el túnel que pasa por debajo del palacio y que desemboca en una cueva del Campo del Moro. Una vez allí, sólo hay que buscar el árbol de los arrepentimientos. No es difícil, es una secuoya, el más alto del jardín.

Entre estatuas y fuentes, por los paseos del jardín, que es tan lujoso como el propio Palacio Real, le decía Lucía a Clara, una llega hasta la secuoya. Oyó ese nombre en boca de una lavandera del palacio que lo había visto. Le contó también que el árbol tenía casi cien años y era tan alto como un edificio. Le pareció que cumplía los requisitos para ser el protagonista del cuento y por eso lo convirtió en el árbol de los arrepentimientos. Desde su copa, inventó para Clara, una podía atisbar todos los días del pasado. No era fácil escalarlo, pero tampoco tarea imposible. Lucía estableció unas reglas, pues todo cuento en el que hay un elemento milagroso debe entrañar también un peligro; le decía a Clara que, una vez en lo alto de la secuoya, podía elegir un día de su pasado y borrarlo. Eliminarlo de su historia para siempre.

Clara se va adormilando. Se imagina que trepa la secuoya del Campo del Moro como Lucía le describía, apoyando los pies en ramas que iban surgiendo a los lados del tronco para hacer el ascenso posible. Y, una vez en la copa, todos los días de su vida se desplegaban ante sí en el horizonte. Podía señalar uno y pedirle al árbol de los arrepentimientos que lo hiciera desaparecer, pero el don del árbol sólo se concedía una vez, así que tenía que elegir bien qué día quería borrar. Después de hacerlo, trepar su tronco sería imposible y nunca más podría tener esa visión de su pasado. «¿Qué día elegirías?», le preguntaba Lucía. En la casa de las Peñuelas, cuando su hermana le contaba el cuento, Clara no sabía qué decir. Todavía no había vivido ningún día tan malo como para no querer repetirlo.

La luna llena viaja por el cielo hasta esconderse detrás de un edificio. Lucía sigue sin poder conciliar el sueño. ¿Qué día de su vida borraría? La pregunta, que cuando eran niñas resultaba inocente, es ahora un acertijo irresoluble: la noche en que murió su madre, o cuando lo hicieron Diego y Eloy; su primera noche en el burdel, padeciendo los empujones del Sepulturero; el día en que se enfrentó a la Bestia y, al llegar a la fábrica de cerillas, Clara había desaparecido. Tal vez lo más inteligente sería eliminar cuando entró en la casa del teólogo Ignacio García y robó el anillo, pero, de repente, le parece que ese día tal vez no fuera tan determinante como siempre ha pensado.

¿Y si el destino era inevitable? ¿Y si, hiciera lo que hiciese, el cólera se habría llevado a su madre, la rabia de los madrileños a Eloy, los intereses de los carbonarios a Diego? ¿Y si, por el anillo o por cualquier otra razón, Clara estuviera predestinada a ser una víctima de la Bestia? Recuerda a los curas que ensalzan el plan divino, que

Dios tiene el futuro de los hombres en sus manos. En ese caso, ¿de qué sirve lo que Lucía haga o deje de hacer por su hermana? Quizá, aunque se subiera al árbol de los arrepentimientos y evitara que la Bestia se llevara a Clara, de alguna otra manera retorcida ella acabaría secuestrada dondequiera que esté. Quizá su muerte esté ya escrita.

Lucía se aparta enfadada de la ventana; se da cuenta de que, al final, como una serpiente, la desesperanza se ha enroscado en ella y no lo va a permitir. Le da igual que esto sea parte del plan de Dios. Va a encontrar a Clara. Y la encontrará viva.

El día en que llevó el anillo al perista. Ese es el día que elegiría Clara, si estuviera en el árbol de los arrepentimientos. Si hubiera hecho caso a su hermana y lo conservara como el amuleto que le dijo que era, no estaría ahora desnuda, tiritando de frío y sin más abrigo que un jirón de la ropa de su vecina de celda. Los amuletos, si no se usan bien, pueden volverse en tu contra.

58

Donoso Gual ha ido a presentar la renuncia a su puesto en el Ministerio de Gracia y Justicia, en la calle Ancha de San Bernardo. De él depende la Superintendencia General de Policía, organismo que, desde hace pocos años, abriga las distintas policías del reino. Aunque fue reclutado sólo como refuerzo ante la epidemia de cólera, Donoso guardaba la secreta esperanza de recuperar su viejo empleo a pesar de la minusvalía del ojo. Nunca se lo confesó a Diego, pero ¿cómo iba a ganarse el pan si no? Andar acuciando a morosos con amenazas y alguna que otra paliza ya lo había probado y era consciente de que, con el tiempo, le llegaría la orden de mandar al otro barrio a alguno de esos deudores. No era el mejor guardia, eso no se le escapa a Donoso, pero tampoco un asesino. La policía se abría como su único horizonte por necesidad, no por vocación. Y al fin lo había conseguido... sólo que ahora las cosas han cambiado.

A la salida del ministerio se encuentra con un viejo conocido que se ha extrañado al verle sin el uniforme.

—Lo he dejado, esto no es para mí.

—Son días difíciles, Donoso, pero sabes de sobra que pasarán más pronto que tarde. ¿Dónde vas a estar mejor que en la guardia real?

—He tardado en darme cuenta, pero no te imaginas

lo liberado que me siento desde que me he quitado la casaca.

Esta vez sí, en el camino de vuelta del ministerio a casa, donde espera encontrarse con Grisi, recala en una taberna de la calle Preciados para mojar sus ideas con un aguardiente. Lo cierto es que tiene miedo. Los periódicos cuentan la muerte de Asencio de las Heras, y, aunque las noticias sobre las causas del fallecimiento son confusas, sabe que lo han matado los carlistas o los carbonarios. Y él, como parte de la trama, se siente en peligro. Su amigo Diego ha muerto, el diplomático también, sólo unas horas después de que él revelara su nombre. Quién sabe si él no será la siguiente víctima. La única manera de ponerse a salvo es escapar de Madrid, buscar un futuro lejos de una ciudad devorada por la locura. El alcohol le quema la garganta y la sensación es como un apremio: sal de aquí. Huye mientras haya tiempo.

Una duda le abrasa más que la bebida: ¿qué pasa si Grisi no quiere acompañarle? En las horas largas de su último insomnio llegó a encontrar una idea consoladora, la de que en realidad su plan no obedece a su cobardía, la que le ha impedido escalar en el cuerpo de celadores reales, la que siempre le lleva a escurrir el bulto en batallas y tumultos. No, no es la cobardía lo que le empuja a huir. Es el deseo de proteger a Grisi. Él sabe que la actriz padece crisis nerviosas, que se sobresalta ante cualquier ruido en la escalera, como si alguien acechara la puerta. También sabe que su reputación como actriz se ha desplomado. Para ella, mudarse a Sevilla o a Cádiz, o a cualquier otra ciudad con tradición teatral, sería la oportunidad de retomar su carrera. Un lugar lejano la ayudaría a empezar de nuevo, un lugar donde el monje, la Bestia, la muerte de Diego o el opio no sean más que un mal recuerdo.

Un hombre se acerca a él y le habla en voz baja.

—¿Quieres un anillo? Te lo dejo barato.

Por un momento piensa en el anillo de las dos mazas —todavía guarda la insignia de la garganta de la última niña, Juana, aunque no se la piense quedar ni vender aprovechando que es oro—, pero lo que el hombre le muestra no tiene nada que ver. Es sólo un brillante, seguramente falso, engarzado en plata de mala calidad. Donoso inicia un gesto desdeñoso con la mano, un aspaviento para quitarse de encima al viejo truhan, pero de pronto concibe una fantasía loca, de puro absurda.

—¿Cuánto pides?

—Seis reales, por seis reales es tuyo.

—Y por cuatro.

Se lo lleva por cinco, no ha querido presionar al hombre y se ha resistido a la tentación de decirle que es policía, pues ya no lo es. Se queda mirando el anillo. Se ha dejado estafar, pero no le importa, porque ese anillo que sostiene en las manos simboliza el deseo que va cobrando forma en su interior: cortejar a Grisi. Cuidar de ella, sí, pero ir un paso más allá. Tratarla como a una reina. Convertirse en algo más que un admirador. Ser un compañero devoto y fiel. Un hombre honesto y cariñoso que vive por y para ella. ¿Es demasiado ingenuo o soñador imaginar un día a Grisi llevando ese anillo en un dedo? Vacía el vaso de aguardiente y nota ya la impaciencia de empezar su nueva vida con un folio en blanco. Ha llegado la hora de dejar a un lado la amargura y hacer las cosas bien. No va a cerrar los ojos —el ojo, se ríe él mismo—, ahora que ha aparecido un rayo de luz en medio de la sordidez y la oscuridad de una ciudad que se muere por el cólera.

Recorre a buen paso la Cava Baja, alegre, casi con ganas de silbar. Hacía mucho tiempo que no se sentía tan aliviado y tan feliz. Cecilia, una vecina arrugada y vieja como un tronco de olivo, le avisa cuando entra en el portal, antes de subir la escalera.

—Han venido los militares y se han llevado a esa mujer.

Él irrumpe en su casa con el corazón desbocado. Al primer vistazo percibe el desorden del lugar, que muestra las trazas de una pelea. El juego de tacitas de porcelana que dejó su mujer al irse y que a ella tanto le gustaba está hecho añicos y forma en el suelo un mar de espumas encrespadas. Sillas volcadas, un mantel hecho un ovillo y el casco de salvaguardia real que, a modo de trofeo, lucía en la pared y ahora está bajo las patas del aguamanil completan el cuadro que se encuentra Donoso.

—¿Los soldados? ¿Estás segura? ¿No has visto a ningún monje rondando?

—No había ningún monje, señor Gual. Han sido los soldados. Han dicho que tenía cólera, se la han llevado al lazareto de Valverde.

No se cree lo del cólera, la actriz no tenía ningún síntoma hace sólo unas horas, cuando él salió de casa camino del Ministerio de Gracia y Justicia. Está claro que se la han llevado a la fuerza, pero no alcanza a entender por qué. Echa de malos modos a Cecilia, arrastrándola del brazo y con un portazo en cuanto está al otro lado del umbral. Se derrumba en el canapé. Una migraña le aporrea el cerebro. ¿Qué ha pasado? ¿Por qué se la han llevado? ¿Es que nunca logrará desprenderse de la Bestia y su onda expansiva? Porque de una cosa está seguro: la aparición tan oportuna de los militares, justo cuando él no estaba en casa, tiene algo que ver con todo eso.

Poco después de quedarse tuerto, Donoso leyó una quintilla de Bretón de los Herreros, al que también le faltaba un ojo, y se la aprendió:

Dejome el Sumo Poder,
por gracia particular,
lo que había menester.
Dos ojos para llorar...
y uno solo para ver.

Pocos saben que por el ojo tuerto también se llora. Reconoce que lo que él llamaba «fantasías de Diego» era cierto: esto es mucho más grande de lo que nadie puede imaginar. La Bestia, los carbonarios, puede que extiendan sus tentáculos por todos los rincones de la ciudad. Rebusca en su bolsillo y saca el anillo con el diamante falso. Las lágrimas empapan su parche.

Hace sólo tres días, Donoso estuvo en el lazareto de Valverde, cuando fue a buscar a Ana Castelar para informarla de la muerte de Diego y pedirle que pagara su entierro. Ahora no es policía, no puede entrar en los sitios sin un salvoconducto o una autorización, la necesita a ella para dar con la actriz. No tiene verdaderas esperanzas de encontrarla, pero antes de volver a hundirse en la decepción y los licores, lo quiere intentar.

Tiene suerte, la duquesa está en casa, le recibe sin hacerle esperar y se ofrece a ayudarle sin miramientos.

—Sólo hay una manera de saber si está allí. Vamos a comprobarlo con nuestros propios ojos.

Viajan en un carruaje propiedad de Ana Castelar, el mismo landó en el que acudió al entierro de su amigo. Allí dentro, lujo, telas de terciopelo y cuero, Donoso no puede aguantar más y se sincera con la aristócrata. Le cuenta la traición de su esposa, los años de mujeres pagadas, el encuentro con Grisi, los breves destellos de felicidad a su lado...

—Sé que no estaba enferma.

—Si la han llevado al convento de Valverde, da igual que no estuviera enferma; lo estará en pocos días.

Ana Castelar es la persona más respetada en el lazareto. Todos se inclinan ante el menor de sus deseos. Gracias a ella se da de comer a diario a los enfermos, se cobran los sueldos, se pueden comprar medicinas...

—Quiero hablar con el director médico, que venga ahora mismo.

—No está, hoy no va a venir. La señora de Villafranca está supervisando las cocinas. Si quiere, le digo que venga a hablar con usted.

Donoso y Ana Castelar se han instalado en el despacho que ella tiene en el palacio de los marqueses de Murillo, dentro del antiguo recinto de los dominicos.

No hay listas fiables de los ingresados, muchas veces ni siquiera portan documentos encima cuando los sueltan allí como si fueran fardos, pero se intenta identificar a todos, aunque sólo sea para poner un nombre en sus tumbas. Inmaculada de Villafranca, miembro, al igual que Ana, de la Junta de Beneficencia, es una de las personas que más empeño ponen.

—¿Grisi? No me suena ese nombre.

—Milagros Peña Ruiz.

Sólo la casualidad ha hecho que Donoso sepa su nombre completo. No se enteró hasta anoche, cuando le dio por preguntar. Pero tampoco aparece ese nombre entre los ingresados.

—Tuvo que llegar esta misma mañana.

Inmaculada de Villafranca consulta la hoja de registros.

—Esta mañana llegaron siete hombres y sólo una mujer.

—Es ella, tiene que ser ella.

Donoso bucea en las profundidades oscuras de sus

sentimientos: por un lado, desea que sea Grisi, a pesar de que la señora de Villafranca le anuncia que la mujer que ingresó sin nombre está en una sección del lazareto dedicada a los terminales. Por otro, no quiere pensar que pueda estar enferma de cólera. Que se haya cebado en ella de tal forma que ya la haya llevado a las puertas de la muerte.

—Debo entrar, debo verla.

—Es una zona muy peligrosa. Si pasa, es posible que salga contagiado.

—No me importa, si va a morir, tengo que despedirme de ella.

Ana Castelar decide autorizarle: a ella también le habría gustado decirle un «te quiero» a Diego en sus últimos momentos de vida. Hacerle consciente de que dejaba en este mundo a alguien que penaría por su pérdida. Acompañarle hasta el final.

Donoso tendrá que entrar solo en la sala en la que agoniza la mujer, tapándose la boca con un pañuelo, como ha ordenado el director médico del lazareto, y tanto Ana como la señora de Villafranca le insisten en que no debe tocar nada.

Las dos mujeres le esperan en el corredor, al otro lado de la puerta. Donoso tarda tan poco tiempo en salir que sólo cabe pensar que su amada ha muerto. Pero no es así.

—No es ella. Esa mujer no es Grisi.

59

Esta mañana, al salir del hospital, Tomás Aguirre valoró la posibilidad de alejarse de Madrid y olvidarse de todo: de sus ideales, de la misión que le encomendaron y de la guerra. Pero algo le dice que, sin esas obligaciones, sin el ardor guerrero o el deseo de construir un mundo mejor, sería un hombre perdido.

Estuvo vagando por un Madrid desierto, la epidemia hace que las calles tarden más de lo normal en cobrar vida. No quería hacerlo, pero le resultaba imposible no pensar en Lucía. La había dejado sola, angustiada porque los descubrimientos del doctor Albán no decían nada de la ubicación de su hermana, sino de las causas de la muerte de dos prohombres del carlismo.

Tomás no se engaña. Más allá de sus ideales, es evidente que Asencio de las Heras e Ignacio García se dejaron abducir por unas ideas siniestras que hunden sus raíces en supersticiones medievales. ¿Es posible que dos hombres tan distinguidos, que ponían su inteligencia al servicio de la causa carlista y que habían logrado acceder a cenáculos de la Corte, se dejaran arrastrar por esas supercherías? ¿Tanta mella provoca en el entendimiento el miedo a la enfermedad y a la muerte? Aguirre no consigue comprenderlo, pero quiere pensar que es tarea de Dios juzgar a los pecadores. Y, si

Asencio e Ignacio lo fueron, ya habrán recibido su castigo.

Con el ruido de los primeros negocios que abrían sus puertas, Aguirre dio unos reales a un mendigo que dormitaba en los soportales de la plaza Mayor y le pidió que entregara un mensaje en la botica de Teodomiro Garcés. Luego se marchó a esperar al boticario.

El Real Museo de Pinturas y Esculturas, situado en el paseo del Prado, fue creado a finales del siglo XVIII por Carlos III como Gabinete de Ciencias Naturales. Durante la ocupación francesa fue prácticamente destruido y utilizado como cuartel de caballería —llegaron a fundir las placas de plomo de su techumbre para fabricar proyectiles—, pero durante el reinado de Fernando VII, gracias a la intervención de su segunda esposa, María Isabel de Braganza, se restauró y se dedicó a exponer las colecciones de pintura que, hasta ese momento, estaban dispersas por los Reales Sitios. De ese modo se permitió que los ciudadanos vieran algo más de trescientos cuadros en las tres salas destinadas a tal efecto.

Tomás Aguirre sólo había podido visitar el museo una vez, en un viaje a Madrid cinco años atrás. Ya entonces quedó fascinado con una de las obras, *El triunfo de la muerte*, de Bruegel el Viejo, con ese ejército de esqueletos arrasando una tierra árida y el horizonte prendido de fuego. Faltan cinco minutos para la hora del ángelus cuando vuelve a encontrarse delante del cuadro, una tabla de poco más de un metro de alto por algo más de un metro y medio de ancho. Siente hoy lo mismo que la primera vez que lo vio: la destrucción, el humo, los incendios, los naufragios, los muertos, los esqueletos armados, los ataúdes... El terror. Lo que él ha vivido tantas veces al entrar en batalla.

Pasaría horas delante del cuadro —no descarta hacerlo en el futuro—, pero la llegada de Teodomiro Garcés interrumpe su contemplación.

—Curioso lugar para citarme. De todas formas, es peligroso que nos veamos, espero que lo que me quiere contar sea importante.

—Mire el cuadro, es hermoso e inquietante a la vez. Y muy actual, desde que llegué a Madrid sólo he sido espectador del terror.

Sin salir de esa sala, en la que están los dos solos, y sin dejar de mirar el cuadro, Aguirre le hace un resumen de lo que ha averiguado. El envenenamiento de dos figuras del carlismo infiltradas en la sociedad secreta de los carbonarios.

—¿Arsénico? ¿Está seguro?

—Sí, completamente.

—¿Y cómo se lo suministraron?

—Mezclado con la sangre menstrual de unas niñas, de las niñas asesinadas por la Bestia.

Se hace complicado contar algo así, una historia tan estremecedora, pero en el silencio que sigue, en los segundos que se toma el boticario para digerir la información, el guerrillero no nota el menor asomo de escándalo. Ni siquiera una sorpresa excesiva. Aguirre insiste en lo descubierto en busca de una reacción de Teodomiro.

—Eran dos piezas claves del carlismo en Madrid. Y no, no han sido ni la casualidad, ni siquiera el cólera. Han sido asesinados después de participar en un rito medieval, macabro y abominable organizado por los carbonarios. ¿Había oído hablar de esa sociedad?

Garcés asiente.

—Son cristinos, partidarios de la reina regente. Se

dedican a desprestigiar la causa carlista en la prensa y en sentencias judiciales, además de poner en marcha las gestiones diplomáticas necesarias para impedir cualquier apoyo al carlismo.

Según Garcés, la sociedad la componen personas ilustres e influyentes, y aunque las reuniones son secretas y no se levanta acta de los debates, se sabe que la integran unos doscientos miembros. Pero no todos llevan anillo. El anillo sólo lo portan los maestros, un grupo de élite que se reúne en algún lugar desconocido. Una docena de encapuchados y seguidores de ritos medievales que no excluyen la brujería. El sacrificio de niñas es la parte espantosa de esos rituales.

—¿Cómo sabe eso? ¿Por qué no me lo dijo el otro día?

—Primero tenía que hacer unas averiguaciones sobre usted.

—¿Ya las ha hecho? ¿Ahora sí confía en mí?

—Ahora sí. Zumalacárregui le tiene en alta estima.

—Cuénteme lo que sabe.

—Desplácese conmigo hacia otro cuadro.

Aguirre lo hace. No pueden quedarse varados delante del mismo lienzo, podrían llamar la atención. Dan unos pasos hasta situarse frente a una obra de Andrea Mantegna, *El tránsito de la Virgen,* donde una anciana Madre de Dios exhala su último aliento rodeada por los apóstoles.

—Hemos tenido a tres hombres infiltrados —confiesa de pronto el boticario.

—¿Ignacio García y Asencio de las Heras entre ellos?

—No quería confirmárselo antes de saber hasta dónde había averiguado usted, pero sí, dos de ellos eran García y De las Heras. Parece claro que han sido descubiertos y los han envenenado.

—En cualquier caso, han participado en esos ritos. Merecen su destino.

—Nunca hemos sido ajenos a la crueldad. Le recuerdo que la Inquisición, que con tanto afán defendemos, no siempre ha destacado por la limpieza de sus métodos.

—Estamos hablando de matar niñas.

—Como farmacéutico, no lo apruebo. Como hombre... ¿Quién no haría todo lo que estuviera en su mano para sobrevivir al cólera? Aunque fuera matar a una niña.

—Yo no lo haría.

—Será mejor que no repasemos los crímenes que ha podido cometer en el frente. Se dice que fue usted quien mandó fusilar a los Celadores de Álava. Todos tenemos pecados de los que confesarnos cuando estemos delante del Creador, no sé si usted es el más apropiado para tirar la primera piedra.

—Nunca he hecho daño a nadie que no se pudiera defender.

—Eso son detalles sin importancia que no creo que se valoren en el juicio final.

Las dudas vuelven a asaltar a Tomás Aguirre: ¿está su ideología, el carlismo, por encima de todo? Quizá antes habría contestado que sí, que siempre, pero ahora la respuesta no es tan rotunda.

—Me ha dicho que había tres infiltrados. ¿Quién es el tercero?

—No lo sé. Pero parece evidente que debe de ser el traidor.

—¿El traidor?

—Alguien ha tenido que delatar a los dos agentes asesinados. Y sólo puede haber sido el tercer carlista infiltrado en la sociedad.

—¿Un agente doble?

—Eso me temo. Usted debería averiguar quién es.

Aguirre saca un papel del bolsillo, la lista de nombres que encontró en la chaqueta del padre Ignacio. Teodo-

miro Garcés espanta los ojos ante semejante impruden-
cia. Mira a su alrededor, incómodo. Hay un hombre en
la sala escrutando las pinceladas de un cuadro mientras
aspira con fruición un habano. El boticario observa al
fumador con suspicacia. Después se fija en la lista. La
repasa con atención, deteniéndose en aquellos que puede identificar.

—Anapausis: AH, Asencio de las Heras. Triunfo Sem-
pervirens, IG, Ignacio García. Oriente Eterno... JG.
Apostaría a que esas iniciales corresponden a don Julio
Gamoneda.

—No le conozco.

—Es un magistrado. Oficialmente no milita en el carlismo, pero sus sentencias son de ideología tradicionalista. Se ha opuesto a la derogación de la ley sálica en varias
ocasiones, y no ha dudado en hacerlo en público.

—¿Podría ser un carbonario?

—No lo sé, no le conozco lo suficiente. Se dice que es
amante de una famosa madama: Josefa *la Leona*. Regenta
una casa en la calle del Clavel, una de las más famosas de
Madrid.

—Tradicionalista en público y liberal en privado...

—Como todos, Tomás, como todos.

—Su vida está en peligro. Podría ser la próxima víctima de los envenenamientos.

—No si trabaja para ellos. Recuerde que ese hombre
puede ser quien señaló a Ignacio y Asencio.

Al salir del museo, diez minutos después de que lo
haga Teodomiro Garcés, Aguirre camina por la calle de
Alcalá y se fija en la posada de la Aduana, donde hay un
coche que viaja a Vitoria y Bayona. Con gusto se subiría
a esa diligencia y se presentaría en las filas carlistas para
luchar a pecho descubierto, lejos de las conspiraciones
de la Corte. En la guerra no hay tiempo para pensar ni

para las efusiones sentimentales. Porque lo cierto es que se le han metido en la cabeza los problemas de Lucía y debe aplacar esa flaqueza cuanto antes. El sentimentalismo es el enemigo de la causa carlista, y esa niña, Clara, no es su responsabilidad. La libertad para retomar la vida que dejó en el frente depende de que logre desmantelar a esos carbonarios que han estado matando a sus compañeros, en eso centrará sus esfuerzos. Y el primer paso que debe dar está claro: le hará una visita a Julio Gamoneda. Todavía no tiene claro si el magistrado será una víctima o un verdugo.

60

Josefa se ha levantado de la cama mejor, sin tanta fiebre ni el malestar de ayer, cuando las piernas no la sostenían y pensó que se moría sin remedio. Aun así no se hace ilusiones; está enferma y la única posibilidad que tiene de salvar su vida es la que le proporcione su amante, Julio Gamoneda. No sabe de qué se trata, sólo que él se marchó optimista y convencido de su curación. Le ha pedido que hoy le espere, que no sabe a qué hora llegará porque tiene que cerrar muchos detalles antes de recogerla, pero que lo hará, que no lo dude. Por momentos le asalta la angustia. ¿No estará pensando en ingresarla en un hospital —o peor, un lazareto— como a tantos que han muerto sin remedio?

Anoche fue la primera vez en años que no abandonó el salón verde para palpar el ambiente de la casa. A ella le gusta dejarse caer por las distintas piezas donde los clientes departen con las mujeres que trabajan para ella. El cuarto de las plantas, algunas exóticas, muy frondosas, que es el sitio favorito de Delfina; las antesalas en las que beben té y cotorrean las chicas más jóvenes; el *living room*, de decoración más recargada, así llamado porque las expresiones inglesas le dan tono al negocio. Muchos piensan que un burdel es sólo un lugar donde se produce el intercambio carnal entre los hombres y las prostitutas, pero no es así, por lo menos no en el suyo. Allí se hace tanta vida social como en las tertulias a las que los madrileños acuden cada tarde. Ella ha visto cómo se cerraban muchos negocios, cómo se conspiraba contra el gobierno o el ministro de turno y hasta cómo se decidía el matrimonio entre el hijo de una familia y la hija de otra. En alguna ocasión un hombre fue a hablar con ella para decirle que estaba enamorado de una de las prostitutas y que quería sacarla de esa vida. Nunca se ha opuesto si era también lo que ella deseaba, esas chicas tienen derecho a ser felices.

La Leona se ha despertado muy temprano en contra de su costumbre, y a esta hora de la mañana los salones están vacíos y no se oye la música del piano que ameniza las veladas; las mujeres duermen en sus habitaciones y los muebles y las paredes enteladas se ven deslucidos a la luz del día. Aprovecha su bienestar, que adivina pasajero, para pasear por la casa. De repente le asalta la tristeza; ¿y si es su último paseo por este reino que heredó y que deja huérfano?

Ayer por la tarde quiso hablarlo con Julio, pero él se negó a aconsejarla.

—¿Cómo vamos a hablar de tu sucesora si mañana te voy a llevar a un sitio en el que te van a curar? Tu sucesora, por lo menos durante los próximos diez o quince años, serás tú misma... A no ser...

—¿A no ser qué?

Julio le habló, por primera vez en serio, sin fantasías, sin la retórica de los amores imposibles, de un futuro común. De abandonar a su esposa y marcharse de la ciudad juntos. Ella vendería su local y él algunas propiedades, para empezar una nueva vida lejos de Madrid. Por unos minutos se ilusionó: ¿París, Viena? El juez se decantaba por Viena, pero para Josefa no hay nada más elegante que París. En su juego tomaron una decisión salomónica: seis meses en Viena y seis en París. Cuando él se marchó, a ella se le arrasaron los ojos en lágrimas. Ahora que él le ha dicho lo que durante tantos años deseó escuchar, que dejaría a su esposa, va a morir. Vistas las cartas que tenía al nacer, cabría decir que la vida se ha portado bien con ella, pero en estas últimas horas juguetea con Josefa como un gato cruel con el ratón.

Vuelve al salón verde y come unas pastas con apetito, como si estuviera sana otra vez. Pero no se le pasa la aprensión: ha oído que en las enfermedades más graves siempre se experimenta una mejoría antes del desenlace fatal. No hay nada que pueda hacer excepto esperar la llegada de su amante y pensar en lo mismo que todos estos días: en el pasado y en el futuro. El presente es tan incierto que más vale borrarlo de los pensamientos.

Josefa termina de vestirse ante la mirada de Julio Gamoneda. Ha sido él quien le ha llevado el vestido que debe ponerse y no le ha ocultado que pertenece a su esposa Leonor. Una prenda sobria, de color pardo, que jamás llamaría la atención como cualquiera de los vestidos que Josefa guarda en su armario, con amplios escotes y cinturas ceñidas.

—Hoy no tienes que parecer bella.

—¿Eso quiere decir que no puedo parecer una prostituta?

—Perdóname la franqueza, pero es exactamente eso.

—¿Por qué tengo que ir disfrazada?

—Porque donde vamos conviene no llamar la atención.

—Entonces a lo mejor no me apetece ir.

—Te lo ruego, Josefa, no me lo hagas más difícil.

Termina de ponerte esta ropa y sé discreta cuando lleguemos.

—¿Es que te avergüenzas de mí?

—Llevarte donde te voy a llevar es la mayor demostración de amor que me puedo permitir, te lo aseguro.

En la puerta de la casa en la calle del Clavel, los espera una berlina tirada por dos caballos con un cochero sentado en el pescante. Josefa se da cuenta de que Julio Gamoneda ha escogido la berlina, que es cerrada, en lugar del birlocho abierto en el que normalmente la visita. Supone que es para que no le vean en su compañía, pero el cansancio y la ansiedad le aconsejan callar los reproches.

Gamoneda no tiene que decirle nada al cochero para que la berlina se ponga en marcha.

—¿Dónde me llevas?

—Cuanto menos sepas, mejor para ti.

Los dos hacen el viaje en silencio, calle de Alcalá arriba. A ella le habría gustado que él le volviera a prometer una vida en común, en París, en Viena o donde le pareciera, aunque fuera mentira, aunque sólo tratara de distraerla, pero él va concentrado, mirando la calle, como si quisiera olvidarse de su presencia. Es evidente que está nervioso; le delatan la agitación de una pierna, el sudor de las manos, el temblor de su sonrisa.

Se detienen ante un control policial en la Puerta de Alcalá. Un soldado de los que cuidan que nadie entre o salga de la ciudad se asoma a la berlina. Reconoce de inmediato al juez.

—Disculpe, señor Gamoneda. Pueden ustedes seguir.

Josefa se inquieta, pese a la confianza en su amante.

—¿Por qué salimos de Madrid?

—No vamos a salir de Madrid. No te preocupes, el lugar al que vamos está a sólo unos minutos.

En efecto, la berlina discurre en paralelo a la Cerca, sin llegar a atravesarla, por un camino de barro. Los dos caballos se frenan delante de un palacete que parece abandonado. Josefa ve al bajarse, recortada en la distancia, la plaza de toros. Ha ido muchas veces a ver corridas, pero nunca se había fijado en esta casona de aire sepulcral. Mira hacia la entrada con miedo, pero su amante la agarra del codo y la conduce hasta allí.

—Vamos.

—¿Qué es esto? ¿Dónde me traes?

—Basta de preguntas, Josefa. ¿Tanto te cuesta confiar en mí?

—¿Es un lazareto? ¿Vas a encerrarme aquí?

—Te he traído para curarte, no para dejarte morir.

Un estremecimiento recorre el cuerpo de Josefa. No sabe si es por el miedo o por la fiebre, que le está volviendo a subir. Julio llama a la puerta con dos golpes firmes y enseguida abre un ujier la rejilla.

—¿Quién vive?

El juez le muestra algo que lleva en la mano, sin pronunciar una sola palabra. El hombre abre la puerta y les franquea el paso. Josefa no ha llegado a ver qué le enseñaba. ¿Tal vez un anillo? No notó que llevara ninguno en las manos durante el trayecto en la berlina, quizá se lo haya puesto al bajarse.

—Adelante.

Josefa pisa el recibidor siguiendo los pasos de Julio. En la pared, colgadas de unos ganchos, hay varias túnicas negras como cuervos, con grandes capuchones.

—No hagas preguntas —le responde cortante cuando ella le interroga por esas prendas. Luego, Gamoneda habla en un murmullo con el mayordomo—. ¿Puede anunciar al Sacerdote que ya estamos aquí?

El ujier asiente ceremonial y se pierde en el interior de ese palacio decrépito.

—¿A qué me has traído aquí? ¿Quién es ese sacerdote? ¿No sabes de sobra que no quiero tener tratos con la Iglesia?

—No tiene nada que ver con la Iglesia, Josefa. Ese hombre... me va a dar lo que necesitas. Ambos nos estamos poniendo en peligro haciendo esto al margen de los Maestros. Deja de poner todo en duda. Cuanto antes salgamos de aquí, mejor.

Julio, siempre tan atento y cariñoso con ella, se comporta hoy como alguien sin aplomo, a punto de quebrarse por la tensión, incluso asustado. En la penumbra del zaguán hay algo que brilla en su mano. Entonces Josefa lo ve. Es un anillo de oro. Le da un vuelco el corazón al identificarlo: unas mazas cruzadas dibujando un aspa. Resuenan en su cabeza las palabras de Lucía. Es el anillo de la Bestia. Es la marca que señala al asesino de las niñas.

¿Por qué lleva Julio Gamoneda ese símbolo de la muerte?

Recuerda también las sospechas de la niña: algún cliente del burdel señaló a Juana y por eso la ha secuestrado. «¿Quién podría ser, Leona? ¿Quién?» Los ojos de Julio Gamoneda en la oscuridad del zaguán emiten un resplandor siniestro. Un mareo dobla a Josefa. Se siente desfallecer.

—¿Qué te pasa?

—Necesito tomar el aire.

—No hay tiempo, querida.

—¡No me toques! Necesito salir un instante.

Con pasos vacilantes, la Leona sale de ese lóbrego caserón y se adentra en el bosque que circunda el edificio. No quiere que la vean vomitar y busca el amparo de los árboles. Termina haciéndolo junto a un parterre de dalias. Agachada, le da la sensación de estar expulsando el estómago entero. Y después se pregunta de dónde sacará fuerzas para levantarse. No puede más, cree que va a morir allí mismo, en ese jardín oscuro y desangelado. ¿Es posible que estuviera haciendo planes de vida con un asesino? ¿Cómo ha podido pensar que la vida le tenía reservado un destino maravilloso? Sólo quiere alejarse de allí, recorrer el camino de barro y parar una carroza para regresar al burdel cuanto antes, pero está desorientada.

Un landó se acerca a la casa y de él se apea una mujer que viste una capa larga y lleva la cabeza cubierta por una mantilla. Un golpe de viento se la arrebata y, en los segundos que ella tarda en recuperarla, Josefa reconoce las facciones de Ana Castelar. Escondida entre los árboles del bosque, la ve llamar a la puerta y mostrarle al ujier un anillo que lleva en el dedo. No logra verlo con detalle desde su escondite, pero Josefa tiene la certeza de que llevará grabadas dos aspas en cruz.

Ya son dos las bestias de las que debe escapar. Tiene que llegar al burdel y mandar un aviso urgente a Lucía, que no se acerque bajo ningún concepto a la duquesa de Altollano.

En las mazmorras reina el silencio, roto apenas por los lamentos agotados de alguna de las niñas. Clara está en la orilla del sueño. Ya no siente tanto frío y su consciencia está a punto de desvanecerse cuando nota algo húmedo, pero también cálido. Se lleva las manos a la entrepierna y, después, se mira los dedos. La oscuridad le impide ver. Se lleva uno de ellos a la boca, nota un sabor metálico que conoce. Es sangre.

Piensa en qué puede hacer para que no se note. Lo

único que tiene es el jirón de tela que le dio Miriam. Lo enrolla y se tapa con él la vagina. Ya es imposible dormir.

Se sienta con la espalda apoyada en la pared, sabe que será la próxima. No hará falta que se sumerja en el baño. Cuando el Cocinero la obligue a salir de su celda, la sangre habrá empapado la tela y correrá por sus muslos.

61

Unos golpes en la puerta sobresaltan a Lucía. Esta vez no tiene tiempo de preguntarse quién será, porque la voz estridente de Basilia, la casera, no deja lugar a la duda.

—Tienes que marcharte hoy mismo. He alquilado la habitación a un seminarista que está esperando abajo —dice la mujer por todo saludo.

Lucía comprende al instante que no habrá forma de convencerla de que le permita quedarse un poco más. El gesto insobornable, la barbilla peluda levantada en expresión de desafío, el puño derecho apoyado en la cadera.

—Diego dejó pagado el alquiler de dos semanas —dice ensayando su registro de voz más patético para intentar ablandar a la mujer.

—¿Por qué iba a guardarle la habitación a un muerto?

—Yo no estoy muerta. Donoso, el amigo de Diego, me dijo que podía quedarme.

—Ese policía tuerto no es el casero, bonita. Las normas de esta casa son cosa mía. Y ponen bien claro que, si el inquilino muere, no hay herencia que valga. Bastante caritativa soy que te he dejado unas noches.

Sin más, Basilia coge del brazo a Lucía y, a empellones, la conduce escaleras abajo. Ella se revuelve como el animal callejero que es y, sin pensárselo, le arrea una patada en la espinilla que la casera encaja con un alarido. Ha sido imprudente, pero tampoco podía contenerse. Basilia pide ayuda a gritos, con un tono lastimero cercano al llanto y, pronto, algunos vecinos salen de sus casas. Lo último que necesita Lucía es que los guardias aparezcan para poner orden; sobre su cabeza pende la orden de arresto por el asesinato de Marcial Garrigues. Por eso, se lanza al exterior. Sin embargo, al pisar la calle de los Fúcares la invade el desconcierto: ¿adónde puede ir?, ¿en quién puede confiar? Ni Donoso ni Tomás Aguirre son opciones.

De repente, una voz grita su nombre. Siente la tentación de huir sin girar la cabeza, pero cuando vuelve a oír «Lucía», reconoce un matiz familiar en esa voz y al volverse ve que Raquel, una mujer oronda y de grandes pechos, una de las pupilas de la Leona, se acerca a ella con apremio, el gesto congestionado.

—Gracias a Dios que te encuentro. Me ha costado un potosí dar con la dirección del periodista. En el burdel decían que te estabas quedando en su casa, pero nadie sabía dónde vivía hasta que localicé al guardia tuerto, aunque todo eso da igual ahora. Es Josefa. El cólera se la está llevando y sólo dice tu nombre, nadie le saca más palabras. Creo que quiere decirte algo.

Lucía sigue a la prostituta hasta el burdel, donde hormiguea una actividad extraña. Una de las chicas, una con la que nunca ha hablado, está saliendo con una maleta. Al cruzar la puerta echa de menos algunos objetos, como si la casa estuviera siendo desvalijada poco a poco. Lucía va derecha a la cocina. Al ver allí a Delfina llorando, su primer impulso es darse la vuelta y salir de puntillas, pero una voz impide la retirada.

—Josefa quería hablar contigo. Repetía tu nombre sin parar...

—¿Está bien?

—No, esta mañana salió con don Julio Gamoneda. Volvió muy asustada y enferma. Cólera...

Lucía sabe lo que eso significa, ha visto morir así a su madre.

—¿Puedo hablar con ella?

Delfina niega con un leve cabeceo, le anuncia que no será posible. La Leona ha muerto hace diez minutos. Lucía corre hacia el salón verde, donde Josefa permanece tumbada en una otomana. Nadie se ha ocupado de su cadáver, aunque varios cajones están abiertos. Probablemente alguna de las mujeres ha entrado a ver si encontraba dinero antes de abandonar la casa. Han dejado tirados los regalos, los perfumes, las cartas de amor atadas con un lazo y firmadas por su amante: J. G.

Lucía sale de la casa y camina aturdida, al principio sin rumbo, pero después enfila hacia la calle de Hortaleza. Nunca ha estado allí, pero sabe adónde va, sabe dónde es la casa, pertenece a una gran señora y en el entierro de Diego le dijo que podría ir cuando quisiera. Perdidas todas las manos amigas, es la única que le queda en esta ciudad.

Una criada sale a abrir la puerta del palacio. Una joven discreta, con un uniforme de criada impecable.

—Me llamo Lucía. Soy...

La criada la interrumpe.

—Sé quién es, pase.

Es la primera vez en su vida que alguien la llama de usted. El recibidor es enorme y muy lujoso. Al fondo, hay una puerta acristalada que da acceso a un jardín. Lejanos, se oyen los cantos de los pájaros que revolotean en las jaulas. A ambos lados del acceso al patio nace una escalera de doble rampa y balaustrada de mármol. Por ella baja, señorial, elegante y tan hermosa como siempre, Ana Castelar.

CUARTA PARTE
—

62

Madrid, 25 de julio de 1834

Madrid en tinieblas. Las farolas de gas han dejado al apagarse una bruma espesa perfilada por la luna llena que reina en un cielo sin estrellas. El ambiente es húmedo y Lucía se abraza a sí misma para calmar un escalofrío. Los callejones se abren a un lado y otro como bocas negras que podrían escupir vagabundos, ladrones y prostitutas. Acelera el paso, más asustada por el silencio que por la vida que pueda esconder la oscuridad. No hay luz en las ventanas de los edificios. Se elevan mudos a ambos lados de la calle, grises y vigilantes. Arriba, intentando alcanzar la bóveda, hay monstruos y demonios congelados, gárgolas petrificadas con el rictus de un grito.

¿Qué está haciendo allí? ¿Por qué parece deshabitada la ciudad? ¿Cómo se ha convertido Madrid en un decorado fantasma? Salió del burdel de la Leona para ir a la casa de Ana Castelar. Detrás, como la cola de un vestido de novia, arrastrándose, le seguían los ojos sin vida de Josefa, muerta de cólera, la indiferencia de las mujeres, alimañas que se disputaban los objetos de valor que quedaban en la casa. Poco después, ¿no le abrió una doncella y le franqueó el acceso al palacio de la calle Hortaleza? ¿No la recibió Ana con un abrazo?

A pesar del silencio, las sienes le laten como un tambor golpeado con tanta rabia que la piel del parche amenaza con rasgarse. Cada vez más rápido, van a reventar en cualquier momento. En el cielo, la luna llena parece el ojo de un ciego.

¿Es el redoble del tambor lo que se le clava en el cerebro o son los cascos de un caballo? Está sudando, no sabe si podrá mantenerse consciente, tal vez sería mejor que se desmayara. Un corcel se ha detenido a unos metros de ella. Se pone de rodillas en mitad de la calle para mirarlo. Agarrado a la crin, está Eloy. Sus ojos azules brillan con una intensidad que hace pensar que el resto del mundo, a su alrededor, ha perdido el color. Se ríe como se reía cuando conseguía robar a algún estudiante despistado. No está solo; abrazada a su cintura, montada en el caballo, unas manos infantiles, un pelo dorado y media cara que asoma por el costado del chico. Es Clara.

—Hermana, deja de buscarme. Ya estoy bien. Gracias a ti, ya estoy con madre.

—¡No estás muerta! ¡Sé que no estás muerta!

Lucía se levanta y corre con todas sus fuerzas hacia el caballo, pero Eloy lo azuza para que vuelva grupas y galope. A ella le da igual: lo alcanzará. Correrá tan rápido que llegará al lado del animal y se lanzará sobre Clara para arrancarla del mundo de los muertos donde ahora la ve. Los cascos rechinan cuando Eloy hace que la montura vire su trayectoria y entre en un edificio que tiene el portón abierto. Dos columnas jalonan la entrada que Lucía atraviesa persiguiendo al equino que montan Eloy y Clara, pero, tan pronto cruza el umbral, tropieza con algo.

En la penumbra, intenta identificar qué es: húmedo, pero frío, blando... La luna se encarga de asomarse entre los edificios para que Lucía pueda ver que es un brazo, una pierna, un torso infantil, la cabeza de Clara. Los fragmentos borbotean sangre por todas partes, como si acabaran de desgajarlos. Histérica, intenta recomponer las piezas del puzle en el que se ha convertido su hermana. Un brazo unido al torso que debe mantener pegado para que no pierda toda la sangre; su cabeza, que, de repente, le grita:

—¡Es tu culpa! Ya da igual lo que hagas. Mi sangre me va a delatar.

Un golpe seco la aparta de su hermana. Algo se ha estrellado contra su estómago y le ha cortado la respiración. Un puño. Escondidos en las sombras del edificio, aguardándola, había personas, hombres, mujeres. Siente manos y piernas que la inmovilizan en el suelo. Respiraciones agrias, hieden como la carne putrefacta. Son bultos irreconocibles hasta que una cara aparece pegada a la suya, iluminada por el resplandor de esa luna que se está burlando de todo. Es Cándida, su madre.

—¿Así es como cuidas de tu hermana?

Cándida le escupe, pero, encadenada a esas manos que surgieron de la nada, Lucía no puede limpiarse la saliva que le resbala por la mejilla, que le acaricia los labios.

—¡Lo siento! ¡Madre, por favor, soltadme! ¡Lo siento!

—¡¿Qué es lo que sientes, ladrona?! ¿Aprovecharte de los muertos?

Cándida se ha retirado entre las sombras y ahora es la cara de un anciano quien está sobre ella: el padre Ignacio García, con la misma expresión sin vida con la que la miró cuando se escondió bajo su cama.

—¡¿Por qué me robaste el anillo?! ¡Ahora podría vivir!

—¡Todas estaríamos vivas!

Alguien se ha metido entre el nudo de brazos, piernas y cuerpos que están sobre Lucía, y que le impiden moverse y casi respirar. Es Juana.

—Puta. Eres una puta.

Lucía siente que algo tira de ella. Una fuerza que, al fin, la aparta de la gente que la tenía aprisionada y la devuelve a la calle. Agitada, mareada, intenta ubicarse; sabe que la pesadilla no ha terminado y que seguirá despeñándose por ella hasta que ya no pueda más. No le quedan fuerzas para llorar y una idea se adueña de ella: se merece todo castigo. Sus actos han traído este infierno. Se merece hacerse daño, sufrir.

Busca una piedra en el suelo, algo con lo que rasgarse la piel y, como si el destino se lo entregara en un cojín almohadillado, a sus pies ve un frasco de cristal roto. La sangre coagulada de las niñas está pegada a su fondo. Coge un trozo y se lo lleva al brazo, pero la mano que la salvó de la turba la detiene. Entonces, lo reconoce.

—Al final, cuando todo parece que va a acabar, también hay luz. Esta ciudad no es sólo sombras. Donoso, dile que no tenga miedo. Ese carlista, Tomás Aguirre, ya no es la persona que conociste. Tú los puedes transformar.

Diego ha soltado la mano de Lucía, busca con la suya la mejilla y le hace una caricia.

—Madrid no te dejará sola.

—Ojalá estuvieras a mi lado.

Ya no puede contener las lágrimas. Lucía busca el abrazo de Diego, necesita el calor que el periodista le regaló aquel último día cuando, sin saberlo, se despidieron para siempre en la habitación donde le había dado cobijo. Sus brazos, su respiración contra su cara, le brindaron la seguridad, la confianza en que el viaje, por oscuro que fuera, se abriría al final. Juntos podrían salir del túnel. Sin embargo, cuando está a unos centímetros de él, su figura se desvanece como humo y se pierde en la noche.

La ciudad es otra vez un cementerio. Silenciosa, fría, ajena. La luna llena busca su reflejo en el cristal que Lucía todavía tiene en la mano. No se lo piensa más: se clava la punta en la muñeca y, dibujando una línea irregular, se abre la carne hasta la fosa del codo. El dolor es insoportable, pero no piensa detenerse. Grita para no perder las fuerzas, para no permitirse pensar. Grita.

Siente el ardor en la garganta por haber gritado, pero al mirarse el brazo lo encuentra intacto. Está sudando y su visión, todavía precaria, tarda en identificar el espacio que la rodea: está en una habitación muy lujosa, en la cama más mullida en la que ha reposado nunca. La puerta se abre y entra Ana Castelar.

—Tranquila, ha sido una pesadilla.

Ana se sienta a su lado y, con un pañuelo, seca el sudor de su frente. Ahora, Lucía recuerda que, tan pronto llegó al palacio, Ana la acompañó a esta habitación donde, derrotada, se dejó caer en la cama en la que ha despertado, no sabe cuántas horas después. La noche sigue presente al otro lado de la ventana.

—Te he oído gritar desde mi alcoba. No te preocupes y respira, ahora estás a salvo.

Una extraña clarividencia se ha instalado en Lucía. No llora, no tiembla como una niña indefensa.

—Nadie está a salvo. Madrid no es más que mentiras y muerte. Lo más seguro es que el cuerpo de mi hermana ya esté en algún barrizal. O alguien lo tirará mañana, da igual. Morirá como todas las demás. Y yo tengo la culpa.

—Tú no tienes la culpa, la culpa es de esta ciudad. Madrid se devora a sí mismo, aunque un día existirá un Madrid diferente al que vivimos ahora. Un Madrid que supere toda esta guerra intestina, sin carlistas, sin Inquisición, sin que los asesinatos sean moneda de cambio. Es un viaje difícil y lleno de sufrimiento, pero al final saldrá el sol.

Ana ha logrado arrancar una leve sonrisa en Lucía. No sabe que en sus palabras resuena la predicción que Diego le hizo en la pesadilla. Esta convulsión en la que Madrid vive instalado acabará y nos devolverá una ciudad mejor. Una ciudad por la que Lucía quiere seguir pensando que paseará del brazo de Clara.

—Mi esposo regresa hoy de la Corte y tiene influencias. Le voy a pedir que ponga a trabajar a la policía, al ejército si hace falta, hasta que encuentren a tu hermana.

Lucía se recuesta en el regazo de Ana, que pasea sus dedos por el incipiente pelo rojo que aterciopela su cabeza. Hace sólo unos segundos su alma era la de un moribundo que ya sabe inevitable el final. Y quizá lo sea, pero no dejará de luchar hasta que pegue su oído al corazón de su hermana y no oiga su latido. Si un día ocurre eso, ella también se arrancará la vida.

63

Se siguen celebrando entierros en los pequeños cementerios situados a la espalda de alguna iglesia, como la de San Sebastián o la de la Buena Dicha, a pesar de que, en 1809, el rey José Bonaparte dictó las normas para sacar los cementerios de la ciudad y así evitar que los incendios u otras catástrofes naturales dejaran los cadáveres expuestos al aire; un incendio en la iglesia de Santa Cruz en 1773 repartió por la ciudad el nauseabundo olor de los restos humanos allí enterrados. Por eso se han creado muchos camposantos fuera de la Cerca.

El primero de ellos, y el más lujoso, es el Cementerio del Norte, próximo a la Puerta de Fuencarral, también llamada Puerta de Bilbao. La importancia de una ciudad podría medirse por la cantidad de muertos que alberga. En Madrid hace mucho tiempo que superaron a los vivos y amenazan con ocupar más suelo que estos, de ahí que Juan de Villanueva, arquitecto del Cementerio del Norte, se inspirara en el parisino de Père Lachaise y creara patios para los nichos en paredes a varios niveles.

En el más lujoso de los seis patios, nada más pasar por delante de la Cruz de Piedra que sirve de entrada, y a la derecha de la capilla neoclásica, levantada también por Villanueva, está el nicho en el que será enterrada Josefa *la Leona*, rodeada de cadáveres con apellidos de relumbrón y títulos nobiliarios importantes. No ha debido de ser fácil que se le permitiera la entrada a un lugar tan distinguido —por mucho que fuera propietaria del burdel de más éxito de la villa y Corte, una prostituta no es bienvenida casi en ningún lugar— y Tomás Aguirre imagina la intervención de alguien con mucho poder.

Hay muy pocos presentes en el entierro, por la prohibición de las reuniones multitudinarias y porque los hombres que disfrutaban de la compañía y la amistad de la madama en privado no están dispuestos a hacerlo en público. Aguirre observa la escueta ceremonia desde la distancia. El tobillo sigue inflamado y no le ha sido fácil llegar caminando hasta el cementerio. Busca apoyo en una fuente de la que brota un minúsculo chorro de agua. Durmió unas horas en una casa abandonada que le hizo pensar en Lucía, en esa fábrica de cerillas donde le contó que se había refugiado con su hermana. Pensó también en Lucía porque la imaginó sola, recorriendo las calles en busca de Clara. Pensó en ella porque, más que el tobillo maltrecho, le dolía cómo la había abandonado en la puerta del Hospital General dos noches atrás. Amaneció con la idea de encontrarla, pero en la casa de Diego ya no estaba y, en su lugar, se había hospedado un seminarista pavisoso al que, gracias a su recuperado disfraz de fray Braulio, pudo enredar para que le invitara a desayunar en una taberna. Se comió unas tostadas con apetito y hasta consiguió que le pagara un trozo de chorizo. A cambio, alimentó los miedos del seminarista relatándole con todo lujo de detalles la matanza de frailes. «Así es como te devolverá la ciudad tu abnegación por Dios. Prepárate para ser un mártir.» Sólo quería asustarle. Ahora mismo, Aguirre ni siquiera sabe si cree en Dios. Si no le parece justa la descarga de rabia de los madrileños. Su fe, su entrega a la causa carlista, se ha derrumbado como las caretas al final de una mascarada. Sin embargo, no está deprimido, al contrario. Si hubiera seguido el dictado de la misión que le llevó a Madrid, se habría acercado a Julio Gamoneda sin escatimar la violencia para sonsacarle si era él quien estaba delatando a los carlistas envenenados. Pero sus prioridades ahora son otras. Ahora quiere luchar por Lucía, Clara y las otras niñas atrapadas por los maestros de los carbonarios. Eso es algo mucho más real que nada que haya hecho en su vida. Morir en el frente, al lado de Zumalacárregui, habría sido absurdo. Morir por esas niñas no lo es, haya o no haya Dios esperando al otro lado. Por eso no ha hecho otra cosa que buscar a Lucía.

Pero no está en el cementerio, allí sólo hay unas pocas prostitutas presentes, algunas tan mayores que supone que están retiradas. Algo apartado del grupo de mujeres, llama la atención un tullido. Apoyado en una muleta bosqueja algo en un cuaderno. Es un miserable, basta ver cómo viste; Aguirre está convencido de que no puede ser el benefactor que ha llevado los huesos de la Leona a un lugar tan prominente.

Cuando la ceremonia termina, se acerca a una mujer enlutada pero joven. Al decirle su nombre, Delfina, Aguirre recuerda que Lucía le habló de ella: es la madre de una de las niñas descuartizadas.

—No sé dónde está esa chica. A lo mejor era por la fiebre, pero en sus últimos momentos Josefa no quería más que hablar con ella. Le corría más prisa eso que la llegada del sacerdote para la extremaunción. Cuando Lucía llegó a la casa, la pobre ya estaba muerta.

—¿Y no tienes idea de dónde ha podido ir? Me pidió ayuda, sé que las autoridades la buscan, y había pensado sacarla de la ciudad.

Aguirre miente para ahuyentar la prevención que un

monje con el hábito sucio pueda causar en Delfina. Sin embargo, ella ha dejado de prestarle atención; su mirada, cargada de desprecio, está clavada en el tullido que antes dibujaba. Este, como si sintiera esos ojos como un bofetón, cierra su cuaderno y, arrastrándose con sus muletas, se aleja del patio.

—Asqueroso. La Leona le dio de comer cuando nadie quería tenerle cerca y... se cree que se va a ir de rositas ahora que ella no está.

—Delfina, necesito saber dónde está Lucía.

—Ya le he dicho que no lo sé.

—Estoy intentando que no mueran más niñas. Como tu hija.

Las cartas sobre la mesa, se ha dicho Aguirre. No le sobra el tiempo ni es momento de subterfugios. Si Delfina tiene alguna información que le pueda ayudar, la necesita ahora. Buscan un patio desierto donde continuar su conversación: le habla de los carbonarios, de los ritos que practican y de que su hija fue víctima de ellos.

—No se puede hacer nada por Juana, pero sí por las niñas que aún están con vida.

—La Leona me leyó un día el artículo del periodista ese que vino por el burdel. Me pareció una fantasía: la Bestia la trajo Lucía. Era ese hombre de la cara quemada.

—La Bestia sólo era un peón de los carbonarios. ¿Qué más te dijo la Leona?

Delfina camina hasta una pared de nichos. Observa las lápidas, algunas con ángeles grabados en la piedra. Otras, con toscos retratos de los finados.

—No sé dónde descansa mi niña. —Espanta la nostalgia como quien cierra una cortina y se vuelve hacia el falso fraile—. Creo que la Leona deliraba en sus últimas horas. Decía que la Bestia la había traído ella, no Lucía.

Que tenía la culpa de la muerte de mi Juana. Estaba febril.

—¿Por qué crees que decía eso?

—Al parecer, Lucía le había echado la culpa a algún cliente del burdel. Decía que tenía que haber sido uno quien eligió a mi Juana para que se la llevara la Bestia.

Desde donde están aún pueden ver el patio donde ha sido enterrada la Leona. Cuando se ha acercado a buscar a Delfina, Tomás Aguirre ha podido leer los nombres compuestos de algunos condes, ha reconocido los apellidos de burgueses bien situados en la Corte.

—¿Quién ha pagado el entierro de Josefa?

—Su amante, llevaban muchos años juntos. Es un juez: Julio Gamoneda.

No ha sido difícil dar con su dirección: un palacete en la calle del Conde Duque, al lado de la plaza de Guardias de Corps. Julio Gamoneda es un personaje bien conocido en la ciudad. Son ya dos personas las que le han señalado: Delfina y, ayer mismo, Teodomiro Garcés, el farmacéutico. También le contó que se rumoreaba que era amante de la madama, y que simpatizaba con los carlistas lo demostraba en cada una de sus sentencias. Una tarea que había pospuesto para encontrar a Lucía, pero que ya no admite más demora. J. G. Dos letras que han estado golpeándole en la cabeza todo el camino hasta la calle del Conde Duque. Estaban en la lista que escribió el padre Ignacio García, junto al nombre en clave de Oriente Eterno. Uno de los Doce Maestros carbonarios.

Ha decidido continuar con el hábito de monje porque, aunque sucio y hecho jirones, es un salvoconducto perfecto para entrar en algunos lugares. Una criada le abre y él pide encontrarse con la señora de la casa, le ruegan que la espere en el zaguán, ella tarda pocos minutos.

Leonor Urrutia tiene algo más de cuarenta y cinco años, de gesto severo, vestido negro pasado de moda y el pelo canoso recogido en un moño. Es el aspecto habitual de las mujeres que rondan las sacristías, una beata que será sensible a los ruegos de un monje. Aguirre se permite un pensamiento obsceno y poco generoso: no le extraña que el juez buscara la compañía de la Leona.

—¿Qué se le ofrece, hermano?

—Pedir la ayuda de una cristiana de bien. La capilla de mi convento quedó destruida tras la locura de la semana pasada.

—No sé cómo el gobierno lo permitió. Aunque sólo fuera por eso, deberían arder para siempre en el infierno. España está siendo devorada por las fuerzas del mal, quiera Dios que esta pesadilla acabe algún día.

—Dios la oiga, no sabe la verdad que expresan sus palabras. Nosotros tuvimos suerte y ninguno de los hermanos murió en los ataques, pero un incendio provocado por esos salvajes lo quemó todo, los cuadros, las tallas... Ni siquiera disponemos de un cáliz para bendecir el cuerpo y la sangre de Cristo.

—Pase, ¿quiere tomar un té? Hablaremos con mi esposo. Seguro que él tendrá caridad con su convento. No me ha dicho cuál es.

—San Luis, en la calle de la Montera.

—Al lado de donde empezó todo. Dicen que las hordas criminales salieron de Sol. Qué desgracia.

Tomás Aguirre aguarda en un pequeño gabinete cercano a la entrada de la casona mientras doña Leonor va en busca de su esposo. El único adorno de las paredes es un cuadro que representa a Jesús predicando en el templo —antiguo, pero de escaso gusto estético— y hay pocos muebles, clásicos, castellanos, de gran valor económico, aunque muy incómodos para tomar asiento.

—Buenas tardes, hermano. Mi esposa no me ha dicho su nombre.

—Braulio, fray Braulio.

—Me dice que pertenece usted al convento de San Luis. No tenía noticia de que hubiera sido afectado por los ataques.

—Eso es porque ningún hermano perdió la vida y, en comparación con otros, hasta salió bien parado. Pero la capilla quedó destruida. Y, por desgracia, la persona que más nos ayudaba económicamente ha fallecido.

—Lo lamento.

—Tal vez usted la conocía, doña Josefa Arlabán.

Julio Gamoneda acusa el golpe, justo lo que Aguirre buscaba. La expresión relajada de su rostro se contrae en un rictus tenso. La entrada de su esposa, acompañada por una criada que porta una bandeja con tres tazas y un plato de pastas, le impone el disimulo.

—Leonor, he decidido que ayudaremos al convento, lo que se ha perdido es muy valioso. Pero mejor lo hablaré con fray Braulio en el despacho, que nadie nos moleste.

64

Don Benito Granados, duque de Altollano, esposo de doña Ana Castelar, es un hombre elegante y presume de no mostrar nunca sus sentimientos en público —y rara vez en privado—, pero ahora mismo lo domina la ira y habla a su esposa con dureza. Ella se mantiene tranquila y le permite el desahogo: sabe que no va a perder los papeles por algo tan nimio como una infidelidad.

—El pacto estaba claro: sólo debías evitar las habladurías. Justo lo que has olvidado por completo.

—En esta ciudad todo se sabe casi antes de que lo hayas hecho. No es la primera vez que ocurre.

Así es: desde hace ya tiempo, los duques son objeto de murmuraciones por las costumbres licenciosas de Ana Castelar. Sin embargo, sólo en una ocasión a alguien —un conocido abogado— se le ocurrió echárselo en cara al duque. Se encontró entonces con la reacción desmedida de don Benito Granados, que no dudó en batirse en duelo con el indiscreto leguleyo y demostrarle que los elogios acerca de sus habilidades con la esgrima no eran exagerados. Pese a que el duelo se pactó a primera sangre, el duque le marcó la cara de por vida.

—Además, un periodista... Nunca pensé que pudieras caer tan bajo.

—Por favor, Benito... Sabes que no han faltado hombres de todas las clases sociales. Un periodista no ha sido lo más bajo, aparte de que no estaba en mi mano elegir.

—¿Hacía falta presentarse en el entierro?

—Han hecho falta muchas cosas de las que, estando tú en la Corte, no te has enterado.

El duque busca una botella de jerez y se sirve un vaso. Paladea el vino antes de decidirse a lanzar el reproche a su esposa.

—Y llorar ante su féretro era una de esas cosas.

—Esas lágrimas eran reales.

Ana está cansada de la pantomima; el juego de afectos ultrajados que presenta su esposo está fuera de lugar. Benito le sirve un vaso de jerez también a ella.

—¿Te enamoraste de El Gato Irreverente?

—Supongo que te resulta ridículo, pero así es. Cuando murió, se me rompió el alma. Te puedo parecer una estúpida, pero durante unos días valoré la idea de seguir sus pasos. No porque soñara con reunirme con él en el paraíso, junto a Dios, pues sabes que no tengo fe alguna en lo que habrá después de la muerte. Me planteé el suicidio porque no era fácil mirarme al espejo, reconocer en mí a la mujer que empezó todo esto y no a una simple asesina. Por no ser la mujer que Diego veía en mí. ¿Acaso no me he convertido en aquello que detesto?

—Por lo que veo, ese acceso de romanticismo se pasó como una fiebre.

—Tú lo has dicho, como una fiebre. Todavía me duelen los huesos, pero he recuperado el control. Sé que, en la guerra, hay que asumir las pérdidas. No luchamos por nosotros, luchamos por el futuro. Por entregar a la siguiente generación un país mejor.

Ana vacía el vaso de jerez. El licor, dulce, le suaviza la garganta. La sentía ardiente, como cada vez que rememora a Diego. Aunque le haya dicho a su esposo que ya ha superado la nostalgia, no es así: cuando menos lo espera, recuerda su sonrisa allí mismo, en el palacio de Hortaleza, cuando lo invitó a cenar, los besos en la cama o su abnegación en el lazareto. Estampas que no quiere perder, consciente de que, en lo que le resta de vida, quizá no vuelva a albergar un sentimiento tan puro por alguien, mezcla de admiración, devoción y deseo. La historia habría sido distinta si no hubiera llegado a él a través de la Bestia, de los artículos que escribía en *El Eco del Comercio*. Si Diego hubiera renunciado en algún momento a su investigación. El amor puede con todo, se podría haber impuesto a la obsesión del periodista por esa historia. Pero no fue así.

Marcial Garrigues, la Bestia, como le llamaban con tino al otro lado de la Cerca, fue descuidado en sus últimos días y dejó demasiados cabos sueltos. No sólo el anillo que robó Lucía en la casa del padre Ignacio, un problema que habrían podido solucionar sin demasiadas complicaciones, sino la lista que el religioso carlista había redactado. Ahí figuraban los nombres en clave y las iniciales de los Doce Maestros de los carbonarios, incluido el suyo: Surgere, A. C., la Gran Maestre, la reina de esa docena de elegidos.

—¿Qué has sabido de esa lista?

—Si hay alguien que puede decirnos dónde está, es Lucía.

—La niña del pelo rojo... He visto que la has instalado en una habitación de invitados.

—Tengo su confianza. Su hermana es una de las niñas de la mazmorra y ha estado moviendo cielo y tierra para encontrarla.

—Después de tanto esfuerzo, una niña no puede echarlo todo por la borda.

—Ha sabido rodearse de buenos aliados.

—Como el periodista ese, ¿verdad? Ana, no sé si están flaqueando tus convicciones.

—Diego está muerto, quien me preocupa es un monje que ha estado cerca de la niña. Un tal Tomás Aguirre, que estuvo a las órdenes de Zumalacárregui en el norte. Varios agentes me han puesto sobre aviso. La lista está ahora en sus manos, pero buscaré la manera de recuperarla antes de que alguien averigüe a quién corresponden las iniciales.

—Por primera vez siento el miedo en tu voz.

—Sólo los idiotas no tienen miedo, querido esposo. Por desgracia, todos somos susceptibles de ser derrotados. Ni siquiera tú, que te crees intocable al lado de la reina regente, puedes asegurar que quedarás impune si todo sale a la luz. Y eso que sólo has jugado el papel de delator.

—No me subestimes. ¿De qué otra manera ibas a saber los nombres de los carlistas?

El duque no puede soportar la mirada de Ana. Vuelve a llenarse el vaso de jerez y busca un sillón donde dejarse caer. El alcohol le ayudará a sobrellevar los días en el palacio, a la sombra de una esposa que, con un leve chasquido de dedos, puede hacerle morir. La ha visto ordenar ejecuciones, elegir niñas al otro lado de la Cerca, ha leído los artículos que describían cómo aparecían. Desmembradas.

—¿Qué quieres que haga? Supongo que me has hecho venir de la Corte por algo más que para darme una fiesta esta tarde y presentarme a esa niña.

—Julio Gamoneda. El juez rompió el pacto de silencio. Llevó a una prostituta al palacio para que el Sacerdote le entregara el filtro. Supongo que le venció la vena sentimental de los carlistas, porque de otra manera no entiendo que llegara a pensar que lo conseguiría. Por desgracia, me vio llegar.

—Hace sólo unos días me pediste lo mismo con Asencio de las Heras. No podemos armar tanto escándalo. Deberíamos dejarlo reposar hasta que...

—Haz lo que te pido, Benito. Julio Gamoneda debe morir. Sabe quién soy. El monje puede atar cabos a raíz de la muerte de la Leona. Es posible que el tal Aguirre sea sólo un guerrillero, pero no es tan complicado llegar de la puta al juez y que este acabe diciéndole quién es la Gran Maestre. De todas formas, su final ya estaba escrito para el próximo ritual.

Ana no va a discutir sus decisiones con el duque. Hace tiempo que dejó de hacerlo. Eligió un camino que su esposo no ha hecho más que seguir a rebufo.

—Haré lo que me pides.

Benito Granados deja el vaso vacío en la mesa. Se marcha del salón encorvado, diciéndose que no es cobardía lo que le obliga a transigir con los deseos de su esposa, sino realismo: es imposible levantar un dedo contra ella. Mientras le sea útil, mantendrá ese lugar que tanto disfruta en la Corte.

Ana se sienta en el sillón que ha dejado vacío su esposo. A través de una ventana interior puede ver el patio donde los pájaros compiten con sus trinos. Echa la vista atrás y le cuesta recordar cómo transcurrían sus días antes de que todo empezara.

Un verano en París tuvo un breve romance con un diplomático italiano, Michele Silvati. Fue él quien la llevó a la primera reunión de la sociedad secreta de los carbonarios. Reivindicaban las libertades, en una mezcolanza de ritos y símbolos que apuntaban a los masones, pero lo hacían desde la perspectiva del soldado: la violencia no era más que un instrumento para conseguir lo que querían. Un mal inevitable de la guerra. Desde el principio, la atrajo aquella visión de la sociedad. Quería saber más, quería formar parte del círculo exclusivo de los carbonarios. Insistió hasta que Michele Silvati la llevó a una de aquellas reuniones.

Doce encapuchados. Doce personas escondidas bajo nombres en clave se encontraban en una sala abandonada de la prisión de La Force, en la calle Roi de Sicile. Pero allí no hablaban de política. Hablaban de que eran una casta que debía sobrevivir a toda amenaza, pues ellos eran los arquitectos del futuro. Su supervivencia, decían, estaba por encima de todo, era una responsabilidad. Y en aquel verano de París, la amenaza que más les preocupaba era el cólera. La enfermedad se había diseminado por la capital y los remedios médicos resultaban inoperantes.

El miedo al cólera infectó a los maestros y, junto a él, llegó la superstición. Fue uno de los encapuchados, nunca supo su nombre, quien trajo a una reunión un antiguo compendio de alquimia. El mero sonido de esa palabra, *alquimia*, espantaba a Ana, pero el resto del círculo escuchó con atención lo que ese encapuchado quería contarles: Johann Conrad Barchusen, un profesor de química de Leiden en el siglo XVIII, recopiló grabados alquímicos de origen desconocido y los mandó publicar casi por divertimento. En ese compendio, además de mostrarse cómo fabricar la piedra filosofal, había otros filtros de poderes milagrosos. Uno de ellos incluía el uso de la menarquia, la primera sangre menstrual de las mujeres, para la creación de un elixir de propiedades curativas que incluso acababa con la peste negra. No había nada científico en él, era pura brujería revestida de religiosidad. La obtención de la sangre no bastaba, pues a ella había que sumar el sacrificio de la donante.

Ana se apartó de inmediato de esa abominación y decidió volver a España. Al regresar, supo que los mismos carbonarios empezaban a formar un grupo en Madrid. Decidió asistir a uno de esos encuentros en la Casa de la Compañía de Filipinas, en la calle Carretas, el mismo sitio donde antaño se reunían los masones de la Logia de Oriente. Eran pocos todavía, pero en ese sustrato Ana Castelar vio una oportunidad para luchar contra el carlismo, que se estaba haciendo cada vez más fuerte, y al que siempre ha visto como el mayor peligro para el futuro de la sociedad.

Ganó presencia entre los carbonarios y enseguida tomó el camino que la iba a convertir en la Gran Maestre. La promesa del filtro de sangre, la cura del cólera. La magia. La superstición y el miedo se acabaron convirtiendo en el arma que la aupó a la cima. En un lugar de poder siempre en la sombra.

Cuando lo consideró oportuno, replicó el círculo de los Doce Maestros bajo la promesa de que a quien alcanzara ese honor le sería revelado el mayor secreto de los carbonarios. El remedio contra todos los males. Era como una de esas bellas flores carnívoras, que desprenden sus encantos para atrapar a sus víctimas.

La combinación del discurso político anticarlista de los carbonarios y la mística de esa «última revelación» era perfecta para atraer a carlistas de renombre. Unos, llamados por lo que pudieran averiguar de los movimientos isabelinos; otros, tentados por la magia que se escondía en el último escalafón de la sociedad. Desde las primeras sesiones, Asencio de las Heras o el padre Ignacio García se presentaron atraídos por ese embrujo. Las niñas no eran más que soldados caídos en la batalla, así aprendió a verlas Ana.

Tras los rituales, sin que nadie lo advirtiera, deslizaba unas gotas de arsénico en el frasco. Antes de Asencio de las Heras o del padre Ignacio García, hubo otros que murieron al beber lo que esperaban que les diera la vida. Alrededor de quince carlistas cayeron con su filtro y quedaron sepultados entre las cifras de muertos de cólera.

Podría haber seguido haciéndolo sin grandes contratiempos de no ser por Lucía, por su robo imprudente. Y por Diego. Es irónico que la única persona a la que realmente ha amado fuese la que estuvo a punto de derrumbar su misión. Si tuviera al periodista delante, le diría que ella no es el monstruo que él imagina: una vez establecidos los carbonarios en Madrid, se habrían producido los mismos crímenes que en París, doce encapuchados habrían sacrificado a unas niñas inocentes. Su aportación ha sido sacar algo bueno del horror. Acabar con esas personas, los carlistas, que no permiten a los españoles volar libres, desprenderse de las adherencias medievales y construir una sociedad más justa.

Ana intenta sacudirse la tristeza con otro trago de jerez.

Diego está muerto, no necesita justificarse ante él, y el secreto de los carbonarios se mantendrá a salvo en cuanto dé con Tomás Aguirre. En cuanto Lucía desaparezca. Nadie recordará sus nombres ni lo que estuvieron a punto de descubrir.

65

El despacho del juez Gamoneda está algo apartado del resto de la casa, en un pabellón situado en los jardines del palacio que quizá en otro tiempo fue establo y ahora ha sido acondicionado con toda clase de lujos. Hay estanterías forradas con libros encuadernados en cuero, una chimenea hoy apagada, butacas que invitan a refugiarse en ellas...

—No sé por qué alguien que puede disfrutar de todo esto se mete en problemas.

El juez es un hombre acostumbrado a sentar cátedra y marcar los tiempos, no está dispuesto a que ese monje le robe la batuta.

—Dígame quién le manda. ¿Por qué ha venido a mencionar a Josefa Arlabán delante de mi esposa?

—No es cristiano que un hombre casado y católico tenga una querida. Mucho menos que esta sea la dueña de un burdel. Pero supongo que se confesará antes de morir y pedirá la absolución. No sé si es bueno o malo que el perdón de los pecados sea tan accesible.

Julio Gamoneda se ha recompuesto en el camino hasta el pabellón que le sirve de despacho. Ha relajado la tensión de su rostro, su mirada no rehúye al monje que hace sólo un instante ha dado el nombre de su amante, ahora es el hombre orgulloso y severo, bien conocido por la dureza de sus sentencias.

—¿Qué pretende? ¿Dinero?

—No, no va a ser tan fácil, señor juez.

La navaja albaceteña de Tomás Aguirre reluce en su mano derecha. Se acuerda de un compañero en el frente del norte que siempre le decía que las navajas piden sangre, que no se les debe dejar que vean la luz si no se piensan usar. Siempre ha honrado el consejo, y cuando la saca es porque pretende usarla.

—Tal vez haya oído hablar de mí antes. Mi auténtico nombre es Tomás Aguirre.

—¿El lugarteniente del general Zumalacárregui?

—Lo fui, digamos que ya no estamos tan unidos como en otros tiempos.

—También yo soy carlista, puede guardar eso.

—Decían que fui el responsable del fusilamiento de los Celadores de Álava, pero la verdad es que no tuve nada que ver. Sin embargo, hay otra cosa que me achacan que sí es cierta. Una vez les corté la nariz y las orejas a seis espías de las tropas isabelinas. Lo hice con esta misma navaja; nunca defrauda.

—¿Tengo que escuchar esas bravuconadas? Dígame qué quiere saber.

—Carbonarios, anillos con mazas cruzadas, ceremonias de sacrificio para desangrar a niñas, una especie de elixir contra el cólera... Lo que en la prensa se ha llamado «la Bestia».

Los ojos del juez Gamoneda escapan de los de Aguirre en busca de unos segundos para recuperar el aplomo que le permita mentir.

—No sé nada de eso.

—¿Y cree que he llegado a esta casa por casualidad? Tiene dos orejas, le voy a cortar una, todavía tendrá otra para más adelante. Ya ve que tengo cierta obsesión con cortar orejas.

Julio Gamoneda trata de apartar a Tomás a empellones, pero no es un hombre acostumbrado a la lucha física, al contrario que el falso monje vasco. No tarda nada en reducirle y en agarrar su oreja con una mano mientras la otra acerca la afilada navaja.

—Voy a darle una oportunidad más: las mazas cruzadas.

—Hablaré, lo juro. No me haga nada...

Aguirre suelta al juez, que está pálido de terror y habla como sangra una herida recién abierta, a borbotones.

—Los carbonarios son una sociedad secreta que atenta contra las costumbres de nuestro país. Quieren un rey liberal, que la Iglesia y el Estado vayan por separado... Por eso me infiltré entre ellos. No fui el único, muchos de los que asisten a las reuniones de la calle de Carretas son correligionarios nuestros.

—Sabe que no es eso lo que le he preguntado... Quiero que me hable del grupúsculo que se reúne aparte, de los Doce Maestros.

—Si le digo algo, me matarán.

—Y si no me lo dice, le mataré yo.

—Los que están en el norte no saben lo que es vivir en Madrid, con el cólera, viendo morir gente día y noche. Uno hace cualquier cosa por salvar la vida.

—¿Incluido matar a unas niñas? ¿Cómo ha podido caer en esas supercherías medievales? Todo es una mascarada para asesinar a los carlistas implicados. ¿No le resultó sospechoso que murieran el padre Ignacio García y Asencio de las Heras? No sólo son unos canallas, es que además son imbéciles.

El juez se queda callado, mira abajo. No está acostumbrado a que nadie le insulte. Protestaría, pero la navaja del monje le disuade.

—¿Quiénes son los Doce Maestros? ¡Sus nombres!

—Llevan capuchas, no lo sé. Mantener en secreto la identidad es el primer precepto.

Aguirre prefiere no amenazar. En un movimiento rápido gira la cabeza del juez y le cercena, de un tajo firme, la oreja izquierda.

—Se lo avisé, ni una tontería más.

Gamoneda se lleva la mano al agujero que ha dejado la oreja, no deja de manar sangre, llora y contiene un grito para no volver a provocar al monje. Incontenible, la sangre se derrama sobre la alfombra. Él mismo se hace una especie de torniquete con un pañuelo, trata de cortar la hemorragia. Aguirre le observa, tranquilo.

—Le repito la pregunta, ¿quiénes forman el grupo?

—¿Por qué se lo habría de decir? Sus amenazas no me afectan, yo estoy muerto desde que cometí el error de llevar a Josefa e intentar que me dieran el filtro. Pero ¿qué más da? No voy a arrepentirme por haberlo intentado. Me da igual que me descubrieran...

—¿Quién le descubrió?

—Ella. La Gran Maestre: Ana Castelar.

Aguirre le mira atónito.

—¿La duquesa de Altollano?

—No supe su identidad hasta que la vi llegar, siempre se había presentado con el rostro cubierto en los ritos, pero me bastó oír su voz para reconocerla. Ella elige quién entra en el círculo y quién no. Está a cargo de los doce maestros, de las niñas...

—¿Dónde las esconde?

El juez, mareado por la pérdida de sangre y el dolor, se derrumba en el suelo.

—No lo sé, le juro que no lo sé.

—Deme el anillo. Sé que hace falta para acceder a esas reuniones. ¡Démelo!

El magistrado se arrastra hasta su escritorio. Emborronando de sangre la madera, abre una gaveta y saca una pequeña caja lacada con incrustaciones de nácar. Se la entrega al monje junto a una llave. Al abrirla, Aguirre encuentra el anillo de oro con las dos mazas cruzadas.

—No me mate...

—Ahora dígame dónde se celebran los ritos.

El pabellón retumba con un gran estruendo y se oyen dos disparos.

Aguirre corre al jardín y vislumbra, a través de la cristalera, a una partida de soldados que ha irrumpido en la casa principal. Llegan con claridad los gritos del servicio y uno afilado, espeluznante, de Leonor Urrutia. El juez, tambaleante, se pone en pie y corre hacia la casa dejando en la hierba un reguero de sangre.

—¡Dejen a mi mujer! ¡No le hagan nada!

Uno de los militares levanta su arma y le pega un tiro en la cabeza, sin más preámbulos. Gamoneda cae a plomo, como un pájaro abatido limpiamente por un cazador. Leonor se abalanza sobre el soldado con un aullido salvaje. Es el momento que Aguirre aprovecha para saltar la valla trasera de la casa y salir corriendo por la calle del Limón. Al hacerlo, nota las punzadas de dolor del tobillo. No para de correr hasta llegar a la calle Ancha de San Bernardo y mezclarse allí con la gente. Busca el resguardo de la iglesia de Montserrat, en la calle de Quiñones. En uno de sus bancos, descansa y trata de poner orden a sus pensamientos.

El juez Gamoneda era un carlista en Madrid y seguro que su cabeza tenía precio, pero los soldados del ejército no se comportan como lo han hecho con él hace unos minutos; no asesinan impunemente, con esa frialdad. Es posible que la mano ejecutora sea la del ejército, pero está seguro de que la orden ha llegado de los carbonarios. Querían acallar a Gamoneda para siempre y lo han logrado.

Se palpa el bolsillo del hábito, ahí está la sortija de oro. Aunque sea la llave para entrar en el círculo de los Doce Maestros, aún no sabe dónde está la puerta que ese anillo abre. Dónde se celebran los ritos ni cuándo será el próximo.

Sin embargo, tiene un nuevo nombre: Ana Castelar.

66

¿Qué significa ser mujer? Clara tirita de frío en el rincón de su celda. La sangre ha empapado el jirón de vestido que le dio Miriam. Un coágulo se extiende desde la tela hasta su vagina cuando la separa y se mira con curiosidad los genitales. Le duelen las piernas como si estuvieran a punto de explotar, pero, más allá de ese dolor, no se nota diferente. En las Peñuelas, su madre le hablaba de la transformación que el menstruo obraría en ella: convertida en mujer, preparada para engendrar. ¿Por qué se siente igual de niña que antes del sangrado?

Es posible que haya amanecido. A la mazmorra no llega la luz y las niñas se han instalado en un perpetuo duermevela. En silencio, a la espera de que los encapuchados bajen la escalera en espiral. Cuando eso ocurra, Clara será la elegida. Manchada de sangre, cargarán con ella al piso superior. Recuerda cómo Juana describía a las niñas que aparecían muertas, desmembradas; es imposible imaginar el padecimiento que pudieron sufrir. ¿Qué se siente cuando te arrancan un brazo o una pierna?

La sangre no la ha convertido en una mujer, la ha convertido en una víctima. Tal vez esa sea la verdadera metamorfosis que se produce con la menstruación.

En su poblado miserable, cuando una mujer manchaba sus paños, dejaba de trabajar. Los hombres no querían saber nada de ella y la apartaban de la casa hasta que el sangrado remitía. No le permitían lavarse, decían que eso podría traer enfermedades, pero el verdadero miedo radicaba en lo impredecible que era la mujer durante la menstruación; dominada por el útero, se volvía frágil, su cuerpo se desestabilizaba y también su mente: los demonios podían hacerse fuertes dentro de ella y dominarla. El eterno influjo de la luna y las mareas sobre las mujeres. Más incapaces que nunca, se las forzaba a desaparecer hasta que todo había terminado. Casi todas lo aceptaban sumisas. Lucía, no.

A pesar de las órdenes de Cándida, su hermana seguía saliendo a jugar a la calle, pasaba el día fuera y no regresaba hasta que caía la noche. «¿Qué tiene de malo mi sangre?», le preguntaba a su madre cuando esta la reconvenía por no guardar reposo.

Ahora, en esa celda sucia, enterrada en algún rincón de Madrid, Clara cree entender mejor a Lucía: el mundo se empeña en apartarlas, en convertirlas en seres dependientes, siempre enfermas: en víctimas que deben ser cuidadas. En los cuentos que su hermana le murmuraba cada noche a la hora de dormir, las mujeres no eran así: eran ellas las que descubrían la ciudad secreta de los judíos, el lenguaje de las nubes o la fuente del dinero. Eran ellas las que llegaban hasta el árbol de los arrepentimientos y lo escalaban. Pero, precisamente por eso, piensa Clara, eran cuentos. La vida no es así. En la vida, las mujeres están siempre encerradas en una mazmorra, esperando que alguien les permita salir. Pocas veces para bien, en la mayoría de las ocasiones es para aprovecharse de ellas, para utilizarlas, para hacerles daño.

Un sollozo rasga el silencio. No tiene fuerzas para averiguar qué sucede en la mazmorra. Una niña intenta contener un llanto, pero no lo logra y, como espasmos, deja escapar gemidos. Clara apoya la cabeza contra la piedra y cierra los ojos. Ojalá pudiera dormir para siempre. Despertar entre las nubes, volando al lado de Cándida. Dos pájaros de colores, libres al fin.

—¡Está sangrando!

El grito de Miriam le hace abrir los ojos. ¿Cómo ha podido descubrirla? Se arrebuja en la esquina, abrazándose a sus piernas.

—¡No te escondas, estás sangrando!

A la nueva acusación de Miriam se une un murmullo creciente del resto de las celdas. «¿Es verdad?» «Acércate a los barrotes.» «¿Qué es eso que hay en el suelo?» Clara teme que la sangre haya llegado a resbalar hasta fuera de la celda, pero no es así. Sigue pegada a su piel.

—¡Dejadme en paz!

Ha sido Fátima quien, con su explosión de rabia, ha hecho callar al resto de las niñas de la mazmorra. Clara se arrastra por el suelo hasta poder ver, al otro lado del octógono, entre la penumbra, la silueta de Fátima, que se aleja de los barrotes y se resguarda en la sombra como un animal amenazado.

—He visto tu vestido. Eso es sangre.

La insistencia de Miriam no permite a Fátima que la situación se olvide. Otra vez, el runrún acusatorio se eleva desde el resto de las celdas. Fátima vuelve a llorar, era ella quien intentaba ocultar su dolor, ya sin fuerzas para contestar.

Un crujido metálico rebota por la mazmorra; un hierro al deslizarse y, justo después, el ruido de la puerta al abrirse. El resplandor ámbar de un candil diluye las sombras conforme un hombre encapuchado desciende la escalera en espiral. Tras él, otros dos hombres cargan el barreño donde las sumergirán en el agua cargada de flo-

450

res aromáticas. Conocen el ritual y, de repente, el silencio se ha vuelto a adueñar de las niñas.

—Desnudaos.

La orden no tiene el efecto deseado. La voz, aunque masculina, no es la misma que se lo ordenó en anteriores ocasiones. ¿Qué importa? Con las capuchas, todos los hombres son iguales. Todos quieren lo mismo.

—¡He dicho que os desnudéis!

Algunas obedecen ahora; se quitan los harapos que las cubren, pero Clara nota el temblor que se ha instalado en las celdas. Como si caminaran por el filo de un cuchillo; a punto de caerse, a punto de vencer una última resistencia. La voz de Miriam suena inflamada de vergüenza.

—Está sangrando.

El encapuchado se gira hacia la celda de Miriam. La espita se ha abierto y nadie podrá cerrarla. Se oye el llanto de Fátima, completamente rota.

—¿Quién está sangrando?

En dos pasos, el encapuchado se ha situado frente a los barrotes. Clara no puede culpar a Miriam: ¿por qué hay que exigirle a nadie que sea capaz de vencer el miedo a la peor de las muertes? Sólo está luchando por su vida, aunque sea por una noche más. Tal vez, en otras circunstancias, ella habría hecho lo mismo.

—¡¿Quién?!

A Miriam le cuesta decir «Fátima», señalar con un dedo la celda que hay frente a la suya, consciente de que está enviándola a un matadero.

—Yo.

Clara se ha puesto en pie. Ha dejado el jirón de tela en el suelo. Aferrada a los barrotes, desnuda y congelada, no oculta la sangre que le mancha los muslos. Tiene miedo, pero también piensa que esta es la única manera de acabar con ese miedo: enfrentarse a su final lo antes posible y, al mismo tiempo, regalarle a Fátima y las demás niñas un día más de vida. Quizá sea esto lo que significa ser una mujer.

67

Lucía se siente como la cabra de los gitanos que vivían cerca de las Peñuelas, los del clan del Niño Ramón, que bailaba sobre una pequeña peana al son de la música. Los dueños recogían las monedas que arrojaba el público, hipnotizado por el espectáculo. Así la miran ahora las personas que se mueven por el salón del palacete de Ana Castelar. Fascinadas por la expresión de la huérfana, por sus facciones de niña pobre y sus modales de analfabeta. Todos la miran y todos parecen compadecerse ante ella. Hablan de ayudar a los más necesitados mientras los sirvientes sacan bandejas de comida que servirían para apaciguar el hambre de todos los habitantes de su antiguo barrio durante una semana entera.

Hace unos minutos, la dueña de la casa ha pronunciado un emotivo discurso para los presentes. Ha hablado de los barrios del exterior de la Cerca, de la pobreza extrema, de la lamentable situación de los que no pueden entrar en Madrid por la epidemia de cólera, de las muertes y el lazareto de Valverde, de los óbolos que todos ellos deberían entregar para auxiliar a los más necesitados. También de la Bestia, de las niñas muertas, desmembradas —lo que ha provocado las expresiones de espanto entre las damas presentes—, de la existencia de niñas desaparecidas que pueden estar en manos de los secuestradores... Un buen observador habría advertido una mueca de disgusto en el duque al ver que su mujer no le menciona. La recepción de esa tarde es en su honor, para informar a la buena sociedad de su regreso a Madrid tras un tiempo confinado en La Granja. Pero nada, ni una palabra sobre él. Hay viandas selectas, hay corrillos con lo más granado de la aristocracia, hay voluntarias que venden boletos para una rifa en la que se sortean cerámicas fabricadas en la Real Fábrica de Porcelana del Buen Retiro, destruida por las tropas británicas durante la guerra de la Independencia contra los franceses.

Muchas mujeres se han acercado a saludar a Lucía, a la que han puesto ropas de lujo y una peluca rubia para cubrir su incipiente pelo rojo, todavía muy escaso. Alguna le pregunta por las Peñuelas; otras, por sus días en el burdel de la Leona —algo que ha mencionado Ana Castelar en su discurso—, también por sus clases para aprender a leer y a escribir... Pero Lucía no percibe sinceridad en sus buenos deseos; sabe que es como la pantera de la Casa de Fieras, temible para ellas, pero inofensiva tras los barrotes de la jaula. Manoseada por una y otra de estas señoras, rebotando de sonrisa de conmiseración en palmadita compasiva, se siente aún más sucia que en el prostíbulo de la calle del Clavel.

Una de las muchas personas que llegan hasta ella es Inmaculada de Villafranca. Lucía reconoce que ayudó a su madre, que les llevó comida y medicamentos cuando más lo necesitaban, tal vez debería mirarla con otros ojos, pero no se fía. Aunque le devolvió el anillo, no puede dejar de pensar que trató de engañar a Clara al quedárselo cuando coincidió con ella en la casa de empeños de la calle del Arenal.

—¿Estás bien aquí, con la duquesa? Te lo digo porque, si quieres, te puedes venir conmigo. Soy viuda y no tengo hijos, me harías mucha compañía.

—Aquí estoy bien. Ana me ayuda a buscar a Clara, cosa por la que usted no ha hecho nada.

El dardo da en la diana. La señora de Villafranca encaja con una sonrisa tensa esta muestra de antipatía y no intenta retener a Lucía cuando ella le da la espalda.

Buscando un poco de aire, que siente que le empieza a faltar, sale al jardín central de la casa. Entre plantas y columnas, completamente fuera de lugar, pasean el faisán y el pavo real, con su millón de ojos abiertos en la cola. Un corrillo de señoras se asusta cuando se acerca demasiado. Las jaulas de madera donde cantan los pájaros parecen palacios, algunos suspendidos en el aire, otros colocados en el suelo junto a plantas que extienden sus ramas y flores entre las rejas para que las aves puedan catar su néctar. Flotando entre los diferentes cánticos, se desprende el aroma de madreselvas y petunias que adornan el jardín.

Las miradas de las señoras, que tal vez consideran extravagante este edén que Ana Castelar ha creado en su palacio, buscan a Lucía con el mismo gesto de sorpresa con el que observan las exhibiciones de plumaje del pavo real. Se esconde entre las jaulas, desde donde puede escuchar, entre los aleteos de los pájaros, retazos de la conversación de las señoras.

—Como animales, viven como animales. Mi esposo ha ido muchas veces a esos barrios del otro lado de la Cerca y me lo ha dicho.

—Yo les voy a decir una cosa. Se merecen todo lo que les pasa: mujeres y hombres amancebados sin recibir los sacramentos, niños que no han sido bautizados, padres que destinan a sus propios hijos a la mendicidad y la prostitución...

—Como la niña esa que nos pone la duquesa delante de los ojos, sacada de un burdel. ¿Cuánto tardará en volver a él?

—Seguro que si la rifan a ella en lugar de las porcelanas, sacan más dinero... Se ve que ha nacido para eso.

Lucía se mueve oculta entre las columnas y plantas del jardín, asqueada por lo que oye, pero como si las voces la persiguieran, la cháchara de otro corrillo alcanza sus oídos.

—Dicen que las lavanderas del río se limpian los mocos con nuestros manteles...

Se ha escondido tras una jaula donde unas petunias azules invaden el interior. Un leve siseo, como el zumbido de un insecto, le llama la atención. Suspendido en el aire, aleteando a tal velocidad sus alas que las hace invisibles, un diminuto pájaro rojo con una especie de fina trompeta por pico, se alimenta del néctar de la flor. Su color, rojo como el fuego, es una llamarada en el aire. No necesita que Ana ni otra señora venga a decirle que ese es el colibrí rojo que un día vio Eloy; el animal con el que el ratero la comparó, tal vez motivado por su belleza y su aire esquivo, pero que ahora, flotando detenido en el aire, Lucía siente que la mira y le dice: estás encerrada, como un trofeo del que vanagloriarse, como yo.

Lucía sale del parapeto entre columnas y plantas y busca a esas señoras que despreciaban a las lavanderas.

—Mi madre lavaba en el río y era más limpia que cualquiera de ustedes.

Las mujeres ya no ocultan el desprecio bajo una capa de condescendencia.

—Sería la única. Se nota que a ti te dio una educación refinada...

Lucía menea la cabeza, harta. Aprovecha que nadie está pendiente de ella para salir a la calle. Empieza a atardecer y el sol dibuja una extraña marea violeta y amarilla en el cielo de Madrid. Quiere escapar de la sensación pegajosa, molesta, que notaba todo el rato en la mansión de la duquesa. La ciudad está en silencio y le devuelve el eco de sus pasos, el jadeo de su respiración. Y hay algo más: una presencia acechante, real, no como la de sus pesadillas.

Al doblar la calle, se detiene para observar el panorama. No hay nadie en la avenida, en la calle de enfrente se divisa un paseante con un paraguas. No llueve, pero ha sido un día de cielo encapotado y olor a humedad. Cuando ya está a punto de recobrar la calma, una mano velluda cubre de pronto su boca y ahoga su grito. Lucía intenta zafarse, morder esa mano que es como una presa. Un zarandeo la sacude del todo y de pronto se ve frente a frente con Tomás Aguirre.

—Tranquila, soy yo.

—¿Qué hace aquí? No quiero saber nada de usted.

Tomás no contesta. La lleva hasta un lugar oscuro donde nadie puede verlos, en el recóndito callejón de Válgame Dios.

—Tienes que salir de esa casa. Ahora mismo. ¿Me oyes?

—¿Por qué? No tengo otro sitio adonde ir.

—Lo sé todo. He descubierto quién está al frente de los Doce Maestros.

—¿Quién?

Él calla unos segundos y Lucía comprende la situación antes de que Tomás la explique con palabras.

—La Gran Maestre es la duquesa de Altollano, Ana Castelar.

68

A Augusto Morentín le suena la cara del hombre que ha ido a verle y, casi de inmediato, recuerda de dónde —difícil olvidar a alguien con un parche en el ojo—, estaba en el entierro de Diego Ruiz. Por eso ha aceptado que se siente a su mesa en la taberna de Paco Trigo, de la calle de la Cruzada, a pesar de su costumbre de almorzar solo en estos tiempos de epidemia.

—Diego Ruiz me comentó alguna vez que usted venía a menudo aquí.

—Una gran pérdida, y no sólo hablo del periodista. Me temo que ambos echamos de menos al amigo.

El tabernero sirve una frasca de vino de Valdepeñas con dos vasos y un plato con unos trozos de queso manchego.

—Pruebe el vino, de los mejores que se pueden tomar en Madrid.

Donoso Gual, poco acostumbrado al trato con personas como Morentín, no se atreve a hablar sin antes cumplir con lo que parece una orden del director de *El Eco del Comercio*.

—Dígame, ¿por qué me buscaba? Supongo que tendrá que ver con Diego. ¿Dejó alguna deuda, quizá? Nunca fue un buen administrador de lo poco que ganaba. Supongo que me siento responsable, así que no me importaría ayudarle.

—No, no es nada que tenga que ver ni con deudas ni con el dinero, sólo con su memoria y su amor por el trabajo. Tenga.

Morentín reconoce de inmediato la letra picuda del periodista en las cuartillas que le entrega el hombre tuerto.

—Es el último artículo de Diego Ruiz. Versa sobre los carbonarios: estaba convencido de que andaban detrás del asesinato de las niñas que han aparecido desmembradas en los alrededores de la Cerca.

—¿Dónde ha encontrado esto?

Donoso no le cuenta sus penalidades del día anterior, cuando al salir del lazareto de Valverde buscó refugio en la taberna de Traganiños y se calentó el pecho con un par de aguardientes. No le cuenta que ni el licor pudo apagar su tristeza, ni que, perdida Grisi, la nostalgia por Diego se hizo tan presente que le dolían las piernas. Que necesitaba al que había sido su amigo para descargar en él su derrota: ese fugaz sueño de un futuro al lado de la actriz que se había desvanecido.

Pero sí refiere, en resumen, que al amanecer por la mañana, arrastrado por esa marea, paseó hasta la casa de los Fúcares. Basilia le contó el encontronazo que había tenido con la niña al echarla de la casa de Diego, donde ahora vivía un seminarista. Enredadas en el fondo de un saco, la casera le entregó las pocas pertenencias que quedaban del malogrado inquilino. Poco después, ya en su casa, el tuerto las fue sacando. Cada objeto contenía un recuerdo: una aventura amorosa del periodista, una noche de vinos sin fin, una búsqueda de un testimonio para alguno de sus artículos. Luego, su mirada se detuvo en las cuartillas de ese artículo inacabado y Donoso se sintió culpable: necesitaba a Diego para que le ayudara a él, nunca se había planteado que, aunque estuviera muerto, él también podría ayudar al que fuera su mejor amigo. Por eso, con las cuartillas sobre la Bestia bajo el brazo, decidió ir en busca de Morentín. Para acabar el trabajo que la muerte impidió a Diego terminar.

—La Bestia: durante sus últimos días no hablamos de otra cosa.

—Esa Bestia no era Marcial Garrigues, el gigante que dicen que mató una prostituta de la Leona. Bueno, era y no era. Parece que Marcial no era más que el brazo ejecutor de la sociedad secreta.

—El mismo día de su muerte vino a pedirme consejo para documentarse sobre los carbonarios; yo le ayudé hasta cierto punto, claro. Nadie que no haya estado dentro puede decir qué piensan o qué hacen realmente en esas sociedades.

—Es posible que intentar entrar en ella le costara la vida.

El director del periódico lee por encima las cuartillas mientras Donoso le observa sin atreverse a decir nada.

—Verá, Donoso, hay un problema. El artículo está sin acabar y falta lo más importante: demostrar que lo que dice en él es verdad. Y Diego ya no está en condiciones de hacerlo.

—Diego no faltaba a la verdad en lo que escribía. Merece que se publique su último artículo. Por su memoria.

—Comparto la tristeza por su pérdida, pero soy el director de un periódico y lo único que lo diferencia de otros libelos es que en *El Eco del Comercio* no aparece un artículo sin contrastar. No puedo lanzar a la calle este compendio de conjeturas. Son llamativas y, si se confirman, es urgente que las autoridades intervengan. Pero necesitaría que estuviera acabado. Necesitaría el testimonio de los implicados.

El director le devuelve las cuartillas a Donoso. El ex-policía evita cogerlas con un leve gesto y se pone en pie.

—No se niega a publicarlo porque falten datos. Se niega a hacerlo por cobardía.

—No le voy a consentir que me ofenda.

—No se lo digo como insulto, sólo para que reaccione. Todos somos cobardes, yo el primero. Cada día de mi vida. Usted lo está siendo porque teme la reacción que pueden suscitar esas palabras. En cambio, Diego lo tenía claro: si lo que escribía no ofendía a nadie, si no señalaba y remediaba una injusticia, no valía la pena escribirlo.

—No creo que la temeridad de Diego sea un ejemplo a seguir.

—Vivió con la cabeza bien alta. Había veces que me parecía un lechuguino, pero le reconozco que era un hombre sin miedo. Pocos he conocido tan íntegros y tan desinteresados como él.

Morentín vacía su vaso de vino y lo saborea unos instantes. Tuerce el bigote mientras observa a Donoso.

—Puede que tenga razón. Pero no es miedo lo que me hace rechazar el artículo, es prudencia.

—Don Augusto, yo he visto los cuerpos de esas niñas: descuartizados, salvajemente torturados. Soy el primero que ha querido mirar hacia otro lado, pero no puedo. Cuando me voy a la cama por la noche y cierro el ojo que me queda, vuelvo a verlas; para dormir tengo que tomarme varias copas de aguardiente... No caben ni el miedo ni la prudencia. Hay que parar esto.

Morentín vuelve a coger los papeles, parece recapacitar.

—Si quiere rematar el artículo, busque a la actriz...

—Grisi.

—Sí, ese era su nombre. Diego me la trajo una vez,

esa mujer parecía delirar, pero, en vista de lo que hay aquí escrito, es posible que tuviera más información de la que nos dio.

Donoso deja escapar una risa amarga, una reacción pesarosa que no pasa desapercibida al director del periódico.

—¿La conoce?

El tuerto asiente con tristeza.

—Se la llevaron ayer diciendo que estaba enferma de cólera, que la iban a encerrar en el lazareto de Valverde, pero allí no está. Quizá la hayan hecho desaparecer porque sabía demasiado. O quizá...

—¿Quizá? —le anima Morentín a continuar.

—Quizá simplemente se haya cansado de que la cuide. No hay más que mirarme un instante para confirmar que no soy buen partido.

—¿Ha buscado en el saladero de tocino? Lo han convertido en hospital para el cólera. Llevan una semana derivando enfermos allí.

—¿El de la plaza de Santa Bárbara? ¿La cárcel del Saladero?

—Sí. Conozco bien al director; le enviaré una nota para que le permitan entrar a buscarla. Quizá lo que ella tenga que decir sirva para atar los cabos sueltos que dejó Diego. Entonces, puede estar seguro de que publicaré su artículo.

69

Por segunda vez en muy poco tiempo, Ana Castelar soporta los reproches de su esposo.

—Esto es culpa de tus relaciones con ese periodista... No estás actuando con diligencia. ¿Cómo se te ocurre organizar una colecta para esa niña? ¿Te creías que era el fruto de vuestro amor?

—No te soporto la ironía.

—Habrás de soportarme todo lo que yo decida porque soy yo quien tendrá que dar las órdenes para que la busquen hasta que aparezca. Primero tuve que mandar matar a Gamoneda, ahora hay que buscar a esa niña... Ni siquiera yo puedo dar tantas órdenes sin llamar la atención.

—Quiero que la encuentren, pero no que le hagan daño.

—¿Te preocupa que muera?

—Si lo hacen, no sabremos si Diego o ella se hicieron con la lista que estaba preparando el padre Ignacio García, ni si la tiene todavía ese tal Tomás Aguirre, ni dónde está ese carlista.

—Creo que prefiero no enterarme y verla muerta de una vez. Bastantes problemas nos ha dado ya.

—Hace tiempo que lo que tú prefieras ha dejado de ser importante, Benito.

El duque busca con rabia los ojos de su esposa. Desde hace unos años nota que disfruta al demostrar que está por encima de él. Blanca, la criada, entra en la sala.

—Doña Ana, Lucía ha vuelto. Está en su cuarto.

Ana calibra la reacción del duque con una mirada glacial. Parece más tranquilo con esta novedad. Pueden relajarse un poco, un contratiempo que se soluciona sin tomar medidas drásticas. Lucía no ha tenido nada más que un acceso de rebeldía, el orgullo de los pobres que sale a relucir de vez en cuando, pero no se opondrá a sus planes.

—Llévale algo de comer y un vaso de leche, ahora subo.

Ana contiene el apremio de hablar con la niña, sondear su ánimo y explorar sus intenciones. Juzga más adecuado que no la note ansiosa por saber, que se pregunte si le espera algún castigo, que tenga dudas, incluso miedo. Hasta la niña más lista termina derrumbándose.

—¿Qué vas a hacer con ella? —pregunta el duque.

—Regañarla y después perdonarla. Y tenerla controlada.

Lucía sí que está nerviosa. La criada le ha llevado algo para cenar y ella se ha puesto el camisón, pero Ana Castelar no ha aparecido todavía. Su miedo la sorprende. Las advertencias de Tomás Aguirre resuenan en su cabeza: «Te has metido en la boca del lobo. Tienes que salir de ese palacio, tu vida corre peligro». Aun así, ella se ha empeñado en volver a la casa y hacer como si nada, componer la imagen de la niña huérfana agradecida por los cuidados de su benefactora y seguir investigando en secreto. Es la única posibilidad de encontrar a su hermana Clara. Ahora, bajo las sábanas, no está segura de tener fuerzas para soportar la mascarada.

La habitación que le han asignado es enorme, mucho más grande que la casa entera de las Peñuelas en la que vivía con su madre. Es del mismo tamaño que la casa de Diego Ruiz, y ya aquella le parecía lujosa para lo que ella estaba acostumbrada. Sólo la cama es suficiente para perderse en ella. El primer día durmió en otro cuarto, el de invitados, mientras le preparaban esta habitación, le dijo Ana. A la mañana siguiente no sólo estaba lista la habitación, sino que habían llenado un armario de ropa para ella, ropa que podía usar a su antojo. Por un momento, Lucía se olvidó de todo para ir a tocar las sedas, los bordados, los encajes, las blusas... Pero después reaccionó, lo importante era buscar a Clara. Ahora lo mira todo con desprecio, hasta con rabia: Ana Castelar no va a volver a engañarla. Ni ella ni su esposo.

—Por fin apareces.

La figura de la duquesa está enmarcada en el vano de la puerta, la luz del pasillo crea un halo que nimba su cabeza como a la virgen de un cuadro.

—Siento haberme marchado a mitad de la fiesta. Esas mujeres...

Ana se acerca lentamente a la cama y Lucía nota que se le eriza la piel.

—Lo sé, son insoportables y te trataban como un monstruo de feria. Y no sólo eso, se dedicaron a hablar mal de las lavanderas y te acordaste de tu madre. Me contaron lo que pasó.

—Sí.

—Pero iban a dar dinero para ayudar a familias como la tuya, a madres que caen enfermas y no pueden llevar comida a casa para sus hijas. Uno no siempre hace lo que le apetece, muchas veces hay que aguantar y tragarse sapos peores que estos.

—Lo siento.

Ana sonríe por primera vez, para tranquilidad de Lucía.

—Eso sí, te reconozco que eran unas cacatúas.

Al hablar con Aguirre, al convencerle de que lo mejor era volver a la casa y fingir normalidad para seguir investigando, Lucía no anticipó lo que sentiría al estar cerca de la mujer con la que tan bien se entendía hasta ahora: repugnancia física. Una caricia suya sería como el tacto de una culebra. Una vez, cuando era niña, tocó la piel de una y tuvo que retirar la mano al instante, como si se la hubiera quemado. Espera que si Ana la toca sea capaz de disimularlo.

Mientras la duquesa le habla de las mujeres que fueron a la cena benéfica, de lo que cada una ha aportado y de lo que harán con ese dinero, Lucía fantasea con la idea de asesinarla. Ya ha matado a una persona, a Marcial Garrigues, y no le resultó especialmente difícil, ni siquiera ha tenido después remordimientos. No cree que ahora, con lo que sabe de la duquesa de Altollano, se los fuera a causar. Pero se controla, es consciente de que debe evitar esos pensamientos y engañarla, dejar que se confíe.

—Nunca me has hablado de la noche que entraste a robar en casa de aquel cura. La casa en la que robaste el anillo.

Lucía se alarma, el interés de Ana Castelar en esos sucesos es nuevo. La araña está tejiendo su red.

—No había nada de valor. Muchos libros... Bueno, ahora que me estás enseñando a leer he aprendido que los libros tienen valor, pero entonces pensaba que no. Y el anillo, claro, era de oro. Pero ojalá no lo hubiera cogido.

—Todo lo que ha ocurrido es por culpa del cólera y la incultura de este país, no de un simple anillo —disimula su interés la duquesa.

—No sé. Mi madre decía que había cosas que daban mala suerte y tenía razón. El anillo daba mala suerte.

—¿Qué más cogiste, Lucía?

—Unos candelabros y unos cubiertos. Parecían de plata, pero no me dieron mucho por ellos, sólo quince reales. Los vendí a un ropavejero cerca de la calle Ancha de San Bernardo. Uno al que llaman el Manco. Tiene una tienda con dos partes, en la de delante hay cachivaches y chatarra tirada de cualquier manera, pero en la trastienda todo está más ordenado, allí compra lo que le llevan los rateros.

—Menos mal que no vas a tener que volver a vender allí nunca. Yo me voy a encargar de que no te falte nada.

Llega el momento temido por Lucía, cuando Ana le hace una caricia que pretende maternal, pero que a ella le eriza el vello. Para su sorpresa, resiste y hasta es capaz de sonreír.

—¿Y no te llevaste nada más?

La duquesa disimula su ansiedad cada vez peor. Está esperando que Lucía le hable de la lista, ella se da cuenta: tal vez no sepa que estaba escondida en el forro de un redingote, pero es evidente que, como el zahorí que busca agua, eso es lo que ella busca. Los nombres en clave. Las iniciales. Sus iniciales.

—Nada más. Habría seguido registrando, pero apareció aquel gigante y tuve que huir.

—¿Ni un libro?

—¿Para qué podía quererlo yo? Lo que estaba buscando era dinero. O joyas, que es algo que se puede vender fácil.

—Si te acuerdas de algo más, dímelo. Quién sabe si puede ser de ayuda para encontrar a Clara. Ahora te dejo dormir, supongo que estarás muy cansada.

Cuando Ana regresa a su dormitorio, se encuentra allí al duque, esperándola.

—Acaban de traer esto.

Le tiende un sobre con el sello de lacre despegado. Ella no lo coge de momento.

—¿Quién lo ha traído?

—Un lacayo del secretario, el conducto habitual.

Ana asiente con gravedad. Ahora sí, coge el sobre. Lo abre. Es una citación para un nuevo rito de los Doce Maestros.

—Es mañana —dice el duque, sin disimular la indiscreción de haber leído la carta—. Más vale que esta noche descanses.

Ana se sienta ante un espejo y empieza a quitarse las joyas. Al otro lado de la ventana, la noche ha caído sobre Madrid. Densa como brea. Las jaulas de los pájaros ya están tapadas y callan. Duermen.

—Me está engañando —acaba por confesar Ana tras unos minutos—. No quiere decirme nada de esa lista.

Benito elige seguir mudo. Por un instante, puede disfrutar de la inseguridad en su esposa. Del miedo a que todo lo que ha construido se venga abajo.

70

Frente al convento de Santa Bárbara, en la plaza que lleva el mismo nombre, se yergue el antiguo saladero de tocino, construido por Ventura Rodríguez. Pese a su destino, ser matadero de cerdos, es un edificio bello por fuera, aunque los años y el cambio de actividad lo han convertido en siniestro por dentro. En los últimos tiempos ha sido habilitado como cárcel, la famosa cárcel del Saladero, la más temida por los bandoleros, asesinos y ladrones. Ahora, como todo gira alrededor del cólera en Madrid, ha sido reformada una vez más para funcionar como hospital especializado en la enfermedad. A los presos los han enviado a otros centros.

—Lo llaman «hospital», pero esto es un lazareto más. El único objetivo es tener a los enfermos fuera de circulación hasta que mueran.

Aunque a regañadientes, el doctor Albán ha accedido a acompañar a Donoso al Saladero. El expolicía se ha presentado en el Hospital General cuando Albán ya terminaba su turno, agotado, como cada día de esta epidemia. Donoso pensó que le sería de utilidad para recorrer el hospital en busca de Grisi y certificar que es el cólera lo que la apartó de él. No se conocían, pero al tuerto le bastó nombrar al periodista para que la actitud de Albán pasara del desinterés a la entrega: Diego supo ganarse unas amistades que no terminaron con su muerte.

Avisado por Morentín, el director del Saladero les franquea el paso. Albán mira con horror las condiciones en las que trabajan sus compañeros y en las que malviven los enfermos. Los infortunados madrileños que han contraído el cólera ocupan cubículos destinados a los cerdos, que después se reservaron para los convictos; las salas donde se mataba a los cochinos se dedican ahora a las curas. Los sombríos pasillos entre estancias, en muchos casos con catres en los que descansan vivos y muertos, impiden ventilar y cualquier esperanza de salvación.

—Queda bajo su responsabilidad lo que pueda ocurrirles. Más que temerario, es estúpido recorrer estas salas. No sé qué buscan, pero les aseguro que lo más posible es que encuentren el cólera.

El director se despide con estas palabras, que resuenan en la cabeza de Donoso mientras sigue a Albán por un hospital que más parece una morgue. Resulta agotador moverse por la ciudad con el miedo constante a contraer la enfermedad. Ya se ha perdido la cuenta de los muertos y, conforme cruzan una sala donde, en sillas herrumbrosas, algunos internos sollozan de dolor y otros, pálidos, vomitan en el suelo, Donoso tiene la sensación de estar asistiendo no sólo a los estertores de un grupo de ciudadanos, sino de toda una ciudad. Madrid se cuela por un sumidero, un pozo negro se lo traga y hará desaparecer toda vida de él. Sólo quedarán en pie los edificios, pero un día el tiempo también los borrará y nadie recordará a los que, una vez, vivieron, lucharon e intentaron ser felices en este trozo de tierra.

—Las mujeres están en la segunda planta.

Un celador les indica el camino. El orden disimula el aspecto carcelario del módulo al que se dirigen. La sala que aparece ante ellos tiene un aspecto algo más organizado que el resto del centro, con unas veinte camas dispuestas en hileras de cuatro. En la puerta hay una mesa tras la que se encuentra sentada una monja mayor y cejijunta.

—¿Dónde van? Aquí no se puede entrar.

—Soy médico, hermana.

—Estas mujeres ya no necesitan médicos. Mejor les vendría que las visitara un cura y les diera la extremaunción.

—Buscamos a una mujer, a Grisi.

—Eso no es un nombre cristiano.

—Milagros Peña Ruiz.

—Está ahí, en la fila de atrás; les recomiendo que tengan cuidado, no las toquen si no quieren verse como estas pobres pecadoras.

Donoso avanza entre las camas como avanzaría entre lápidas, mirando a unas y a otras hasta llegar a la fila indicada. Le cuesta reconocer a Grisi en esa mujer de aspecto deplorable que apenas es capaz de contestar con monosílabos. Pero el doctor Albán la examina, mide su pulso, analiza sus pupilas, escucha sus pulmones...

—Yo creo que esta mujer no tiene cólera.

—¿Entonces?

—¿Sabe si era consumidora habitual de algún tipo de sustancia? No sé si ha oído hablar del opio.

Donoso le habla de la adicción de la actriz, pero asegura que llevaba varios días sin consumir, aparte del tiempo ingresada en el hospital. ¿No debería haber remitido el efecto del opio? ¿O es que alguien le ha seguido suministrando esa sustancia?

—Eso sólo nos lo puede decir ella misma, si conseguimos sacarla de este estado.

—¿Con una triaca?

La propuesta de Donoso es recibida con una sonrisa por parte del médico. La triaca es un remedio antiguo, un preparado a base de vegetales, minerales y hasta carne de víbora usado desde la época de los griegos como antídoto de venenos. En el imaginario popular, es una especie de curalotodo milagroso.

—Me temo que la triaca no sirve para nada. Además, su base es el opio, sería absurdo tratarla con la misma sustancia a la que es adicta. Lo mejor será hacerle un lavado de estómago con vinagre y darle después un estimulante. Déjeme hablar con la monja de la puerta.

Donoso se queda con Grisi y olvida la recomendación de no tocar nada: le limpia a la enferma el sudor de la frente y le habla con cariño, aunque la actriz no le responda.

—Voy a intentar sacarte de aquí. Y te voy a llevar lejos, para que nadie pueda hacerte daño.

A los pocos minutos vuelven Albán y la monja con una bandeja llena de frascos.

—Le voy a pedir una cosa, Donoso. Quédese fuera, lo que vamos a hacer no es agradable.

—Prefiero quedarme.

—Sólo me estorbaría. ¡Fuera!

La calma que Donoso alcanza en el corredor —por lo menos aquí hay ventanas por donde entran el aire y el resplandor de la luna llena— es posible gracias a que no presencia el tratamiento al que el médico somete a Grisi. Albán ha hecho que la actriz beba vinagre y le ha provocado que vomite en una palangana. Asistido por la monja, mientras esperan a que su estómago se vacíe por completo, han preparado un bebedizo de vino con hojas de una planta sudamericana que se usa en algunos compuestos médicos: la coca. Según los últimos estudios, la mezcla del alcohol y la hoja de coca es un potente estimulador del sistema nervioso. Al cabo de pocos minutos, la monja sale a avisar a Donoso.

—Ya puede entrar. No la agote, la paciente está muy débil.

La diferencia de la Grisi a la que dejó y la que se encuentra no es mucha, sigue siendo una mujer flaca, sudorosa y demacrada, y apenas reacciona cuando le hablan: su aspecto es más de muerta que de viva. Donoso aguarda las explicaciones de Albán.

—Todo lo que yo podía hacer está hecho. Ahora hay que esperar; pueden ocurrir dos cosas, que despierte o que la droga la haya dejado en este estado de extrañamiento para siempre. Si es usted creyente, rece. Si no lo es, tenga paciencia. Es muy tarde y yo mañana entro en el Hospital General a las seis de la mañana.

—¿Puedo quedarme aquí?

—Sí, ya lo he hablado con la hermana Adoración.

Las horas transcurren lentas en la noche del Saladero. A Donoso le duele todo el cuerpo y se asusta con las quejas de las compañeras de infortunio de Grisi, que penan en el resto de las camas. La hermana Adoración ha resultado, para su sorpresa, mucho más amable de lo que dio a entender en el primer contacto: le ha llevado agua fresca, un poco de pan con queso y hasta se ha sentado con él para charlar un rato.

—¿Es verdad que era actriz?

—De las mejores, estuvo a punto de estrenar en el Teatro del Príncipe. Trabajó en París.

—¿Es su esposa?

Donoso saca del bolsillo el anillo falso que compró en la taberna de la calle Preciados y se lo muestra a la monja. Se entrega a su fantasía y habla con naturalidad.

—Estaba a punto de pedirle que lo fuera.

—A lo mejor tiene suerte y todavía se lo puede pedir... Parece una buena mujer, aunque ha sufrido mucho. Y estar en este hospital le ha hecho aún más daño: desde que llegó, una vez al día viene un médico y le inyecta algo. Si yo me hubiera imaginado que era para perjudicarla y no para curarla...

—¿Quién es ese médico?

—No lo sé, aquí los médicos van y vienen tan rápido como los pacientes. Pero no se preocupe, nunca más se acercará a ella.

A medida que pasa la noche, las esperanzas de Donoso se van desvaneciendo. Le duele el cuerpo por la incomodidad, está cansado, por momentos teme haberse contagiado del mal que se concentra entre esas paredes. Pero ¿qué sentido tendría marcharse y dejar a Grisi? Ahora mismo, esa famélica actriz venida a menos, tan hermosa como unas ruinas que aún permiten imaginar su antiguo esplendor, es todo lo que tiene en esta vida: lo único por lo que merece la pena seguir luchando.

Está a punto de quedarse dormido cuando una voz familiar le despierta y le sobresalta.

—Lo siento.

Por fin, Grisi ha abierto los ojos, aunque parece mirarle desde un lugar muy lejano.

—Grisi, ¿cómo te encuentras?

—Te he puesto en peligro, te he mentido. Hice que Diego metiera demasiado la nariz...

—¿Meter la nariz dónde?

—En los carbonarios.

Ella cierra los ojos. Está luchando contra el sueño o contra la vergüenza. Acaba de decir que le ha mentido y un terror nuevo recorre a Donoso: ¿Grisi le ha utilizado de alguna forma para sus fines? ¿Así de fácil, con un golpe de viento o con unas palabras murmuradas, se desvanecen sus sueños de futuro?

—Despierta, Grisi, no te duermas. Cuéntamelo todo.

Ella abre los ojos y le mira como implorando perdón.

—Me vas a odiar.

71

Durante el día, el palacete de los duques de Altollano es un lugar lleno de la luz que atraviesa los grandes ventanales. Las lámparas de aceite en los corredores apartan las sombras allí donde el sol no llega. Pero de noche, a pesar de una luna casi llena, mientras todos sus ocupantes duermen, la oscuridad no es muy distinta de la que tanto temía Clara cuando estaban en su casa de las Peñuelas. Entonces Lucía la entretenía con sus historias mientras su madre —agotada tras la jornada en el lavadero de Paletín— les rogaba silencio para poder dormir.

Lucía se ha hecho con una palmatoria y una vela, de las muchas que hay en su alcoba, para tratar de encontrar alguna pista. No se atreve a encenderla por el camino, sólo lo hará cuando esté encerrada en el gabinete de Ana Castelar, así que recorre los pasillos palpando las paredes, con temor a tropezar con algo y despertar a los duques.

En la planta baja, con salida a los jardines, está la biblioteca: una gran estancia con las paredes forradas de estanterías de madera oscura. Hay allí centenares de libros encuadernados en cuero y algunos mapas enmarcados en la única pared libre. A cada lado de la biblioteca, dos puertas conducen a los gabinetes: el de la derecha es el del duque; el de la izquierda, el de la duquesa. Lucía nunca ha entrado en ellos, pero ha podido entreverlos. Es donde su supuesta bienhechora pasa más tiempo.

Los dos despachos están amueblados de forma parecida, pero los adornos son distintos: cuadros de viejos antepasados en el del duque y bucólicas escenas campestres en el de la duquesa; grandes libros de leyes sobre la mesa de uno, y periódicos y novelas galantes sobre la de la otra. Algunos de esos periódicos los conoce Lucía: son ejemplares de *El Eco del Comercio*, el que publicaba los artículos de Diego. También está el ejemplar de *El Observador* en el que aparecía el retrato de Lucía dibujado por el tullido en el burdel de la Leona. Pero no es nada de eso lo que busca ella. Supone que, en caso de estar allí, lo que necesita no se hallará a la vista.

Con la escasa luz que desprende la vela una vez encendida, Lucía abre cajones, mira dentro de las páginas de los libros, levanta papeles, sin éxito. Por fin da con algo que sí excita su curiosidad: un cajón cerrado con llave y medio oculto en un mueble que está situado junto a la pared, por detrás de la mesa de la duquesa. Manipula su cerradura con un abrecartas que lleva el escudo de los duques de Altollano. No le resulta difícil, como no lo fue abrir la puerta del padre Ignacio García. Una serie de chasquidos puntea la maniobra, un ruidito leve que, en el silencio de la casa, a ella se le antoja una salva de cañonazos. Al abrirlo, descubre que está lleno de papeles, pero el primero que ve ya es revelador: en su encabezamiento hay un emblema, dos mazas en forma de aspa...

Lucía mira hacia la puerta. ¿Ha oído pasos en el corredor? Su corazón late con fuerza y el viento mueve las hojas del jardín en un susurro discontinuo, los pájaros duermen bajo los paños que tapan las jaulas. Ya no oye los pasos y, sin embargo, está segura de que hay alguien cerca. Le da tiempo a esconder el papel bajo sus ropas, a

477

alejarse del mueble y a situarse frente a la librería cuando oye las bisagras de la puerta abriéndose. Un par de segundos después aparece Ana Castelar.

—¿Qué haces aquí?

—No era capaz de dormir y he venido a buscar algo para leer.

La duquesa la mira en silencio desde las sombras del gabinete antes de aproximarse a ella con aire felino. A Lucía le parece que se está conteniendo para no mostrar su enfado.

—Vamos, tienes que volver a la cama. Y no entres nunca en el despacho sin mi permiso. Es mi reino.

La sonrisa de Ana Castelar, que pretendía ser trivial, se esfuma pronto de su gesto, incapaz de sostenerla un segundo más. Acompaña a Lucía al dormitorio y espera hasta que se ha metido en la cama.

—¿Estabas buscando algo?

—No, sólo algo para leer. Mañana vamos a seguir con las clases, ¿verdad?

—No sé si voy a poder. Estoy muy ocupada. Buscaré a alguien que me sustituya y te enseñe mejor que yo.

—A mí me gusta cuando tú lo haces.

—Ya te lo he dicho, estoy muy ocupada.

—¿Estás enfadada conmigo? ¿He hecho algo mal?

—Claro que no, cariño. Es sólo que... me da la sensación de que no confías en mí como lo hacías en Diego. No te culpo; es normal. De alguna manera, todavía soy una extraña para ti, pero me gustaría que eso cambiara: te prometo que hago todo lo que está en mi mano para encontrar a tu hermana. Si hay algo, por pequeño que te parezca, que creas que pueda ser de utilidad, tienes que decírmelo. Por desgracia, el tiempo de Clara no es eterno.

—Lo sé y te juro que te lo he contado todo.

—A lo mejor, si pudiera encontrar a ese tal fray Braulio... Diego me contó que podía tener alguna información de todo lo que estaba pasando.

—No lo he vuelto a ver desde la noche de la matanza.

Lucía debe tener cuidado, a Ana Castelar cada vez le cuesta más esconder su ira. Espera escapar de esa casa antes de que se desate. Cuando se queda sola, deja correr un tiempo para que su corazón se tranquilice —el juego de mentiras ante Ana le ha pasado factura— y saca el papel que ha escondido debajo de su camisón, el del emblema del anillo. Quizá en él esté la clave para encontrar a Clara, pero ella sólo alcanza a ver un baile de letras.

En la penumbra hace un esfuerzo por recordar las lecciones de Ana y, poco a poco, como quien hilvana una prenda con cuidado, une las letras de una palabra que aparece justo debajo del emblema de las mazas: M-I-R-A-L-B-A.

¿Qué significa? ¿Se dice Miralba o Mirabla? ¿Y si está escrita en otro idioma? Seguro que Tomás Aguirre será capaz de descifrarlo: le buscará mañana. Concertaron encontrarse en la plaza de Santa Bárbara cuando sonaran las campanas de las diez.

72

—Vas a odiarme cuando te cuente la verdad, pero es lo que merezco. No soy inocente, soy tan culpable como el resto de los miembros de la sociedad secreta.

El discurso de Grisi deja aturdido a Donoso. Todo es mucho más cruel de lo que él podía prever.

—Conocí a Asencio de las Heras cuando actuaba en París: era el cónsul de España. Un día vino a verme al teatro, después me mandó un ramo de flores enorme, y accedí a cenar con él. Me llevó a sitios en los que yo nunca había estado, los mejores restaurantes y los lugares más exclusivos de la ciudad. Me convirtió en su amante, fue con Asencio con quien visité el primer fumadero de opio, en Le Marais... No era como el de la calle de la Cruz, aquí en Madrid, donde te tumbas en un colchón maloliente. Allí todo era lujo, el chino encargado del local te preparaba el opio en una pipa labrada en plata... Maldito el día en que fumé mi primera pipa, pero no fue eso lo único que me mostró, también me introdujo en el círculo íntimo de su sociedad secreta.

Grisi se calla, como si lo que ahora debía decir fuera lo más costoso que ha tenido que revelar en toda su vida.

—¿Los carbonarios? —Donoso la anima a que prosiga.

—Sí. Yo lo acompañaba a las reuniones de la sociedad, que me parecían bastante aburridas. Hasta que todo empezó a cambiar. En aquella época el cólera ya había llegado a París. Existía el rumor de que había una cura, pero sólo un grupo de elegidos podía acceder a ella. Y Asencio me presentó en ese grupo siniestro.

—¿Por qué siniestro?

Los brazos de Grisi, esqueléticos, emergen de la sábana y agarran a Donoso con fuerza.

—Yo no sabía lo que se hacía en esos rituales, tienes que creerme. Yo no lo sabía...

—Tranquila, Grisi. Cuéntame cómo eran.

—Se celebraban en una sala abandonada de la cárcel de La Force. Éramos doce, llevábamos unas capuchas, por lo que, aparte de Asencio, no sé quiénes eran los demás. Quizá ni siquiera fuéramos siempre los mismos. Había un Gran Maestre que oficiaba el rito. Ignoro si en las reuniones de Madrid es el mismo o hay uno distinto, no he asistido nunca a las de aquí. Trajeron a una niña desnuda y la ataron a una cruz, una niña que acababa de menstruar por primera vez. En un cáliz recogieron un poco de su sangre y la mezclaron con un brebaje siguiendo una receta como de brujería... El «filtro de sangre», lo llamaba Asencio. Estaba convencido de que esa sangre le protegía del cólera.

—Esas son creencias medievales.

—Después de sacarle la sangre, la niña era sacrificada. —Un sollozo ahoga la voz de Grisi, que tarda unos segundos en continuar—: La despedazaban para deshacerse de su cuerpo impuro y alcanzar la inmortalidad ante el cólera.

Donoso no quiere interrumpirla. Ella le está hablando de París, pero es exactamente lo mismo que ha estado sucediendo en Madrid. Es lo que Diego llamaba «los crímenes de la Bestia».

—Cuando vi lo que hacían, me quedé paralizada, no sabía cómo reaccionar, esa gente me daba miedo. Ya nunca más volví a una reunión y tampoco al teatro. Estaba obsesionada con lo que había visto y sólo había un sitio en el que podía relajarme: el fumadero de opio de Le Marais. Todo lo demás me daba igual, hasta mi hija, que vivía conmigo en París y pasaba el día entero abandonada. A veces estaba días sin volver a nuestra buhardilla y ella comía gracias a la bondad de la portera del edificio, una valenciana que llevaba viviendo en París desde niña. Es mejor que no sepas las cosas que hice aquellos meses, te asquearía enterarte.

Donoso espera con paciencia a que ella continúe su relato, sin forzarla; adivina que pronto retomará el asunto de las niñas.

—Asencio me encontró en el fumadero, me hizo ver que, una vez dentro, ya no podía abandonar la sociedad. Pero yo no quería volver a pisar ese lugar nunca más. Y entonces mi hija desapareció...

—¿La secuestró él para comprar tu silencio?

—Fue sacrificada en uno de los rituales. Cuando apareció su cuerpo, despedazado, lo entendí todo. La habían secuestrado para fabricar ese filtro... Me hundí, me volví loca, lo único que me permitía soportar la vida era el opio. Perdí mi trabajo en el teatro, me llegué a prostituir para pagarlo. Dejé de ir al fumadero de Le Marais para ir a otros más miserables, en Montmartre, en Pigalle... Un día, creí que podría superar todo esto y volví a Madrid dispuesta a dejar el opio, regresar al teatro, vivir, aunque fuera con el dolor del recuerdo de mi hija.

El llanto hace que se detenga, Donoso le pide que descanse, que se lo siga contando mañana, pero Grisi se empeña en llegar al final del relato.

—Fui a ver a Juan Grimaldi, el director del Teatro del

Príncipe. Le conocía desde hacía años y sabía que le gustaba mi forma de actuar. Conseguí que me diera un papel de protagonista en su siguiente obra, empecé los ensayos... Fue entonces cuando leí un artículo en el periódico sobre la aparición de una niña descuartizada, lo firmaba El Gato Irreverente. De inmediato supe que era lo mismo que había conocido en París. Averigüé que, bajo ese seudónimo, estaba Diego, no era un gran secreto, así que conseguí su dirección y fui a verle. Al día siguiente, Asencio de las Heras reapareció, me estaba esperando a la salida del teatro, después del ensayo. Me amenazó y me obligó a subirme con él en su carroza. Aquella noche conocí el fumadero de la calle de la Cruz y eché por tierra los meses que llevaba sin consumir. Volví a ser una presa del opio y de ese hombre...

—¿Por qué no me lo contaste? Podría haberte ayudado.

—Cuando fui a ver a Diego a su casa, quería hacer las cosas bien, te lo juro. Quería ayudar para que lo que pasó en París no se repitiera en Madrid. Pero el artículo mencionaba a una niña decapitada junto al Sena, y Asencio supuso que ese dato se lo había dado yo. Por eso vino a buscarme y me amenazó de muerte si contaba lo que sabía.

—Ese hombre fue tu amante, tu protector. ¿Querías volver con él? ¿Por eso no le delataste en la casa de Tócame Roque?

—No es verdad, fue por miedo.

—Yo sí le delaté. Le di su nombre al monje y Asencio acabó muerto. ¿Por eso te fuiste, porque él ya no era una amenaza?

—¡No!

—¿Por qué entonces?

—Unos hombres vinieron a por mí y me trajeron aquí.

—¿Pretendes que me crea esa patraña?

—Me trajeron aquí a la fuerza. Y me dan opio, se hacen pasar por médicos y me lo traen.

—Me has engañado, Grisi —dice con amargura—. Me hiciste creer que Asencio era un admirador cuando resulta que era un asesino. Yo le conté todo a Diego y ahora Diego está muerto. Puede que por tu culpa.

—Sólo espero tener las fuerzas suficientes para quitarme la vida. Eso es lo que debería haber hecho cuando mi niña murió.

—Y yo que te quería proponer una vida nueva, lejos de Madrid. Los dos juntos. Qué tonto he sido...

—Debería haber ido a las autoridades y contar todo lo que sabía. Pero les tengo pánico. Están por todas partes, Donoso: una noche seguí a Asencio hasta el palacio de Miralba, creo que es allí donde hacían los ritos. No sabes las personalidades que acudieron. Hay gente muy poderosa en esa sociedad. Soy una cobarde, Donoso. Nada más que una cobarde.

Él asiente con rabia; no va a doblegarse ante Grisi aunque se le hace un mundo darle la espalda y abandonarla en el Saladero a su suerte. Tal vez encuentre la manera de quitarse la vida o, tal vez, los carbonarios la suman de nuevo en la pesadilla del opio. Le da igual, se repite. No puede con la mentira. Su mujer le traicionó en su día y aquel engaño le marcó para siempre. Aquel sufrimiento impregna todavía su alma. No va a admitir otro engaño.

Ya fuera de la sala, Donoso no presencia el llanto suave de Grisi. Son lágrimas de impotencia por no poder amar al único hombre que la ha cuidado en toda su vida.

73

Lucía trata de leer una y otra vez el papel que se llevó del gabinete de Ana Castelar. Con sus precarios conocimientos puede descifrar algunas palabras, pero no significan nada para ella. *Manoir de Miralba*. Las siguientes líneas sólo arrojan más confusión, más impotencia: *Séance du samedi 26 au siége de la Manoir Miralba*.

Pero no hay motivos para entrar en pánico: tiene una cita con Tomás Aguirre, seguro que él le sabe decir si ese papel es importante o no. Debe encontrar la manera de salir del palacio sin llamar la atención; es consciente de que un desliz ante la dueña de la casa le puede resultar caro. Escoge ropas elegantes para bajar a desayunar y se obliga a caminar con pasos cortos y a hablar en tono bajo, los modales que Ana le repitió antes de la subasta. Después del desayuno, se cubre la cabeza con un pañuelo y sale al jardín trasero para contemplar los pájaros exóticos. El pequeño colibrí rojo bate las alas sin descanso para libar el néctar de las petunias. Es el único lugar de la casa en el que no se siente vigilada. Las campanadas de las nueve han sonado hace mucho rato, no debería demorarse en salir si quiere llegar puntual a su encuentro. Un guacamayo la mira con impertinencia, con un aire casi burlón que parece anticipar el destino de la joven.

Todo sucede muy deprisa: un barullo en la entrada, unos pasos rotundos, marciales, la aparición en el jardín de unos guardias que van a por ella. Los acompaña don Benito, el duque de Altollano. Junto a ellos está Ana Castelar, que se arregla el tocado mientras camina un par de pasos por detrás del grupo.

—Ahí está, es la asesina de Marcial Garrigues.

El hombre que encabeza el grupo de guardias compara su rostro con el del retrato que salió publicado en el periódico, el que le hizo Mauricio, el tullido.

—Vas a venir con nosotros.

Lucía no reacciona a tiempo, ni siquiera trata de huir antes de que la prendan por los brazos.

—Han hecho ustedes muy bien en denunciarla.

—Deben felicitar a mi esposa, ella fue quien la reconoció y la hizo venir a esta casa para que no pudiera seguir huyendo.

Se llevan a empellones a Lucía que, al pasar junto a la duquesa, le escupe en la cara.

—Sé quién eres: un monstruo.

—Llévensela, debe pagar lo que ha hecho. En Madrid no hay sitio para asesinas.

Antes de salir, Ana Castelar se acerca a Lucía y, con la excusa de recuperar el pañuelo que le cubre la cabeza, le desliza una frase en el oído:

—Esta noche tengo una cita con Clara, le daré saludos de tu parte.

—¡Te voy a matar! ¡Te juro que te voy a matar!

Lucía trata de zafarse de los guardias y lanzarse sobre ella, pero los hombres la tienen bien sujeta. Se la llevan a rastras hasta una carroza negra, cerrada, que los espera en la calle.

Desde una esquina, junto al escaparate de una sastrería, Tomás Aguirre presencia los apuros de Lucía, las lágrimas que resbalan por sus mejillas, el extraño vestido de señorita arrugado por las mangas. La llevan dos guardias, las manos son grilletes en sus brazos escuálidos. La levantan en vilo y la empujan al interior de la carroza. El duque sale del palacio, detiene la carroza con un gesto y da instrucciones al cochero. Tomás comprende que es el momento de actuar. Lleva vigilando la casa como un búho desde que la niña se empeñó en quedarse allí. Sabía que era peligroso y los hechos le demuestran que así era, el instinto montaraz nunca le falla.

El vasco empuña la navaja en el bolsillo de su hábito ruinoso. Es ahora o nunca. El arma en el cuello del duque, la orden terminante a los guardias: o sueltan a la niña o el gaznate del ministro se abre como una sandía... La huida por las callejas del barrio no se le antoja difícil. Ese es el plan que concibe en un segundo, no hay tiempo para más. El vasco nota una llamada de alarma en su interior, una voz que le previene sobre la tranquilidad con la que el duque se muestra en la calle en tiempos de guerra. Es un ministro, un enemigo del carlismo, una pieza codiciada, y se pasea por la ciudad a cara descubierta. El apremio le juega una mala pasada. Desoye la vocecita que le recomienda prudencia y se precipita sobre Benito Altollano. Para inmovilizarle le basta con una advertencia:

—O sueltan a la niña o le corto el cuello.

La sonrisa del ministro le debería haber puesto en guardia, pero está visto que los reflejos menguan cuando uno pasa un par de semanas alejado del frente, cuando la vida deja de estar en juego a cada minuto.

Cuatro hombres han salido de no se sabe dónde, y Aguirre se ve de pronto acorralado. Dos pistolas y dos mosquetones le apuntan directamente.

—Qué ganas tenía de verle, fray Braulio —dice el duque.

Lo de «fray Braulio» lo recita con retintín, dando a entender que conoce sobradamente su falsa identidad.

Aguirre sopesa sus opciones. No hay nada que hacer, está perdido. No se puede confiar en la falta de puntería de cuatro soldados del ejército.

—Me gustaría quedarme y darle yo mismo su merecido, pero tengo cierta prisa. Esta noche estoy invitado a una celebración que, mucho me temo, usted se perderá. ¡Llevadle al otro lado de la Cerca y matadle! No hace falta que ocultéis su cadáver, es mejor que lo encuentren pronto y sepan lo que les hacemos a los carlistas en Madrid.

Un ligero ademán de resistencia de Aguirre hace que uno de los soldados apunte con el arma a su cabeza.

La de Lucía asoma por la ventanilla de la carroza. Antes de que un guardia la empuje de nuevo al interior, le da tiempo a cruzar una mirada con Tomás. Busca esperanza, un guiño cómplice que revele parte del truco, que todo está orquestado y su detención responde a un plan. Pero sólo ve desaliento y derrota.

—¿A ti tu mujer te engaña, Pancracio?

Como Pancracio conoce bien el humor amargo de Donoso, le ha dejado la jarra de vino al alcance de la mano para que se sirva cuando quiera. La última vez que estuvo allí, le montó una pelea con un fraile, pero hoy no cree que su visita derive en violencia. No es la primera vez que Donoso acude a la taberna de Mesón de Paredes para mojar las penas en alcohol, ni será la última. Tampoco es la primera vez que le deja dormir la mona en el almacén, sobre un lecho de serrín con olor a cerveza y orines.

—Si me engaña, la muelo a palos, eso es lo único que te puedo decir.

—Eso es lo que tendría que haber hecho yo —dice Donoso vaciando su vaso.

Da un puñetazo en la mesa de madera, se sirve otro vino y continúa con su obsesión.

—Sólo hay una cosa peor que el engaño de tu mujer... ¿Quieres saber cuál es?

—Seguro que tú lo sabes —dice Pancracio.

—Que te engañe también tu siguiente mujer.

El tabernero comprueba las reservas de aguardiente. Cuando las cuitas de Donoso son de tipo laboral —quejas por su trabajo de vigilante en las puertas de Madrid o algún problema de intendencia—, la amargura se le pasa con seis o siete chatos de vino. Pero las penas de amor son más resistentes. Pancracio no olvida el estado deplorable en el que terminó el tuerto cuando su mujer le abandonó. Ahora teme una repetición de aquella tarde, en la que llegó a pensar que se moría en su taberna.

—Este vino está aguado. No sirve ni para abrevar a la mula.

—Pero si es el vino que tomas siempre, Donoso.

—¡Dame algo más fuerte, Pancracio! —Y añade mascullando—: Ya ni un amigo te trata bien en su casa. Parece mentira. Qué vida más perra...

Una botella de aguardiente aterriza en la mesa. También dos vasos. Pancracio los sirve y levanta el suyo.

—Brindo por que tu vida mejore. Y no te mates con esto, Donoso, que no vale la pena.

El tuerto derriba de un manotazo el vaso de Pancracio. Se bebe el aguardiente de un trago y se sirve otro.

74

Desde que Felipe II estableció la capital de España en Madrid, se decidió que hubiera dos cárceles distintas en la ciudad: la de la Corte y la de la Villa. Los casos de asesinato iban a parar a la primera, para que la justicia viniera de la Corona; los de estafa, contrabando y otros menores a la segunda, a la que depende del gobierno. A Lucía le corresponde la cárcel de la Corte, que ha vuelto momentáneamente a la plaza de Santa Cruz debido a la ocupación temporal de la cárcel del Saladero con los enfermos del cólera. Allí hay módulos separados para hombres y mujeres, pero en algunas zonas mixtas conviven unos y otras y se producen roces y peleas, cuando no agresiones sexuales. El sistema, no del todo engrasado, va derivando a las mujeres a la Casa Galera, en la calle Atocha, para que cumplan allí sus condenas. Pero en estos tiempos convulsos, con la epidemia desbocada, las cárceles son apartaderos que albergan tanto a delincuentes comunes y asesinos como a simples alborotadores, prostitutas, enfermos del cólera y leprosos.

Pese a ese polvorín de peleas diarias, violaciones, navajazos letales y amagos de motín cada semana, las medidas de seguridad no son muy estrictas. Los guardias no dan abasto y el temor al cólera, acentuado por la creencia de que un presidiario es más contagioso que un bur-

gués, les aconseja mantenerse a una distancia prudencial. Así que los reos campan a sus anchas, incurren en
desmanes de todo tipo y asumen como un mal menor el
castigo ocasional de la argolla durante un par de días
cuando un guardia se pone duro. Los presos se reúnen
en el patio, donde hay una gran fuente en la que se lava
la ropa. Como en toda comunidad, florecen negocios:
hay presas que no quieren salir de aquella casa, pese a
los muchos peligros que corren y pese a las condiciones
insalubres, porque hacen de lavanderas para el resto de
los internos y ganan un buen dinero.

Las celdas, pequeñas, de tres metros por cuatro, las
ocupan entre uno y cuatro internos en función de lo
que estos puedan pagar a los carceleros. Todo se compra y se vende, incluso la posibilidad de salir por la
puerta sin necesidad de fugarse. Algunos presos salen
todas las mañanas y regresan a dormir sin que nadie les
pida cuentas.

Nada más llegar, Lucía se siente impresionada por
ese hervidero de violencia, desprecio y degradación humana. Las miradas —patibularias algunas, desangeladas
otras— calan en ella en el primer paseo por los corredores que la conduce hasta su celda. Un guardia la empuja
al interior y cierra la puerta. Sin explicaciones, sin advertencias, sin protocolo de bienvenida. Un catre mugrien-
to y una argolla en la pared de piedra son toda su compañía. Se resiste a sentarse en el catre porque ese simple
gesto es un modo de bajar los brazos, de entonar la ren-
dición. Prefiere caminar de un lado a otro en ese agujero que se recorre con apenas dos pasos cortos. ¿Cómo va
a salir de allí? No hay ventanas, no tiene dinero para sobornar a un guardia.

Todo ha terminado. Ana Castelar, ya sin careta, sin
afeites, le ha enseñado sus cartas: «Esta noche tengo una

cita con Clara». La frase es inequívoca. Ha llegado la hora de su hermana. El ritual tendrá lugar ese mismo día y ella no puede hacer nada para salvarla.

En el silencio de su encierro, de su rabia y de su impotencia, la voz angelical de Clara suena en su mente como un reproche lacerante. «No me dejes sola —dice la voz—. No me dejes sola.» Lucía se limpia las lágrimas con el dorso de la mano. Se prometió no llorar hasta encontrarla, pero ahora, consciente de su derrota, las lágrimas brotan sin obstáculo. En la oquedad de la celda va ganando presencia un toc-toc regular. Alguien se acerca caminando despacio, con un bastón. Un ruido rítmico de taconeo que a Lucía le resulta familiar. La mirilla se descorre y unos ojos la escrutan desde allí. Se abre la puerta. Al otro lado está Mauricio, el tullido del burdel, sosteniéndose de milagro sobre sus muletas precarias. Lucía no entiende qué hace allí ese hombre, por qué el guardia que la trajo hasta la celda espera junto a él con expresión bobalicona.

—Te han cogido...

—Por tu culpa —dice ella.

Mauricio la mira durante unos segundos. Su lengua picuda asoma por la boca y deja caer una gota de saliva. Saca un billete del bolsillo, arruga el entrecejo y gruñe como un animal antes de tenderle el dinero al guardia.

—Llévala con las otras —dice, y acto seguido se aleja renqueante.

Lucía no entiende nada, pero sigue al guardia hasta una gran sala en la que se alinean treinta catres en cinco hileras. Casi todas están ocupadas por mujeres que dormitan o simplemente holgazanean. Alguna la mira con curiosidad, aunque la mayoría continúa a lo suyo. El guardia asigna un catre a Lucía. Enseguida recibe la comida que corresponde a cada reclusa por día: una libra de pan. Una mujer escuálida le explica que esa es toda la pitanza hasta la mañana siguiente. De su habilidad dependerá que logre acompañarla con algún otro alimento.

—¿Te han dado la bienvenida? —le pregunta una desdentada.

—Es sólo una niña —dice otra desde su cama, mientras se muerde la uña de un pie, sujetándose la pierna en un ángulo imposible.

—Con formas de mujer. Las que más gustan.

Lucía comprende la situación. No tiene tiempo para hacer amistades allí dentro. Necesita encontrar a Mauricio cuanto antes. Abandona la sala y se sorprende de lo fácil que es moverse por la cárcel de un lado a otro. Las puertas de las celdas están abiertas, algunos presos le hacen gestos obscenos al verla pasar, pero ella no se detiene. Al llegar al patio, distingue al tullido hablando con un par de reclusos. Se acerca a él.

—¿Te guardan las presas para que las cates? ¿Eres así de asqueroso?

Los reclusos que le acompañan se echan a reír.

—A ti te he salvado, así que no te quejes.

—La Leona me dijo que fuiste tú quien les dio el retrato a los guardias.

Mauricio espanta a los reclusos, que siguen haciendo gestos de burla según se alejan.

—No se lo di a los guardias, fue a un periodista, me pagó seis reales por él. Me arrepentí, la Leona me cerró para siempre la puerta de su casa. Y ahora la pobre ha muerto del cólera. Era una buena mujer. Y Delfina no me dejó explicarme: seguro que les dio mujeres gratis a los guardias que me detuvieron anoche.

—Quiero que me ayudes. Necesito salir de aquí.

—Para eso hace falta dinero. Yo no tengo.

—Sí que tienes, antes le has dado un billete a un guardia.

—Era el último que me quedaba. Pero aquí es fácil conseguir dinero para una niña guapa como tú, sólo tienes que hacer lo mismo que hacías con la Leona.

—No tengo tiempo. Van a matar a mi hermana y desde aquí no puedo hacer nada.

—Por diez reales, los carceleros te dejarán la puerta abierta.

—No tengo diez reales.

—A los precios que se llevan aquí, tardarás poco en conseguirlo. Si quieres, te busco clientes. Sólo me quedaría un real por cliente, el resto será para ti.

Lucía le da un pisotón con saña en su único pie y Mauricio suelta un aullido de dolor.

—Me das asco.

—¡A un cojo no se le pisa! ¡Márchate, golfa! ¡No vuelvo a ayudarte nunca más!

Lucía se aleja, evita las miradas de los reclusos, se apoya en la pared y resbala la espalda por ella hasta quedar sentada. Un alfeñique con la nuez muy pronunciada se inclina hacia ella. La coge de la barbilla y mueve su cara hacia uno y otro lado, como si estuviera estudiando su mandíbula.

—Me gustas —dice.

—Quítame la mano de encima.

—Me gustas mucho.

La empieza a sobar hasta que un muletazo en la cabeza le derriba. Se vuelve hacia el agresor, que levanta de nuevo la muleta. Es Mauricio.

—Largo de aquí.

El recluso se aleja entre exabruptos. Lucía se esfuerza en poner dureza en su mirada.

—No es esto lo que te he pedido. De cerdos como ese me puedo encargar sola.

—Calla.

—A mí no me mandas callar.

—Hay otra forma de salir de aquí.

Ahora sí, Mauricio consigue que Lucía le escuche.

75

Con grilletes en las muñecas, sin su navaja y bajo la mirada de dos de los guardias que le detuvieron, subido en una carroza de la salvaguardia real, no parece posible la huida. Sin embargo, Tomás Aguirre se ha escapado de otras peores; una vez llegó a estar esperando a que un pelotón de fusilamiento acabara con los dos presos que le precedían para que le tocara su turno de ser fusilado. Y aun así huyó. Claro que no fue por nada que él hiciera, sino por la milagrosa aparición de un grupo de carlistas que le sacaron de allí. Hoy, sus correligionarios no podrán echarle una mano.

Al acercarse al pontón de San Isidro, la ruta que han escogido los soldados para salir de la ciudad evitando las grandes puertas siempre llenas de gente, Aguirre ve la única oportunidad. Debajo del puente discurre el río Manzanares, tan poco caudaloso como de costumbre. Es difícil sobrevivir a la caída desde esa altura, pero si no salta, tiene los minutos contados. Cierra los ojos para componer la imagen de un preso resignado, vencido por las circunstancias. Cuando la carroza aminora su marcha para entrar en el pontón, bastante más estrecho que el camino que lleva hasta él, descarga una patada en el guardia que tiene delante y un fuerte empujón al que tiene al lado y salta de la carroza. Cae de costado en el agua, ve pasar balas cerca de él y se pregunta cómo es posible que siga vivo, que el río haya acogido su cuerpo sin haberlo reventado.

Trata de ganar la orilla fangosa buceando, algo difícil con los grilletes en las manos. Los soldados se han apeado de la carroza, uno dispara desde el pretil, dos de ellos descienden por el terraplén para ganar una posición más clara de tiro. Aguirre corre entre los disparos, rezando por que la maleza y la falta de puntería le salven. Siente un fuerte dolor en un costado, aunque en realidad no sabe si es una herida de bala o los ecos de la cuchillada en San Francisco el Grande, que protesta por el esfuerzo.

Llega a la zona de las lavanderas, que lo han visto todo. Las mujeres se organizan en un santiamén para ayudarle; con sus sábanas hacen una especie de pantalla que le permite ocultarse y ganar terreno en su huida. Ojalá pudiera detenerse y agradecerles una a una el capote que le han echado, pero no hay tiempo. El dolor es punzante, el hábito se ha teñido de rojo. Ya no hay duda: una bala le ha acertado y está perdiendo mucha sangre. Necesita ayuda con urgencia, y sólo hay una persona que se la puede prestar.

Cuando llega a la botica de Teodomiro Garcés al inicio de la calle de Toledo, la encuentra cerrada. Aun así, golpea la puerta varias veces y espera doblado sobre sí mismo, al borde del desmayo. Le arde la frente y tiene la impresión de que el estómago se le escapa por la herida abierta. Unos ojos le observan a través de la veneciana. El boticario sale a la calle, mira a un lado y otro para asegurarse de que no hay nadie y carga con el carlista hasta el interior.

—¿Quién ha sido? —pregunta horrorizado al ver el destrozo de la bala.

—La Guardia Real.

Teodomiro extiende una estera en el suelo y el guerrillero ve cómo saca frascos, vendas y tijeras.

—Primero los grilletes, después me cura la herida.

—No, lo primero es la herida. Si se muere, le va a dar lo mismo tener las manos encadenadas o libres. Además, se la voy a limpiar con alcohol y eso escuece. Prefiero que esté inmóvil mientras le curo...

Aguirre celebraría la broma con una carcajada si el dolor no le estuviera consumiendo. Después de quitarse el hábito, un chorro de alcohol cae sobre la herida y nota una quemazón espantosa, pero él es un hombre acostumbrado a soportar las penalidades sin queja.

—No me creo que no le duela —dice Garcés mientras extrae con sus tijeras tejido de la herida.

—Me duele mucho, pero nada gano gritando. En el frente hay soldados que mueren por gritar cuando están heridos, el enemigo tiene fácil encontrarlos.

—A veces me pregunto si yo sería capaz de defender el carlismo fuera de Madrid. Antes de que usted me conteste, se lo digo yo: no. Creo que nada merece tanto sufrimiento; ni el trono de la futura reina Isabel ni la posibilidad de que Carlos María Isidro acceda a él.

—No estoy para filosofías, dese prisa.

—No soy médico. Le estoy haciendo la cura lo mejor y lo más rápido que puedo.

—Esta noche se celebra un ritual y tengo que impedirlo, o mañana aparecerá otra niña descuartizada.

—Usted se va derecho al Hospital General. Pregunte por el doctor Miramón, no es la primera vez que nos ayuda.

—No tengo tiempo para eso.

—Escúcheme bien. Tal como está la herida, no va a poder salvar a nadie. No creo que pueda llegar al otro lado de la calle.

—Haga la cura. De lo demás ya me ocuparé yo.

Teodomiro separa todo el tejido sano, aplica yodo tintado e introduce varias gasas en la herida antes de apretar el costado con un vendaje compresivo. Cuando termina, se aleja unos pasos, abre una trampilla y vuelve con un hacha. Con un golpe certero, libera a Tomás de los grilletes. Le entrega un viejo blusón y unos pantalones para que se vista.

—Si no quiere ir al hospital, no lo haga. Pero al menos descanse hasta que le baje la fiebre. Las primeras horas son fundamentales.

Aguirre asiente. Le arde el cuerpo, todo el rostro se le ha perlado de sudor. El boticario recoge los utensilios. Las manchas de sangre tendrá que fregarlas con agua jabonosa, pero lo primero es acondicionar un jergón para el descanso del guerrillero. En esas está, ahuecando una almohada, cuando oye el ruido de la puerta. Se asoma a la botica a tiempo de ver a Tomás cruzando la calle, renqueante.

76

El encapuchado abre la puerta de la celda. No se la llevaron cuando alzó la voz anoche, pero el guardián ha estado allí desde que descubrieron su sangre, vigilando que
no se quitara la tela que le habían introducido en la vagina y que, poco a poco, ha ido tiñéndose de rojo. Clara
se queda en su rincón, hecha un ovillo, aguardando instrucciones que no llegan. Se levanta. Por un momento
piensa que sus piernas no pueden soportar el peso de su
cuerpo. Tiene los músculos entumecidos. Camina despacio hacia la figura negra, un ogro de cuento infantil.
Un manojo de llaves tintinea en el bolsillo del hábito
cuando el encapuchado enfila las escaleras. Antes de seguirle, Clara se gira hacia las otras niñas, pero sólo ve los
nudillos de una, las demás están en sus celdas. Demasiado cansadas para una despedida.

—Lo siento.

No necesita ver a Fátima para saber que lo ha dicho
ella. El encapuchado —sus jadeos al subir la escalera en
espiral revelan que es un hombre— se detiene ante una
habitación con la puerta abierta. Clara entra.

Es una estancia agradable, con una luz conventual
que penetra por una ventana alta y abocinada y que,
acostumbrada a la tiniebla de la mazmorra, la ciega. Hay
una cama y también una mesa sobre la que reposa una

bandeja llena de viandas. El hombre que la ha llevado hasta allí se marcha y deja la puerta cerrada. La pequeña come uvas, prueba la carne tierna y sabrosa, ha estado en ayunas todo este tiempo... Se sirve en un vaso el líquido de una jarra de barro. Es vino. No lo ha probado nunca y el primer trago le disgusta, pero se acaba bebiendo la jarra entera. Come bombones. Come pan con una pasta marrón que no sabe qué es, pero que está mucho más rico que nada de lo que ella hubiera probado antes.

Media hora después, siente letargo y pesadez, algo de dolor de tripa y arrepentimiento: no debería haber comido tanto.

Entra de nuevo el encapuchado acarreando una palangana con agua, que deja en el suelo, y una túnica limpia y unas toallas perfumadas que pone sobre la cama. Se lleva la bandeja con los restos de la comida.

Clara mete las manos en el agua de la palangana. Está templada. Se lava, disfruta de la maravillosa sensación de sentirse limpia. Se pone la túnica. Un carraspeo en la puerta precede a la entrada de otro encapuchado: este tiene una complexión y un tono de voz que nunca había oído.

—Vengo a confesarte. ¿Te has confesado alguna vez?

—No.

Ni siquiera sabe si está bautizada. Su madre siempre les decía que los curas y las iglesias, mejor cuanto más lejos. A no ser que hubiera que ir a la parroquia a buscar algo para comer.

Supone que este hombre es, en realidad, un sacerdote. Hace la señal de la cruz sobre la frente de Clara. El gesto le resulta invasivo, obsceno.

—No me quiero confesar.

—Tú eliges presentarte ante Dios manchada por tus pecados.

Después se queda sola y pasa así bastante rato. Se tumba en la cama y, tras nueve noches durmiendo en el suelo, le parece que ni la reina niña debe de dormir en una tan confortable. No se atreve a quitarse la tela que le introdujeron en la vagina. No tarda en quedarse dormida.

Sueña que está libre y que a su lado está su hermana Lucía, que las dos comen la misma carne, los mismos dulces y las mismas uvas que ha comido antes, también que beben litros y litros de vino. Pero Lucía, aunque está allí con ella y come y bebe, no le habla, como si estuviera enfadada.

—Dormida te pareces a tu hermana.

Cuando Clara abre los ojos, hay una mujer sentada en el lecho, junto a ella.

—¿Conoce a Lucía? ¿Dónde está? ¿Aquí, en la mazmorra?

—No, ella no está aquí. Levántate; te vamos a llevar ya.

—¿Adónde? ¿Me van a matar?

—Todo lo contrario, te vamos a dar vida eterna. No tendrás que volver a preocuparte por nada, ni por el hambre, ni por el frío ni por el cólera. Eres una privilegiada.

Clara no sabe quién es esa mujer, sólo que huele muy bien y va muy bien vestida, con esos vestidos que ella y Lucía imaginaban que tendrían algún día, cuando descubrieran uno de los muchos tesoros de los que le hablaba su hermana. Es una mujer muy bella, pero hay algo en su mirada que le provoca escalofríos. Como si no fuera del todo humana.

—Tu hermana está muy orgullosa de ti.

—¿De qué la conoce?

—Lucía y yo somos amigas. Hasta vive en mi casa. Mira.

La mujer le muestra su anillo y Clara lo reconoce, las dos mazas cruzadas.

—¿Lo ha recuperado?

—Claro. Y me lo ha entregado a mí, así que figúrate lo amigas que somos.

No se fía. Ojalá pudiera creer que la pesadilla de la celda, del hambre, de los orinales sucios y de los encapuchados se ha terminado. Que lo que contó Juana no era cierto, que las niñas de la mazmorra no son las niñas desmembradas.

—¿Sabe mi hermana que estoy aquí? ¿La voy a ver?

—A lo mejor esta misma noche. ¿Tienes ganas?

—Sí.

—Pues vamos a prepararte. Tómate esto...

La mujer ha sacado de algún bolsillo de sus ropas un pequeño frasco con un líquido de color rojo. Clara lo mira desconfiada.

—Ya he bebido. No tengo sed.

—No importa, tienes que beberte esto.

—¿Y si no lo hago?

—Lo vas a hacer.

Esos ojos, esa mirada que trata de ser amistosa, pero no lo consigue. Clara coge el frasco, al que la mujer ha quitado su tapón de corcho, y bebe.

—Entero.

Obedece. Al principio no siente nada, pero sólo tarda unos segundos en empezar a encontrarse mejor, tranquila... Se le pasan el dolor de tripa, el nerviosismo y el miedo, no ha estado tan bien nunca en su vida.

La mujer se acerca a la puerta y se asoma al pasillo.

—Ya está lista.

77

La mujer desdentada es la que da la voz de alarma. Hay una joven vomitando en su cama, se retuerce de fiebre y tiene el corazón desbocado. Son los síntomas de la enfermedad. El celador retrocede ante el ímpetu de la reclusa, aunque Mauricio, el tullido, que lo ve todo desde su celda, diría que retrocede ante el sonido de la palabra aterradora: «cólera».

—No te acerques, vuelve a tu celda.

—No pienso entrar ahí hasta que no saquen a esa niña.

La corriente nerviosa recorre el módulo de mujeres. Hay gritos, golpes contra los barrotes, el preludio habitual de los motines. Dos mujeres, la boca cubierta con un trapo sucio, cargan el cuerpo de Lucía como si fuera un fardo y lo dejan tirado en el pasillo, a los pies del guardia.

—Ha vomitado las tripas. ¡Tiene el cólera!

Lucía repta por el suelo. Tiene el pelo manchado de vómito. Mauricio sale de su celda y se acerca fingiendo aprensión.

—¿A qué hora pasa el carro?

El tullido sabe que cada día, al caer la noche, un carro recala en la cárcel para evacuar a los enfermos del cólera. Los llevan al Saladero o al lazareto de Valverde y los amontonan en un almacén cerrado.

—Está en la puerta, cargando a dos del otro módulo.

—Vamos, te ayudo.

El guardia pone cara de repugnancia y se ajusta el pañuelo que le tapa la nariz y la boca; lo ha aprendido de sus viajes al lazareto. Mientras arrastran a Lucía hacia la salida, Mauricio piensa que ese hombre no sabe lo que es el asco. Antes, preparó una pasta de hojas y cagadas de paloma y ha visto cómo Lucía se la comía. Mano de santo, en diez minutos se estaba retorciendo de dolor de tripa, y dos minutos después empezó con la vomitona. No es fácil cargar con el peso de la niña: Mauricio, cojo, apenas ayuda y Lucía, para no estropear su actuación, tampoco colabora. El guardia tiene que hacer casi todo el trabajo solo, mientras el tullido se empieza a arrepentir de este arrebato de humanidad que le va a salir más caro de la cuenta. Además de los reales que le va a pagar a la reclusa desdentada por provocar la histeria y la rebeldía en su módulo, va a tener dolores articulares en la pierna sana durante varios días.

Aun así, se lo debía. Sabe que esa pelirroja ha terminado en la cárcel por su culpa, por el retrato que le vendió a un periodista. Y también sabe que es demasiado joven para ser puta.

—Mierda de vida —masculla cuando ve que un salvaguardia real se baja del carro para verificar que está enferma.

—¿Qué le pasa?

—Vomita, tiene fiebre... Aquí no puede estar —resume el celador.

El hombre acerca un farol al rostro de Lucía. Hay vómito en las comisuras de los labios, en el pelo. La niña está desmadejada, como una muñeca de trapo.

—Subidla al carro. Son tres reclusos. Quiero dos hombres vigilando en todo el trayecto. Nos vamos.

Algo sospechoso ha visto el del farol para pedir que extremen la vigilancia, piensa Mauricio. Pero es un carro abierto, tirado por dos caballos. Confía en que Lucía sepa aprovechar alguna distracción para saltar y correr más que los tres guardias encargados del traslado. El carro se pone en marcha y el viento se lleva las palabras inaudibles que brotan de los labios del tullido:

—Suerte, niña.

Lucía abre los ojos y aparta un zapato que tiene sobre el rostro. Uno de los reclusos se está estirando. El otro gime en un lamento continuo que le gana un patadón de uno de los centinelas.

—A callar. La próxima vez te lo digo con la espada.

Podría saltar ahora mismo, piensa, pero está demasiado despejado el panorama, podrían dispararle. El momento perfecto es cuando las calles se vuelvan intrincadas. Además, supone que sus compañeros de viaje fingen igual que ella. Basta con esperar a que pongan en marcha su intento de fuga, algo que no tarda en producirse: el de los lamentos pasa a los gritos de dolor y consigue desquiciar a los dos centinelas. El que le puso el zapato en la cara aprovecha para lanzarse sobre uno de ellos y ruedan los dos por un terraplén. El que tanto se quejaba ataca ahora al centinela que queda en el carro. Suena un disparo. El recluso cae junto a las ruedas traseras, muerto. Los caballos se han detenido y el salvaguardia real apunta al otro recluso, enredado en una pelea con el guardia entre los matojos. Nada más fácil para Lucía que bajarse del carro de un saltito y perderse por las calles estrechas y oscuras. Oye voces a su espalda y corre hasta encontrar un escondite detrás de una fuente de piedra. Pero nadie la persigue.

78

Una lengua viscosa lame la cara de Donoso Gual. Es una rata, atraída por el olor del vómito que mancha el rostro del borracho. El almacén de la taberna de Mesón de Paredes tiene una ventana rota por la que se cuelan alimañas y ladrones, aunque allí no haya mucho que robar. Donoso abre el ojo, espanta a la rata de un manotazo y trata de recordar dónde está. La cabeza le late como una tormenta hace retumbar los cristales. El estómago es matorral ardiendo. La conciencia es una nube que se va disipando hasta dejar a la vista varias conclusiones: no va a poder salvar a esas niñas, no va a poder reivindicar el nombre de su amigo Diego Ruiz y vengar su muerte, no va a ayudar a Lucía a encontrar a su hermana... No va a volver a ver a Grisi. Regresan a su mente las últimas palabras que le dijo en el Saladero, los exabruptos con los que se despidió de ella, y la culpa se le clava en el cerebro como la puya del picador en el morrillo del toro.

Se tumba boca arriba sobre lo que parece ser un montoncito de paja. Le sorprende que Pancracio se haya preocupado de fabricarle un lecho, o al menos una almohada. Fija la vista en una viga de madera y piensa en que no sería un mal lugar para anudar una soga y ahorcarse. Un buen momento para quitarse la vida y decir adiós a este mundo revuelto, convulso y tan poco generoso con él. Si encontrara una cuerda, lo haría. Eso en el caso de que fuera capaz de ponerse en pie.

La puerta del almacén se abre de un fuerte embate. La luz deslumbra a Donoso y, antes de que pueda fijar la vista en el umbral, donde se recorta una figura, un alud de agua fría, como una inundación salvaje, cae sobre su rostro y acalla de golpe todas las penas y la autocompasión en la que se estaba rebozando. Ahora está empapado y su cuerpo se anima al menos para incorporarse y enfrentar al agresor.

—Levanta, no hay tiempo.

La voz áspera, militar, insobornable. Pero a la vez la mano tendida, amistosa, para ayudarle a incorporarse. Un hilillo de agua cae desde el pelo y forma un velo de cascada en el ojo sano, y a través de él Donoso distingue a fray Braulio, aunque ya no lleve un hábito. Su aspecto no es mejor que el suyo: apenas se sostiene en pie, suda con profusión, como si tuviera mucha fiebre, y lleva un vendaje teñido de sangre en la tripa.

—Debí de suponer que estarías aquí, ahogado en vino. Me ha costado encontrarte. Te necesito.

—¿A mí? —se sorprende Donoso.

A Tomás le parece tan ridícula su necesidad del policía tuerto como al propio Donoso, sin embargo, no tiene a nadie más a quien acudir. Después de pasar por la botica de Teodomiro Garcés, regresó al palacio de Hortaleza. Apostado en una bocacalle, observó el edificio, un esqueleto mudo, sin vida. No adivinó rastro del duque ni de su esposa, pero habría sido en exceso temerario si hubiera intentado entrar. Los duques de Altollano podrían estar al tanto de su huida, nuevos soldados podrían estar esperándole dentro de esos muros. Por eso fue en busca de Donoso; ya sea por el miedo que puede infundirle o porque le quede una pizca de honor y deseo de venganza por la muerte de su amigo, era el único que podía entrar en el palacio y rebuscar entre las pertenencias de Ana Castelar. El guerrillero está convencido de que, en algún cajón, en algún escrito, debe estar la pista que le permita ubicar el lugar donde se celebran los ritos. Ese lugar al que el duque de Altollano le dijo que iría esta misma noche.

—¿Qué tiene que ver con todo esto Ana Castelar? —pregunta Donoso cuando se lo cuenta. No entiende la urgencia del monje por irrumpir en su palacio.

—Ella es la verdadera Bestia.

Las palabras de Tomás caen como una losa sobre el policía. Está a punto de dejar escapar algún comentario cínico sobre el buen ojo de Diego para las mujeres, pero la amargura al descubrir que el último amor de su amigo fue también su verdugo le seca la boca.

—La única manera de saber dónde se hacen los sacrificios de las niñas es entrando en ese palacio y buscando cualquier pista. Tal vez, si no encuentras nada, tengas que presionar al servicio. Alguna doncella puede estar al tanto de dónde han ido los duques.

Donoso se sorprende al ver que el monje le ve capaz de acometer esa empresa —no es consciente de la desesperación de Aguirre, de que ve a Donoso como una última bala—, pero se sorprende todavía más al comprender de repente que él es el dueño del secreto, la pieza fundamental en la investigación. No necesitan colarse en el palacio de los Altollano. Conoce la respuesta que busca el monje. Grisi se lo contó y el dato es, en efecto, fundamental, por mucho que los celos y el despecho desviaran entonces su atención hacia otro lado.

—El palacio de Miralba. Allí es donde hacen los rituales. Pero no lo conozco, no sé dónde está.

—Vámonos. Los cocheros de los simones, esos lo saben todo.

Aguirre sale del almacén cojeando y Donoso le sigue.

La parada de simones más cercana está en la plaza de los Carros, junto a la de la Puerta de Moros. Donoso vive al lado y conoce a alguno de los cocheros. Uno de ellos no tarda en señalarles la ubicación del palacio de Miralba.

—Al lado de la Puerta de Alcalá, fuera de la Cerca. Pero creo que está abandonado hace años...

Donoso ya sabe cuál es, lo vio desde el lugar donde encontraron a la última de las niñas descuartizadas, a Juana. Por aquella zona apareció también el cadáver de Diego.

—Necesitamos que nos lleves.

No es fácil avanzar cuando ya ha caído la noche. Fuera de las calles principales de la ciudad escasea la iluminación. Afortunadamente, la luna aclara el camino.

—¿Qué vamos a hacer cuando lleguemos?

—Entrar.

Donoso mira a Tomás esperando los detalles del plan, pero este calla y aprieta los labios en un gesto de dolor.

79

La primera vez que Lucía tuvo que atravesar la Cerca de Madrid por un túnel excavado en el suelo, a finales de junio, recibió la ayuda de una carrerista que prestaba sus servicios en una pequeña y recoleta plazuela. Le cuesta encontrarla porque nunca ha vuelto a pasar por allí, pero su vida de pilla callejera la ha convertido en una buena conocedora de la ciudad. Se orienta bien por el trazado laberíntico. Recuerda que estaba a dos pasos del Campillo del Mundo Nuevo, según se sube por la calle de Mira el Río Baja. En efecto, allí está la plazuela. Y la figura desgarbada con los tacones clavados en el barro es la prostituta de entonces.

—Me he acordado mucho de ti, te dije que fueras a la casa de la Leona, ayer me enteré de que había muerto. ¿No tendrás tú también el cólera?

Lucía le asegura que está sana, y repasa todo lo vivido desde que se conocieron: la subasta en la que la Leona la vendió, los días trabajando en la casa, la muerte de su madre, la desaparición de su hermana.

—¿Es una de las que mató la Bestia? He oído hablar de ellas.

—Creo que todavía puede estar viva. Por eso necesito que me ayudes.

La mujer mira el papel que Lucía se llevó del despacho de Ana Castelar.

—¿Manoir Miralba? No sé qué puede ser. Parece francés.

La carrerista —se llama Rosa, ahora sí que le ha preguntado su nombre— lleva a Lucía hasta una casa a pocas manzanas de allí, en la calle de los Cojos, casi esquina con la de Arganzuela.

—Aquí vive la Francesa. No sé cómo se llama, todas la llamamos así: la Francesa o la Gabacha. No sé si estará libre, ya sabes que las francesas tienen muchos clientes; como hacen de todo...

Lucía no sabe a qué se refiere, pero su nueva amiga la va ilustrando por el camino. La Francesa lleva ya tres años en Madrid y hasta ha podido comprarse una casa baja en el barrio.

—Hay cosas a las que las españolas no nos rebajamos, pero las francesas no le hacen ascos a nada, por algo le llaman «hacer el francés». Y la verdad es que nos lo deberíamos pensar porque a los hombres les gusta. A mí me daría igual hacerlo, si lo pagan...

Como Rosa preveía, la Francesa está ocupada y tienen que esperar a que su cliente, un hombre joven con ropa de trabajador, salga de la casa.

—Francesa, necesitamos tu ayuda.

Ni siquiera en el burdel de la Leona había visto Lucía a una mujer así: alta, morena, con los labios pintados muy rojos y un escote que deja a la vista sus pechos. Las recibe con amabilidad.

—¿Queréis tomar un té?

—No, sólo que nos digas si esto que hay en el papel es francés.

La mujer lo coge y le echa un rápido vistazo.

—Sí, es francés. *Manoir Miralba* es «palacio de Miralba». Y *samedi 26* es «sábado 26». O sea, hoy.

Lucía se pone nerviosa. La voz de Ana Castelar resue-

na en sus oídos. «Esta noche tengo una cita con Clara...»
No hay tiempo que perder.

—¿Dónde está el palacio de Miralba?

Ahora es Rosa quien da la respuesta.

—Palacio de Miralba, una vez estuve allí, pero hace
ya tiempo: un estudiante quería hacerme creer que vivía
allí. Es un palacio abandonado cerca de la Puerta de Alcalá, del otro lado de la Cerca, por donde la plaza de
toros.

—Tengo que ir. Tengo que llegar lo antes posible...

—¿Cómo? No pensarás ir corriendo.

—¿Qué más da? No tengo dinero para un simón.

—Te iba a costar por lo menos dos reales. Te dejaría
si tuviera, pero hoy no he hecho ningún cliente todavía.

Las dos miran a la Francesa.

—Ah, no... Habéis venido a que os ayudara a leer una
cosa y lo he hecho. No querréis encima que os dé dinero...

—Te juro que volveré a devolvértelo.

—*Merde, merde, merde...*

Lucía deja a las dos mujeres en la casa. Lleva cinco
reales en el bolsillo y se promete a sí misma que cumplirá con su palabra. Si logra salir con vida, le devolverá el
dinero con creces a la Francesa.

El simón que ha encontrado en el mismo Campillo
del Mundo Nuevo sólo puede llegar hasta la Puerta de
Alcalá. Para salir de la ciudad necesitaría un salvoconducto que, evidentemente, no tiene. El cochero le señala dónde está el palacio, al otro lado de la Cerca. Lucía
nunca ha entrado o salido por esa zona, pero sabe que
en el subsuelo no hay controles de las milicias y es posible que alguna alcantarilla desemboque en el palacio de

Miralba. Tiene que encontrar a uno de los matuteros que trabajan por allí para que le indique el camino, pero de noche no es fácil topar con uno. Resignada a la evidencia de que está sola, de que nadie la va a ayudar, piensa deprisa.

Necesita una luz para orientarse en la oscuridad de la alcantarilla. La solución es robar alguno de los faroles que iluminan la zona, justo delante de los edificios del Real Pósito de Madrid, las alhóndigas, los molinos y los silos de grano y otros alimentos que dan de comer a la ciudad. Allí hay también tahonas y a esa hora se está horneando el pan que se distribuirá por todo Madrid al día siguiente. Aunque muchas veces ha sentido miedo al pasear de noche por las calles desiertas que tanto le recuerdan a la última pesadilla que tuvo, se arma de valor. Se agencia un farol, aspira el olor a pan que proviene de un obrador y no le hace caso al rugido de sus tripas, ya recuperadas de la indigestión.

Levanta la tapa de una alcantarilla y baja a las cloacas por los peldaños de hierro sujetando el farol con una mano. La fetidez inunda el canal, pero ella avanza decidida contra la corriente de heces, con el agua hasta la cintura. Ha calculado los pasos que necesita para estar al otro lado de la Cerca. En un recodo de la piedra distingue el brillo herrumbroso de los escalones. Sube al exterior para comprobar dónde está. Se ha orientado bien, está fuera de la ciudad cercada y a salvo de los controles de las milicias. No muy lejos se alza la fachada del palacio: una especie de barco como los que viajan hasta América —un chico de las Peñuelas que había estado en Cádiz se lo había descrito—, varado en las sombras de la noche. Decide volver a bajar, no está muy lejos. Seguro que existe un acceso subterráneo.

Prueba por uno de los túneles, pero esta vez su intuición le juega una mala pasada. Es un túnel ciego. Retrocede y se extraña al dar con una oquedad muy angosta que la obliga a reptar. Se ha perdido. Una rata la ataca al sentirse amenazada por sus avances, pero se protege con el farol y se salva por los pelos de llevarse una dentellada. La farola da menos luz cada minuto que pasa, se le está acabando el aceite. Con un último impulso consigue atravesar la parte más estrecha del túnel. Ahora se abre a un vestíbulo de piedra por el que resbala una cascada de aguas fecales.

Sosteniendo el farol tembloroso, empapada, sucia, con las manos y las piernas surcadas de arañazos, la cara llena de barro, se asoma a la cascada. Hay una bifurcación detrás de la caída del agua. No sabe dónde está, pero es la única forma de continuar, si no quiere desandar el camino. Se mete en el agua pútrida y cruza al otro lado de la cascada. De los dos ramales, hay uno que la haría retroceder hasta el punto de partida, según le dice su sentido de la orientación. El otro debería conducir al palacio, pero la fuerza a agacharse para pasar. Es lo que hace, está segura de que ese ramal es el camino correcto. Avanza penosamente a gatas, hasta que llega a una zona donde se puede incorporar. Entonces se apaga el farol y se queda completamente a oscuras.

80

El palacete de Miralba se oculta tras unos árboles. Ya ha caído la noche y no hay más luz a la vista que la de una farola de aceite junto a la puerta. Ninguna más en el interior del edificio. La mole se alza en la oscuridad como un vestigio del pasado. Un lugar sin vida.

—¿Está seguro de que es aquí? —pregunta Aguirre.

Donoso se encoge de hombros. Su información procede de Grisi, una mujer consumida por el opio, en el delirio de la abstinencia y la fiebre.

—Habrá que probar. ¿Quiere que lo intente yo?

—No, entraré yo mismo.

Mientras lo dice, Aguirre palpa bajo su blusón un hacha, la misma que usó el boticario para romper sus cadenas.

Apenas se tiene en pie mientras aguarda junto a la puerta. La herida sangra de nuevo, arde de fiebre, no sabe si conserva una porción mínima de fuerzas para llegar hasta el final. Una mirilla se descorre con un ruido leve y unos ojos escrutan a Tomás Aguirre. Él se limita a mostrar el anillo y la hoja se abre como por ensalmo. Al otro lado, un ujier anciano recibe al visitante. Va vestido de librea, a la francesa, con bordados, pasamanería y alamares que desprenden brillos en la penumbra del zaguán. La única iluminación procede de una antorcha colgada en la pared.

—La ofrenda ya ha comenzado. No puede pasar.

—Tengo que entrar.

—Lo siento, pero las normas son muy claras.

Aguirre observa el rostro surcado de arrugas del anciano, que muestra, pese a la tozudez, una expresión beatífica, como de monje santurrón. Nunca se ha encontrado con un centinela tan precario.

—Lléveme hasta el lugar del sacrificio, se lo digo sólo una vez.

La voz cavernosa, dura, la mirada glacial, no bastan para ablandar la resistencia del ujier, que suspira en un gesto de paciencia, como si llevara toda la vida impidiendo el paso al que llega tarde.

Aguirre saca el hacha de su vestimenta. Ahora sí, el anciano tiembla.

—No me haga nada. Yo no le puedo llevar. Ya casi no veo. No se puede encender la luz en pleno rito.

Aguirre coge la antorcha de la pared.

—Yo le alumbro. Vamos.

Lo empuja hacia el corredor, el único punto por el que adentrarse en el edificio. Un pasillo largo, estrecho, que muere en una puerta de madera. La cruzan. Caminan ahora por un segundo pasillo más ancho, las paredes desnudas, los cercos de los marcos que una vez las decoraron, el suelo alfombrado. Una nueva puerta conduce a un salón con muebles antiguos y pesados cortinajes cubriendo las ventanas. La oscuridad no permite apreciar el artesonado mudéjar y, además, Aguirre está más pendiente del murmullo que proviene de la habitación contigua. Un coro de voces pronuncia oraciones en latín, como una salmodia de brujos. Se oye también un tictac regular, un reloj que descuenta segundos: es la sangre de Aguirre al gotear en el suelo. Se siente al borde del desmayo, pero no puede rendirse ahora. Es posible que, al otro lado de la puerta, una niña esté a punto de ser despedazada.

Agarra con fuerza el mango del hacha y espera a que sea el ujier quien abra la puerta. El anciano rebusca en su bolsillo y saca un objeto brillante. ¿Una llave? No: es una daga. Se gira bruscamente y trata de acertar en el cuello de Aguirre, que esquiva el filo por un milímetro. No hay tiempo, el carlista suelta la antorcha para pelear con el ujier, pero este esgrime una agilidad inesperada. Todavía tiene que esquivar la daga en dos intentos más, y sacudirse de encima al anciano cuando se abalanza sobre él. Lo tiende de un hachazo en el pecho. Está recuperando el arma, lo que le obliga a poner la bota sobre la cara del muerto y tirar con fuerza del mango, cuando una llamarada ilumina la estancia y por un momento el guerrillero piensa en una fuerza maligna recreando el averno. La antorcha ha prendido una de las cortinas, que arde de forma enloquecida. El fuego lame el artesonado y alcanza el siguiente cortinaje en un santiamén. Es imposible detener la reacción en cadena, el contagio de las llamas que saltan del terciopelo a la madera, de la madera a los lienzos, de los lienzos a la alfombra y de la alfombra a las patas con garras que sostienen los muebles del siglo XVIII. La habitación es como una caldera de la que hay que salir cuanto antes. Pero el infierno aguarda al otro lado de la puerta.

Cuando Aguirre la empuja, una enorme cruz de San Andrés atrae su mirada. Es de madera, está decorada con telas y compite en importancia con un estandarte que cuelga de dos lámparas y muestra el emblema de la sociedad: las dos mazas cruzadas. Varios candelabros iluminan el altar y llenan de sombras la gran sala en la que se está produciendo el sacrificio. En los laterales, pequeñas capillas. Amarrada a un potro de tortura medieval está Clara, inconsciente, la túnica blanca como un faro en las tinieblas.

Diez encapuchados alrededor de una mesa de nogal atienden a esa especie de eucaristía pagana, el momento en el que el sacerdote bendice ante la cruz un frasco de cristal con un brebaje encarnado.

—Sacrificio y ofrenda a Dios, que tu regalo se convierta en llave de entrada a los cielos. Que el Padre te abra las puertas al mostrar la prueba de tu martirio.

Bisbiseos en latín pronunciados al unísono responden a la bendición, mientras otro encapuchado —el Gran Maestre, a juzgar por las dos aspas bordadas en la túnica— prende algo dentro de la boca de la niña, retira la copa de plata y la cubre con un paño de terciopelo. Todo pasa en cuestión de segundos.

—Que el alma sea liberada del cuerpo corrupto.

Un encapuchado se acerca al torno y gira la palanca. Las cuerdas que amarran los brazos y piernas de Clara se tensan con el mecanismo. No hay tiempo: en dos vueltas más, será desmembrada. Aguirre se adentra en la sala y no logra comprender por qué nadie ha reparado todavía en su presencia. A su espalda ruge el fuego y saltan chispas por doquier, pero los encapuchados parecen presa de una hipnosis muy poderosa.

—¡Suelta el torno!

Aguirre lanza la orden al tiempo que engancha del cuello al Gran Maestre de los carbonarios; no le sorprende reconocer a Ana Castelar bajo la capucha. Uno de los encapuchados saca una espada de entre sus ropas.

—Guarda eso, no quiero derramar sangre. Sólo me voy a llevar a esa niña. ¡Soltadla!

—Gran Maestre...

El que habla parece mantener el aplomo. Los demás están inquietos. El fuego ha penetrado en la sala y recorre el dintel de la puerta. Tiene mérito conservar la calma y consultar con la Gran Maestre cómo proceder a continuación. En esa voz templada, Aguirre reconoce al duque de Altollano.

—Si no quiere derramar sangre, guarde el hacha —dice Ana Castelar.

—No voy a usarla. Me conformo con que se beba ese remedio para el cólera. O ese veneno, por llamar a las cosas por su nombre. ¿Es así como asesina a los carlistas de la Corte? ¿No os dais cuenta? —grita volviéndose hacia los encapuchados—. Esta noche nadie se iba a salvar. Uno de vosotros, un carlista, iba a morir envenenado.

—No diga tonterías.

—Bébaselo. Si ese brebaje es tan puro, no debería importarle. O se lo bebe o la paso por el hacha. Usted decide.

—Gran Maestre —insiste el duque, que aguarda instrucciones.

El fuego se está cebando con los velos y las cortinas que cubren las paredes. El encapuchado que está junto al torno ha soltado la palanca. Ana suda bajo la capucha y Aguirre aprieta la mano que le ciñe el cuello.

—Que el alma sea liberada del cuerpo corrupto —dice Ana con rabia—. ¡Ahora!

Suena como un graznido el mecanismo oxidado del potro de tortura. El encapuchado está moviendo el torno y las extremidades de la niña se estiran como una goma en su máxima tensión. Aguirre sube a la mesa para tomar impulso y se planta ante el torno de un salto. Abate de un hachazo certero al encapuchado que lo manipulaba. Alguien se le acerca blandiendo una espada. El carlista se protege arrojando el cuerpo del muerto contra su agresor, coge un candelabro y prende las telas que adornan la cruz.

—¡En cinco minutos el palacio entero estará en llamas! —brama como un loco—. ¿Queréis morir o queréis vivir?

Ana Castelar descubre su rostro y se masajea el cuello dolorido con el gesto descompuesto. Su mirada es febril, una lunática que no sabe dónde está y por qué arden las cosas a su alrededor. Algunos encapuchados huyen hacia la salida, despavoridos, y atraviesan el fuego. Sin embargo, hay dos que han extraído de sus ropas sendos cuchillos y se lanzan contra Aguirre justo cuando trata de liberar a Clara de las amarras. El humo lo envuelve todo y cuesta distinguir a sus agresores, repeler las cuchilladas. Un travesaño cae desde el techo como un tizón y suelta pavesas en todas las direcciones. Las lámparas de aceite estallan reventadas por las llamas. Se oyen gritos, golpes, carreras. Aguirre derriba a sus contrincantes y todavía lanza mandobles con el hacha a diestro y siniestro hasta comprender que ya nadie le opone resistencia. Los encapuchados han huido. Se gira hacia Clara, que está inconsciente. Ya sólo queda desatarla y llevarla a un lugar seguro. Pero le fallan las piernas. Ha perdido mucha sangre. Tiene que concentrarse en el esfuerzo final.

Levanta el hacha para deshacer las amarras de un golpe, mas algo le impide culminar el movimiento. Nota una quemazón en la espalda, como si una lengua de fuego muy afilada se le hubiera metido en las entrañas. Un mareo intenso le nubla la conciencia y todavía alcanza a oír la voz del duque de Altollano en su oído:

—Esta, por los Celadores de Álava.

Aguirre cae al suelo, a los pies de Clara, mientras el

duque recupera su cuchillo, que ha hundido en la espalda del carlista. Entre el humo y el fuego se alza la voz de la Gran Maestre, que, como los buenos capitanes, sigue en el barco a pesar de la estampida.

—La niña debe ser sacrificada.

El duque asiente. Después de esa noche, su mujer no podrá llamarle cobarde nunca más. Se guarda el puñal en su hábito y agarra la palanca del potro. Ana esconde el frasco de sangre en un bolsillo y retrocede hasta una puerta camuflada en la pared oriental.

81

Los ojos de Lucía intentan acostumbrarse a la oscuridad, pero la negrura es impenetrable. La cloaca amplifica el ruido de la cascada que dejó atrás y ahoga los gritos que ella profiere buscando ayuda. Tantea en pos de una salida, se adentra en el canal y se da cuenta de que ha subido el nivel del agua, apenas le queda un palmo para poder respirar. Si sube un poco más, morirá ahogada en el túnel. Se desespera, tiene miedo, ganas de llorar...

Desanda el camino y trata de dominar el pánico. Antes de que el farol se apagara, en ese resplandor final que precede a la extinción de la llama, le pareció ver que se hallaba en una estancia con forma de pozo. Palpa las paredes y encuentra lo que le puede salvar la vida: unos pequeños escalones de metal clavados en la piedra. Se aferra al primer hierro como si fuera su última esperanza. Está empapada y la superficie de herrín es resbaladiza. Consigue auparse un peldaño, otro, otro más.

Oye una voz, es la de una niña, a la que siguen otras. Lloran, suplican... Son voces que vienen de arriba. No ve nada, es como si el pozo estuviera sellado, pero tiene que haber una salida por allí. Jadeando por el esfuerzo y por la ansiedad, como si esas voces tiraran de ella, sigue subiendo. Pierde el pie y se queda colgando con las manos agarradas al asidero pringoso de hierro. No puede ver el fondo del pozo, pero calcula que la caída debe de ser de cinco o seis metros. Se asegura de que uno de sus pies está de nuevo pisando un peldaño y asciende un poco más hasta topar con un techo sobre su cabeza. Es una tapa de madera. Empuja fuerte y la hoja se abre con estruendo.

La salida del pozo es un sótano que parece utilizarse como almacén de carbón. Sacos abiertos, piedras negras, manchas de hollín y un humo denso que recibe a Lucía como una bofetada. El calor va secando sus ropas a toda prisa; un calor y un humo que sólo pueden provenir de un fuego: el palacio de Miralba está en llamas.

Sale del sótano y camina por pasillos angostos y cavernosos, guiada por los gritos de las niñas. Alcanza el pie de una escalera que conduce a la parte noble del palacio. Los gritos vienen de un recodo, que ella toma hasta llegar a las mazmorras: un octógono abovedado, con paredes de piedra en las que se han encajado ocho celdas. Seis de ellas están ocupadas por niñas, niñas flacas, demacradas y envueltas en el humo negro que desciende por una escalera en espiral. Están sucias, apenas cubiertas por andrajos.

—¿Y Clara? ¿Dónde está Clara?

—Se la han llevado.

—¡Sácanos de aquí!

—¡Hay un incendio!

Lucía trata de abrir las celdas, pero están cerradas con llave.

—Ahora vuelvo.

Entre protestas de las niñas, Lucía sube la escalera y encuentra una pequeña habitación pobremente amueblada: una cama, una mesa y un crucifijo; sobre la mesa hay un látigo. No hay nada que lo indique, pero ella siente que allí era donde dormía la Bestia, el gigante al que mató. Al salir hay un largo pasillo con varias puertas a los lados. Todo transmite sensación de abandono, como el palacio por fuera. No obstante, sabe que es falso, que abajo están las niñas esperando la muerte, que arriba están los monstruos que les arrebatan la vida.

Camina por el corredor asomándose a cada sala. Todas están vacías. Llega a otra escalera, sube un piso más... Otro pasillo. Empuja una puerta y es como si abriera la caja de los truenos. Allí dentro el rugido del fuego es ensordecedor, las llamas crepitan y las vigas de madera se estremecen a base de crujidos y latigazos sordos. Entre el humo denso distingue el brillo dorado de los más de veinte espejos que adornan las paredes. Una sala de baile, tal vez. Y distingue también una figura que se va destacando entre el humo. Una figura que se va haciendo más y más grande, según corre hacia ella. Es Ana Castelar.

—¿Dónde está mi hermana?

—Deberías olvidarte de ella.

Estalla un espejo en mil pedazos y Lucía se agacha para protegerse de la lluvia de cristales. Ana aprovecha esta distracción para lanzarse sobre ella, pero lo único que consigue es embestir un espejo. Ha atacado a su propia imagen reflejada. El humo las envuelve y Lucía no sabe si está viendo a la Gran Maestre o una de las proyecciones especulares. La sala se ha llenado de reflejos que rebotan contra la pared contraria y se multiplican en varias imágenes, como en un baile de fantasmas. Quiere avanzar hacia la siguiente habitación, quiere encontrar a su hermana, pero no logra orientarse entre el humo y los reflejos. Ya ve la puerta al fondo, o cree verla. Oye un grito de rabia a su espalda. Ana Castelar se lanza contra ella y, ahora sí, la derriba. Y Lucía, confusa, distingue el filo de un cristal con forma de triángulo, un cuchillo improvisado que en medio de la humareda brilla como el hielo.

La punta del cristal incide ya en el cuello de Lucía y ella sujeta como puede la mano asesina. Pero Ana es más fuerte. Un estallido revienta una ventana y de pronto Lucía tiene en la mano un cristal grueso como un cilindro, un arma enviada por un ángel de la guarda. La blande y consigue zafarse de su agresora. La tregua dura sólo unos segundos, enseguida la tiene de nuevo encima, como una bestia enloquecida. Chocan los cristales, la mano de Lucía sangra, también la barbilla y el labio de Ana Castelar. La niña sale despedida de un patadón. A gatas se desplaza hacia la pared para esquivar el previsible ataque.

—¿Dónde estás? —grita Ana.

Sus ojos la buscan entre el humo, su mente enajenada cree verla por todas partes, veinte Lucías reflejadas, veinte prismas animados como veinte mujeres bailando en ese salón que ha conocido tantas fiestas memorables. Ana agarra la esquirla de cristal con tanta fuerza que se está rajando la mano. Una viga de madera se desprende del techo con un gemido animal y cae a sus pies. Ella, asustada, emite un alarido desgarrador y corre entre el humo y las llamas en busca de la salida.

Lucía, en cambio, camina hacia el otro lado, el punto desde el que vio emerger el contorno de Ana. El instinto la guía hasta una puerta que ya no existe. Lenguas de fuego lamen el marco y obligan a la niña a cruzar el umbral de perfil. Se encuentra ahora en el gran salón, donde la cruz de San Andrés arde como en una ceremonia del Santo Oficio. El estandarte de las mazas cruzadas es una antorcha más colgando de una lámpara. Junto a la cruz está Clara, atada a cuatro postes, rodeada de humo y de fuego. Al primer vistazo, Lucía comprende que ha llegado tarde.

82

Las llamas asoman por el techo y por las ventanas. Varios encapuchados han escapado del incendio y han corrido hacia la plaza de toros. Donoso puede imaginar a Tomás Aguirre prendiendo velos y cortinas, abriéndose paso con una antorcha para provocar un incendio, y con ello una desbandada, y liberar así a la niña sin oposición. Pero entonces ¿por qué no sale? ¿Por qué no aparece su figura de guerrillero llevando a Clara al hombro, como un fardo? Está nervioso, su natural prudente le impide entrar en el palacio, no sabe cuánto tiempo aguantará la vieja estructura el ataque del fuego.

Con tristeza, comprende que le retiene su proverbial cobardía, el compromiso de no meterse en líos contraído hace años, desde el duelo que le dejó tuerto. Él no es un hombre de acción, nunca lo ha sido. Él está llamado a mirar los acontecimientos desde una butaca. Y, como mucho, a comentarlos en la taberna. Casi se está consolando con esa reflexión filosófica —que tiene que haber gente de todo tipo en este mundo—, cuando lo empieza a dominar una aprensión desconocida. No debe quedarse ahí parado. Es como un susurro profundo que se le mete dentro, que le remueve las entrañas: «Actúa. No te quedes parado. Alguien necesita tu ayuda».

Sin comprender cómo ni por qué, Donoso Gual se

dirige a buen paso a la puerta del palacio, cruza el umbral y no se deja asustar por una llama tremenda que le recibe en el pasillo. La atraviesa cubriéndose con su capa, recorre una habitación incendiada en la que tal vez empezó todo y que desemboca en un gran salón. Al fondo, una cruz de San Andrés. Entre el humo y las llamas apenas puede ver nada, es como caminar a ciegas. Las voces de unas niñas que piden auxilio se entremezclan con el crepitar del edificio que teme a punto del derrumbe y decide guiarse por ellas.

Sale por una puerta y entra en una enorme sala de espejos, la mayoría reventados. En las paredes ya sólo cuelgan sus marcos. Otra puerta le da paso a una escalera que desciende en una espiral pronunciada.

Los gritos de las niñas son su brújula. Quizá se esté metiendo en la boca del lobo, porque el fuego está desatado y podría bloquear la salida en pocos minutos, pero tiene que seguir adelante, dejar de una vez por todas de ser un cobarde.

En el piso inferior se respira bien, pero el humo se adensa cada vez más. Donoso toma aire y trata de tranquilizarse sin éxito: no va a poder salir de allí, las llamas progresan a buen ritmo, están devorando el palacio y la estructura no soportará el incendio. Pensar en lo difícil que será salir le agobia, pero tiene que continuar su camino. Va a parar a una habitación en la que hay una cama, algunas ropas, un crucifijo y un látigo, pero algo más que llama su atención: una alcayata en la pared de la que cuelgan unas llaves. Las coge por si acaso. Abre la siguiente puerta y llegan muy próximos los llantos y gritos de las niñas.

Tiene que bajar todavía un tramo más de escalera para encontrar las celdas. Hay ocho, seis de ellas ocupadas por niñas que forman al verle un coro incomprensible de lamentos y súplicas.

—¡Socorro!

—¡Sácanos de aquí!

—¡Nos van a matar!

Parecen cadáveres salidos del cementerio: escuálidas y con la piel macilenta. Donoso duda que sobrevivan. Prueba las llaves y descubre que ha acertado al cogerlas, las puertas de las celdas se abren.

—Vamos, deprisa. El palacio está ardiendo, no hay tiempo.

Las guía hacia la escalera, pero no es fácil para ellas moverse con diligencia. Están entumecidas, muy débiles. Fátima es la que lidera el grupo, la que sube primero y la que se detiene en el rellano al ver una llamarada como una bola de fuego gigante. Se gira hacia Donoso y no necesita decir nada para que el policía comprenda la situación.

—Es tarde. Tenemos que buscar otra salida.

—Una niña entró por allí.

Se dirigen hacia donde señala Miriam y Donoso encuentra la trampilla abierta en la carbonera. Da acceso a la pocería del palacio. La oscuridad es absoluta y él se da cuenta de que va a tener que hacer una demostración más de una valentía que está lejos de tener.

83

El potro de tortura medieval es pasto de las llamas. Las cuerdas, tensas por el mecanismo, se rompen con un chasquido al contacto del fuego. El cuerpo de Clara brilla en el resplandor rojizo.

Lucía reconoce dos cadáveres amontonados al pie de la máquina medieval: Tomás Aguirre abraza al duque de Altollano, que tiene un hacha hundida en el cráneo: el esfuerzo final del carlista, sobrehumano, para impedir el sacrificio de la niña. Atravesado por la daga, aún hizo acopio de fuerzas para asir el hacha por última vez y, como si fuera la convulsión de un estertor, clavarla en la frente de su atacante antes de desplomarse sin vida sobre el cuerpo del duque.

La chica se acerca a su hermana, la sostiene por el cuello y por las piernas y la levanta. No quiere pensar que está muerta, su imaginación le presenta un desenlace feliz de la historia, en el que ella la conduce entre el humo y las llamas por el salón de los espejos, llega hasta el pasillo que recorrió antes, baja las escaleras hasta el sótano y allí encuentra un caño de agua para refrescar a la niña, que tose al beber, una tos débil y agradecida. Pero la fantasía poco la puede ayudar en el viacrucis que emprende mientras desea percibir el aliento de Clara en su cuello. ¿Nota una corriente tenue, una respiración que le hace cosquillas mientras desanda el camino hacia las mazmorras? ¿Hay un hálito de vida en el cuerpecito caliente que ella sostiene a duras penas? No lo sabe.

El salón de los espejos es una cámara oscura de humo y cristales, una atracción de feria animada por el fuego que irrumpe en fogonazos desde cualquier lado. Caen vigas del techo, estallan las ventanas, vuelan las cortinas por el aire como pájaros incendiados. El resplandor crea imágenes intermitentes en la habitación, y en el parpadeo del fuego Lucía distingue una cortina descolgada que las llamas aún no han alcanzado. Envuelve con ella a Clara, crea una hornacina miserable, un parapeto contra el muro ardiente que le cierra el paso. No tiene más remedio que intentarlo.

Se lanza contra el vano protegida por su membrana de terciopelo, recorre el pasillo hasta la escalera y a medio camino se deshace de la cortina, que está envuelta en llamas. ¿Se ha movido su hermana en un espasmo? ¿Le ha hecho una caricia con el dedo? No lo sabe.

Sigue bajando la escalera entre el humo agobiante que no la deja respirar. Llega hasta las mazmorras y las encuentra vacías. No entiende nada.

Busca la carbonera, la trampilla abierta. Allí está. En su extravío por las cloacas se sintió asqueada por las aguas fecales. Ahora necesita sumergirse en el agua, porque el cuerpo entero le arde y tiene la impresión de que va a reventar en cualquier momento, que la piel se está agrietando ante el empuje de la lava de su interior. El rugido del fuego es espantoso, las llamas han llegado al sótano, como si la persiguieran. ¿Ha oído una tosecita? ¿Es posible que Clara se esté agarrando a su pelo, como hace siempre que tiene miedo? No quiere pensarlo, no tiene un segundo que perder, debe cargar con su hermana y bajar los peldaños de hierro.

Ahora necesita que los brazos de ella le rodeen el cuello, agarrar con fuerza sus manos y descender despacio aguantando el peso muerto. Atravesar la cascada es vivificante. Cuando llega al otro lado, ha de reptar y arrastrar a Clara de la mano. Todavía le queda un tramo bajo en el que debe avanzar a gatas, mientras tira de su hermana como si fuera una muñeca de trapo. Sabe que ha llegado a la bifurcación y que siguiendo el canal unos pasos encontrará los peldaños herrumbrosos. Una luz titila arriba. Son estrellas, es la noche, que lanza su aroma embriagador a las dos miserables sepultadas en el subsuelo. Queda el último esfuerzo.

Lucía carga con Clara como si fuera un hato de ramas y hojas que ha juntado para fabricarse un lecho. Ahora le parece que no ha oído toses ni notado respiraciones, que los dedos de su hermana están fríos, sin vida. Ahora que está muy cerca la salvación, el aire puro y el amparo de la bóveda celeste le asiste la certeza de que ha cargado con un cadáver. Sube penosamente los peldaños, extenuada. Logra depositar el cuerpo de Clara en la hierba. Y entonces siente un vahído, no tiene fuerzas para más. Se deja caer hacia atrás, hacia la negrura del pozo, y no entiende por qué no cae, por qué no nota el vértigo del vuelo final y el chapoteo al sumergirse en las aguas fecales.

—¡Lucía!

Donoso Gual, el amigo tuerto de Diego, la está agarrando de la mano y tira con fuerza de ella. Al verse fuera del pozo, al sentir el frescor de la hierba, Lucía recobra el aliento. El palacio arde en la noche y ya se oyen algunas campanas tocando a rebato en las iglesias cercanas.

Diseminadas por el bosquecillo, seis niñas andrajosas la miran con curiosidad y, por alguna razón, repiten su nombre. Lucía... Lucía... Ninguna mueve los labios, nin-

guna la conoce, no es posible que la invoquen. Lucía...
Lucía se gira y no puede creer lo que ve. Clara se ha incorporado. Está sentada en la hierba y sonríe con pena, avergonzada, como pidiendo perdón después de una travesura.

Se tapa la boca y le pide al cielo que la imagen de su hermana no sea una invención de su fantasía desbocada.

—Lucía... ¿Me abrazas?

Ella rompe a llorar. Por fin, de felicidad.

—Ya está —le dice Donoso—. Todo ha terminado.

Lucía no se puede levantar. Está agotada. A gatas se desplaza por la hierba hasta llegar junto a Clara. La abraza y se ríe al notar los tirones de pelo de su hermana, más fuertes que nunca.

84

Acomodada en un carruaje que ha tomado en la Puerta de Alcalá, Ana Castelar repasa los acontecimientos y se dice que todavía no ha terminado su cruzada. Ha visto morir a su marido, pero siempre ha pensado que las personas pasan y las ideas permanecen. El palacio ha ardido, aunque era un viejo caserón frío y desvencijado; no será difícil encontrar otro lugar para las reuniones de los carbonarios. Es importante mantener la lucha: sabe que los carlistas se infiltran en los cenáculos isabelinos para obtener información, y allí estará ella cebando el anzuelo para envenenarlos uno por uno.

Los ritos medievales tendrán que ser cancelados, al menos por el momento. En los restos del incendio encontrarán los cadáveres carbonizados de las niñas. Quizá se abra una investigación, o quizá no. A nadie le importan las vidas de unas miserables que habitan al otro lado de la Cerca.

Se palpa el bolsillo para comprobar que no ha perdido el último frasco. Vertió unas gotas de arsénico en él. Tenía previsto dárselo al médico que estuvo conteniendo a base de opio a Grisi en el Saladero, uno de los doce encapuchados de esta noche y, también, un carlista. Quizá pudo huir del fuego y lo hizo sin saber que esta iba a ser su última noche con vida. Ana vuelve a rebuscar en su bolsillo, pero no encuentra el frasco. Se le ha debido de caer en la pelea con Lucía.

De pronto, se empieza a sentir mal. El traqueteo del carruaje por las calles irregulares de Madrid la marea. Al principio, no le da importancia, pero el malestar se transforma en temblores, náuseas, un dolor agudo en el pecho y sensación de parálisis en las piernas. No puede moverlas. Prueba a estirar la mano. Sí, la mano sí obedece. Se la lleva a la herida del labio, que todavía le duele. Se pregunta si no tendrá un cristalito clavado. El sabor acre de la saliva, que lleva notando desde que salió del palacio, sigue presente. Lo atribuía a la inhalación del humo, pero entonces comprende lo que ha pasado: Lucía no la ha herido con el cristal de uno de los espejos. Tampoco con un cristal de las ventanas que estaban estallando. Le ha clavado un trozo puntiagudo del frasco roto, el frasco con la sangre de Clara y el veneno instilado por ella misma.

La niña tanteó en la oscuridad en busca de algo con lo que defenderse y debió de topar con el frasco, que había rodado de su bolsillo. Sólo así se explica el malestar que la va adormeciendo, el acorchamiento que ya nota en los dedos de las manos, las dificultades para respirar pese al aire agradable que entra en el carruaje.

Se oyen las sirenas de un carro de los bomberos voluntarios, los antiguos matafuegos de la villa. Seguro que se dirigen a Miralba.

Ana saca la cabeza para ordenarle al cochero que corra más, que fustigue a los caballos, porque necesita llegar a casa lo antes posible. Sin embargo, no es capaz de hablar, como si un velo en la garganta impidiera el paso de las palabras.

Se recuesta en el asiento. Piensa en su vida cómoda, en los sacrificios, en su lado solidario. Se acuerda de Diego Ruiz, de cuánto llegó a quererle. De lo claro que tuvo que la misión política, la sociedad que había creado para servir a la reina regente, estaba por encima de todo, incluso del amor. Le mandó matar y para ella, en ese instante, no había más remedio que hacerlo porque tenía que cumplir con su deber. Tal vez se encuentre con él en otra vida y todo sea distinto.

Ya no se queja de los baches con los que tropieza el carruaje en el camino. Ya ha olvidado los planes concebidos hace sólo unos minutos para salir airosa del engorro creado por ese monje carlista y esa niña. Ya todo es una nube en su cabeza.

Ni siquiera percibe que el trayecto ha finalizado. El palacio de Hortaleza, su hogar, la espera a dos pasos. El remanso de paz que siempre ha sido. En el jardín cotorrean las aves exóticas y pasea el pavo real su insolencia. El colibrí rojo hunde su pico en la flor.

El cochero baja del pescante y abre la portezuela.

Ana Castelar no se mueve. Está muerta.

85

Madrid, 1 de septiembre de 1834

Hoy *El Eco del Comercio* no publica noticias, críticas de teatro o notas de sociedad, tampoco folletones, sólo hay una crónica que ocupa ocho páginas —el doble de lo habitual—, firmada por El Gato Irreverente. El director del periódico, don Augusto Morentín, ha completado con lo que se ha sabido en las últimas semanas todo lo que su redactor, Diego Ruiz, había dejado escrito antes de morir. Allí se habla de la Bestia, de los carbonarios, del círculo de los Doce Maestros que portaban la insignia de las dos mazas cruzadas, de las niñas rescatadas, del asesinato de carlistas, del palacio de Miralba y, sobre todo, de los duques de Altollano y de las seis niñas asesinadas en este ritual medieval.

La semana pasada se ofició una misa por el alma de las seis, entre ellas Berta, la hija de Genaro, y Juana, la de Delfina. Allí Lucía pudo ver a la antigua pupila de Josefa *la Leona,* que ha decidido mantener abierta la casa de la calle del Clavel. Tras la misa, la nueva madama le ofreció trabajo, pero Lucía le contestó que esos días se han acabado para ella, ahora lo que quiere es aprender a leer, a escribir y estudiar mucho. Tiene un sueño que todavía no se ha atrevido a confesar a nadie: convertirse en periodista, igual que Diego Ruiz, aunque, por lo que sabe, no es fácil para una mujer. No se arredra, si es necesario, será la primera que ejerza la profesión en España. Eso si logra salir adelante, que hay días que cree que le será imposible.

Clara y ella se han instalado en el palacete de Inmaculada de Villafranca; se acabó la antigua reserva que Lucía sentía hacia la señora. Desde el principio, Inmaculada ha obrado de buena fe y, cumpliendo la promesa que le hizo a Cándida, se ofreció a cuidarlas y darles un futuro. No sólo proporcionándoles un techo, sino también los apellidos. Algo que Lucía no sabe si aceptar: no quiere perder el Romero Chacón de sus padres, la hace sentir orgullosa de ella cada vez que lo pronuncia.

A Donoso le han readmitido en la Guardia Real, pero no como vigilante de las puertas, sino en un puesto más alto: en un nuevo departamento que investigará crímenes —hay que evitar que vuelva a producirse algo como los asesinatos de la Bestia en España— y que tendrá como modelo a la policía metropolitana de Londres, la Scotland Yard, creada hace cinco años. Dentro de poco se estrenará en esta tarea que por ahora le resulta un tanto extraña. Le han dicho que no necesita uniforme, y eso no le gusta nada. No le parece propio de un policía llevar un traje como los funcionarios que trabajan en los ministerios, pero son las normas y las va a cumplir.

Mientras lee el artículo póstumo de Diego, se frota el bigote, satisfecho. En esas páginas está su amigo sonriendo con aire triunfal, metiéndose con él por su cobardía, por su amargura, por su desidia a la hora de investigar una trama que podría sacudir los cimientos de la Corte. Tal vez se anime a visitar alguna de las tertulias de Madrid para calibrar el nivel del escándalo en la buena sociedad madrileña. Y, de paso, para presumir del instinto periodístico de su amigo y, por qué no, de su contribución al desenlace de la historia en el rescate de las niñas.

Golpes en la puerta interrumpen la lectura. Donoso imagina a Diego entrando eufórico en su piso, quejándose de alguna errata en el artículo o informando del contrato que le han ofrecido en el periódico. Pero no, es un mozo del Teatro del Príncipe, que trae una nota. El tuerto la desdobla y la acerca a su único ojo.

«Vuelvo a los ensayos. El día del estreno, me encantaría verte en primera fila. Grisi.»

El mozo aguarda por si debe enviar ahora un recado de respuesta. Pero Donoso le despide con un aspaviento, cierra la puerta y pasea por la estancia, pensativo. No sabía nada de Grisi, y esa nota aporta mucha información. Ya no languidece en el Hospital del Saladero, ya no consume opio y ha recobrado la confianza de Grimaldi como actriz. Son buenas noticias.

¿Da la nota alguna información más?

Donoso no lo sabe, pero sonríe y decide hacer una ronda de tabernas para celebrar las novedades del día.

Clara se ha ido esta mañana de compras con la señora de Villafranca. Es la tercera vez que lo hace en las cinco semanas que han pasado desde que fue liberada. No hay nada que le guste más que probarse vestidos, decidir cuáles quiere, estrenarlos... Lucía ya habló ayer con ella para decirle que no puede seguir así, por mucho que la señora de Villafranca le consienta todos los caprichos. Pero en el fondo le gusta advertir que su hermana pequeña está cada día más confiada, que poco a poco olvida el tiempo de su encierro y los días de privaciones.

La pesadilla ha concluido. Hasta le ha confesado a Lucía que se le está borrando la cara de su madre. Poco tardará en llamar «madre» a la señora de Villafranca. No la culpa: tiene todo el derecho del mundo a dejar atrás el pasado y mirar sólo hacia el futuro.

¿Se le borrará también el rostro de Lucía cuando ya no esté con ella? ¿Le pasará lo mismo que con el de Cándida? Lucía no le ha contado a nadie que está enferma, que el cólera campa a sus anchas por su cuerpo. Y va a seguir disimulando mientras pueda porque, después de tanto sufrimiento, nada debe empañar la felicidad en esa casa.

Camina sola hacia el palacete de Inmaculada. Atardece sobre Madrid y el cielo dibuja esa marea de colores rojos, morados y azules que tantas veces tiñe la ciudad antes de la noche. Es hermoso, como los cuadros que cuelgan en las paredes del Prado. Acompañada por el doctor Albán ha ido a mirarlos, fue su manera de recordar a Tomás Aguirre: el monje le dijo que lo más bonito de la ciudad decora las paredes de ese museo. Se equivocaba. Los cuadros son fascinantes, pero lo más bello de Madrid está en sus calles. Se detiene en la Puerta del Sol. Allí murió Eloy, presa de la locura de un pueblo aterrorizado por la epidemia. Hoy el aire es limpio, algo frío, se acerca el otoño. Un grupo de estudiantes departe entre risas en una esquina. Sentados en la fuente, los aguadores descansan del largo día de trabajo. Un simón traquetea por la calle. Hace tan poco, esta misma plaza, esta misma ciudad, era un infierno. Un monstruo que parecía devorarse a sí mismo. Sin embargo, Madrid siempre renace. Sus habitantes encuentran la manera de sobreponerse, de volver a reír, a bailar y dar cuenta de unos vinos y unos trozos de queso en las tabernas. De visitar a los amigos en las tertulias. De ser felices a pesar de la pobreza al otro lado de la Cerca.

Una brisa agradable refresca el ambiente y Lucía siente un ansia repentina de vivir. Ojalá la ciudad le insufle esa fuerza, esa capacidad de supervivencia que ha demostrado tener en las condiciones más extremas y logre así reponerse del cólera.

Levanta la mirada. Juraría que un pájaro rojo surca el cielo del atardecer.